그 먼 하늘

그 먼 하늘

신곽균 지음

새미

차례

I. 구름 따라

I. 구름 따라

우르릉! 쾅! 쾅!

천지를 뒤흔드는 굉음이 계속해서 들려왔다. 소리뿐만 아니라 몸에 파장을 느낄 정도의 진동이 땅을 뒤흔들었다. 나는 은근히 겁이 났다. 이 소리는 분명 천둥소리와는 다른 무언가 때려 부수는 소리였기 때문이다. 나는 어머니께 물었다.

"어머니, 저 소리가 뭐야요?"
그러자 어머니는 근심이 가득한 얼굴로,

"비행기가 지금 배천 쪽에 폭격을 하고 있어!"
그러시면서 어머니는 나와 동생을 방바닥에 엎드리게 한 채 두터운 솜이불을 덮어 주셨다. 숨이 막힐 듯 답답했지만 무서움에 질린 나와 내 동생은 꼼짝 할 수가 없었다. 그리고는 어머니는 밖으로 나가 폭격 위치가 어디쯤 되나 살피고 오시는 듯했다. 그리고 누군가를 기다리시는 듯,

"왜 아직도 안 오시냐?"

내가 이불을 쓴 채,

"누구 말야요?"

하고 묻자, 어머니가

"니 아버지 말이다. 떠난 지 벌써 며칠이 되었는데 온다 간다 말도 없이 사라졌으니……"

어머니는 상심이 가득해서 한숨을 푹푹 내쉬셨다. 또 푸념이 계속되었다.

"애들은 죽거나 말거나 관심도 없이 혼자 어디로 가버렸으니… 이를 어쩌나?"

어린 내가 들어도 답답하기 이를 데가 없었다. 다시 폭탄 떨어지는 소리가 요란하게 들렸다. 조금 전보다는 훨씬 가까운 위치인 것 같았다. 어머니는 정황을 살피기 위하여 계속 밖을 들락날락 하셨는데 그때마다 얼굴에 공포의 기운이 더 짙어지셨다. 또 폭탄 떨어지는 소리가 지축을 뒤흔들었다.

그 때가 1950년 늦여름쯤으로 6.25전쟁이 터진 지 몇 달 안 된 어느 날이었다. 내 나이 7살이고 동생이 2살이니 이 철부지 생명을 껴안은 어머니의 심정이 어떠했으랴? 이렇다 저렇다 말 한 마디 없이 집을 떠난 남편이 며칠이 지나도록 연락은 없고 미군 폭격이 배천을 훑어 올라와 연안 외곽을 때리기 시작했으니 말이다. 나중에 안 일이지만 아버님은 인민군이 연안을 점령하자 인민군에 끌려가시지 않기 위해 지하로 은둔하셨다가 비밀리에 가까운 친척 피붙이들과 어울려 남한으로 피란을 가셨던 것이다. 이런 내막을 전혀 모르시는 어머니는 아버지가 마냥 야속하고 원망스럽기만 했다.

"우린 죽건 말건 어린 것 떼어놓고 어디로 간 거야!"

어머니의 탄식의 강도가 높아지셨다. 이러는 가운데도 폭격소리는 계속되었다. 이제는 비행기 소리마저 생생하게 들리기 시작했다. 날카로운 굉음이 '쌩'하고 지나가고 나서 얼마 지나지 않아 지축을 뒤흔드는 폭탄 터지는 소리가 몸을 움츠리게 했다. 너무나 무서웠다. 나는 나도 모르게 내 동생을 꼭 껴안았다.

그때 만해도 통신수단이 전무했던 시절이라 남편과 상의 없이 어머니 혼자 어린 자식들을 데리고 집을 떠나 피란 갈 결심을 할 수도 없는 상황이었다. 만일 아버지가 늦게라도 집에 돌아오셨을 때 아무도 없으면 그야말로 이산가족이 될 것이 뻔했기 때문이다. 어머니는 이런 난감한 상황이 시시각각 죽음의 공포로 몰려오는지 방 윗목에 물 한 대접을 떠받쳐놓고 천지신명께 빌기 시작하셨다. 앉았다 일어나서 절하고 두 손으로 비시면서 떨리는 목소리로,

"천지신명이시어, 비나이다! 비나이다! 우리 저 어린 것들 불쌍히
여기시어, 제발 명만은 건지도록 해주십시오. 비나이다! 비나이
다! 천지신명이시어……"

이렇게 어머니의 기원이 계속되고 있는 동안에도 폭격소리는 그치지 않았다. 이제는 매캐한 탄약냄새마저 코에 스며들기 시작했다. 폭격기가 바로 집 위 상공을 나는지 그 굉음소리가 몸속 뱃까지 흔들어놓아 속이 메스꺼워졌다. 어머니는 이 위협적인 비행기 소리에 놀라

더 이상 버티실 수가 없으셨던지 비는 것을 멈추시고 이불 속으로 파
고들어 우리 둘을 꼭 끌어안으셨다. 얼마 지나지 않아 또 다른 폭격기
소리가 바로 머리 정수리 위를 '씨잉'하며 지나가는 듯하더니 그와 동
시에 하늘을 여는 엄청난 굉음이 우리 집을 덮쳤다.

"쾅! 쾅! 쾅!"

우리는 뭔가 묵직한 충격에 잠시 정신이 혼미해짐을 느꼈다. 그런데
잠시 후 어머니가 벌떡 일어나시더니,

"애들아! 폭탄 떨어졌어. 집에 불났다!"

이 소리에 이불을 들치고 나와 보니 장롱이 쓰러지고 천장에 불이
붙어 연기가 방안을 가득 메우고 있었다. 부엌으로 통하는 봉창이 어
디로 날라 갔는지 휑하니 연기가 스며드는데 부엌바닥에는 깨진 항아
리에서 흘러나온 물이 홍건해 번득였다. 어머니는 서둘러 우리를 앞세
우고 이불을 움켜쥔 채 집밖으로 뛰쳐나오셨다. 밖에는 이미 솟아오르
는 불길로 하늘에 연기가 자욱하고 사람들의 비명소리가 귓전을 때렸
다. 어머니는 나와 내 동생을 이웃집 처마 밑에 밀어 넣은 다음 이불로
단단히 틀어막았다.

나중에 안 사실이지만 우리 집 바로 옆에 붙어 있는 정미소가 폭격
을 당하는 바람에 우리 집은 덩달아 그 후폭풍을 맞은 것이었다. 다행
인지 불행인지 우리 집은 이 폭격으로 불이 옮겨 붙어 전소되었지만,
우리 세 식구는 목숨만은 건질 수 있었다. 어머니가 정화수를 떠놓고
자주 빌곤 하셨는데 그 정성이 갸륵하여 천지신명께서 돌본 것이 아닌
가 생각한다. 아무튼 우리는 이 폭격으로 하루아침에 알거지가 되어

노숙자 생활을 면치 못하게 되었다.

　여기서부터 우리 어머니와 나, 그리고 내 동생의 기나긴 인생역정, 그것도 고난의 가시밭길이 시작되었다. 그 정처 없는 방랑이 아무것도 약속해 주는 것은 없었지만, 그렇다고 그 자리에 머물러 있을 당위성 또한 하나도 없었다. 그래서 우리는 어머니가 이끄시는 대로 남쪽을 향해 발길을 옮길 수밖에 없었다.

　이렇듯 우리 어머님은 여자의 몸으로 두 어린 아들을 데리고 살길이 막막하여 그 때까지 살던 연안을 떠나 무작정 남편이 있을 것으로 추정되는 남한 땅으로 향했던 것인데, 그 길목 '나무께'에 둘째 큰아버님 댁이 있어서 얼마간 그 곳에서 신세를 지게 되었다.

　그 나무께라는 마을이 생각나는 것은 그 당시 전쟁의 공포보다는 들녘 앞 언덕 위에 자리 잡은 짙푸른 하늘이 아직 내 머리를 가득 채우고 있기 때문이다. 집 앞으로는 논밭이 펼쳐져 있고 이어서 둥그무레한 언덕이 하나 있었다. 언덕이라고 해 보아야 앞의 논밭을 가릴 정도의 둔덕으로 콩밭이 가즈런히 뒤덮고 있었다. 전쟁 중이라고는 하지만 이 외진 시골 마을의 풍경은 어린 마음에 평화롭기 그지없었다. 언덕배기 위의 짙푸른 콩들이 높은 가을 하늘 아래 누런빛으로 변해가고 있었다. 한 10월 초쯤 되었을까? 앞동산이 누리끼리한 잎들이 상쾌힌 바람에 제멋대로 흔들리면서 하나씩 잎을 떨구고 콩깍지만 소롯이 남기 시작할 무렵, 어느 날 이미 돌아가신 사촌 유균이 형님이 나를 불러 세웠다.

　"너 콩 먹으러 갈래?"

그 때만 해도 배가 고팠던 시절이라 어린 아이에게 변변한 간식거리가 있을 리 없었다. 출출하던 차에 나는 좋아라 그 형님을 따라 나섰다. 형님은 나를 앞세우고 들판을 건너 콩밭 언덕으로 향했다. 가을이라고는 하나 한 낮의 태양은 따갑기만 했다. 어디서 불어오쭉 바람인지 귀밑을 간질이며 코끝을 휘돌아 영근 잎들에서 나는 구수한 여물냄새를 맡았다. 형님은 언덕배기에 이르자 주위를 살피더니 다 익어가는 콩줄기를 한 아름 뽑아 오셨다. 그리고는 그 콩 줄기들을 거꾸로 모아 세우더니 풀섶으로 소시개를 만들어 불을 붙였다. 작은 불씨가 점점 커지더니 검은 연기가 하늘을 뒤덮었다. 나는 갑자기 무서워졌다. 형님의 얼굴을 쳐다봤다. 그런데 형님은 빙긋이 웃으시더니 웃통을 벗어 그 옷으로 힘차게 바람을 일으켜 콩깍지를 날리기 시작했다. 불은 세차게 타다가 점점 삭으러 들고 희뿌연 연기만 하늘을 뒤덮었다. 형님이 신나서 말했다.

"야, 콩 먹자!"

연기 때문에 아린 눈을 비비며 타다 남은 콩대를 뒤지니 거기에 새카맣게 익은 콩이 소복히 앉아 있었다. 형님과 나는 신나게 콩을 주워 먹었다. 입 주위가 시커멓게 검댕이 칠해진 형님이 흡사 광대의 얼굴처럼 새하얀 이를 드러내며 유쾌하게 웃으셨다. 나도 따라 웃었다. 어느새 배가 불러오기 시작했다. 형님과 나는 그 자리에 누웠다. 편안했다. 하늘이 쳐다보였다. 하늘이 빙빙 도는듯하더니 서쪽 지평선을 기준으로 광활한 천지가 고정이 되었다. 간간히 피어오르는 연기가 시야를 가리기에는 하늘은 너무나 넓고 깊었다. 또 한없이 높았다. 다른 세계가 환하게 열리고 있는 것 같았다.

그 하늘이 지금도 내 머리 한 귀퉁이에 각인되어 환하게 빛나고 있다. 글쎄? 그 때 하늘이 그렇게 창연하게 우주를 휘두른 듯 영원으로 내 머릿속에 자리 잡은 것은 아마도 내가 그때 누워서 잠깐 잠이 들었지 않았나 싶다. 하늘은 지금도 꿈속처럼 넓기만 하다. 아무튼 그 때 나는 그렇게 하늘의 세례를 받았다.

그 이후 나는 소위 문학이라는 것을 하면서 하늘의 영험을 항상 생각하게 되고 그 것을 바탕으로 감성과 상상과 영감의 폭을 넓혀왔다고 생각한다. 어떻게 보면 하늘의 시원(始原)에 대한 소박한 나름대로의 감상이 내 인생의 근원에 대한 의문과 답을 제시하며 내 삶의 의미와 깊이를 더해 주었지 않았나 생각해 본다. 그래서 나는 지금도 가끔 빈 하늘을 멀거니 쳐다보곤 한다.

하늘에 대한 동경은 그것이 순연한 아름다움에서 오건, 끝없는 경외감에서 기인하건 대단히 막연하고 망막할 수밖에 없다. 왜냐하면 근원적으로 하늘은 텅 빈 공간이기 때문이다. 그럼에도 불구하고 인간은 현실적 패배감에서 비롯된 도피적 감정을 하늘에서 보상받는 경우가 많다. 그것은 하늘이 아무런 대가를 요구하지 않는 영원한 안식처이기 때문이다. 결국 하늘에 대한 동경, 향수는 무한에 대한 일방적인 지향에 지나지 않는다. 그것은 내 인생의 역정과 같은 방향이 아닐까? 그 이유는 나의 존재의 근원, 즉 죽어서 어디로 갈 것인가, 나는 무엇이고 누구인가 등등 철학적 명제에 이르면 하늘은 이 모든 것에 대한 해답을

주는 유일한 공간이기 때문이다. 따라서 나는 내가 하늘을 쳐다볼 때는
나름대로 심각한 철학적 사유에 빠져 있다고 할 수 있다.

그 서늘한 가을 하늘이 아직도 눈에 선하다. 나무께에 한 동안 머물
면서 나는 몇 가지 단상을 지울 수가 없다. 어느 날 갑자기 둘째 큰아버
님이 혼비백산해서 뛰어 들어오시더니 앞대문을 잠그고 빗장을 단단
히 치셨다. 그러자 콩밭 앞동산 쪽에서 '따쿵' 하는 총소리가 났다. 우
리 식구 모두는 누가 시키지도 않았는데 순식간에 방으로 뛰어 들어와
엎드렸다. 어른 들이 장롱에 있는 이불을 모두 꺼내서 우리를 덮었다.
숨이 답답했다. 그리고 궁금해서 이불 한쪽을 들어보았지만 보이는 것
이라곤 벽장뿐 계속 총소리만 요란하게 들려왔다. 나중에 알고 보니
인민군과 국방군 간에 전투가 벌어진 것이었다. '따쿵 따따쿵 따르르
쿵' 소리에 '뼁야 뼁야 핑 핑 핑' 소리가 장단을 맞추는 듯 한차례 교전
이 오고갔다. 그 후 얼마나 지났을까? 지루하기 이를 데가 없었다. 이
불을 빼꼼 열고 주위를 살피니 어른들의 목소리가 두런두런 들렸다.
대문 사이로 앞동산을 살피고 있는 것이 보였다. 나도 문틈으로 밖을
내다보았다. 저 멀리 콩밭 여기저기서 군인들이 하나씩 일어나 나오기
시작했다. 어른들도 그 군인들이 어느 편인지 잘 모르는 듯했다. 그러
나 그들이 논둑을 지나 바로 앞 신작로에 이르자 어른들의 얼굴이 점
점 굳어지는 것을 느낄 수 있었다. 인민군이 전투에서 이겨 '나무께'까
지 진주한 것이었다.
　지금 생각해 보면 북한의 인민군이 평양을 손아귀에 넣은 다음 그

여세를 몰아 해주, 연안을 거쳐 서해 남단 불당포 근처 '나무께'까지 밀고 내려온 것이었다. 그 이후는 동네 어른들을 구경할 수가 없었다. 어느 사람은 인민군에게 끌려갔다고 하고 어느 사람은 피란갔다고 했다. 물론 큰아버님도 야반도주하여 남한으로 피란가셨다. 이 사실은 우리 어머님과 큰어머님이 몰래 속삭이는 말을 얼핏 들어서 알게 되었다. 집안이 갑자기 근심에 쌓였다. 남은 사람이라고는 여자와 아이들, 즉 큰어머님과 사촌형제 그리고 우리 세 식구뿐이었다.

그러나 어린 나에게는 크게 변한 것이 없었다. 동생들과 어울려 집 앞을 가로지르는 한길에서 자치기를 하며 뛰어놀았다. 가끔 그 길을 따라 인민군들이 불당포쪽으로 내려가고 있었다. 길 양 옆으로 편대를 짜서 행군을 하고 있었는데 군인들은 따발총을 들거나 어깨에 빗겨 메고 땀을 뻘뻘 흘리며 기계적으로 앞사람을 따라 걷고 있었다. 우리 꼬마들은 인민군이 행군할 때마다 무서워서 집안으로 뛰어 들어오곤 했었다. 어린 나이에도 어른들의 말이나 행동으로 인민군은 무서운 존재라는 것이 뇌리에 박혀 있었던 모양이다.

그 날도 한길에서 놀다가 인민군이 나타나서 나는 집으로 줄행랑을 쳤다. 그런데 뒤에서 누가 나를 자꾸 부른다.

"야! 꼬마야!"

나는 뒤도 안 돌아보고 집으로 향해 뛰었다. 그리고 집 대문 가까이에 이르자 안심하고 뒤를 돌아다보았다. 깜짝 놀랐다. 얼굴을 마주하고 있는 것은 거기까지 따라온 인민군 복장을 한 군인이었다. 푸른 모자 앞 한 가운데 별이 새겨져 있고 웃옷은 얼기설기 실로 무늬가 새겨져 있었으며 어깨에는 붉은 계급장이 달려 있었다. 소위쯤 되는 듯했다. 나는 무서워서 울기 시작했다. 그랬더니 울지 말라고 달래면서 주머니에서 무언가 반짝이는 물건 하나를 꺼내서 내 손에 쥐어 주었다. 나는 무서움에 질려 울면서도 그 물건에 호기심이 생겨 그것을 받아들며 그의 얼굴을 힐끗 쳐다보았다. 그런데 가까이서 본 그의 얼굴은 사촌 형님과 조금도 다르지 않은 앳된 착한 얼굴이었다. 그는 빙긋이 웃더니 나를 향해,

“내 동생 생각이 나서 주는 거야!”

그는 일어서서 천천히 한길을 향해 내려가더니 다시 행군 대열에 합류했다. 나는 그제서야 정신이 들어 손 안에 들어있는 물건을 펼쳐보았다. 프리즘이었다. 나는 지금 생각해도 그 인민군이 어디서 프리즘을 구한 것인지? 무엇에 쓰는 용도인지 알 수가 없다. 다만 추측컨대 소련에서 흘러들어온 것을 인민군 장교가 습득했거나 작전 중 방위(方位)측정용으로 지급된 것이 아닌가 생각한다. 아무튼 나는 생전 처음 보는 이상하게 생긴 요물을 이리저리 살폈다. 그리고 요리조리 들여다보았다. 삼각형 모양인 이 투명한 물체가 나에게 호기심을 불러일으킬수록 나는 여러 가지 용도로 사용해 보았다. 드디어 하늘에 대고 보았다. 나는 깜짝 놀랐다. 하늘이 그렇게 다양한 색으로 채색되는 것을 본 적이 없었다. 하늘의 무지개였다. 여러 색깔을 각도에 따라 달리 조종할 수가 있었다. 그 중에서 나는 짙푸른 색깔을 만드는 것이 제일 마음에 들었다. 끝없는 하늘이 한없이 파랗게 파랗게 펼쳐졌다.

그 프리즘을 한동안 신주 모시듯이 가지고 논 생각이 난다. 그 동안 나무께의 가을도 깊어져 겨울의 초입에 다다랐다. 동네에는 인민군이 진주하여 여러 가지 소문이 횡행했다. 누구를 잡아갔다는 둥, 누구의 재산을 몰수 했다는 둥, 누구의 아버지가 앞동산 토굴에 숨어 있다가 처형을 당했다는 둥, 한마디로 불안한 소문들이었다. 어린 나이인데도 나는 현실이 피부에 와 닿는 듯했다. 그래서 나는 큰어머님과 어머님이 남몰래 소곤거리며 말을 나누실 때면 의례히 응석을 부려 어머님의 치마꼬리에 매달리곤 했다. 그리고는 두 분이 나누시는 말씀을 통해 마을의 돌아가는 상황과 걱정걸이를 엿들을 수 있었다.

장정들이 없는 마을에는 부녀자와 아이들만 들끓게 되었다. 여자들도 자주 불려 다니기 시작했다. 아마 부역이 아니었나 싶다. 저녁에는 아마 무슨 무슨 회의니 학습이니 하며 불려 다녔을 것이다. 나는 호기심에 어머니를 따라 저녁모임에도 가보려고 했지만 꼬마들은 절대 데려가지 않았다.

겨울이 되자 먹을 것이 문제였다. 농사를 짓는다고는 하지만 큰어머님과 사촌형님 둘, 사촌동생 하나, 그리고 우리 세 식구를 합쳐 일곱 식구가 한 겨울을 날 만한 식량이 있을 리 없었다. 어린 나이에도 어머님과 큰어머님의 걱정이 나의 마음에 늘 그늘이 된 듯했다. 이느 날 어머니는 빈 바구니를 하나 들고 앞 들녘으로 향하셨다. 추수를 끝낸 논에는 벼이삭이 여기저기 흩어져 있었다. 나는 어머니를 따라 그 이삭을 골라 알곡을 훑어내기 시작했다. 나중에는 손바닥이 얼얼해졌지만 끝까지 참고 바구니가 꽉 찰 때 까지 그 일을 계속했다. 지금 생각해보면 놀기 바쁜 그 나이에 어머니를 따라 싫은 내색하지 않고 이삭 줍는 일을 했다는 것이 대견하게 여겨진다. 그런데 그것은 당시의 급박한 환경이 나를 그렇게 만든 것이다. 말하자면 생존의 위협이 나를 너무 일찍 철들게 한 것이 아닌가 생각한다. 아무튼 그 때 바람이 매서운 한 겨울에 어머니와 나는 이삭 줍는 일로 하루하루를 보냈다. 프랑스의 유명한 화가 밀레의 그림 중 「이삭줍기」과 「만종」이 생각나지만 그 그림처럼 평화로운 풍경이 전혀 아니었다. 들판의 구도가 안정된 균형을 이루지도 않았고 멀리 지평선너머에서 은은한 종소리가 들릴 리 만무했다. 대신 멀리서 시커먼 연기가 피어오르며 쿵쿵하고 대포소리가 진동할 뿐이었다.

겨울이 지나고 봄이 되자 어머님과 큰어머님은 걱정이 태산 같았다. 금방 끝날 줄 알았던 전쟁은 끝날 기미가 보이지 않고 여러 가지 불리한 소문이 마을을 뒤덮고 있었기 때문이다. 곧 돌아오신다던 큰아버님과 우리 아버님은 영영 소식이 없고, 38선이 그어진다는 소문이 파다했다. 또 며칠이 멀다 하고 동네 사람들이 하나둘 사라지곤 했다. 알고 보니 그들은 흩어진 가족을 찾아 남한으로 몰래 피란을 떠난 것이었다. 소문에 의하면 오밤중에 38선을 넘나드는 청년들을 따라 바다를 건너면 남쪽 섬 중산으로 도망갈 수 있다는 것이다. 이러한 소문은 극비에 부쳐졌지만 이웃이 한 동네에서 가족같이 지낸 사이라 믿을 만한 사람들끼리는 서로 정보를 주고받았다. 입에서 입으로 퍼진 이 소문이 우리 집까지 다다르는 데는 그리 오랜 시간이 걸리지 않았다. 이 소식을 접한 우리 어머니는 크게 동요했다. 어머님은 언제까지나 큰아버님 댁에 얹혀 살 수도 없는 노릇이고, 그렇다고 어린 두 아들을 데리고 혼자 나가 살수도 없는 막막한 형편이었다. 어느 날 어머님이 큰어머님에게 망설이며 말씀하셨다.

"성님, 우리도 애비 있는 데로 떠나야겠네요."

그 날부터 우리 세 식구는 남한 행 탈출을 준비하기 시작했다. 준비라고 해보아야 별 다른 것이 없었다. 가지고 갈 것이 뻔했기 때문이다. 쌀 몇 됫박과 헌옷가지, 그리고 수저와 양은 그릇, 다 찌그러진 냄비 한 개가 전부였을 것이다. 짐이 많다고 하더라도 더 가져갈 수 있는 처지가 아니었기 때문이다. 그 때 우리 어머님은 1918년생임으로 한창 젊은 나이 서른세 살이었지만, 내 동생은 우리 나이로 세 살박이 젖먹이였음으로 엎고 이고 해 보아야 그 양이 뻔했다. 말하자면 떠날 준비는 다 된 셈이나 마찬가지였다. 문제는 언제, 누구를 쫓아서, 어디로 가야 할지가 문제였다. 얼핏 들어서 남한으로 피란을 도모하는 청년들이 있다는 것은 알고 있었지만, 그 계획이 미리 발각되면 관련자 모두가 끌려가서 문초를 당하고 결국에는 죽거나 감옥살이를 해야 하는 민감한 문제였기 때문에 그것을 알아내기가 쉽지 않았다. 그러나 큰어머님은 친숙한 이웃들과 비밀리에 내통하고 있었다. 그리고 그 피란 팀에 우리 가족을 끼워 넣으려고 애쓰고 계셨다.

나중에 안 사실이지만 그 당시는 38선이 완전히 그어지지 않아 남한과 북한이 서로 밀고 밀리며 교전 중이었다. 전쟁이 터지자 한 차례 남쪽으로 밀렸던 한국군이 미국이 주축이 된 유엔군의 도움으로 북쪽 끝까지 밀고 올라가 곧 통일이 되나 싶더니, 다음해 11월 중공군의 개입으로 다시 남하하기 시작했다. 이 와중에 북에 남아 있던 어른 남자들은 인민군에 끌려가지 않으려고 단신 남쪽으로 피란을 간 경우가 대부분이었다. 그래서 우리 집처럼 많은 사람이 이산가족이 된 것이었다.

그러다보니 남한과 북한을 오가는 용감한 젊은이들이 생겨났다. 그들의 모험은 아직 북에 남아 있는 가족들을 남한으로 데려가는 경우이거나 아니면 순전히 남북을 오가며 안내자 역할로 돈을 벌려는 경우였다. 그런데 우리 가족은 이 두 경우에 모두 해당되지 않았다. 피란 팀과 생사를 같이할 정도의 피붙이도 아니고 그 팀에 끼는 대가를 충분히 치를 형편도 못 되었다. 그러니 큰어머님을 통해서 그저 부탁하는 수밖에 없었다. 그러나 번번이 거절당했다. 큰어머님의 얼굴을 보아 안내하는 수고비는 면제받을 수 있었지만, 우리 구성원 자체가 문제가 되어 좀처럼 받아들여지지 않았다. 그것은 달이 뜨지 않는 캄캄한 밤에 길을 잘 아는 안내자 청년을 따라 인민군들이 보초를 서는 마을 앞 제방 둑 위를 넘어 바다로 달아나야 하는데 아녀자와 애들은 큰 짐이 될 수밖에 없었기 때문이다. 특히 우리 동생이 문제였다. 야밤중에 세 살 박이 젖먹이가 울기라도 하는 날에는 모두 들켜서 몰살당할 위험이 크기 때문이었다. 막막했다. 우리 어머님의 실망은 이만저만한 것이 아니었다.

봄이 지나서 초여름이 다가오자 산과 들은 온통 짙푸른 물감을 칠해 놓은 것 같았다. 앞동산에도 예외 없이 콩밭이 들어서고 콩 줄기는 따

가운 햇살을 맞아 쑥쑥 커 올라오고 있었다. 곁가지마다 다른 가지가 생겨 단출했던 콩대가 그 세를 더해 온 밭을 뒤덮기 시작했다. 다행인지 불행인지 부녀자들의 부역으로 밭은 그나마 갈아엎어 콩을 놓을 수 있었지만 논은 손도 대지 못했다. 마을에 논일을 할 만한 장정들이 남아 있을 리 없었고 몇 마리 남아 있던 일소들마저 인민군들의 공출로 어디론지 끌려간 지 오래였기 때문이었다. 이 때쯤이면 논에 모를 낸 벼가 땅심을 받아서 논물을 볼 수 없을 정도로 논을 꽉 채워야 되는데 그냥 묵힌 논에는 듬성듬성 묵은 벼이삭과 잡피가 어지러울 뿐이었다. 흐렸던 하늘이 가끔씩 걷히고 뜨거운 태양이 내려쬐기 시작했다. 시커먼 구름이 몰려오는가 싶으면 동쪽 하늘부터 다시 훤해지면서 빛의 향연을 준비하곤 했다. 곧 황금빛 노을의 역광이 옅은 구름으로 투사되어 불그레한 캔버스가 만들어졌다. 지루한 하루가 지나가는 것을 어두워지는 저녁노을에서 확인할 수 있었다.

몇 번인가 초여름 비가 쏟아지고 나니 앞 제방에 물이 불었다. 수초 사이로 흘러가는 물이 살아서 꿈틀거렸다. 갈대숲이 막아서면 물은 소용돌이가 되어 다른 방향으로 틀고 다시 둔덕을 만나 허옇게 솟구쳤다. 논물을 대지 않으니 이 제방물이 할 일 없이 넘쳐흘러 주인 없는 논을 적셨다. 그 당시 우리나라 논은 대부분 천수답이어서 6월까지 비가 안 오면 물을 대느라고 야단이었다. 그러나 나무께 마을은 이 제방물이 넉넉하여 매년 가뭄의 고통에서 자유로울 수가 있었다. 그러나 올해는 물과 관계없이 논들이 그대로 버려져 있으니 농민들의 마음이 얼마나 타들어가겠는가?

한 차례 장맛비가 지나고 햇살이 더욱 뜨거워지는 계절로 성큼 들어섰다. 나른한 기운이 몸을 감싸고 저 멀리 미루나무에서 우는 매미 소리가 정겹게 들려왔다. 잠이 쏟아지고 있었다. 마을은 낮에는 언덕배기 너머에서 부역하는 아낙네들의 잔잔한 목소리가 간간이 들리고 있을 뿐, 멀리서 들리는 포성소리만이 지금이 전쟁 중이라는 것을 알려주고 있었다.

그러던 어느 날 큰어머님과 사촌 형님, 동생, 우리 식구 모두가 양동이나 소쿠리를 하나씩 들고 제방 둑으로 나아갔다. 제방에는 이미 동네 노인들과 부녀자들, 아이들이 가득했다. 완장을 팔뚝에 두른 남자가 큰 소리로 지휘를 하고 있었다. 노인과 부녀자와 애들이 그의 말대로 잘 움직일 리가 없었다. 내무서원인 그는 이마에 핏대를 세우며 욕지거리를 해대고 있었다. 놀란 사람들이 우왕좌왕하며 어쩔 줄을 몰라 했다. 그는 제방 아래 유유히 흐르는 물길을 가리키며 사람들에게 말했다.

"오늘은 그동안 조국통일 전선에 부름 받은 마을인민들을 위로하기 위하여 천렵행사를 한다! 젊은 여자들은 말뚝이 박힌 앞에 흙을 퍼 날라 오고 뒤쪽은 남정네들이 둑을 쌓아 물길을 막는다. 알았능가?"

그 때야 마을 주민들은 무슨 일을 하는지 알아차렸다. 나무께에는 논물을 대기 위해 만든 제방이 마을 앞 논 한가운데를 가로지르고 있었다. 마을 사람들이 모를 다 내고 감자 수확을 한 다음 가을 채소 씨를 뿌리고 나면 좀 한가해진다. 그 때쯤이면 제방물도 줄고 물풀이 너울처럼 자라 진흙 속에 온갖 물고기를 품게 된다. 장마로 진흙탕이 된 물이 차츰 맑아지고 온기를 품을 때쯤이면 붕어와 잉어, 미꾸리가 검붉은 흙색으로 변해 꿈틀대기 시작한다. 이 때 놀기 있는 청년들이 나서서 제방 물길을 한 너덧 칸쯤 막고 물을 퍼내면 그야말로 물 반 고기반이 된다. 이것을 노린 인민군의 발상이었다.

그러나 노인과 부녀자들이 그 세찬 물길을 막기에는 역부족이었다. 거의 물길을 잡는가 싶으면 한 곳으로 샛골이 되몰려 물살이 더 세어지고 그와 함께 쏟아내는 토사가 둑을 무너뜨렸다. 모든 사람들은 허리는 물론 얼굴까지 흙 범벅이 되어 물과 싸우고 있었다. 그럴수록 내무서원의 욕지거리는 더욱 거세지고 협박에 놀란 마을사람들은 필사적으로 둑을 쌓기 시작했다. 얼마나 지났을까? 안되겠다고 생각한 내무서원은 어디서인지 군인인 듯한 젊은이 몇 명을 달구지에 태워 데리고 왔다. 그들이 나서자 양쪽 흙막이가 겨우 완성되었다. 그 다음에는 어린아이까지 양동이를 들고 물을 퍼내기 시작했다. 모든 사람들이 달겨들자 양쪽 흙막이에 갇혀 있던 가득한 물이 차츰 줄기 시작했다. 물이 무릎 아래로 내려오자 물고기들이 요동치는 것이 감지되었다. 큰 놈들은 가끔 수면 위로 올라와 숨을 헐떡이며 이리저리 꿈틀대고 있었다. 발을 스치고 지나가는 느낌에 소스라쳐 놀라기도 했다. 물이 빠질수록 온갖 물고기가 가득한 둑 안은 사람들의 탄성으로 와자지껄했다. 나도 손으로 가물치 한 마리를 잡았다. 그 순간 손가락 사이로 빠져나간 그 놈이 다시 쏜살같이 진흙탕 물속으로 사라졌다. 아무튼 그 출발은 공포스러웠지만 물고기들이 펄떡거리는 생명의 촉감에 마음이 누그러져 금방 긴장이 풀린 애들은 진흙탕에서 물고기를 잡으며 슬슬 장난치기 시작했다. 또 한 번 내무서원이 욕을 해댔다.

"이 간나 새끼들! 조신히 굴지 못하겠나!"

물을 완전히 퍼내서 바닥까지 드러난 제방 안은 그야말로 물고기 밭이었다. 내무서원은 이 물고기들을 양동이에 담아서 뚝 위 달구지에 싣도록 했다. 잉어, 가물치, 붕어, 미꾸리 등 풍성한 물고기들을 마을 사람들이 억척스레 잡아서 달구지 위의 물통으로 옮기고 또 옮겼다. 달구지 위의 큰 통 몇 개가 물고기로 가득 들어찼다. 그러자 내무서원은 데려온 몇몇 군인들과 함께 달구지를 타고 어디론지 유유히 사라졌다.

그들이 사라지자 동네사람들은 나머지 잔잔한 찌스레기 고기들을 잡기 시작했다. 풀 숲 밑둥을 뒤지고 진흙 속을 쑤셔 잔챙이 붕어와 송사리, 그리고 미꾸라지를 잡았다. 우리집 식구들도 저녁거리 한 끼 정도는 잡은 듯했다. 너무나 피곤한 하루를 보낸 우리 식구들은 초죽음이 되어 집으로 돌아왔다. 그 날 저녁 물고기 국물이 그렇게 달 수가 없었다.

어느덧 낮에는 뜨거운 바람이 부는 초여름이 되었다. 낮은 길어지고 태양은 높아져서 땅의 지열이 후덥지근하게 다리를 휘감고 올라왔다. 또 한 계절이 속절없이 지나가고 있었다. 어머님은 점점 초조해지기 시작했다. 근심이 가득한 어머님이 저녁마다 큰어머님을 졸라대는 모습이 보이곤 했다. 남쪽으로 탈출하는 무리에 우리 세 식구를 꼭 끼워달라는 부탁이었지만 젖먹이와 어린애가 딸린 아녀자를 누가 죽음을 무릅쓰고 데려가려고 하겠는가? 어머니는 이제 남으로 피란 간 남편과 상봉할 마지막 희망을 잃고 절망에 빠졌다. 이미 농사는 피폐해져 먹을 식량이 바닥나니 식구들의 입에 풀칠하기도 쉽지 않았다. 앞동산 위 하늘은 여전히 끝없이 새파랗게 맑지만 마음은 먹장구름이 가득했다. 그러든 어느 날 어머니가 결심한 듯 큰어머님에게 말했다.

　"성님! 할 수 없네요. 동네 청년들이 안 데려 가면 몰래 따라 나서
　　는 수밖에……"

　어떻게 어머님이 그런 엉뚱한 생각을 하셨는지 지금 생각해보아도 어안이 벙벙하다. 남행 탈출 팀의 정보를 미리 입수하여 그들이 모이는 접선 장소에 무조건 머리를 디밀겠다는 것이다. 인민군들이 바다를 막고 있는 제방 둑 위에 100여미터 간격으로 보초를 서고 있는데 낮에 농사일을 하는 척하면서 그 위치를 눈여겨보아 두었다가 밤에 그 중 가장 허술한 장소 바로 밑에 숨어서 기회를 보아 둑을 넘어 도망치는, 그야말로 생명을 건 모험이었다. 그런데 어머니는 그들이 모이는 그 장소에 불쑥 나타나 함께 묻혀 가겠다는 심사였다. 그러나 문제는 이 만나는 장소가 인민군 초소의 상황에 따라 바뀌고, 또한 그것은 이웃간에는 물론 형제간에도 잘 알려 주지 않는 일급비밀이어서 알아내기가 쉽지 않았다. 큰어머님께서 백방으로 알아보았지만 어느 누구도 나서서 알려 주는 사람이 없었다. 어머니는 더욱 막막할 뿐이었다. 또 한 주가 지나갔다. 집 앞 행길에는 남쪽으로 향하는 인민군 대열이 눈에 띄게 길어졌다.

어머니는 어느 날 밤 곤히 자고 있는 나를 흔들어 깨우셨다. 눈을 부시시 뜨고 보니 어머니는 주섬주섬 짐을 꾸리고 계셨다. 나는 잠에서 깨어 의식이 조금 돌아오자 어머님이 무엇을 하고 계신지 대충 짐작할 수가 있었다. 오밤중에 탈출하려는 사람들이 모일 만한 장소로 무작정 나가 보려는 것이었다. 정확한 장소는 모르지만 낮에 본 초소의 위치를 가늠하면 대충 짐작은 할 수 있을 것 같았던 모양이다. 그리고 탈출 시간은 달이 완전히 지는 캄캄한 시각과 바닷물이 나가는 썰물대가 맞아떨어져야 한다. 왜냐하면 다행히 둑을 넘어 바다로 들어섰다고 하더라도 밀물 때가 되면 한 발자국도 남쪽으로 나아 갈수가 없기 때문이었다. 이러한 절묘한 타이밍을 맞추는 것은 오랫동안 바다 가까이 사셨던 큰어머님의 도움으로 가능했다.

어머니는 얼마 안되는 쌀과 양은그릇을 차곡차곡 빈 데 없이 보자기에 채우시더니 힘껏 동여매기 시작했다. 몇 푼 안 되는 돈은 허리춤 밑 적삼깃에 꼬깃꼬깃 쑤셔 넣으셨다. 그리고는 헌 옷 몇 가지를 눌러 말아서 부피를 줄인 다음 명주 천 조각으로 동여매셨다. 어머니는 준비가 대충 되자 나를 옆방으로 데려가 노심초사하시는 큰어머님에게 작별인사를 시켰다. 나는 자꾸 눈물이 났다. 무서워서가 아니라 이 캄캄한 밤중에 큰어머님 곁을 떠난다는 것이 너무나 슬펐기 때문이다. 큰어머님은 작은 목소리로 어머님에게 다시 한 번 주의를 당부하셨다.

"동생! 간줏골 있잔나. 그 오솔길로 가다 보면 작은 논배미가 나오
는데 오른쪽 산소들을 끼고 돌면 낮에 본 그 미루나무들이 나와.

그 끝 제방 아래 사시나무 덩굴이 엉켜 있는데 거기가 아마 모임 장소인 것 같아. 무조건 죽었다고 빌고 따라붙어! 헌데 택균이가 울지 않아야 할텐데…… 그리고 혹여 못 만나면 행길 쪽으로 나와서 다시 집으로 돌아오게. 알았지!"

어머니는 등에 동생을 업고 머리에는 쌀과 양은 보따리 짐을 이고 방을 나섰다. 그 뒤를 나는 옷 보따리가 든 작은 가방을 등에 메고 따라 나섰다. 서늘한 밤공기가 얼굴을 스쳤다. 어딘선지 이름 모를 새가 끼엄 끼엄 울고 있었다. 자주 듣던 새소리였지만 스산하기 이를 데가 없었다. 동생은 아무 것도 모른 채 어머니 등에 엎혀 곤히 자고 있었다. 집 대문에 이르자 큰어머님이 소리가 안 나게 두 손으로 대문을 들어서 열고 밖의 동정을 살폈다. 정말로 캄캄한 밤이었다. 처음에는 아무 것도 안 보이던 암흑천지가 조금 지나자 대충 가늠할 수 있을 정도가 되어 집 앞 한길이 다른 곳에 비해 훤하게 드러났고 들판 앞 언덕이 무슨 괴물처럼 시커멓게 다가왔다. 시커먼 물체는 어두움으로 우리를 완전히 엄습했다. 어머니는 대충 지리를 익힌 다음 몸을 움츠리고 앞 언덕을 향해 출발했다. 나는 무서움에 떨며 그 뒤를 쫓아갔다. 한밤중이라 주의를 해도 발자국소리가 그렇게 크게 들릴 수가 없었다. 어머니가 조용히 걸으라고 다시 한번 손짓을 했다. 언덕에 가까이 이르자 내 숨소리만이 들리는 듯해서 더욱 긴장되었다. 나는 그 언덕을 지나면서 지난해에 사촌 형님과 콩서리를 하던 생각이 났다. 검댕이 묻은 시커먼 얼굴로 콩을 주어 먹으며 씨익 웃으시던 사촌형님이 눈에 선했고 한없이 파랗게 물들었던 언덕 위의 소담한 하늘도 머리에 떠올랐다.

우리 세 식구는 간줏골로 가는 오솔길을 따라가다가 논배미를 지나 산소에 이르렀다. 잘 보이지는 않았지만, 산소 앞에 세워진 어둑한 조형물의 형체로 미루어 알아볼 수 있었다. 너무나 무서웠다. 낮에도 이곳은 인적이 드물어 어른들조차 지나기를 꺼려하는 곳인데다가 산소를 끼고 있는 커다란 바위 뒤에 큰 구렁이가 살고 있다는 이야기를 전해 들었기 때문이다. 나는 더 이상 걸음을 걸을 수가 없었다. 그러자 어머니가 뒤로 돌아와서 내 손을 잡아끌었다. 그 높다란 바위를 돌아 지나면서 멀리 시커먼 제방이 앞을 가로막고 있는 것이 어렴풋이 보였고 그 아래로 아득하게 커다란 미루나무가 그 제방 둑까지 이어져 있었다.

어머니가 제대로 찾아 온 것이었다. 거기서부터 미루나무까지는 늪지대였다. 칠흑 같은 밤은 한 치 앞을 가늠하기 어려웠다. 그러나 어머님은 더듬더듬 길을 찾아 걸어 나가셨다. 이미 웃자란 갈대숲이 어른 키만큼 앞을 가려서 더 이상 헤쳐 나갈 수 없는 지경이었고, 발이 무릎까지 빠지는 곳도 있었다. 그러면 어머니는 그 곳을 돌아 나와 다시 빠지지 않는 길을 모색했다. 그러는 동안에도 어머니는 등에 엎인 동생이 잠에서 깨지 않을까 노심초사했다. 여기서 동생이 울기라도 하는 날에는 인민군에게 들켜 잡히거나 총질을 당할 것이 뻔했기 때문이었다. 정말로 아슬아슬한 순간이었다. 어두운 밤에 어렴풋이 보이는 미루나무들은 매우 가까운 듯했지만 가면 갈수록 뒤로 물러나 앉아버렸다. 어머님과 나는 기진맥진했다. 봇짐을 머리에 이고 동생을 업은 어머니는 그래도 힘든 내색 하나 않으시고 앞으로 앞으로 나아가셨다. 얼마나 지났을까? 저 멀리 둑에서 보초 서고 있는 인민군 초병들의 말소리가 두런두런 들려오기 시작했다. 더욱 긴장이 되어 심장이 멎는 듯했다. 머리를 바짝 숙이고 기다시피 해서 미루나무 대열 마지막 끝에 있는 사시나무 덩굴에 겨우 도착했다. 그곳은 제방 둑 바로 아래 늪지 주위였다. 눈앞에 높다란 제방이 심술궂게 버티고 서있었다.

　그런데 이미 와 있으리라고 생각한 사람들이 하나도 보이지 않았다. 어머니는 당황했다. 분명히 큰어머님이 가르쳐 주신 장소이건만 아무도 보이지 않으니 그 예상이 틀린 것은 아닌지? 그 때 둑 위에서 발자국 소리가 들렸다. 인민군 초병들이 오가는 소리였다. 어머니는 몸을 한껏 숙이고 쥐 죽은 듯이 꼼짝 않고 나에게 손으로 입을 가리며 소리 내지 말라는 시늉을 하셨다. 정말로 숨 막히는 순간이었다. 다행히 어머니 등에 업힌 동생은 세상 모르고 자고 있었다. 몸을 엎드린 채 얼마나 지났을까? 캄캄한 밤에 마냥 기다리는 수밖에 다른 도리가 없었다. 그런데 어디선가 인기척이 들리는 듯했다. 머리를 들고 주위를 살폈지만 아무 것도 보이지 않았다. 조금 지나서였다. 왼쪽으로 30미터쯤 떨어진 곳에 제방 둑 수문 벽이 있는데 그 곳에서 나는 인기척 같았다. 어머니 얼굴이 다시 상기되기 시작했다. 어머니는 여전히 몸을 숙인 채 그곳을 향해 발걸음을 재촉했다. 그런데 우리가 가까이 가자 다시 조용해졌다. 더욱 긴장이 되었다. 수문 벽 가까이 갔으나 아무도 보이지 않자 그 안으로 들어 들어가 보았다. 거기에 사람들 내 여섯 넝이 웅크리고 숨어 있다가 놀란 얼굴로 우리를 쳐다보았다. 그들은 젖먹이와 어린애가 딸린 어머니를 보자 실망한 듯 노발대발했다. 큰 소리로 말은 할 수 없으니 손짓 발짓을 해가며 다시 돌아가라는 시늉이었다. 어머니는 제발 데려가 달라고 애걸했다. 팽팽한 긴장감이 감돌았다. 몇몇 청년은 우리와 같이 갈 수 없으니 오늘 피란 계획을 취소하자고 말하기도 했다. 이렇게 옥신각신하는 바람에 등에 업혀 있던 동생이 잠에서 깨어나 칭얼거리기 시작했다. 어머니는 사색이 되었다. 나도 어린 나이에 이제는 죽었구나 하고 생각했다. 다른 사람들도 긴장이 되어 어쩔 줄을 몰라했다. 그들은 우리를 두고 그냥 도망치려고 했다. 그러나 그들은 거기를 그냥 떠날 수도 없었다. 거기서 합류하기로 한 가족 2명이 아직 오지 않았기 때문이다. 다행히 수문 벽이 막혀 있어서 어린애 울음소리가 멀리까지 들리지는 않았다. 어머니는 얼른 젖을 꺼내 동생의 입에 물렸다. 다시 잠잠해졌다. 고요 속에 어린애 젖 빠는 소리만이 간간이 들릴 뿐이었다. 얼마나 지났을까? 동생이 젖을 빨다가 다시 잠이 들자 수문 벽 안에 다시 적막이 엄습했다.

드디어 풀숲에서 두 사람이 나타났다. 그들은 길을 잘못 들어 늪에 빠져서 헤맨 듯 온 몸이 진흙투성이가 되어 있었다. 다른 사람들이 안심한 듯 그들을 반갑게 맞았다. 그들은 두 사람이 오다가 인민군에게 발각되어 끌려간 것이 아닌가 하고 걱정을 하던 참이었다.

그리고 나자 그들은 남행을 감행할 것인가에 대해 다시 의논하기 시작했다. 계획을 늦추는 것도 쉽지 않은 듯 옥신각신 했다. 모든 개개인의 사정이 다를 뿐만 아니라 달이 뜨지 않는 밤에 물때를 맞추어야 하기 때문에 다음으로 미루려면 보름 후에나 가능하기 때문이었다. 자기들끼리 한참 쑥덕거리더니 어쩔 수 없이 결정을 내린 듯 그 중 한 청년이 어머니에게 다가와 작지만 위협적인 목소리로 속삭였다.

"아주머니! 둑방을 넘으면 그냥 남쪽을 향해 달아나요! 날이 밝기 전에 중산 섬에 도착하지 못하면 방향을 잃고 북쪽으로 가서 잡히거나 밀물에 빠져 죽습니다. 둑방을 넘으면 우리를 죽어라 따라오세요. 그러지 못하면 우리는 책임 못져요! 알겠어요! 애기 단속 잘하고요!"

어머니는 쫓겨나지 않고 따라가게 해 준 것만도 고맙게 여기셨다. 다른 사람들은 마음이 내키지 않았지만 달리 다른 방도가 없었다. 모든 사람이 무어라고 말은 못하고 숨소리를 죽인 채 심각한 표정만 짓고 있었다.

그러자 잠시 후 한 청년이 날쌔게 수문 벽을 넘어 제방 둑으로 기어오르기 시작했다. 정말로 다람쥐처럼 몸이 가벼웠다. 그는 둑을 거의 오르자 몸을 더욱 낮추고 둑 위 사정을 살피는 듯했다. 인민군이 순찰하는지 살피고 있었다. 침묵의 시간이 흘렀다. 몇 분이나 지났을까? 그 청년이 둑으로 오라는 손짓을 보냈다. 일행 십여 명이 수문 벽을 돌아 둑으로 기어오르기 시작했다. 어머니가 뒤처져서 안간힘을 쓰며 나의 손을 잡았다. 오히려 나는 몸이 가벼워 어머니를 앞장 설 수 있었다. 일행 모두가 둑 바로 밑에까지 기어 올라갔다. 그러자 앞장 선 청년이 다시 몸을 낮추고 제방 둑 위를 응시하며 조용히 하라고 손짓을 했다. 서늘한 바람이 바짓가랑이를 타고 배꼽을 간질이며 위로 올라오고 있었다. 웅크린 몸은 콩당 콩당 뛰는 심장소리가 크게 울려 숨소리를 압도하고 있었다. 드디어 앞장 선 그 청년이 우리를 향해 손으로 둑을 넘으라는 시늉을 했다.

"빨리 넘어요! 빨리! 빨리!"

그러자 모든 사람이 몸을 숙인 채 둑 위를 넘기 시작했다. 너무 어두워 앞을 분간할 수는 없었지만 우리 어머니와 나는 일행의 움직임을 따라 둑 위 길을 가로질러 반대편 언덕에 다다랐다. 그 경사를 내려가면 곧 바로 바다 개펄이 나타난다. 일행은 우르르 내려갔다. 비릿한 바닷바람이 얼굴을 확 때렸다. 먼 바다에서부터 개펄을 훑어온 바람이라 찝찔한 냄새가 입술을 적셨다. 우리는 안내자 뒤를 바짝 쫓았지만 어머니는 동생을 등에 업은지라 몸을 자유롭게 움직일 수가 없었다. 어머니가 내 손을 잡는 순간 머리에 인 보따리가 세차게 거슬러 올라오는 바닷바람에 휙 날리고 말았다. 허공을 날아간 봇짐이 땅에 닿자 '땡그렁' 하고 양은그릇 소리를 내며 아래로 굴러 떨어졌다. 우리는 혼비백산했다. 이제는 죽는구나! 모두 뛰기 시작했다. 그래도 어머니는 냉정을 잃지 않고 그 봇짐을 주워 다시 머리에 이었다. 저 멀리서 초병들이 뛰어오는 와자지껄한 소리가 들려오기 시작했다. 이어 고함소리와 함께 '탕~ 탕~'하는 총소리가 났다. 나는 그때 죽는 줄만 알았다. 그런데 살아 있었다. 캄캄한 밤이라 총알이 빗겨간 것이었다. 어머니와 나는 죽을 힘을 다해 정신없이 바다로 뛰었다. 갯벌에 발이 빠져 어느새 신발이 달아나버렸다. 마음이 급하니 뛴다고 뛰지만 발이 허공에 날리는 듯 앞으로 잘 나아가질 않았다. 얼마나 지났을까? 제방 위 초병들의 고함소리가 점점 멀어져 갔다. 다행히 그들의 사정권을 벗어나고 있었다.

그런데 문제는 앞서 가던 피란 팀의 거무스레한 모습이 점점 멀어지기 시작했다. 어머니는 그 사람들과 떨어지는 것이 곧 죽음이라는 것

을 알기 때문에 필사적으로 뛰었지만 장정들의 발걸음을 따라잡기에
는 역부족이었다. 그들의 검은 실루엣이 점점 희미해지더니 완전히 사
라져 버리고 캄캄한 어둠 속에 그들의 발자국 소리만 요란하게 들릴
뿐이었다. 우리는 갯벌에 수없이 빠지면서도 그들의 철벅거리는 소리
를 방향 삼아 그 쪽으로 나아가는 수밖에 다른 도리가 없었다. 그 발자
국 소리도 차츰 희미해지기 시작했다. 초조해진 어머니는 내 손을 꽉
잡고 방방 뛰었다. 뛰고 또 뛰어서 그 방향으로 쫓아가도 소리는 점점
멀어져만 갔다. 얼마나 지났을까? 나는 결국 우리 발자국 소리만이 어
두운 밤의 적막을 깨고 있음을 알아차렸다. 무서웠다. 어머니는 가던
발을 멈추었다. 고요가 어둠과 함께 우리를 엄습했다. 바다 한 가운데
서 있는 우리에게 가장 중요한 지표인 방향을 잃고 있었다.

　"어디로 가야 할까?"

　그러나 보이지도 들리지도 않는 어둠 속에 갇힌 우리는 우주의 미아
가 되어 그 기준점을 잃고 말았다. 어머니의 손이 파르르 전율하며 목
소리가 떨렸다.

　"애야! 어떻게 하니?"

　나는 어린 마음에도 어머니를 위로해야 된다는 생각으로,

　"곧 동이 틀 거야요!"

라고 대답했다. 그러나 문제는 동이 트기도 전에 밀물 시간이 되어 섬
에 도착하기 전 물귀신이 될 거라는 점이었다. 어머니는 물때를 큰어머
님한테 들어서 잘 아시고 계셨지만, 일부러 그런 말은 안 하시고 묵묵
부답으로 내 손을 꼭 잡으셨다. 어머니의 손에서 따뜻한 체온을 느낄

수 있었다. 말씀은 없으셔도 무언가 결심을 하신 듯했다. 어머니는 나중에 그 때의 심경을 말씀하시면서 혼자 죽어서 애들을 고아로 만들기보다는 함께 죽게 되니 다행이라고 생각하셨다고 회상하셨다.

어둠 속에 갇힌 우리 세 식구는 감히 어디로 발을 내디딜 수가 없었다. 남인지 북인지 전혀 방향을 가늠할 수가 없었기 때문이다. 어머니는 체념한 듯 중얼거리셨다. 천지신령께 비는 듯했다.

"이 어린 것들 꽃도 피우지 못하고 저 세상으로 보냅니다. 신령님!
부디 이 세상에서 누리지 못한 지복을 이 불쌍한 것들에게 내려 주소서!"

그런데 가만히 서서 하늘에 빌고 계시던 어머니가 갑자기 귀를 쫑긋하며 무언가 듣고 계셨다. 나도 귀를 기울였다. 희미하지만 멀리서 들리는 바다 소리였다. 바다는 아무리 잔잔해도 물결이 밀려와 갯벌에 부딪치게 마련이다. 수평선 어딘가에서 그 소리가 희미하게 들렸던 것이다. 어머니의 눈에 희망이 보였다. 우리가 서 있는 방향 오른쪽 어딘가에 썰물로 나간 바다가 있었다. 어머니는 가만히 귀에 손을 대고 이 바닷물 소리를 다시 확인하시더니,

"저 쪽 방향이다. 증산도가 저 쪽일 것 같다!"

어머니는 확신에 찬 듯 힘주어 말씀하셨다. 우리가 남쪽으로 가고 있다면 오른편에 바다가 있을 것이고 왼편에 육지가 있을 것은 뻔한 이치였다.

우리는 다시 걷기 시작했다. 어머니는 얼마만큼 걷다가는 멈추어 서서 방향을 탐지하곤 하셨다. 엉뚱한 곳으로 가지 않기 위해서 물소리

와 일정한 거리를 유지하며 걷고 또 걸었다. 그러나 이 추측이 빗나갈 수도 있어서 확신할 수는 없었지만 그렇다고 머뭇거릴 수도 없었다. 서해 바다가 요철이 심해서 이러한 일반적인 방향 짐작이 맞지 않을 수도 있지만 우리에게는 선택의 여지가 없었기 때문이다. 개펄에 미끄러져 수없이 넘어지면서도 다시 일어난 어머니는 더욱 나의 손을 꼭 잡으셨다. 사방이 캄캄한 밤바다 한가운데를 이렇게 정처 없이 걸으며 나는 처음으로 어머니의 따뜻한 손을 통해 무언가 혈육의 정을 느꼈다. 나와 한 몸이 된 듯한 이상한 느낌, 그 원초적인 생명의 원석이 나의 정신에까지 이어지는 듯했다. 그 일체감은 신화에 가까웠다.

그 감동어린 동질감은 어머니에 대한 믿음에서 나온 것이 아닌가 생각한다. 이 표류하는 우주에서 믿을 것은 옆에 계신 어머니뿐이어서 어린 나에게는 어떤 절대적인 존재처럼 비쳤다. 그래서인지 지금 생각해 보아도 한 인간이 엄청난 위기 앞에서 그렇게 대범하고 지혜로울 수 있을까, 놀랍기만 하다. 막막한 밤바다 한 가운데서 안내자 모두가 달아나버린 상황이니 연약한 여자 같았으면 주저앉아 울기 바빴을 터인데, 나의 어머니께서는 끝까지 약한 모습을 보이지 않으셨다. 마음속으로는 하늘에 운명이 닿지 않으면 최악의 경우 함께 죽을 요량이었지만 끝까지 살 궁리를 놓지 않으셨다.

조금 안정이 되자 주위를 살피게도 됐다. 간간히 서편 육지 쪽에서 포성이 들려 왔다. 그리고 연이어 작지만 소총소리도 들려왔다. 얼마를 걸었을까? 갯골이 앞을 가로막았다. 돌아 갈 수도 없고 그냥 건널 수밖에 다른 도리가 없었다. 어머니께서 내 손을 잡고 천천히 물로 들

어섰다. 처음에는 어머니의 무릎까지 차던 물이 가슴까지 차 올라왔
다. 문제는 나였다. 아직 어린 꼬마였기 때문에 물깊이가 내 키를 넘어
뒷걸음질을 칠 수밖에 없었다. 그러나 다음 순간 내 몸이 가벼워지는
것을 느꼈다. 내가 등에 진 옷 보따리 가방에 부력이 생겨서 나를 떠받
쳐주었기 때문이다. 재미있기까지 했다. 나는 장난기가 발동하여 어머
니 손에 의지하여 물장구를 치며 앞으로 나아갔다. 나는 그럭저럭 어
머니께서 이끌어 주시는 대로 갯골을 건널 수 있었다. 그러나 문제는
어머니 등에 업혀 물길을 건너던 동생이 발이 차가운 바닷물에 닿자
잠에서 깨어나 칭얼대기 시작했다. 다시 불안해지기 시작했다. 동생의
울음소리가 밤공기를 갈랐다. 그러나 캄캄한 밤바다 한가운데서 우는
동생의 울음은 제풀에 꺾일 수밖에 없었다. 울고 있는 동생을 어느 누
구도 얼러주지 않자 동생의 울음소리는 밤의 고요에 맥없이 묻혀버렸
기 때문이다. 등에 업힌 동생은 잠이 달아났는지 어머니가 걷는 걸음
의 율동에 맞추어 흥얼거릴 뿐이었다. 밤공기가 차갑게 느껴지기 시작
했다. 아마 새벽이 가까워 오는 모양이었다. 그러나 우리는 여전히 캄
캄한 우주의 심연에 빠져 남쪽이라고 생각되는 방향으로 파도소리를
가늠삼아 걷고 또 걸었다. 지구 끝 바다의 낭떠러지 벼랑 가까이 온 느
낌이었다. 그러나 어느 순간부터인가 물소리가 바로 지척에서 들리기
시작했다. 우리는 긴장했다. 어머니는 가만히 멈추어서시더니 물소리
나는 쪽으로 몇 걸음 가보셨다. 바다가 밀물이 되어 거기까지 밀고 올
라온 것이었다. 어머니께서 외마디 소리를 지르셨다.

　"밀물이다! 큰 일 났다!"

그 때부터는 반대쪽으로 뛰는 수밖에 달리 도리가 없었다. 그러나 곧 지쳐서 느린 걸음으로 다리를 끌며 앞으로 나아갈 뿐인데 이미 벌써 바닷물이 발등을 적시고 있었다. 차가운 물의 촉감이 차츰 위로 올라와 정강이까지 서늘하게 했다. 어머니는 이 막다른 골목에서 이미 작심한 듯 조용히 앞으로 걷고만 계셨다. 그런데 갑자기 멀리서 희미한 불빛이 보이는 것이 아닌가? 그러자 어머니께서 혹시 헛것을 보지 않았나 하고 의심하고 계신 것 같았다. 나는 무언가 말을 해야 할 것 같아서,

"어머니! 저기 보세요! 불빛이 보여요?"

라고 그곳을 가리켰다. 그랬더니,

"너도 보이니?"

라고 말씀하셨다.

그러자 여러 가지 망상이 떠올랐다. 인민군 보초들이 피워놓은 불이 비치는 것인지, 아니면 남쪽 섬에서 비치는 불인지 분간할 수가 없었다. 그러나 선택의 여지가 없었다. 어차피 좀 있으면 밀물이 허리까지 차 올라와 우리를 휩쓸어 갈 것이기 때문에 우리는 한 가닥 희미한 희망을 안고 불빛을 따라 앞으로 나아갈 수밖에 없었다. 물이 차츰 무릎까지 차 올라 왔다. 그 불빛이 점점 가까워지자 시커먼 산 그림자가 어렴풋이 나타나기 시작했다. 증산섬이었다. 어머니는 기쁨에 감격한 목소리로,

"이제 살았다! 얘야!"

나도 눈물이 났다. 어머니는 더욱 빨리 앞으로 나아갔다. 벌써 골을 머금고 해안을 치닫는 물살의 힘이 느껴졌다. 심연에서 몰아오는 물의

속살이 내 다리를 휘감고 올라와 사타구니를 적시고 있었다. 점점 중산도 해변이 가까워 오자 두런두런 사람 소리까지 들리기 시작했다. 그리고 멀리서 보이던 모닥불이 선명히 드러나 탁탁 불꽃을 튀기며 밤하늘을 수놓고 있었다. 어머니는 이제 살았다는 안도감으로 등에 업고 있던 동생의 포대기를 고쳐 매시며 불현듯 생각이 난 듯 나를 향해,

"너 배고프지?"

라고 말씀 하셨다.

우리는 중산도 해변 쪽을 향해 무거운 발걸음을 흐느적거리며 쓰러질듯 힘겹게 옮겼다. 차츰 사람들의 윤곽이 드러나고 와자지껄하는 소리가 들렸다. 그들도 우리를 발견한 모양이었다. 드디어 남한 땅 중산섬에 도착한 것이다. 우리는 희미해지는 정신을 겨우 가누며 해변 가에 그대로 쓰러졌다. 정신을 가다듬고 뒤를 돌아다보니 이미 밝아오는 여명에 바닷물이 훤하게 펼쳐져 출렁거리고 있었다. 꿈만 같았다. 옆에는 '나무께'에서 같이 출발했던 일행들이 먼저 도착하여 이미 해변을 채운 밀물에 다리에 묻은 갯벌을 씻어내면서 우리가 신기하게 살아왔다는 듯이 쳐다보고 있었다. 그 중 안내자 청년이 다가와 겸연쩍게 말했다.

"미안해유! 아주머니! 우리도 어쩔 수 없었어요. 우리는 아주머니
가 애들과 함께 죽은 줄만 알았는데……"

이렇게 해서 우리는 오랫동안 살던 고향산천을 떠나 남한 땅을 밟게 되었다. 그러나 이렇게 죽음을 담보로 찾아내려온 남한 땅은 우리에게 살 집도 먹을 것도 의지할 사람도 어느 것 하나 보장해 주지 않았다. 나

는 그때부터 사람이 살아간다는 것이 얼마나 처절한가를 뼈저리게 느꼈다. 산다는 것은 곧 먹는 일이라는 동물적 생존에 가까운 생각과 행동을 하게 된 것도 이때부터였다. 어머니께서는 그렇게 어렵게 이고 온 쌀 보따리를 푸셨다. 하얀 쌀 두 됫박 남짓이 속살을 드러냈다. 그 얼마 안 되는 쌀 한 웅큼이 우리 세 식구의 생명을 이어줄 밑씨였다. 어머니께서는 우선 산에 흩어진 마른 나무가장이를 주어오셨다. 옆에서 물과 불을 빌렸다. 그리고는 양은 냄비를 돌 사이에 올려놓고 불쏘시개로 불을 붙여 밥을 지으셨다. 구수한 밥 내음이 배고픈 창자를 뒤틀리게 했다. 우리 어머니는 그 흰밥을 한 양동이 가득 푸고 가져온 장아찌를 내놓으셨다. 참으로 맛있었다. 입에서 살살 녹았다. 내 몸에서 그 쌀이 생명으로 꿈틀대고 있었다. 우리는 생전 처음 집을 떠나 섬 해변가의 유랑인으로 길거리 인생을 살게 되었다.

얼마나 지났을까? 왁자지껄하는 사람들의 소리에 잠이 깨었다. 언제 잠이 들었는지 얼마나 잠을 잤는지 기억이 나지 않는다. 희뿌연 하늘에 태양의 그림자가 멀리 수면 아래서 느리게 올라오고 있는 것을 보니 이른 아침임에 틀림없었다. 옆을 보니 어머니께서 동생에게 젖을 물리고 앉아 계셨다. 뒤에는 밥을 먹은 양은그릇 나부랭이가 그대로 놓여 있었다. 그제서야 우리가 밥을 먹은 직후 백사장에 그대로 누워 잠이 든 것을 알아차렸다. 어머니께서는 언제 일어나셨는지 그때도 긴 머리를 말끔히 뒤로 넘겨 가지런히 쪽을 지어 비녀를 꽂으셨는데 그 모습이 아직은 전쟁의 풍파에 휘둘리지 않은 우아한 자태 그대로여서 마음이 놓였다.

잠에서 깨었을 때 그런 어머니께서 옆에 단정히 앉아 가만히 바느질이라도 하고 계시면 마음이 그렇게 편안하고 행복할 수가 없었다. 어머니께서는 아직 누워 있는 나를 물끄러미 쳐다보고 계셨다. 태양의 역광을 받은 어머니의 실루엣이 나의 얼굴을 덮어 분명한 윤곽이 드러나지는 않았지만 빙긋이 웃고 계시는 얼굴이 틀림없었다. 왜 미소 짓고 계셨을까? 글쎄? 죽음의 사선을 넘어와서 느끼는 안온한 행복감의 표현일는지 모른다. 그러나 그 후 내가 어머니와 수십 년간을 살아오면서 내린 결론은 추측컨대 어리지만 한 아들은 품에 안고 다른 아들은 저만큼 키웠으니 아무리 전쟁 중이라고 하더라도 마음이 든든하셨을 것 같다. 그러니 잠깐 동안이나마 대견한 마음에 미소를 머금을 수 있었을 것이다.

이제 새날이 밝았으니 흩어진 짐을 챙기고 어디론가 떠나야 했다. 주위에는 우리처럼 피란길에 오른 사람이 수없이 많았다. 위치상으로 북한의 해안에서 남쪽으로 향하는 길목에 이 섬이 있었기 때문에 사람이 모일 수밖에 없었다. 그러나 이 섬은 아직도 위도 상으로는 북한 땅 이북에 속해 있었기 때문에 언제 북한군이 들이닥칠지 몰랐다. 그래서 거기에 남아 있는 국방군도 철수 준비에 한창 바빴다. 그러나 민간인들은 아무 대책 없이 이리저리 방황할 뿐이었다. 우리는 우선 국방군 연락소에 찾아가 피란민 신고를 하기로 했다. 등록을 하면 언제가 될지는 모르지만 민간인 철수 계획에 따라 군함을 타고 육지로 갈 수 있다는 이야기를 주위에서 들었기 때문이다. 연락소 앞에는 벌써 수백 명이 모여 있었다. 짐 보따리를 이고 진 사람, 노모가 절룩거리며 뒤를 쫓고 있는 가족행렬, 그 가운데 칭얼대는 아이들이 한데 뒤엉켜 아수라장이었다. 한사람이라도 먼저 신고하면 빨리 배를 타고 탈출할 수 있다는 생각으로 그 자리다툼이 치열했다. 엑서더스는 이제부터였다.

국방군 안내자는 보이지도 않는데 피란민들끼리 밀치며 아귀다툼을 하고 있었다. 그러자 어디선가 아이들의 비명소리와 그 아이들을 보호하려는 부모들의 째지는 소리가 들려왔다. 서로 밀치며 내뿜는 소리는 동물의 우짖는 소리 바로 그것이었다. 사람이 살아가는데 체면과 질서가 망가지면 인간의 허울이 얼마나 가벼운가를 여실히 보여 주고 있었다. 드디어 욕설이 오가더니 치고받는 난투장으로 변했다. 무서웠다. 어머니께서는 한 치 물러서시더니 상황을 살피시는 것 같았다. 난투극으로 사람들이 물러난 사이로 멀리 포스터가 붙어 있는 것이 보이자 어머니께서는 내 손을 잡아끌고 그 쪽으로 향했다. 그 방의 내용인즉 피란민의 철수 순서에 관한 것이었다. 민간인 중 첫째가 군인 가족이고 둘째가 경찰 가족이고 셋째가 의용군 가족이고 넷째가 일반 민간인이었다. 아무리 빨리 신고를 한다고 하더라도 언제 우리 차례가 되어 떠날 수 있을지 감감했지만, 달리 방도가 없으니 아무리 시간이 걸리더라도 기다려서 신고를 하는 수밖에 없었다.

그러나 한나절이 지나도록 줄을 선 사람들의 숫자가 줄어들지를 않았다. 뜨거운 태양이 얼굴을 녹이는 듯했고 땀 냄새는 시간이 지나사 퀴퀴한 오물 냄새로 변했다. 앞에 선 아주머니의 등에 매달린 어린아이가 숨이 막혀 답답해했다. 나는 내 동생 생각이 나서 고개를 돌려주려 해 보았지만 옴짝달싹할 수가 없었다. 어느덧 해가 사람들 등어리로 슬어지자 바다의 간비린내가 해안가를 비집고 올라왔다. 저녁때가 되어 서풍이 불어오는 모양이었다. 비릿한 바다내음이 어제 넘던 제방 둑에서의 위기를 떠올려 몸서리가 쳐졌다. 벌써 까마득한 옛일처럼 뇌리를 오갈 뿐이었다. 그리고는 '나무께'의 하늘이 생각났다. 어른들의 어깨너머로 하늘을 쳐다보았다. 어느덧 저녁노을에 하늘은 붉은 빛을 띠고 있었다. 그 하늘을 물끄러미 바라보고 있는데 갑자기 앞에 줄을 섰던 사람들이 욕설을 해대며 흩어지는가 싶더니 앞쪽으로 몰려가 고성을 질러댔다. 어떤 사람들은 몽둥이를 휘두르며 왜 오늘 접수를 해 주지 않느냐고 따졌다. 그 순간 어디선가 뒤쪽에서 돌맹이가 날아들기 시작했다. 사태가 험악해졌다. 그러자 접수를 받던 직원들이 사무실 안으로 도망쳐 버리고 곧 총을 든 국방군 몇 명이 나타나,

　"이 새끼들 죽고 싶어!"
라고 소리치며 하늘을 향해 공포 몇 발을 발사했다. 삽시간에 사람들이 흩어졌다. 나는 너무나 무서워서 쥐 죽은 듯이 어머니 치마폭으로 기어들었다. 어머니의 몸이 파르르 떨리는 것이 느껴졌다.

　다음날 새벽하늘이 훤히 밝기 시작하자 어머니께서 서둘러 나를 데리고 국방군 연락 사무소로 향했다. 사무소 앞은 아직 안개가 자욱하여 확실히는 보이지 않지만 벌써 사람들이 웅성거리고 있었다. 새벽부터 작심을 하고 신고를 하려고 모여든 사람들이었다. 아직 해가 뜨기 전 안개에 묻힌 사무소 앞은 연무 덩어리들이 이리저리 난무하며 약간 신비에 싸여 전설처럼 그 움직임이 꿈속의 환영을 보는 듯했다. 모였다가는 흩어지고 다시 다른 모양으로 빚어지는 아련한 몽상의 세계,

그것은 우주 생성의 모태인 태초의 카오스 그대로였다. 어제의 난장판과는 판이했다. 가끔씩 컥컥 대는 기침 소리가 아니라면 한 폭의 묵화를 연상케 했다.

그러나 날이 밝아옴에 따라 그것은 구체적인 형상으로 변해 생생한 현실로 다가왔다. 연무 속의 자유가 질서를 잡아감에 따라 사람들은 현실의 팽팽한 긴장 속에 다시 갇혀 누가 말하지도 않았는데 벌써 줄 맨 앞에 서려고 서로 밀치며 힘을 과시했다. 태양이 떠올라 그들의 얼굴을 비추었다. 반 쯤 태양에 가린 얼굴들이 하나씩 제 모습을 찾아가자 그들의 얼굴은 하나같이 세수를 못하여 부스스 하고 충혈된 눈은 동물의 상판을 연상시켰다. 태양이 완전히 수평선을 박차고 올라와 그들의 눈가를 붉은 색으로 물들이자 인간의 야성이 눈알에 번득였다. 그러자 열기가 금방 온 누리에 퍼져 더운 느낌이 지상으로 확 올라왔다. 밤새 어둠에 묻혀 있던 인분 냄새도 다시 훌훌 더불어 날기 시작했다.

우리 어머니도 겨우 뒤에 자리를 잡고 줄을 섰다. 사람들 사이의 간격이 좁혀지고 서로 밀고 밀리며 자리다툼을 시작하자 등에 업힌 동생이 울기 시작했고 이 아이의 대책 없는 울음에 짜증이 난 주위 사람들이 싫은 소리를 해대기 시작했다. 어머니는 미안하다고 연신 굽신거리며 애를 달래는데 이를 지켜보던 한 남자가 갑자기 어머니에게 다가와,

"아니, 눈미리댁 아주미니 아니세요?"

라고 말하며 반갑게 손을 잡았다. 어머니께서 엉겁결에 그 남자를 쳐다보더니,

"아니, 조카 아닌가!"

하며 놀라셨다. 두 사람은 한참동안 서로 얼싸안고 울었다. 간간히 서로의 얼굴을 다시 확인하고는 상대방의 목덜미를 쓰다듬기까지 했다. 얼마나 지났을까, 울음이 가시자 서로 안부를 묻고 식구들을 소개하기 시작했다. 아저씨의 식구인 아주머니와 아들과 딸에게 아직 잘 모르지만 어머니가 시키시는 대로 일일이 인사를 했다. 아저씨가 나를 보고 말했다.

"아유~ 벌써 저렇게 컸어!"

그리고는 어머니 등에 업힌 동생을 쳐다보았다. 동생은 여전히 칭얼대고 있었다. 나중에 안 사실이지만 이 아저씨는 어머니의 고향 황해도 평산에서 어머니 친정집의 집사노릇을 하던 사람이었다. 같은 조씨 집안 장손이지만 윗대에서 가산을 탕진하고 외지에 오랫동안 나가 살다가 더욱 곤궁해져 남의 집 머슴살이를 할 지경이 되었다고 한다. 이를 안 외할아버지께서 집안의 체면도 있고 사람이 쓸 만해 집에 들여 집안일 전체 관리를 맡기셨다고 한다. 그때만 해도 어머니 친정은 평산 눈머리 일대에서 밥술이나 먹는 시골 부자였기 때문에 소작 관리와 곡식 수매 일거리만 해도 조씨 일 한 몫은 되었기 때문이다. 외할아버지는 안마당 건너 쌀광에 집한 칸을 붙여지어 조씨를 장가까지 들였다고 한다. 그러므로 조서방은 우리 외갓집을 은인으로 생각하고 있는 사람이었다. 고향집에서는 조서방이 어머니를 '아주머니! 아주머니!' 하며 마님 대접을 했다고 한다. 그러나 전쟁이 터지자 인민군이 평산에도 들이닥쳐 소위 반동 부르좌 색출에 나서자 외할아버지와 외할머니는 이웃 마을로 피신을 했고 조서방은 처자식을 데리고 남한으로 탈출했다고 한다. 그들도 연안을 지나 바다를 건너 남쪽으로 무조건 내려오다 보니 이 섬에 도착한 것이었다.

피란 중에 가까운 피붙이나 다름없는 조서방을 만난 어머니께서는 너무나 반가워 계속 눈물을 흘리시고 계셨다. 그들을 통해 이미 떠나온 친정집의 향수를 고스란히 느낄 수 있었기 때문이었다. 어머니께서는 부모님과 형제자매, 사촌, 친척 등, 지인들의 안부를 일일이 물었다. 열일곱 어린 나이에 이웃 마을 평산 매배이 신씨댁으로 시집을 간 어머니께서는 연안으로 신접살림을 차려 나가 사셨으나 몇 년 지나지 않아 전쟁이 터졌고 아버지께서 인민군을 피해 남한으로 피란을 떠나신 후 혼자가 된 어머니에게 조서방 일가와의 만남은 부모님을 만난 것 이상으로 반가울 수밖에 없었다. 어머니는 무엇보다 마음을 의지할 수 있게 되어 든든했던 모양이다.

조서방 일행은 이 곳 중산 섬에 일주일 전에 도착하여 연락소 사무실에 신고를 마친 상태였다. 이렇게 신고를 마친 피란민이 300명은 넘을 것이라고 했다. 그리고 매일 같이 피란선의 승선 순서를 알아보기 위하여 이곳 사무실에 들른다고 일러 주었다. 그리고 아침과 저녁에 섬의 반대편에 있는 피란민 구호소에서 강냉이 죽을 배급한다는 정보까지 알려주었다. 그리고 조 서방은 거처할 데가 없는 우리에게 우선 자기들이 섬 징싱 부근에 민들어 놓은 움막에서 같이 지내자고 밀했다. 너무나 고마운 일이었다. 아무튼 이런 저런 이야기를 하다 보니 그날도 뉘엿뉘엿 해가 넘어가고 있었다. 그러나 기다리는 줄은 아직도 까마득해서 어머니는 다시 초조해지기 시작했다. 그날도 신고를 못 마칠 것 같았기 때문이다. 그러자 조서방이 어머니의 신분증을 달라고 하더니 곧바로 사무실로 향했다. 한참 후에 조서방이 누런 종이쪽지 한 장을 어머니에게 내밀었다. 신고필증이었다. 국방군 중에 조서방과 통하는 사람이 있어서 부탁해 만들어온 것이었다. 평소 남의 것이라면 쌀 한 톨 임의로 축내는 법이 없이 정직을 신주단지처럼 모시고 살아온 어머니지만, 이 상황에서는 현실을 받아들일 수밖에 없었던지 겸연쩍게 필증을 받아들며 조서방에게,

"고맙네! 조카!"

하고 말을 했다. 이 신고필증은 당시 신분증을 대신 할뿐만 아니라 아침 저녁 강냉이 죽 배급을 탈 수 있는 급식표이기도 했다. 아무튼 어머니는 남한에 내려와서 처음으로 한 나라의 소속자임을 확인 받았다.

피란민 신고를 마치어 한숨 놓이게 되었다. 행정적인 절차가 마무리된 것이다. 나는 어머니 손을 잡고 조서방 일가족을 따라 산을 오르기 시작했다. 지금 생각해 보면 중산섬은 인천 앞 바다와 영종도 사이에 있는 섬 작약도와 비슷했다. 육지로부터 한 십여리 떨어져 있는 섬의 모양이 마치 바다 위에 떠 있는 거북이 형상 같았다. 한여름이 지나가고 있었지만 산꼭대기에는 아직 푸른 나무숲이 우거져 있었다. 우리 일행은 지친 몸을 이끌고 꼬불꼬불 구부러진 산비탈을 어렵게 기어 올라갔다. 온갖 잡풀들이 다리를 휘감고 할퀴어 시뻘건 핏자국이 생겨났다. 얼마쯤 산 정상으로 올라가자 시야에 바다가 훤하게 펼쳐졌다. 멀리서 보는 바다는 평화롭기 이를 데 없었다. 바다 위에는 갈매기들이 원을 그리며 이리저리 먹이를 찾고 있었고 그 뒤로 어렴풋이 육지의

모습이 보였다. 가물가물 이어져가는 해안선의 모습이 그 뒤의 산과 어울려 한 폭의 풍경화를 보는 듯했다. 자세히 보니 해안선 중간쯤에 굵은 선으로 채색된 진한 부분이 눈에 들어왔는데 그곳이 우리가 탈출한 제방 둑이었다. 엊그제 일이지만 아득한 옛날 일 같기만 했다. 우리는 다시 정상을 향해 걷기 시작했다. 우리가 조서방 가족의 거처인 움막집에 도착한 것은 이미 해가 기울기 시작한 때였다. 움막은 그야말로 나무로 성기게 얽어맨 임시 거처였다. 그래도 밤이슬을 피하려고 위에는 보자기 같은 것으로 하늘을 가렸고 움막 둘레에는 온갖 잡동산이들을 쌓아올려 바람막이를 만들었고 안쪽으로는 식기들이 어지러이 다른 짐들 위에 놓여 있었다. 다른 한 쪽은 잠자리인 듯 마른 잎들이 바닥을 덮고 있었다. 우리는 입구 쪽에 자리를 잡고 짐을 풀었다. 풋풋한 풀내음이 밤공기에 섞여 움막 안을 감아 돌고 멀리서 바닷새들의 울음소리가 평화롭게 들려왔다.

올라오면서 긁힌 다리가 쑤셔오기 시작했다. 내가 오만 상을 쓰며 아픈 기색을 보이자 어머니가 짐 속을 쑤석쑤석 뒤지더니 고약주머니를 꺼내셨다. 비상약이라고는 연안에서부터 쓰던 고약이 전부였다. 어머니는 내 다리의 가장 심한 부분에 누리티티한 쇠똥 모양의 고약을 손톱만큼 떼어서 발라 주셨다. 죽을 지경으로 아팠다. 한참 후에 아픔이 가시자 이느덧 잠이 쏟아졌다. 얼마나 되었을까? 누가 흔들어 깨우는 바람에 나는 눈을 부스스 떴다. 저녁 준비가 된 모양이었다. 나는 다른 사람들과 뺑 둘러앉아 밥을 먹기 시작했다. 잠이 덜 깬지라 밥알이 입안에서 뱅글뱅글 돌았다. 그런데 조서방 애들은 게눈 감추듯이 밥

한 공기를 후딱 해치우고 더 달라고 야단이었다. 알고 보니 조서방 가족은 이곳 섬에 도착한 후 쌀밥이라고는 구경을 못한 모양이었다. 그동안 쌀이 없으니 아침저녁 섬 남쪽 부둣가에 나가 줄을 서서 강냉이 죽을 배급받아 연명해왔던 것이다. 그 날 저녁도 죽을 배급받으러 가려고 하자 어머니가 마지막 남은 쌀을 털어 밥을 지었던 것이다. 그러니 애들이 환장을 안 할 수가 있겠는가? 아무튼 이로써 어머니께서 사선을 넘어 이고 온 그 귀한 쌀이 사흘 만에 동이 나고 말았다.

배가 부르자 슬슬 애들과 장난기가 발동했다. 조서방 아들과 딸이 나를 움막집 뒤로 이끌었다. 거기에는 커다란 소나무가 웅크리고 있었다. 소나무가 하도 커서 두 아이가 뒤로 돌아가 숨으니 하나도 보이지 않았다. 그래서 뒤로 돌아가 보니 어느새 그 아이들이 사라졌다. 신기했다. 한참 휘둘러보니 바위 뒤에 큰 구멍이 나 있었다. 그 구멍 속에 아이들이 웅크리고 숨어 있었던 것이다. 자연히 숨바꼭질 놀이로 이어졌다. 왁자지껄 떠드는 소리가 멀리로 퍼졌다. 내가 술래가 되어 다시 애들을 찾아 나섰다. 아무리 찾아도 찾을 수가 없었다. 무언가 낌새가 달라 나무 위를 쳐다보았다. 애들이 웃어댔다. 조서방 애들이 그 큰 소나무 위로 올라가 가장이 뒤에 숨어 있었던 것이다. 아이들이 걸터앉은 나뭇가지 사이로 까마득이 하늘이 차 올라왔다. 처음에는 희뿌옇게 보이던 창공의 점들이 어둠이 짙어지자 차츰 하나 둘씩 윤곽을 드러내 별이 되기 시작했다. 그 너머 잔잔한 별들 주위에 더 큰 별들이 자신을 드러내 뽐내고 있었다. 하늘에 별들이 그렇게 많을 줄은 미처 몰랐다. 그 수많은 별 바가지가 반짝반짝 속삭이는 것도 같고 나에게 무언가 눈짓을 하는 것 같기도 했는데, 그 별들을 따라 서쪽으로 눈을 돌리니 수평선 위에 희뿌연 초승달이 가늘게 걸려 있었다.

그 날 이후는 기다림의 연속이었다. 언제가 될지 모르는 남한행 피란 배를 얻어 타기 위해 일행은 매일 같이 부둣가에 내려가 연락소에 들르곤 했다. 직원을 붙들고,

"언제 배가 와요?"

하고 물으면,

"아직 멀었어!"

라고 무표정하게 내뱉았다. 피란민들이 너무나 많이 밀려 정확히 언제가 될지 모른다는 것이었다. 배 한 척이 오더라도 군인이나 경찰 가족들이 먼저 타고 나면 빈자리가 남아 있을 리 없었다. 그리고 설령 여석이 남아 있다고 하더라도 신고 순서대로 배를 태워주는 것이 아니라 직원들이 임의대로 돈을 받아 챙기고 태워주는 모양이었다. 사회가 혼란할수록 부패가 난무하는 법인데 전쟁 중이라 그 혼탁함은 이루 헤아릴 수가 없었다. 이 섬에서 어떻게 하든지 탈출하지 못할 경우 다시 북한군에게 사로잡혀 죽거나 곤혹을 치를 것이 뻔한 일이어서 배표 구하는 검은 거래는 상상을 초월했다. 한 사람당 쌀 한말 반이라는 소문도 있고 금 두 돈이라는 이야기가 파다하게 퍼져 있었다. 조시빙 일가와 우리 식구는 아무런 대책 없이 무작정 기다리는 수밖에. 어느덧 동쪽 상머리에 머물던 태양이 정수리를 비추기 시작했다. 이때쯤이면 넓은 바다 수면 위에 손거울 수만 개를 펼쳐 놓은 듯 바다 전체가 물비늘처럼

멀리서 반짝이며 흔들리고 있었는데 그 흔들림이 너울 빛으로 변하여 천천히 방향을 바꾸기 시작하면 밀물 시간이 되었다. 그 바다물이 섬 주위를 꽉 채우면 수면에 반사되는 빛이 내 눈을 찌를 듯 솟아올라 점점 위로 분산되면서 구름에 가렸다. 그러면 구름은 회색빛으로 채색되어 육지가 정확히 보이지는 않지만 뿌옇게 뭉개져 있었다. 그 끝 너머 어디쯤이 두고 온 산하 고향 같았다. 어머니께서는 그쪽을 하염없이 바라보시는 날이 많아지셨다.

어느 날 나는 조서방 애들과 함께 산에서 딸기를 따 가지고 움막으로 돌아 왔다. 그런데 어머니께서 움막 안에 계시지 않았다. 나는 곧장 밖으로 나갔다. 움막에서 한참 떨어진 소나무 옆에 바위가 하나 있었는데 어머니께서 거기에 계셨다. 언뜻 보니 어머니의 좁은 어깨가 조금씩 흔들리고 있었다. 처음에는 머리만 움직이던 어머니의 몸이 더욱 크게 전율하더니 더 이상 몸을 가누지 못하시고 주저앉아 버리셨다. 직감적으로 어머니가 우신다는 것을 알아차린 나는 내가 어머니를 위로해야 한다고 생각했지만 아무것도 할 수가 없었다. 오히려 나까지 설움이 복받쳐 따라 울었다. 소리 없이 우시는 어머니의 울음은 고였던 샘물이 한번 넘치면 끝이 없듯이 계속되었다. 어머니의 어깨가 흔들릴 때마다 내부에 쌓였던 쓰라린 설움을 토해내는 듯했다. 그 눈물의 의미를 정확히는 모르지만 나는 그 느낌이 온 몸을 엄습해와 내 마음을 적셨다. 지금 생각해보면 아버지께서는 단신 남한으로 피란을 떠나셨고, 고향 평산 눈머리에 사시던 조부모님은 어디론가 뿔뿔이 헤어져 생사를 알 수 없으니 그 슬픔이 얼마나 컸겠는가, 지금까지 지아비를 섬기며 바깥일은 아예 여자와는 상관없는 객사로 알고 살아온 어머니께서 험한 세상사를 갑자기 만나 혼자 힘으로 헤쳐 나가자니 그 막막함이 얼마나 어깨를 짓눌렀겠는가? 긴박한 탈출에서 한껏 조였던 마음이 이 섬에서 기약 없는 기다림으로 풀어져 옛날일이 자꾸만 생각나셨던 모양이다. 그 후 나는 붉은 태양이 바다를 가로질러 서쪽하늘을 가득 물들일 때쯤이면 북쪽을 하염없이 바라보시는 어머님의 뒷모습을 자주 보곤 했다. 피란오실 때 입고 오신 흰 무명옷이 바다에서 산 위로 거슬러 올라오는 바람에 부풀려 조용히 흩날리고 석양의 붉은 빛이 그 천을 통과해 불그스레한 스펙트럼이 되어 한 폭의 멜랑콜리한 슬픈 그림을 만들고 있었다. 나는 조용히 뒤로 다가가 가만히 어머니의 손을 잡았다. 어머니는 못할 일을 하시다가 들킨 것처럼 움찔 놀라곤 하셨는데 나를 돌아보시고는,

"고향 하늘을 쳐다보고 있는 거야!"

하시며 눈시울을 붉히셨다.

어머니의 고향은 황해도 평산군 고진면 봉암리 '눈머리'였다. 가끔 말씀하시는 것으로 보아 꽤나 첩첩 산골이었던 모양이다. 그렇다고 깎아지른 듯이 높다란 산이 있는 것은 아니었지만 도시와 떨어져 있어 옛날 시골 냄새가 그대로 풍기는 작은 전원 마을이었던 모양이다. 소위 그때 한창 사람들의 입에 오르내려 평생 구경 한번 하는 것이 소원이었던 기차 길과도 멀리 떨어져 있었고 아이들이 처음 맡아보는 기름내를 쫓아 내달리던 자동차도 구경할 수 없는 고장이었다. 그리고 네 살 연하의 철부지 꼬마 신랑에게 시집가기 전까지 꼬박 그곳에 사셨던

어머니에게 고향은 자연의 아름다움과 풍요로움이 어우러진 소녀시절을 상기시키는 곳이었을 것이다. 봄에는 찔레꽃 향기에 취해 먼 산에 핀 새빨간 진달래꽃 색깔이 무색해지도록 얼굴에 진홍빛이 돌고 냇가의 버들강아지들이 몽실몽실 피어나 어린 마음을 한없이 풍선처럼 부풀어 오르게 해서 어머니에게도 처녀의 설레임과 무엇인지 모를 동경의 세계가 오락가락 하는 시절이 있었을 것이다. 나도 사춘기 시절에 그랬으니 말이다. 그때 찍은 것으로 생각되는 빛바랜 사진 한가운데 서 계시는 어머니의 얼굴은 동그마하게 얼굴이 피어나 숙성한 처녀의 수줍음이 안으로 배어 있었다. 지금처럼 사진 찍을 때 짓는 인위적인 웃음이 밖으로 새어나오지는 않았지만, 잔잔한 미소를 안으로 머금고 계신 모습이 무척 아름답고 단아하셨다.

　내가 알던 어머니는 항상 모자(母子)라는 나와의 관계에서만 자리매김되는 정해진 자리에 쭉 서 계셨기 때문에, 나의 사춘기 시절 내가 멋모르고 쫓아다니며 무한히 동경했던 처녀의 모습이 어머니에게서도 발견되는 것이 신기하기만 했다. 나는 사춘기 시절 특히 고등학교시절 처음으로 소녀에 대한 상념이 싹텄다. 우주 만물의 자연스런 원리로 내 마음에도 이성에 대한 동경이 싹텄던 모양이다. 나의 집을 비롯해 가까운 친척 가운데 여자 형제라고는 찾아볼 수가 없고 남자형제들만 가득했으니 여자에 대한 편력이 유별날 수밖에 없었던 것 같다. 한마디로 다소곳한 예쁜 여학생을 보면 신비한 느낌을 받곤 했다. 감히 범접할 수 없는 청순한 아름다움 그 자체여서, 말하자면 여자는 선녀처럼 하늘에서 내려와 그 순결함을 몸 안에 간직한 어떤 신적 존재처럼 느껴졌다. 19세기 프랑스의 낭만주의 작가인 네르발이 생각했던 신화에 가까운 여인 오렐리아 같은 존재였는지 모른다.

이러한 상념이 반세기가 지난 빛바랜 사진 속의 어머니 모습에서 드러나는 것을 보고 어머니에게도 그 같이 꽃 같은 처녀시절이 존재했음을 알게 되었고 어머니께서는 나의 어머니 이전에 평범한 한 여인이었다는 것을 새삼 깨닫게 되었다. 그런 어머니가 울고 계셨다. 어머니는 단지 고향생각이 나서서 눈물을 흘리신다고 말씀하셨지만 내가 보기에는 그보다 더한 덜어낼 수 없는 슬픔이 몸속에 갇혀 있는 듯했다. 그 비사에 얽힌 사연을 최근에 돌아가신 외숙모님으로부터 어느 날 전해 들을 수 있었다.

17살 다 큰 처녀인 어머니께서 13살짜리 꼬마 신랑에게 신씨 댁으로 시집을 가셨다. 그 때 평산 시댁은 신씨 집성촌으로 시할아버지께서는 물론 시댁 어른 식구 모두가 층층시하로 모여 살았으니 나이어린 며느리에게 시집살이가 얼마나 어렵고 고되고 외로웠겠는가? 새벽부터 일어나 겉보리 찧어 삶아서 소쿠리에 얹어 말리고 아침밥 지어 시어른 밥상부터 식구마다 밥상을 차렸을 터이니 얼마나 어머님 등골이 휘었겠는가? 게다가 신씨 집안은 양반을 유별나게 내세우는 소위 전통 가문 중의 하나라 다른 문중에 비해 조상 섬기는 것을 제일 법도로 여겼기 때문에 매일 아침 상식 올리는 일도 만만치 않았을 것이다.

그러니 누구나 마찬가지겠지만 어머님께서는 얼마나 이 지옥 같은 시집을 잠시나마 벗어나고 싶어하셨을까? 더구나 떡두꺼비 같은 첫아들을 낳아 시댁에는 떳떳했고 친정에는 자랑스러웠으니 배포가 커질 만도 하셨을 것이다. 이런 어머님이 그 다음 해 설날을 기회삼아 친정 행을 도모하며 은근히 꿈을 키워나가셨다. 마침 설날 큰 제사가 모두 끝나고 문중의 손님들이 세배 차 와서 며칠씩 묵다가 하나둘 돌아가니 생각보다 한가해졌다. 그래서 어머님은 철이 아직 덜든 꼬마 신랑 아버님을 은근히 꾀어 마음을 샀다. 이를 전해들은 할아버님께서 그렇지 않아도 예쁜 며느리가 아들을 낳아 대견하기도 하고 바쁜 명절은 어느 정도 지나서 보름명절까지는 아직 시간적 여유가 있어 친정나들이를 허락 하셨던 것이다. 그러나 할머니는 어린 손자가 찬바람 맞을까 걱정이 되어 극구 반대 했으나 모든 결정권이 그때만 해도 할아버지에게 있을 때라 어쩔 수 없이 받아들이는 수밖에. 그래서 음력 정월 사흗날 나의 어머님께서는 가마에 어린 아기를 안아 타고 아버님께서는 걸어서 이십오 리 쯤 떨어진 눈머리 친정에 가게 되었다. 외숙모님 기억으로는 그 때 눈이 하도 많이 와서 무릎까지 찰 정도였고 칼바람이 불어 나이 어린 아버님께서는 중도에 포기하려고 했으나 어머님께서 친정 입구까지 와서 그만둘 수 없다고 버티는 바람에 결국 우여곡절 끝에 친정에 도착해 보니 가마꾼은 무명바지가 모두 얼어붙어 서걱거렸으며 발이 벌겋게 퉁퉁 부어올랐다고 한다.

　이렇게 찬바람을 쐬며 친정에 도착한 지 이틀이 지나자 어린 아들이 시름시름 앓더니 열이 펄펄 끓기 시작했다. 첩첩 산골에서 쓸 수 있는 처방이라곤 씀바귀를 말려 갈아 만든 민간약제가 전부였다. 아랫목이 절절 끓도록 불을 때서 어린 아기의 체온을 유지하며 연신 어머니의 젓을 물렸지만 아기는 계속 토하며 보채기만 하더니 도착 사흘 째되는 날에는 아기가 혼절기미를 보이기 시작했다. 외할아버님이 사태가 심상치 않자 사돈댁에 시급히 사람을 보냈다. 이 소식을 듣고 시댁에서 시부모와 시할머니와 시할아버지가 황급히 달려오셨다. 일행이 사립문을 열고 안채로 들어서자 외가 식구들이 사돈어른들 볼 면목이 없어 머리를 조아릴 뿐이었다. 이 때 엄하디 엄한 할머니님께서 뒷줄에서 서성이던 철없는 나의 아버님을 발견하고 그의 등짝을 '철썩' 소리가 나도록 휘어 갈기며 참았던 분을 터트리셨다.

"정월 초사흗날 염병하러 여기까지 왔느냐? 날이나 풀리면 가라
고 그렇게 말렸건만……"

그리고는 모두 아기가 누워 있는 안방으로 들어갔다. 아기의 이마를 다독이며 자리를 뜨지 못했던 어머님이 황망히 자리에서 일어나 인사를 하며 훌쩍거리기 시작했다. 아기는 미동도 하지 않았다. 얼굴은 뽀얗게 화장 분을 바른 듯 창백하고 입술엔 핏기가 없었다. 할아버님이 가만히 들여다보면서 천천히 앉아 귀를 아기의 코에 가까이 대어 숨을 가늠하시더니 아기의 손목을 꺼내 진맥을 보셨다. 옛날 어른들은 나이가 드시면서 어깨 너머로 배운 경험을 바탕으로 나름대로 간단한 진맥이나 처방은 내릴 수 있었다. 할아버님의 얼굴이 사뭇 심각하게 굳어지셨다. 할아버님이 외할아버님과 밖으로 나가서 무언가 한참 말씀을 나누시더니 다시 들어오시며 우리 어머님을 향해 말씀하셨다.

"얘야! 떠날 준비하거라! 해가 기울기 전에 매배이에 도착하려면
서둘러야 한다!"

아기가 소생할 가망이 없자 외가에서 변을 치르게 할 수는 없다는 생각에서 출발을 서두른 것이었다. 가다가 길에서 죽는 한이 있어도 사돈댁 문턱을 넘자는 것이 당시 세속이었던 모양이다. 따라온 가마꾼이 발에 동상이 걸려서 아기를 먼 외가 청년이 업었다. 그 뒤를 시부모님과 조부모, 그리고 나의 아버님과 어머님이 뒤를 따랐다. 아직도 눈이 발목을 덮었다. 멀리 매봉산에 하얗게 쌓인 눈이 눈에 들어왔다. 그래도 며칠 새 그 산 골짜기를 지나는 길목은 우마차가 지나다녀 길이 훤하게 뚫려 있었다. 일행은 그 길을 향해 발걸음을 재촉했다. 맨 뒤에 혼자 처져 따라오시는 어머님은 연신 훌쩍거리며 울고 계셨다. 점점 매봉산이 가까워지더니 반나절이 지났을 즈음 산기슭을 지나 벌터 언덕에 이르렀다. 이 때 할아버님이 앞서 가는 외가 청년을 불러 등에 업힌 아기를 다시 들여다보고 맥을 보았다. 이미 맥이 느껴지지 않는 모양이었다. 할아버님은 황급히 숨소리를 들어보았다. 아기는 이미 숨이 끊긴 채 얼음장처럼 몸이 찼다. 어머니는 그 자리에 풀썩 주저앉아 대성통곡하기 시작했다. 이렇게 해서 이 하늘 아래 나와 형제의 연을 맺을 뻔한 어린아기가 돌도 되기 전에 이 세상을 홀연히 떠나고 만 것이었다. 이 때 나이어린 어머님은 이 충격과 슬픔을 이기지 못해 시집에 들어가지 않고 사흘 낮밤을 울며 아기의 무덤을 지켰다고 한다.

어머니는 완고한 외할아버지의 시국관에 따라 신식학교를 다니지 못하셨다. 다 큰 처녀가 집 밖을 나다니는 것 자체가 양반집 규수로는 온당치 못했고 상놈의 행상을 부추기는 서양 문물이 마땅치 않았기 때문이었을 것이다. 그러나 어머니는 바깥 세상에 대한 호기심이 유별나게 크셨다고 한다. 아무리 문단속을 하더라도 이웃마을 처녀 총각의 입을 통해서 해주의 시류가 은밀히 전해져 시골이지만 시속의 관심을 묶어 둘 수는 없었기 때문이다. 그래서 읍내 신식학교에 다니는 외삼촌을 몰래 따라 나서곤 했다고 한다. 딸만 셋이 있는 대가에 막내아들로 태어난 외삼촌은 그야말로 집안의 자랑이자 유일한 희망이었다. 그러다 보니 외삼촌에게만은 모든 것이 배려되어 흔모루 너머 고능소학교에 다닐 수 있었을 뿐만 아니라 나중에 해주의 상급학교까지 진학할 수 있게 되었다. 게다가 곱게 자라서 노는 끼가 좀 몸에 배었던 외삼촌은 할아버지를 줄곧 졸라서 그때는 아무나 좀처럼 만져볼 수도 없는 사진기까지 사가지고 그것을 메고 해주 거리를 활보했다고 한다. 어머니께서는 이런 외삼촌이 부러워 매일 아침 배웅한다며 동구 밖까지 따라나섰는데 버드나무 길을 쫓아 앞서가는 외삼촌에게 읍내의 사진관이며 양품점, 그리고 해주의 신식 풍물을 신기하게 전해 듣다가 마을이 끝나는 둔덕에 이르면 더 이상 따라가지 못하고 잘 갔다 오라는 표시로 손을 흔들어 주곤 했다고 한다. 까마득히 멀어지는 외삼촌의 뒷모습이 눈에서 사라질 때까지 서계신 어머니의 눈에는 지평선 너머 미지의 푸르른 세계가 가득했을 것이다.

어머니께서는 지금 아마 그 눈머리이 짙푸른 들녘괴 그것과 맞닿아 있는 새파란 하늘을 눈으로 그려보시고 계신지도 모른다. 먼 하늘을 쳐다보시는 동안 산들 바람에 흩날리는 어머니의 귀밑 머리카락에서 지나온 세월의 슬픔과 고독, 그리고 회한이 묻어났다. 이러한 조용한 자태가 날이 저물어감에 따라 더욱 감상적인 상념으로 내 마음을 적시는 동안, 어머니의 어깨 너머로 파도가 점점 높아지며 하늘과 맞닿은 질펀한 수평선이 한없이 넓어지고 있었다.

또 며칠이 지났다. 갑자기 하늘에서 '쉬이잉' 하는 소리가 들리자 모든 사람들이 순식간에 땅바닥에 엎드렸다. 나도 어머니를 따라 나무 밑에 숨었다. 하늘을 보니 잠자리 비슷하게 생긴 시커먼 물체 서너 개가 바다 쪽에서 날아와 섬 위를 가로질러 북쪽으로 날아갔다. 어머니가 저것이 '쌕새기' 비행기라고 가르쳐 주셨다. 이름처럼 이 비행기는 하늘을 째는 듯한 굉음을 내며 순식간에 육지의 상공을 휘저으며 날아가 버렸다. 육지 내륙 깊숙한 곳에 이르자 이 '쌕새기'는 하늘에 원을 그리며 한 바퀴 삥 돌더니 고도를 낮추어 땅을 향해 곤두박질치듯 내려오다 땅 가까이에 이르자 기수를 돌려 아슬아슬하게 하늘로 다시 오르고 있었다. 이와 함께 '우르릉 꽝꽝' 하는 폭탄 터지는 소리가 섬까지 울려왔다. 허리를 구부린 채 구경을 하던 사람들이 놀라 다시 머리를 땅에 처박았다. 그리고 몇 초 후에 이 쌕새기가 지나간 자리에는 검은 연기가 피어오르기 시작했다. 이어서 B29 비행기 폭격이 아침 한나절 계속되었다. 어머니는 그 곳이 연안쯤 될 것이라고 말씀하셨다. 처음에는 하나씩 피어오르던 연기가 그 지역 전체를 검은 색으로 물들이자 이를 지켜보는 사람들의 마음은 더욱 불안에 떨 수밖에 없었다. 언제 이 섬에도 비행기 폭격이 시작될지 모르기 때문이었다. 한나절 소란을 피우던 폭격기가 어느 순간 북쪽 하늘로 높이 솟더니 기수를 돌려 우리가 있는 섬 위를 지나 남쪽으로 사라졌다. 그러자 북쪽 지방의 지평

선을 따라 점점이 피어오르던 검은 연기가 더욱 세차게 확산되기 시작
했다. 아마도 북동풍이 불어 불길이 번지고 그 연기가 중산 쪽으로 몰
려오기 때문인 것 같았다. 연기가 회색 빛 하늘을 검은 색으로 바꾸며
섬 주위로 몰려와 차츰 하늘을 어둡게 가렸다. 그러자 매캐한 냄새가
나기 시작했다. 피란민들의 마음은 하늘의 검은 연기만큼이나 새카맣
게 타들어갔다. 서로 말은 안하지만 그럴수록 이 폐쇄된 공간에서의
불안이 가파르게 증폭되는 것을 피부로 느낄 수 있었다.

　내가 어느 날 오두막 가까이 나가가자 안에서 웬 낯선 사람과 조서
방, 그리고 우리 어머니의 말소리가 두런두런 들렸다. 안으로 들어가
자 모두 놀란 듯이 하던 말을 멈추었다. 뭔가 비밀 이야기를 나누고 있
었음에 틀림없었다. 낯선 사람은 험상궂은 낯빛을 하고 있었는데 어머
님과 조서방이 확답을 주지 않으면 곧 떠날 듯한 강압적인 자세를 취
하고 있었다. 나는 그곳에 계속 눌러 있는 것이 불편하기도 하고 어머
님과 조서방이 매우 심각한 모양새를 하는 것이 마음에 걸려 서둘러
오두막을 나왔다. 오두막 뒤에 있는 큰 소나무 뒤로 갔다. 약속이나 한
듯 조서방의 두 아이가 거기에서 놀고 있었다. 나는 오두막 안에서의
모습이 머리에서 지워지지 않아 그 아이들과 섞여 놀 생각이 나지 않
았다. 그래서 소나무 등걸에 기대어 물끄러미 바다를 내려다보았다.
벌써 밀물인지 비늘 입힌 은빛 물에 반사된 광경이 나무들 사이로 훤
하게 굽이쳐 올라오고 그 위로 바람이 약간 불자 잔물결들이 접히는
듯 층을 이루며 갯벌을 적셔오고 있었다. 또한 산 중턱을 오락가락 하

는 희뿌연 연무 사이로 먼 바다의 바닷물이 보였다가 사라지면서 그 모양새를 달리했다. 나는 이처럼 시시각각으로 변하는 푸른 바다 그림을 물끄러미 쳐다보면서 자연의 오묘함에 마음을 빼앗겼다.

어느덧 해가 서쪽으로 많이 가 있었다. 나는 이 저물어가는 태양을 등지고 오두막집으로 향했다. 오두막에는 그 험상궂은 사람은 없고 어머니와 조씨 부부가 심란한 표정으로 나를 맞았다. 그리고 오두막 안의 가재도구나 물건들을 모두 가방에 넣거나 보에 싸서 차곡차곡 정리해 가고 있었다. 나는 직감적으로 이 섬을 떠날 준비를 하고 있다는 것을 알아차렸다. 저녁때가 되어 언제나처럼 죽을 한 그릇씩 비웠다. 생옥수수 냄새가 싫어 죽을 맛이었지만 그러나 배가 고프니 별다른 대책이 있을 수 없었다. 저녁을 마치자 어머니께서 특유의 작은 목소리로 애들에게 내일 새벽 이 섬을 떠날 것이니 일찍들 자라고 일러주셨다. 그 분위기로 보아 정식으로 군함을 타고 철수하는 것 같지는 않았다.

나는 어머니께서 흔들어 깨우는 바람에 눈을 떴다. 아직도 캄캄한 밤이었다. 조씨 부부와 애들도 모두 일어나서 짐을 하나씩 짊어지고 있었다. 어머니께서는 동생을 등에 업으시고 포대기를 덮으신 후 끈으로 단단히 동여매셨다. 나도 내 가방을 짊어졌다. 그 동안 이력이 붙었는지 가방이 가벼운 듯했다. 모두 준비가 끝나자 일행은 조씨를 따라 오두막집을 나섰다. 오두막을 떠나는 마음이 약간 섭섭한 것으로 보아 그동안 정이 들었던 모양이다. 언덕 아래에서 바다내음이 밀려 왔다. 하늘에는 큰 별들이 일정한 간격을 두고 반짝거리며 특이한 별자리를 만들고 있었다. 독수리 같기도 하고 황소 같기도 하고 곰 같기도 했다.

보는 데 따라서 각기 모양을 달리했다. 그 별자리가 눈에 익자 그 사이 사이에 수많은 작은 별들이 무리를 지어 띠를 형성하고 있는 것이 어렴풋이 보였다. 그 너머에 또 다른 별들이 있을 것 같은 생각이 들었다. 이 별 바가지 전체가 하늘이니 하늘은 그 얼마나 한없이 크겠는가? 우리는 이 드넓은 하늘 아래 별들을 벗 삼아 언덕을 내려오기 시작했다. 중턱 쯤 내려오자 바닷가로 몰려드는 파도소리가 쏴아쏴아 하고 들려오고 찝찔한 바닷바람이 입맛을 다시게 했다. 그리고 나무 사이로 보이는 해변의 파도는 인광으로 해안을 따라 하얀 띠를 두르다가 오른쪽 끝 바위에서 환하게 크게 부서졌다. 보기에는 평안하고 아름다운 밤이었다.

어느덧 우리 일행은 동쪽 갯바위 가까이에 도착했다. 이미 거기에는 몇몇 가족이 바위 뒤에 숨어서 우리를 기다리고 있었다. 어제 본 그 험상궂은 아저씨도 거기에 있었다. 그는 배가 곧 도착할 터이니 조용히 숨죽이고 바위 뒤에 숨어 있으라고 말했다. 파도소리가 하도 커서 그의 목소리가 잘 안 들리는지 어머니께서 귀에 손을 갖다 대셨다. 몇몇 사람의 기침소리마저 파도소리에 묻혀버렸다. 바위에 부딪친 파도가 하얀 물거품이 되어 바위 뒤에 숨어 있는 사람들을 덮치자 어른들이 혼비백산하고 아이들이 울기 시작했다. 그러자 험상궂은 아저씨가 손으로 입을 가리키며 울지 말라고 다그쳤다. 애들이 금방 울음을 멈췄다. 그러는 동안에도 또다시 다음 파도가 몰려와 바위를 때렸다. 사람들은 그때마다 물벼락을 피해 조금씩 뒤로 물러설 수밖에 없었다. 결국 하늘 아래 우리 일행이 오롯이 드러나게 되었다. 캄캄한 밤에 하늘의 별들만이 우리를 훤히 내려다보고 있었다.

한참 지나자 파도 소리에 삐걱거리는 괴상한 굉음이 실려 왔다. 처음에는 물짐승의 숨소리로 알고 별 관심을 보이지 않았으나 커다란 검은 물체가 바위 옆으로 다가오자 사람들은 안도의 한숨을 내쉬는 듯하더니 그것이 배임을 확인하자 어느덧 배가 다가오는 쪽을 향해 내달리기 시작했다. 눈 깜짝할 사이에 일어난 무의식적인 생존경쟁이었다. 그러자 험상궂게 생긴 그 사람이 앞에 서 있는 가족부터 패물을 받기 시작했다. 뱃삯으로 금붙이를 받는 것이었다. 피란민이라 유일하게 가진 것이라고는 몸속에 감춘 금이나 은이었기 때문이다. 험상궂은 사나이와 배를 타려는 사람 사이에 약속한 패물의 양을 놓고 옥신각신했다. 우리 차례가 왔다. 조씨가 헝겊에 싼 금붙이를 조심스럽게 내밀었다. 얼핏 보니 금반지 몇 개와 은비녀 하나였다. 나는 무의식으로 어머니의 뒷머리를 쳐다보았다. 어머니의 쪽진 머리에는 은비녀 대신 가느다란 나무 가지가 꽂혀 있었다. 어린 나이에도 어머니의 뒷모습을 보는 순간 가슴이 저려왔다. 꽁지 뽑힌 꿩처럼 어머니의 뒷머리가 허전해 보였기 때문이다. 우리는 험상궂은 사람의 시원치 않은 승낙을 겨우 받고 배에 오를 수 있었다. 배에 올라와서도 어머니의 뒷머리에 자꾸 눈길이 갔다.

배를 탔다는 안도의 마음이 내 주위를 둘러보게 했다. 우리가 승선한 배는 당시의 배들이 다 그렇듯이 바람의 동력으로 이동하는 돛배 목선이었다. 배가 닻을 올리고 움직이기 시작했다. 황포 돛대의 휘어지는 각도만큼 배가 기우러지며 앞으로 미끄러져 나가는데 그 힘을 몸

의 일부처럼 느낄 수 있었다. 삐걱거리는 키를 잡은 뱃사람의 실루엣
이 칠흑 같은 어둠에 거인처럼 위압적인 자세로 나타나 갑판에 있는
선원들에게 돛의 방향을 시시각각으로 지시했다. 그러면 갑판원들이
돛 줄을 늦추거나 좀 더 당겨 다시매는 순간 배가 방향을 틀어 다른 바
람을 안고 앞으로 스윽 나아갔다. 말하자면 바람이 가지고 있는 자연
에너지가 돛이라는 인공적인 기구를 통해 배에 동력으로 작용하는 것
이었다.

　바람이 거센 만큼 그 에너지 전달도 얌전하지 않았다. 넘어질듯 기
우는 배는 바람의 세기에 따라 눕는 각도만큼 휘어지며 앞으로 나아갔
다. 그런데 더욱 힘의 저항을 몸으로 느끼게 하는 것은 일렁이는 대양
의 물살이었다. 넓디넓은 바다의 심연에서 울렁이며 밀어 올리는 속물
의 저항은 꽤 큰 목선을 가랑잎처럼 흔들기 때문에 그 때마다 배는 특
유의 굉음을 내며 바람과 물살 사이에서 요동을 치곤했다. 끼이익~
쉬이이~ 뱃골에서 뿜어져 나오는 반복적인 신음소리! 그것은 앞으로
나아가려는 동력을 가로막는 산과 같은 험한 존재의 저항을 여실히 드
러내고 있었다. 그 순간 배가 몇 십 미터 위로 치솟는가 싶더니 방향이
흐트러지며 곤두박질치자 배 안에 타고 있던 피란민들은 외마디 소리
를 지르며 이리저리 구석으로 처박혔다. 이렇게 일렁이는 물의 힘을
이기지 못하는 피란민들은 속이 뒤집혀 토할 수밖에 없었다. 우리도
예외는 아니었다. 어린 애들은 물론 어른들도 정신을 차리지 못하고
연실 선실 밖으로 나가 뱃전에 기대어 먹은 것 모두를 토해내기에 바
빴다.

어디로 가는지도 모르는 배는 산더미같이 밀려오는 파도를 향해 그래도 앞으로 나아갔다. 그 때마다 뱃전에 부딪쳐 일어나는 포말이 바람에 실려 갑판을 흥건히 적셨다. 하늘의 힘과 바다의 힘이 겨루는 가운데 흘러나오는 천지의 비명은 처절하기만 했다. 나도 거의 혼수상태에 빠져 갑판에 나가 게워내면서 뱃전에 기댄 채 바다를 내려다보았다. 검은색으로 뒤덮인 바다의 파도가 배에 부딪칠 때마다 하얀 거품이 괴물의 혀처럼 날름거리며 위로 휘날렸다. 달이 없는 캄캄한 밤이지만 그 하얀 포말은 물속에서 솟구쳐 오르는 불꽃과 흡사해 때로는 작은 물체가 인광 속에 다른 색깔로 대치되면서 다양한 모양으로 퍼지고 또 퍼졌다. 그 때 먼 바다에서 '씨익'하는 소리와 함께 아주 시커먼 물체가 작은 산처럼 높이 솟아올라 한참동안 미끄러져 내려갔다. 지금 생각해 보면 물범이나 고래 같은 큰 짐승이 수면으로 올라와 숨을 쉬고 있지 않았나 생각된다. 아무튼 그 큰 물체는 어린 나에게는 신비스러운 공포의 대상이 되었다. 희랍신화에 자주 등장하는 포세이돈처럼 바다를 지배하는 어떤 절대적인 힘의 원천 같기도 했다. 결국 배의 운명은 사람의 손보다는 이 보이지 않는 절대자의 손에 달려있는 듯했다. 나는 하늘을 쳐다보며 마음속으로 빌었다.

"하느님, 제발 이 배가 무사히 육지에 닿게 해 주세요!"

그러나 바다는 여전히 암흑천지였다. 산더미 같은 파도가 짐승 엉덩이처럼 일렁이면서 앞으로 넘어오고 파도의 정점이 별빛 때문에 주위의 어두움을 뚫고 올라오는 모래언덕 같기도 했다. 그 모래언덕은 하얀색이 짙어지다가 은빛으로 바뀌는 순간 앞으로 엎어지며 '쏴아'하고 선미로 달겨들었다. 그 순간 선체가 앞으로 고꾸라지며 부르르 떨다가 다시 중심을 잡는 동안 또 다른 파도가 계속 몰려들고 있었다. 지금 생각해 보면 성서에 나오는 노아의 방주가 따로 없었다. 끝날 것 같지 않은 이 어둠의 연속, 그리고 세찬 풍랑에 바람개비처럼 이리저리 밀리는 선체를 휘감고 있는 괴물의 천지, 이것은 노아가 비바람 속에 40일 동안 표류했던 암흑천지 바로 그것이었다. 시커먼 바다가 하늘과 맞닿아 있는 천지의 괴력 앞에 배는 거대한 블랙홀에 갇혀 지구 밑으로 자꾸만 빠져드는 것 같았다. 나는 이 배와 함께 정신이 혼미해져 갔다.

어느 순간 내가 눈을 떠보니 선실 왼쪽 틈새로 비스듬히 해가 떠오르는 것이 보였다. 어제와는 달리 바다는 너무나 고요했다. 바다는 비단결처럼 잔잔한 물결이 아주 가볍게 흔들려 어제의 속 깊은 바다가 한자 두께의 물비늘처럼 손에 잡힐 듯했다. 그러자 배의 선실에 이리저리 널부러져 있던 피란민들이 하나 둘 기력을 차려 일어나기 시작했다. 그들은 밖에서 웅성거리며 때때로 지르는 사람들의 고함 소리를 듣고 모두 선실 밖으로 나갔다. 나도 엉겹결에 어머님을 따라 갑판 위로 올라가 보았다. 사람들이 모두 선미 왼쪽을 쳐다보고 있었다. 멀리 가물가물 희미하게 거무스름한 육지가 보이기 시작했다. 선장인 듯한 사람이 손가락으로 그곳을 가리키며 저기가 인천이라고 말했다. 우리 일행은 난생 처음으로 남한 땅 인천에 접근하면서 이제는 살았다는 안도감으로 환호성을 질렀다.

바다가 너무 고요하여 바람이 일지 않자 배는 돛의 방향을 일정한 간격을 두고 이리저리 옮기며 지그재그로 나아갔다. 금방 닿을 것 같은 거리였지만 아직도 육지까지는 까마득했다. 그 동안 피란민들은 자신들의 짐을 꾸리기에 바빴다. 조씨 가족 일행도 아이들마다 자기 짐을 챙기며 하선 준비를 하고 있었다. 나는 내 가방을 다시 메었다. 다리가 풀려서 후들후들 떨렸다. 이틀 밤낮을 제대로 먹지 못하고 배 멀미에 시달린 탓에 몸을 제대로 가눌 수가 없었다. 그러자 어머니께서 손을 잡아 일으켜 세웠다. 하늘은 구름 한 점 없이 맑았으나 인천 앞 바다는 옅은 안개가 희뿌옇게 끼여 있어서 시야가 시원하지는 않았다. 배가 나아가는 물살을 따라 갈매기들이 한가로이 하늘하늘 춤을 추고 때때로 갈매기들은 배가 갈라놓은 물살 위에 내려앉아 무엇인가를 잡아먹기도 했다. 배가 나무 이음새의 삐걱거리는 소리를 뒤로 하며 방향을 바꾸면 물위에 앉아 먹이를 사냥하던 갈매기들이 다시 날아올라 본대에 합류하여 배 뒤를 또다시 선회하기 시작했다. 푸른 하늘을 가로지르는 갈매기들이 더 없이 자유로워 보였다.

멀리서 바라보는 인천 항구는 평화롭기만 했다. 배가 영종도와 작약도를 오른쪽으로 끼고 돌면서 다시 한 번 남쪽으로 기수를 돌렸다. 그런데 배가 항구에 다가갈수록 멀리 보이는 산들이 전쟁 통에 폭격을 맞아서 그런지 나무를 베어서 그런지 모두 민둥산이었다. 인천부두 너머의 둔덕이 아담하게 시야에 들어왔고 오른편으로 육지 가까이 역시 민둥산인 월미도가 보였다. 그리고 산중턱까지 게딱지 같은 집들이 다닥다닥 붙어 있었다. 이러한 낯선 풍경을 멀거니 바라보는 동안 배는 또다시 기수를 북으로 돌려야 했다. 맞바람이 잔잔히 부니 이렇게 지그재그로라도 배가 앞으로 나아갈 수밖에 없었다.

기원 전 10세기경, 호머가 쓴 「일리어드」가 생각났다. 아가멤논 대왕이 그리스 연합군을 이끌고 트로이를 공략하기 위하여 에게해를 건너 적국으로 향하는데 바람이 일지 않아 배가 앞으로 나아갈 수가 없었다. 곤경에 빠진 대왕이 하늘에 빌며 신탁을 구하는데 그 처방이 순결한 처녀를 바다에 제사지내라는 것이었다. 비극적인 운명에 처한 아가멤논은 자기희생을 통해 조국을 구하려는 일편단심으로 자신의 딸 이피제니를 제물로 바치기로 결심한다. 그는 자기 딸이 사모하는 용맹무쌍한 장수 아킬레우스에게 시집을 보내준다는 말로 이피제니를 꾀어내어 바다에 수장시킨다. 그러자 바람 한 점 없던 평온한 바다에 서풍이 불어 연합군 함대가 며칠 만에 트로이 해안에 접근할 수 있었다.

내가 탄 배도 우리 모두의 기원이 하늘에 닿았던지 무사히 해안에 도착했다. 그러나 멀리서 평화롭게만 보이던 인천 부두의 현실은 아비규환이었다. 사람들이 구름처럼 몰려와 자기식구들이 배에 타고 왔는지를 확인하려고 배에 달겨들어 식구들 이름을 고래고래 불러대고 있었다. 우리 어머니도 혹시 먼저 피란 오신 아버지나 친척들이 찾지 않을까 기대하며 주위를 두리번거렸다. 한 사람의 목소리가 들리는가 하면 다른 목소리들이 파도처럼 밀려와 그 목소리를 삼켜버렸다. 어머니는 목소리로는 식별할 수 없다는 생각을 하셨는지 이리저리 손을 흔드는 쪽에 일일이 신경을 쓰셨다. 그러나 아직 하선 명령이 떨어지지 않아 육지로 내려설 수가 없었다. 성급한 사람들은 뱃전을 붙잡고 다리를 뻗어 땅에 내리고 있었다. 선원이 공민증을 발급받으려면 기다리라고 소리를 쳤지만 소용이 없었다. 어느덧 뜨거운 열기가 식으며 서쪽 바다 끝으로 노란 태양이 떨어지고 있었다. 곧 서쪽에서 뻗어 나온 붉은 빛이 희미하게 연해지며 온 하늘을 분홍빛으로 물들였다. 떠나온 고향, 바다, 그리고 하늘이 아득하게만 느껴졌다. 갑자기 사람들이 술렁이기 시작했다. 공안원인 듯한 사람이 승선하여 피란민들의 신분을 일일이 확인하기 시작했기 때문이다. 그 공안원은 증산도에서 신고한 피란민 증명서 제출을 요구하며 북한에서의 주소지와 탈출 사유, 그리고 남한에 연고가 있는지를 꼬치꼬치 캐물었다. 고함소리도 간간이 들렸다. 어머니께서 차례가 되어 증명서를 제출하고 고향 주소를 대며 남편과 상봉하기 위해 탈출하셨다고 말했다. 조서방에 대한 심문이 집중적으로 이어졌다. 공산당이 접수한 북한 땅에서 그동안 무엇을 했는지에 대한 구체적인 진술을 요구하는 듯했다. 조서방은 우리 외조부모를 개성의 친척집에 모셔다 드리고 공산당이 싫어서 남하했다고 대답했다. 공안원은 그 증거를 대라고 다그쳤다. 조서방은 뜻하지 않은 난처한 상황에 처하자 말을 더듬으며 앞뒤 조리를 잃고 있었다. 그러자 공안원은 더 조사할 것이 있다며 조서방은 배에서 내려 기다리라고 소리쳤다. 우리 어머니는 두 어린애가 딸린 여자의 몸이라 쉽게 임시 공민증을 발급받아 배에서 내릴 수 있었다.

처음으로 밟아 보는 남한 땅이었다. 오랫동안 배를 타서 그런지 어질어질했다. 눈이 빙빙 도는 것 같았다. 몸이 땅으로 내려앉는 것 같기도 했다. 육지에 내려서 바다를 쳐다봐서 그런지……? 수평선 위로 구름의 모양과 두께에 따라 붉은 색의 다양한 그림이 파노라마가 되어 물에 잠겨 내려감에 따라 내 몸도 물로 빠져드는 듯했기 때문인지도

몰랐다. 이때 수많은 사람들이 아우성치며 밀치는 바람에 나는 정신을
차리고 어머니 손을 찾아 잡았다. 조서방 부인은 눈물을 흘리며 공안
원을 따라가는 남편에게 그가 돌아올 때까지 부두에 남아 기다릴 테니
조사가 끝나는 대로 이곳으로 오라고 소리쳤다. 조서방은 부인에게 애
들을 잘 보라고 당부하며 어머니에게도 걱정하지 말라고 말했다. 그는
공안원이 이끄는 대로 만석동 부둣가 야적장 뒤로 사라졌다.

　하루 이틀이 지나도 조사받으러 끌려간 조서방은 돌아오지 않았다.
그의 부인은 조서방이 사라진 야적장 쪽을 하염없이 바라보았지만, 그
쪽으로 가는 길은 피란민들이 서로 밀치며 오갈 뿐 기다리는 사람은
나타나지 않았다. 오늘도 어느덧 해가 뉘엿뉘엿 지고 있었다. 조씨 부
인의 안타까운 심정을 이해하는 어머니께서는 이러지도 저러지도 못
하고 그들 가족과 함께 부두를 지킬 수밖에 없었다. 인천 부두에 도착
한 지 3일째 되는 날 어머니는 우연히 같은 고향에 살다가 피란 온 한
노인을 만났다. 그는 어머니를 보자 반가운 듯 손을 마주 잡으며 다급
히 말했다. 이미 피란 나온 나의 아버님과 형제분들이 공설운동장 옆
어딘가에 거처를 정하고 사신다고 전해 주었다. 어머니께서는 이 반가
운 소식에 어쩔 줄 모르고 감격해서 눈물을 흘리셨다. 나도 덩달아 신
이 났다. 그러나 문제는 조씨 일가였다. 조서방이 수사관에게 끌려가
소식이 없으니 그냥 부두를 띠닐 수가 없었나. 그렇나고 아무 기약도
없는 사람이 언제 돌아올지도 모르는데 온 식구가 부둣가에 서서 마냥
기다릴 수도 없는 노릇이었다. 그래서 일단 나의 아버님이 거처하시는
곳에 짐을 푼 다음 조씨 부인이 매일 아침 부둣가로 나와 조씨를 기다

리기로 했다.

우리 일행은 오후 한나절을 먼지가 풀석풀석 나는 흙길을 걸어서 부두에서 십 리쯤 떨어진 공설 운동장 근처 항골고개에 다닥다닥 붙어 있는 판자촌에 도착했다. 어렵지 않게 아버님 형제가 사시는 거처를 찾을 수 있었다. 주워온 나무 조각으로 얼기설기 기둥을 묶은 다음 그것을 지지대로 삼아 양철이나 골탄 입힌 합판지로 지붕을 엮어 만든 그야말로 피란민촌 하꼬방이었다. 거적을 들치고 들어서면 재래식 아궁이에 양은솥이 두 개 걸려 있고 바로 오른편 쪽문 너머로 가마니를 깐 방이 이어졌는데 방이 하도 어둑 침침 하여 한참만에야 사물이 눈에 들어왔다. 방안에는 사람은 모두 나가 아무도 없고 옹기종기 봇짐만 가득했다. 우리 일행은 지친 몸을 이끌고 그 방으로 들어갔다. 우리는 우선 허기에 지쳐서 무언가 먹을 것이 필요했다. 어머니께서 부엌으로 나가서 여기저기를 뒤지기 시작하셨다. 남은 것이라고는 밀기우리 한 됫박뿐이었다. 어머니께서는 그것으로 수제비국을 끓였다. 모두 허겁지겁 국물까지 마셔댔다. 이렇게 허기가 겨우 가시자 우리는 곧 피곤이 엄습해와 그대로 방에 쓰러져 잠이 들어 버렸다.

나는 왁자지껄하는 소리에 잠에서 깨었다. 그러나 너무나 졸리고 피곤하여 잠시 동안 정신을 차릴 수가 없었다. 꿈속에서 본 장면과 사람들이 현실적으로 매치가 되지 않아 누가누구인지를 분간할 수가 없었다. 누군가 내 손을 잡고,

"야 이놈 컸네! 몇 년 만인가? 애들이 몰라보게 달라졌어!"
라고 되풀이 하는 말소리에 나는 한참만에야 정신이 들어 사람들의 얼

굴 윤곽을 분간할 수 있게 되었다. 내 손을 잡고 있는 사람이 아버지였다. 나는 반가움에 앞서 눈물이 났다. 2년 반 전 아직 아버지의 얼굴이 나의 머리에 각인되기도 전에 이산가족이 되어 오늘 만나니 처음 만나는 사람이나 다름이 없었다. 아버님께서는 나와 동생을 번갈아 껴안으며 싱글벙글 하셨지만 나로서는 반가운 이웃집 아저씨에 불과했다. 주위를 둘러보니 나무께에서 뵈어서 낯이 익은 둘째 큰아버지가 계셨고, 또 첫째 큰아버지와 막내 삼촌이 눈에 들어왔다. 나는 어머님께서 시키시는 대로 돌아가며 큰 절을 올렸다. 그리고는 온 식구가 지금까지 지나온 이야기로 밤을 지새웠다. 때때로 어머니께서는 지난 일이 꿈만 같으신지 한참동안 말을 멈추고 밖을 내다보시다가 말을 잇곤 하셨다. 특히 나무께에서 둑방길을 넘어 갯벌을 통해 증산섬에 도착한 이야기를 하실 때는 여러 번 눈시울을 붉히셨다.

어느 정도 서로의 험난한 피란살이에 대해 이야기를 나누자 다시 현실의 걱정걸이로 돌아왔다. 둘째 큰아버님은 나무께에 두고 오신 큰어머님과 세 아들이 걱정이 되어 그 곳 사정에 대해 자세히 물으셨다. 어머니께서는 남은 식구들도 곧 도착하게 될 거라고 위로하셨다. 그러나 전쟁이 시작 된지 3년이 지났건만 이산가족이 흩어진 가족을 찾아 이리저리 헤매는 피란행렬은 언제 끝날지 몰랐다. 아무튼 어린 나로서는 어른들이 시로 나누시는 밀씀을 통해 그 당시의 현안을 대략 짐작할 수 있을 뿐이었다. 이미 휴전 협정이 성사되어 실질적인 전투는 멈추고 38선이 그어진 모양이었다. 이 선을 중심으로 같은 민족이 남북으로 갈려 두 정부가 영구히 수립되리라고는 꿈에도 생각하지 못했다.

우리가 고향의 집을 잠시 비우고 열흘 아니면 늦어도 보름 안에는 다시 돌아가리라고 생각하고, 가볍게 짐을 꾸려 집을 나섰던 것이 영영 망향의 한이 되었듯이 남북의 두 정부도 지금까지 서로 자기만의 이념을 고집하며 원수지간이 되리라고는 꿈에도 생각하지 못했다. 아무튼 개인이건 국가건 몇몇 지도자들의 잘못된 판단에 의해 운명 지워진 고난의 수레바퀴를 다시 되돌리기는 쉽지 않아 보였다.

결국 전쟁은 완전히 끝난 것이 아니라 휴전협정에 의해 잠시 멈추어선 어중간한 상태였다. 그러니 정부가 안정될 수 없었고 이념대결이 더욱 격화될 수밖에 없었다. 이런 남북한의 이념대결이 전제된 정부의 출발은 당연히 그 색깔이 선명한 우익과 좌익의 선봉 투쟁가들이 정권을 잡게 되는 정치구조가 되어 있었다. 따라서 남한은 미국에서 오랫동안 민주주의 교육을 받은 이승만 박사가 대통령이 되었고 북한은 소련으로부터 공산주의 이념투쟁을 전수받은 김일성이 권력을 장악하게 되었다. 태생적으로 다른 이 두 지도자가 이끄는 정부는 서로 마주보고 내달리는 기차와 같이 서로 충돌할 수밖에 없었다. 이 과정에서 아무것도 모르고 피를 흘리며 전쟁을 치른 백성들은 결국 이산가족이 되어 타향살이를 하게 되고 그 피해는 고스란히 남북한 주민의 몫이 되었다. 특히 북한으로 끌려간 수많은 양민들은 사상이 다르다는 이유로 수없이 학살되거나 탄광으로 보내지거나 수용소에 갇히는 신세가 되었다. 겨우 살아남은 양민들도 공산체제의 압정에 짓눌려 헐벗고 굶주리는 신세가 되었다.

남한의 백성도 전쟁의 후유증을 혹독하게 치르기는 마찬가지였다.

우선 우리 집안의 가족과 친척들은 정든 고향을 떠나 아무 연고도 없
는 남한 땅에 내려와 하루아침에 알거지가 되어 생활전선에 내팽개쳐
지다시피 했다. 남북한이 총칼을 겨누는 실질적인 전쟁은 멈추었다고
는 하지만 우리 가족의 하루하루는 이 못지않은 생존의 전쟁을 치루고
있었다. 40대의 첫째 큰아버님, 그리고 30대의 둘째 큰아버님과 나의
아버지께서는 매일 십리가 넘는 만석동 부두에 나가서 막노동을 해야
만 했다. 그 일도 지원자들이 인산인해를 이루어 경쟁이 심했다. 먼저
오는 사람부터 순서대로 작은 배에 실려 먼 바다에 정박해 있는 큰 화
물선에 보내져 하루 종일 외국에서 보내온 구호식량인 밀을 실어 날라
야만 했다. 서해바다는 간만의 차가 심하기 때문에 그 때만 해도 큰 상
선이나 화물선이 부두에 접안할 수가 없어서 먼 바다에 정박한 화물선
에 실린 곡물을 작은 마구리선에 옮겨야 육지로 가져올 수가 있었다.
이 과정에서 지금처럼 기계화나 전산화가 되어있지 않았기 때문에 큰
상선에서 마구리선으로 옮겨 실을 때와 마구리선에서 육지로 옮길 때
사람이 직접 어깨에 메어서 날라야 했기 때문에 일손이 꼭 필요했다.
그 당시 전부터 자리를 잡은 공직의 일자리를 제외하면 부두의 막노동
이 아무 연고 없이 불쑥 나타난 피란민의 유일한 일터였다. 이 부두 노
동은 막일을 해보지 않은 우리 아버지 형제들에게는 힘들고 고된 일이
있지만 그나마 우리 식구들의 입에 풀칠을 하게 할 수 있는 유일한 수
단이었다. 그러나 이 일은 외국에서 화물선이 들어와 하역을 할 때만
필요함으로 매일 있는 일이 아니어서 소위 헛탕치는 날이 많았다. 그
러다보니 수입이 일정치 않아 생활을 제대로 꾸려나갈 수가 없는, 정말

로 굶어 죽지 않을 정도로 겨우 목숨을 이어나간다고 해야 맞을 때였다.

이런 옹색한 생활이 일 년 가까이 계속되었다. 그러던 어느 날 소식도 없이 사라졌던 조서방이 얼굴이 누렇게 뜨고 머리를 산발한 채 다리를 절뚝거리며 하꼬방 판자집에 나타났다. 그는 한 여름인데도 벌벌 떨고 있었다. 정신이 나간 듯 눈의 동공이 풀린 채 이리저리 밖의 동정을 살피고 있는 눈치였다. 조서방 부인은 반가움에 앞서 남편이 실성한 것이 아닌가 하고 눈물을 글썽였다. 어머니께서 세숫물을 떠 주고 대충 씻게 한 다음 뜨거운 밀기우리 밥을 해 먹었다. 며칠을 굶었는지 그는 옆 사람을 쳐다보지도 않고 마파람에 게눈 감추듯이 밥을 다 먹어치웠다. 조서방은 예전의 싹싹한 붙임성은 어디로 갔는지 처음 만나는 사람처럼 상대방을 경계하는 눈초리가 역력했다. 어느 정도 안정이 된 듯하여 어머니께서 조서방에게 물었다.

"자네, 부두에서 헤어진 후 어디 갔었나?"
그러자 그는 놀란 눈으로 어머니를 쳐다보며,

"고향에요!"

그리고는 말이 없었다. 그는 차츰 그 동안 지친 피로와 긴장이 한꺼번에 풀리는지 눈을 껌벅이며 졸기 시작했다. 그래도 그냥 앉아 있기를 버티던 그는 어느 순간 나무토막이 쓰러지듯 스르르 방바닥으로 무너져 잠이 들어버렸다. 누워 있는 그의 몸뚱어리는 허기진 늑대의 늑골처럼 뼈만 앙상하게 드러나고 얼굴의 턱 선이 가파르게 내려앉아 있었다. 그가 그 동안 어떤 고초와 공포에 떨며 사경을 헤맸는지를 대충 짐작할 수 있었다. 한 일주일쯤 지나자 조서방은 식구들과 서로 인사정도를 나누는 사이가 되었다. 얼굴색도 처음보다는 많이 밝아져서 주위 식구들을 안심시켰다. 조서방부인과 자기 자식들의 앞날을 걱정하며 차츰 피란생활에 적응해 가기 시작했다. 그러나 자기 식구들을 비롯한 주위 친척 누구에게도 그가 사라졌던 1년 반 세월에 대한 이야기는 일체 하지 않았다. 그는 가끔 웃기만 했다. 그러나 과거의 이야기가 나오면 얼굴빛이 긴장되며 눈에 힘이 가해졌다. 그러면 주위 사람들은 재빨리 눈치를 채고 말을 돌리곤 했다. 결국 조서방에게 과거는 묻히고 오직 현재와 미래만이 남은 현재형 인간이 되어 있었다. 그러던 조서방 일가는 조서방이 어느 정도 안정을 되찾자 가까운 친척집에 더부살이를 한다며 우리 집을 떠났다. 나는 매우 슬펐다. 어린 나이에 삼팔선을 넘어 증산섬에서 만나 친형제처럼 지낸 그의 자식들과 떨어지기 싫었기 때문이다. 그 애들도 울었다. 그러나 멀리 떠나는 것이 아니고 인천에서 멀지 않은 곳임으로 언젠가는 다시 만날 수 있으리라는 희망을 가질 수 있어 위안이 되었다.

이런 조씨 일가를 다시 만나게 된 것은 그 후 꽤 오랜 시간이 흐른 어느 해 음력설 다음날이었다. 조서방은 부인과 그동안 더 낳아 늘어난 식구 아들 넷, 딸 하나를 대동하고 손에는 큼직한 생선 보따리를 들고 나타났다. 얼굴이 건강해 보이고 신수가 훤하게 피어 있었다. 조서방은 나외 어머니께 큰 절을 하고나서 부인과 사식들에게 차례로 절을 시켰다. 나도 동생과 함께 조서방 내외에게 큰 절을 했다. 조서방은 그동안 갖은 고생을 하다가 우연히 고향 친구의 소개로 하인천 연안부두 수협의 하역조합에 취직이 되었다. 짐이나 고기를 실은 배가 부두에 접안하면 지금과는 달리 전부 사람의 손으로 일일이 하역할 때라 건장한 몸을 지닌 조서방에게는 안성맞춤이었다. 조서방은 이 일을 천직처럼 만족해했는데 그것은 하역을 하다 보면 가끔 생선을 얻거나 싸게 살 수 있어 집 살림에 크게 보탬이 되었기 때문이다.

그 날도 민어나 조기 같은 값나가는 귀한 생선을 많이 가져온지라 어머니는 민어를 잘 다듬으신 다음 토막을 내어 냄비에 넣고 그 위에 대파와 무, 빨간 고추, 양파 등 양념을 칼칼하게 하여 끓여 내놓으셨다. 우리는 조서방 가족과 빙 둘러 앉아 옛날이야기를 하며 이 귀한 성찬을 마음껏 즐겼다. 그런데 조서방은 그동안 술이 많이 늘었는지 탁주를 몇 잔 연거푸 마셔대더니 갑자기 눈물을 흘리기 시작했다.

"아주머니! 아주머니가 이렇게 구차하게 사시는 것을 보니 저절로 눈물이 납니다요!"

조서방은 어머니가 고향에 계시면 세상 부러운 것 모르고 살텐데 이렇게 고생하시는 것이 애처러운지 눈물을 계속 흘렸다. 이렇게 감상적인 그는 두고 온 고향과 부모에 대한 향수가 가히 병적이라고 할 정도로 깊어서 그것을 술로 풀다 보니 어머니 앞에만 앉으면 눈물로 하소연하기 일쑤였다. 그는 하도 고향과 부모가 그리워 자기 자식들을 명절이면 뒷산 자유공원에 데리고 올라가 북녘을 향해 큰절을 시킨다고 자랑스럽게 말하곤 했다. 또한 그는 그의 외동딸 순자에게 이다음에 시집간 후 혹시 오라비 중에 가난한 형제가 생기면 남편 몰래 뒤주에서 쌀을 퍼다 뒷담으로 넘겨 보태 주라는 만화 같은 이야기도 여러 번 강조하는 것을 들었다.

　그런데 이렇게 착하고 성실하고 부지런한 조서방의 인생말년은 그가 꿈꾸어왔던 대로 해피엔딩은 아니었다. 부모의 의지와 교훈이 자식들에게 미치는 양이 비례하지 않는다는 것을 입증이나 하듯이 그의 첫째 아들 명원이는 어느 날 인천에서 행방불명이 되어 객사했고 그 나머지 자식들도 그리 순탄치 않은 삶을 살아가면서 그 아픔을 그들의 부모가슴에 안겼다. 조서방과 그의 아내는 이런 아린 가슴을 안은 채 고향땅을 밟아보지도 못하고 차례로 이승을 등지고 말았다.

　그 후 얼마 되지 않아 나무께에 남아 있던 큰어머님이 사촌형님과 사촌동생을 데리고 무사히 탈출에 성공하여 인천 항골고개 피란민 판자촌에 합류하게 되었다. 이렇게 해서 전쟁의 비극으로 빚어졌던 험난한 피란의 대 엑서더스는 일단 막을 내리게 되었다.

　그러나 피란민들의 생활은 죽음과의 전쟁과도 같았다. 삶을 영위하는 것이 아니라 살아남기 위해서 몸부림치는 것이나 다름없었다. 아침부터 저녁까지 먹을 것을 찾기 위해서 먹을 것이 있는 곳이면 어디든지 짐승처럼 배회한다고 하는 것이 맞을 때였다. 전쟁이 막 끝난 상황에서 산업시설은 완전히 폐허가 되어 실업자가 넘쳐나고 대부분이 농민이었던 피란민들은 자신의 일터를 잃고 방황하고 있었다. 정부가 할 수 있는 일은 미국을 비롯한 우방국들로부터 원조를 받아 하루하루를 어렵게 연명해가는 사람들에게 식량배급을 하는 것이 고작이었다. 그러나 이 배급이 필요한 곳에 제대로 가기가 쉽지 않았다. 그러나 아무튼 그 당시 우방국들의 도움으로 식량지원을 받아 굶어죽지 않고 살아

남은 은혜는 잊을 수가 없으며 그것이 지금 우리가 그 은혜를 우리보다 못사는 세계의 난민들에게 갚아야할 짐이며 의무라고 생각되는 이유이다.

이런 어려움 속에 우리 열 두 식구가 먹고 살기에는 하루하루가 버거운 삶의 연속이었다. 보다 못한 어머님과 큰어머님께서 집 바깥으로 나섰다. 아무리 전쟁 통이라고는 하지만 생전 집 담 너머 바깥세상에는 발을 들여놓지 않았던 두 여인이 할 수 있는 일이 무엇이었겠는가? 어머님과 큰어머님은 수수시루떡을 만들어가지고 배다리 야채시장 깡 입구에 좌판을 벌리고 장사를 시작했다. 그 당시는 끼니를 거르는 사람들이 많았기 때문에 주로 야채 시장에 드나드는 짐꾼들이나 손님들이 허기를 달래기 위해 길거리에서 시루떡을 사먹곤 했다. 처음에는 떡이 잘 안 팔려 낭패도 했지만 차츰 요령이 생겨 그 세계의 원리에 적응하기 시작한 어머니와 큰어머니는 시간이 지날수록 세속의 장사에 이력이 붙게 되었다. 그리고 팔다 남은 시루떡은 식구들의 성찬이 되었다. 아무튼 두 여장부의 활약으로 네 대장부가 이루지 못한 우리 가족의 기근이 어느 정도 해결되게 되었다.

인천의 공설운동장 근처 항골고개의 판자집 생활도 어느덧 반년이 넘어 새 봄이 찾아오고 있었다. 산과 들은 피란민들이 땔감으로 나무를 모두 베어 민둥산이지만 초록빛 풀들이 수도국산을 뒤덮어 봄의 기운을 한껏 느끼게 했다. 수도국산으로 올라가는 오솔길을 따라 판자집들이 빼곡히 들어차 있었는데 그래도 길섶에 피어 있는 민들레가 방긋방긋 웃고 이름 모를 잡풀들이 무성히 자라 이리저리 흔들리고 있었다. 하늘은 아침나절 뿌연 안개가 걷히면 햇살이 드러나 얼굴과 손에 따스한 온기를 전했다. 눈이 부신 역광 너머로 눈을 찌푸리고 태양 속을 들여다보니 노랗고 새하얀 태양의 속살이 어렴풋이 보였다. 그 따스함과 자유로움이 그 하늘 전체를 여유롭게 만들어 나를 편안하게 해 주었다.

저녁이 되면 그 작은 방에 10여명이 쪼그리고 앉아 새우잠을 잘 수밖에 없었다. 그러나 낮이 밝아 눈을 뜨면 어른들은 어느새 생활현장으로 다 나가버리고 나를 비롯해 내 동생과 사촌동생들이 하루 종일 뒤엉켜 놀곤 했다. 그 때 어른들에게는 현실적인 생존을 위한 피나는 고난의 연속이었지만 우리들은 세상의 심각한 걱정을 떨쳐버리고 하루 종일 신나게 놀았던 기억만 난다. 나는 동생들과 다닥다닥 붙은 판자촌의 골목길에서 자치기는 물론 딱지치기, 구슬치기, 땅따먹기 등 그 당시 유행하던 놀이를 하며 재미있게 놀았다. 특히 자치기는 한 쪽으로 파놓은 구멍에 자를 괴어놓고 힘껏 치고 또 치고 하다 보면 남의 동네까지 침범하는 사례가 있어 다른 동네 아이들과 힘겨루기 싸움을 한 적도 있었다. 이렇게 하루하루가 지나다 보니 그 해가 다 저물었다. 어느 날 어른 들이 저녁을 먹고 난 후 앞으로 어떻게 살아갈 것인가에 대해 심각하게 논란을 벌였다. 큰아버지를 비롯한 4형제분이 내린 결론은 이제 38선이 휴전으로 고정이 되어 남북통일이 점점 요원해지기 때문에 당분간 고향으로 다시 돌아가기는 어려울 것 같으니 남한에서라도 각자 형편에 맞게 살아갈 길을 찾자는 것이었다. 즉 이북 고향으로 돌아가기는 틀렸으니 자기 직계를 중심으로 각자 살아갈 방도를 찾아 분가하는 것이 자식들의 미래를 위해서도 바람직하다는 결론에 이르렀다.

이 때부터 우리 아버지께서는 자신이 잘 할 수 있는 분야, 즉 장사로 길을 터나가기로 작정을 하셨다. 그것은 아버지께서 고향에서부터 일찍이 장사에 눈을 뜬 분이었기 때문이다. 다른 형제들이 모두 평산에서 농사를 짓는 동안, 아버지께서는 어린 나이에 고향을 떠나 개성에서 노전 심부름을 하며 잔뼈가 굵어서 물류의 흐름에 따라 이윤을 남기는 이치를 알고 계셨다. 잘 하면 그 이윤이 눈덩이처럼 불어 본전은 접어두고, 남의 돈을 가지고 새끼치기를 하여 재산을 불리는 금전의 놀이를 익히신 분이었다. 말하자면 아버지께서는 개성상인의 기질과 근성을 약간 몸 안에 담고 있는 분이었다. 그래서 결혼 후에는 연안에 싸전을 차려 큰돈을 만져보기도 하셨다.

어느 날 아버지께서 집에 들어오지 않으셨다. 어머니께서는 아버지께서 양은그릇을 배에 싣고 충청남도 서산으로 팔러 가셨다고 말씀하셨다. 그 당시 양은냄비와 양은그릇은 미국이나 유럽 등 선진국의 기술 도입으로 만들어진 신흥 상품으로 도시는 물론 시골의 주부들에게까지 인기가 대단했다. 아버지께서는 이런 시대의 요구에 착안하여 개성 상인의 후예답게 장사꾼 기질을 발휘하신 것이었다. 그 동안 집안 식구들은 걱정이 태산 같았다. 아무런 연고가 없는 서산에서 물건을 다 파실 수 있을지, 그리고 긴 여로에 몸에 병이라도 나시지 않을지, 언제 돌아오실지, 모든 것이 걱정이었다.

한 보름 만에 아버지께서 수척해진 모습으로 나타나셨다. 배로 가져가신 물건을 현금으로 일부 팔기도 하셨지만 주로 현물교환을 하고 팔다 남은 물건은 현지에 맡겨두고 오셨다고 말씀하셨다. 오실 때는 나무 장작을 현지에서 사서 배에 가득 싣고 오셨다. 말하자면 배띠기를 한 셈이었다. 그 때에는 식사 준비와 난방을 아궁이에 불을 때서 해결했음으로 나무는 다른 것으로 대체할 수 없는 유일한 연료였다. 그러다보니 주위의 산이란 산은 모두 나무가 베어지고 도시 근처는 나무는 물론 잡목, 풀섶, 그리고 낙엽까지 모조리 긁어다 땠다. 아니면 외국에서 발전용이나 산업용으로 수입된 석탄이 수송 과정에서 흘러나와 가정용 땔감으로 사용되기도 했다. 여름에는 더워서 아궁이에 불을 지피지 못하고 가정마다 드럼통을 개조한 화덕에 석탄이나 나무를 때서 밥을 짓곤 해서 저녁때가 되면 집마다 문 앞에 내놓은 화덕에서 검은 연기가 솟아나와 골목 안을 가득 채우곤 했다. 그러면 애들 어른 할 것 없이 눈물 콧물로 콜록거리며 밥 짓는 전쟁을 치러야만 했다.

아버지께서는 배에 싣고 온 나무를 다 팔자마자 시골에서 필요한 양은그릇이나 화장품 등을 사서 다시 서산의 태안으로 떠나실 준비를 하셨다. 이번에는 현지에 머물면서 못다 판 물건을 팔 수 있도록 어머니도 가시기로 했다. 물론 나와 내동생도 함께였다. 인천 부두에서 떠나는 배에는 이미 시골에서 필요한 물건이 가득 실려 있었다. 그 때만 해도 인천에서 충청도 서신으로 가는 뱃길이 육로로 가는 것보다 시간도 훨씬 덜 걸리고 수송비용도 덜 먹혔다. 그것은 당시 자동차는 구경도 하기 힘든 때였고 육로는 달구지나 다니는 시골길이었기 때문이다.

배가 출항했다. 제일 먼저 상기되는 것은 피란시절에 증산섬에서 인천에 올 때 탔던 돛배목선이었다. 상황이 다르긴 했지만 바다와 하늘에 대한 경외감, 그리고 미지의 세계에 대한 두려움, 지독한 뱃멀미는 언제나 마찬가지였다. 바다 속에 무슨 힘이 그리 서려 있길래 그 큰 배가 낙엽처럼 흔들리는지? 물살이 치밀어 올라와 뱃골을 가르면 배는 꼼짝없이 좌우로 크게 흔들리며 파도의 다른 힘과 대결했다. 그때마다 끼익~ 하는 신음소리와 함께 배는 앞으로 나아가고 또 나아가 차츰 서산반도 가까이에 접근할 수 있었다.

나는 주위에서 왁자지껄하는 소리에 잠에서 깨어났다. 지난밤의 험상궂은 날씨가 어느덧 잠잠해지고 배가 순풍에 미끄러지듯 어느 포구로 들어서고 있었다. 아버지가 선실 바깥으로 나갔다 오시더니 서산에 다 왔다고 말씀하셨다. 하루 밤을 무사히 지나 목적지에 도착한 것이었다. 포구 안의 바닷물이 하도 잔잔하여 앞에 보이는 마을 뒤의 작은 산 그림자가 거울처럼 물위에 또렷이 비춰 보이고 있었다. 우리가 배에서 내린 곳은 당시 충청남도 서산군 태안읍 팔봉면 대황리 구도 포구였다. 이 포구 고개 넘어 한 오리 남짓 남향받이에 한적한 갯마을 안도내가 자리 잡고 있었는데 이곳은 한 20여호 가구가 바다에 나가 고기를 잡아 생계를 꾸려나가는 전형적인 어촌이었다. 우리는 이 마을에 짐을 풀었다.

우리 가족은 이 포근하고 아늑한 갯마을에 당시 태모라고 불리는 내 나이또래 아이의 문간방에 세를 들어 살게 되었다. 충청도 시골 태안은 풍광 못지않게 인심이 그대로여서 인천의 각박한 삶을 잠시 잊을 수가 있었다. 낮이면 아버지와 어머니가 읍내 장에 양은 냄비와 그릇,

그리고 화장품 등을 진열해 놓고 팔기 시작하셨다. 꽤 장사가 잘 된 듯
했다. 얼마 지나지 않아 인천에서 사온 물건이 거의 다 팔렸다. 아버지
는 신이 나서서 물건을 다시 해오려고 배에 나무를 가득 싣고 인천으
로 떠나셨다. 그 후의 일상은 어머니는 남은 물건을 진열해 놓고 매일
종일 장을 보셨고 나와 동생은 바닷가에 나가서 정신없이 놀았다.

인천과는 달리 우리들의 놀거리는 모두 바다에 있었다. 모래사장을
잘 뒤져보면 외다리 게를 비롯해서 신기한 생물들이 항상 우리를 맞아
주었다. 썰물이 되어 개펄로 나가면 주위 사방에 칙게가 구멍에서 나
와 우리를 반겨주었다. 그러나 사실은 칙게가 우리를 반긴 것이 아니
라 우리를 경계하며 도망갈 준비를 하고 있는 것이었다. 우리의 움직
임에 따라 높다란 눈을 세우고 그 움직임만큼 정확히 후퇴하며 뒤로
물러나서 일정한 거리를 유지했다. 그러다보면 우리 주위를 칙게가 뺑
둘러 외워 싸서 포위하고 있는 형국이 되었다. 개펄에 가장 눈에 많이
띄는 것이 이 칙게와 밍개비였다. 요즘은 잘 볼 수 없지만 그 당시 개펄
에는 밤톨만한 미끈미끈한 연체동물인 이 밍개비가 많이 기어다니고
있었는데 미끄러운 점액이 묻어 있어 만지면 그리 기분이 좋지는 않았
지만 잡아다가 삶아먹기도 했다. 그 외에 젓가락으로 맛살을 잡는 즐
거움도 놓칠 수 없는 재미였다.

이런 바닷가의 놀이는 도시 아이들의 유희에 그치지 않고 중요한 잔
거리를 해결해 주고 있었다. 썰물 때 바닷물이 나가면 개펄에 묻혀 있
는 바위 밑에서 바와지는 물론이고 꽃게와 조개, 그리고 재빨리 도망
치지 못하고 쪽물에 갇혀 있는 망둥어나 낙지 같은 해산물을 노획할

수 있었다. 어린 나이여서 깊은 물속에 잠겨 있는 미역은 감히 건드리지 못했지만 지천으로 붙어 있는 연초록 파래는 얼마든지 채취할 수가 있어서 하루 종일 바다에서 딩굴다가 밀물이 되면 잡은 해산물 모두를 깡통에 담아서 집으로 가져가곤 했다. 그러면 어머니께서 이 해산물을 원료로 찬을 준비하셨는데 지금도 생각나는 음식은 갓 수확한 연녹색 파래를 깨끗이 씻어서 뚝배기에 넣고 그 위에 조개를 얹은 다음 시골 된장을 풀어 끓이면 그렇게 맛깔 날 수가 없었다. 게다가 가끔 새벽에 포구에 나가면 방금 들어온 배에서 싱싱한 가오리를 얻어올 수 있었는데 몸체는 소금을 툭툭 쳐서 햇볕에 말리고 그 내장은 분리하여 쓸개를 제거한 다음 뚝배기에 넣어 끓이면 구수한 내장탕이 되었다.

또 하나 어린 나의 인상에 지워지지 않는 것은 갯마을의 모래사장이 길게 펼쳐져 있는 양쪽 끝에 시커먼 바위들이 물속에 깊이 잠겨 있었는데 그 깊은 바닷물 속에는 시퍼런 힘찬 물살이 항상 바위들 사이를 이리저리 헤집고 어루만지며 다니고 그 사이로 미역의 시커먼 군락이 시원하게 춤추는 것이 어렴풋이 보였으며, 손이 닿을 정도의 깊이에는 소라와 멍게가 덕지덕지 붙어 있었다. 이처럼 청정 바다물속에서 미역 순이 춤을 출 때면 그 유혹에 홀려 물속으로 첨벙 뛰어들고 싶은 충동을 느끼곤 했지만 그러기에는 나는 아직 나이가 어렸었다. 지금도 그 시퍼런 물살 속에 이리저리 춤추듯 흔들리는 미역군락이 눈에 선하고 그와 더불어 사는 소라와 게, 홍합 같은 어패류가 그 바위들 사이를 가득 메운 풍요로운 꿈을 꾸곤 한다.

인천으로 배에 나무를 싣고 떠나셨던 아버지께서 어느 날 저녁 늦게 돌아오셨다. 그런데 아버님의 안색이 좋아 보이질 않았다. 그 어두운 내용을 어머님으로부터 다음날 전해들을 수 있었다. 인천에 역병 장질부사(장티푸스)가 돌아 항골고개 판자집에 사시는 큰아버지 형제들과 조카들이 하나 둘 눕기 시작하여 앞일이 캄캄하다는 말씀이셨다. 당시에는 장질부사 약이 없어 한번 이 병이 번지면 수없이 많은 사람들이 감염되어 자리에 눕고 그 중 반 수 이상이 죽을 때였다. 그러나 아버님께서는 장사 때문에 할 수 없이 물건을 해 가지고 일정대로 인천을 떠나 서산으로 내려올 수밖에 없었지만 역병에 걸려 자리에 누워있는 형님이나 동생, 조카들을 생각하면 걱정이 되어 잠을 잘 수 없을 뿐만 아니라, 그 자리를 지키지 못한 마음의 가책이 가슴을 짓눌렀다. 어느 날 아버지께서 어머님에게 말씀하셨다.

　"여보! 나 급한 일도 대충 끝났으니, 인천 형님 댁에 가 보아야겠소!"
그러자 어머니께서는 평소 아버님의 성품을 잘 아시는지라 백번 말리고 싶으셨지만 아무 말씀도 하시지 못하고 듣고만 계셨다. 장티프스로 큰어머니만 빼고 모두 누워 있는 집에 간다는 것은 같이 그 자리에 눕겠다는 의미와 다를 바가 없었기 때문이다. 그러나 남도 아닌 형님과 동생, 조카들이 병으로 누워 있는데 아버님 혼자만 사시겠다고 들여다보지도 않는 것은 당시로서는 인륜에 어긋날 뿐만 아니라 평소 동기간외 따뜻한 정리에 비추이 볼 때 아버님의 자존심이 허락시 않는 보양이었다. 어머님께서는 무슨 말을 해야겠다고 마음을 쓰고 계셨지만 아무 말도 하시지 못한 채 그냥 가슴앓이를 하실 뿐이었다. 아버지께서는 부두에 나가셔서 다음 선편을 알아보고 들어오셨다. 며칠 후면 다시 인천으로 떠나야할 아버님은 장티프스에 좋다는 전통 한약재를 몇 첩 구해서 짐 보따리에 찔러 넣으셨다. 떠나시기 전날 저녁 아버지께서는 어머님에게 미안하다는 말과 함께 아이들을 잘 부탁한다고 말씀하셨다. 아버님도 이번 인천행이 예삿일 같지 않으셨던 모양이었다. 아버지는 포구에 정박한 황포돛대를 단 범선에 오르시기 전 눈물을 흘리시는 어머님의 손을 꼭 잡으시고 걱정 말라고 위로하셨다. 그리고 나와 내동생의 머리를 번갈아 쓰다듬어 주셨는데 나는 지금도 아버님의 그 따스한 손길이 온몸에 전해지는 듯하다.

아버님께서 인천으로 떠나시자 어머님의 걱정이 태산 같으셨다. 일이 손에 잡히지 않으시는지 방안을 왔다갔다 서성이시거나 멍하니 먼 산을 쳐다보시기 일쑤였다. 그러는 동안에도 어머니께서는 아침 동이 트면 시골 장에 팔다 남은 물건들을 진열해 놓고 손님을 기다리고 계셨다. 여름의 뜨거운 태양은 아침나절에는 앞 집 처마에 응달이 져서 제법 서늘했지만 해가 하늘 높이 솟아올라 머리 정수리에 햇볕을 쏟아붓기 시작하면 얼굴에 땀방울이 송글송글 맺혀 근질거리기 시작했다. 바람이 기다려졌다. 그러나 뒷편 바다에서 불어오는 바람도 후덥지근한 해풍으로 변해 모래사장을 거슬러 올라와 마을을 뜨겁게 달구었다. 바다의 짠 내와 비린 내가 여기가 인천이 아닌 남쪽 땅임을 새삼 느끼게 해 주었다.

나는 하늘을 쳐다보았다. 청명한 하늘 위로 아주 엷은 구름띠가 하얗게 펼쳐지다가 수평선 가까이서 탯줄 모양 바다로 이어지고 있었다. 그 중간에 드문드문 피어 있는 솜사탕 같은 구름이 꼼짝하지 않고 창공에 그대로 머물러 있어 바라보는 사람들을 더욱 늘어지게 만들었다. 또한 온 우주가 못에 박힌 듯 꼼짝하지 않고 정지되어 있어 사람들의 그림자마저 지쳐 있는 것처럼 느리게 움직였다. 그 동안 동생과 나는 모든 것이 멈추어선 정적 속에서 그래도 꼼지락거리며 가위바위보 놀이를 하고 있었지만, 우리들의 작은 소란이 잠들어버린 정오의 정적을 깨우기에는 역부족이었던지 우리들의 목소리는 정막 속에 죽음의 강인 심연의 레테에서처럼 깊은 잠 속에 묻혀버렸다. 여름의 뜨거운 열기는 이처럼 정신을 잠재워서 시간의 흐름을 마비시키고 있었다.

어느덧 땅과 바다의 열기가 백사장의 모래를 장미색으로 바꿀 때쯤이면 해가 머리 정수리를 지나 포구 앞 바다에 떠 있는 퇴적 섬 위로 내려앉았다. 그리고 한참 후 엷은 구름을 통과하는 햇빛의 스펙트럼이 수평선과 맞닿은 섬에서 짙은 붉은 색으로 변할 즈음이면 나는 내 동생과 같이 다리를 걷어붙이고 이 모래섬으로 건너가 삘기를 잔뜩 뽑아 빨아먹곤 했다. 이 섬은 바닷물이 나가고 나면 안쪽으로는 삘기가 노란 머리를 들고 줄지어 서있었고 해변 주위로는 붉은 칠면초와 우무가사리 밭이 한없이 펼쳐져 있었는데 비릿한 내음과 함께 먼 바다에서 불어오는 바람이 이 해초들을 일정하게 구부러지게 했다가 다시 다른 쪽으로 휘게 하면서 다양한 진홍색으로 변화시켰다. 그것은 마치 바다 위에서 교향곡에 맞추어 춤추는 발레들의 심세한 움직임과도 같았다. 동생과 나는 이 광경을 물끄러미 쳐다보곤 했는데 그 광경이 나이어린 나에게 무언가 자연의 장엄한 신비를 느끼게 해주어 얼마나 그것에 몰입했던지 정신을 차리고 보면 어느덧 해가 뉘엿뉘엿 수평선 아래로 떨어지고 있었다.

  아버지께서 인천으로 떠나신 후 어머니께서는 태안의 3일장을 빼놓지 않고 가셨다. 그것은 태안읍은 구도의 외진 포구보다 인천에 왕래하는 장사꾼이 많아 인천 소식을 쉽게 전해들을 수 있었기 때문이다. 더구나 양은그릇 점포를 내고 있는 이씨는 아버님과 거래가 잦고 인천에 도매거래상을 트고 있어서 거기에 가는 날이면 겸사해서 아버님 소식을 들을 수 있었다. 오늘도 어머니께서는 물건을 시장에 벌여놓은 다음 나에게 맡겨 놓으시고 태안장으로 떠나셨다. 태안장은 육로로 가게 되면 멀리 외둘러서 가야 하기 때문에 어머니께서는 안도내에서 나룻배 뗏마를 타고 도내리쪽으로 건너가 가은의 지름길을 택해 걸어가셨다.

  나는 동생과 함께 물건을 펼쳐 놓은 점포에 앉아 가게를 보고 있었다. 그런데 아침나절에 서늘하던 날씨가 해가 중천에 이르자자 또다시 사정없이 뜨거운 빛을 쏟아내고 있었다. 여름날의 뜨거운 열기가 비릿한 바다내음을 품고 바다에서 육지 쪽으로 팽창되어 밀려오기 때문이었다. 열기가 하도 강해서 모든 사물을 녹여 같은 하나의 속성을 가진 광물질로 바꾸어 놓는 듯했다. 나는 하늘과 땅과 바다가 엿가락처럼 흐느적거리며 내 몸에 달라붙어 전혀 움직일 수가 없게 되자 깊은 수면의 파도가 몰려와 안간 힘을 써서 눈을 부릅떴지만 나도 모르게 눈이 감겨졌다. 지금 생각해 보아도 그렇게 오진 잠이 내 몸에 엄습했던 적이 없는 것 같았다. 잠의 세포들이 바이러스처럼 온몸 구석구석을 지배하여 몸뚱이는 물론 신경끈을 모두 마비시키는 것 같았기 때문에 나는 자면 안 된다고 스스로 다짐하며 한 손으로 눈꺼풀을 붙잡고 다른 손으로는 다리를 꼬집었지만 잠의 수렁을 벗어날 수는 없었다. 흔히 신화 속에 나오는 잠의 여신에게 홀려 죽음의 강을 넘은 것 같은 기분이 들었다. 결국 더 이상 버틸 수 없었던 나는 그냥 그 자리에 고꾸라져 잠에 떨어졌다.

그것은 내가 아직 어려서 잠이 한참 많은 나이인데다가 태양의 뜨거운 열기가 잠시 나를 우주의 일부로 만들었던 것이 아닌가 생각한다. 얼마나 잤을까? 나는 머리에 시뻘건 불덩어리가 정수리를 내려치는 꿈을 꾸고 소스라치게 놀라서 잠에서 펄쩍 깨었다. 주위를 둘러보니 내 동생이 그대로 자리에 앉아 꼼지락거리고 있었다. 나는 그래도 동생이 깨어 있어 마음이 놓였다. 그러나 아직도 태양의 열기는 식지 않고 해가 지붕 밑 처마 끝에 매달려 신작로에 기다란 그림자를 드리우고 있었다. 점포거리 끝머리로 터진 공간으로는 밀물이 한껏 부풀어 올라 모래사장을 가득 메우고 있는 것이 빼꼼이 보였고 백사장에 잔잔한 물살을 드리우는 파도소리가 나직이 들려왔다. 태양의 기울기와 물때로 보아 어머니께서 돌아오실 시간이 된 듯했다. 나는 점포를 지키며 힐끗힐끗 포구 쪽으로 시선을 돌려 어머니께서 돌아오시기만을 기다렸다.

포구 쪽으로 난 바다에서 두어 번 돛단배가 지나가는 것이 눈에 어렸다. 그러나 돛의 그림자가 워낙 커서 그 배가 어머니가 타고 오실 나룻배가 아니라는 것을 쳐다보지 않아도 알 수 있었다. 이 쪽에서 포구 건너 앞마을까지는 빤히 바라다보이는 거리여서 날씨만 좋으면 걸어다니는 사람도 보일 정도였다. 또 한번 눈가에 긴 그림자가 미끄러져 지나갔다. 아직도 어머니의 배가 아니었다. 조바심이 났다. 내가 기다리는 것은 무엇보다도 어머니였다. 당시에 장에 다녀오시는 어머니의 체취는 무언가 달랐다. 돌아오시면 새사람이 되신 것처럼 얼굴빛이 밝으셨고, 다른 세상 풍물의 이야기 봇짐을 풀어 놓으시는가 하면 사탕이나 과자 등 주전부리 먹을거리나 신발이나 옷가지 등을 사 오셨기 때문이기도 하지만, 무엇보다도 어린 나나 동생에게는 어머니의 안온한 품안이 그리운 때였기 때문이다. 어머니만 옆에 계시면 그렇게 넉넉하고 좋을 수가 없어서 장에 다녀오시는 날에는 그 그리움이 배가되곤 했다. 다시 높고 기다란 그림자 하나가 가득 부푼 만조의 은빛 바다 위를 미끄러지듯이 북쪽을 향해 천천히 올라가고 있었다. 고요한 바다 위에 비치는 햇살이 옅은 파도에 반사되어 물골 목을 따라 다양한 모양의 띠를 만들고 있었다. 그 위로 갈매기들이 먹이를 낚아채며 우는 비명이 오후의 나른한 열기에 묻혀 날카롭게 들렸다.

그 때 '끼익 끼익' 노젓는 소리가 들려왔다. 점포들 사이로 트인 바다를 비스듬히 바라보았다. 아직도 사리 물이 모래사장을 가득 채우고 있을 뿐 배는 보이지 않았다. '끼익 꺽~ 끼익 꺽~' 점점 노젓는 소리가 커져왔다. 왼편 점포 석가래 밑으로 저 멀리 나룻배의 선미가 조금씩 보이기 시작했다. 가물가물하게 멀어서 정확히 보이지는 않지만 노젓는 사람의 긴 그림자가 바닷물에 비쳐 어른거렸다. 뗏마는 목골 한가운데 깊은 물살을 이기지 못하는지 선미를 안도내 방향을 향해 저으면서 미끄러져 내려오고 있었다. 거리가 가까워지면서 전마선이 점점 긴 그림자로 변했다. 배 안에는 승객 한 사람만이 타고 있었다. 승객이 어머니인지는 아직 확인할 수가 없었다. 나는 동생에게 점포를 보라고 하고 해변으로 달려갔다. 달려가면서 그 전마선을 다시 쳐다보았다. 배 안에 앉아 있는 사람이 자꾸 손으로 바닥을 내리치는 것이 보였다. 자세히 보니 어머니께서 손을 허공으로 흔들다가 바닥을 치면서 울고 계시는 것이 아닌가! 가까워지면서 울음소리마저 들리기 시작했다. 나에게는 정말로 낯선 풍경이었다. 어머니께서는 머리를 풀어헤치고 바닥을 내리치시며 통곡을 하고 계셨다. 이제는 통곡소리가 내 귀를 먹먹하게 했다. 나는 정신이 아찔함을 느꼈다. 무슨 일이 있구나! 나는 잠시 동안 현실세계가 아닌 듯하여 멍하니 배를 바라다볼 뿐 속수무책이었다. 어머니는 나룻배가 해안에 닿자 쓰러지듯 배에서 내려 모래사장 위에 신을 벗어 던진 채 나를 향해 달려오기 시작하셨다. 그 모습이 꼭 영화에 나오는 엄마와 아들의 상봉장면 같았다. 나에게는 지금도 그 순간에 정지된 어머니의 슬로우 모션이 그대로 뇌리에 박혀 있다. 무어라고 외치면서 달려오시는 어머니의 말씀을 나는 잘 알아들을 수는 없었지만, 우주가 뒤바뀌는 큰 천지개벽이 있음을 감지할 수 있었다. 드디어 어머니가 나를 껴안고 통곡하시며 말씀하셨다.

"네 아버지가 돌아가셨다!"

계속 어머니께서 울부짖으셨다. 동네 사람들이 몰려나와 동정어린 눈으로 쳐다보았다. 나는 정신없이 어머니를 따라 울었다. 그러나 나는 아버님의 사망이 당장 그렇게 크게 실감되지는 않았다. 단지 나는 어머니의 슬퍼하시는 슬픔이 슬플 뿐이었다. 어느새 내 동생도 아장걸음으로 어머니한테 달려들어 따라 울기 시작했다. 하늘이 노래지며 대지가 타는 듯했다. 뜨거운 태양이 뿌연 하늘을 뚫고 구름 사이를 헤집고 내려오는 듯했다. 어느덧 기운 해는 한껏 부푼 사리 물에서 피어오르는 증기와 수평선 위에서 만나 누르스름한 빛으로 변해가고 있었다. 곧 석양이 떨어질 모양이었다. 어머님의 울음이 쉰 목소리로 변하고 거의 기진할 즈음 세든 태모네 아주머니가 나타나 이러면 안 된다고 타이르며 어머님을 부축하여 집으로 데려갔다.

　그 이후 몇 달이 지나 늦가을이 되어 선선한 바람이 불자 인천에 만연해서 아버님의 목숨을 앗아갔던 전염병 장질부사가 고개를 숙였다. 그러자 더 이상 충청도 서산에 머물 이유가 없어진 우리 세 식구는 그동안 정들었던 제2의 고향 구도를 떠나 인천으로 돌아왔다. 그 이후 큰아버님 식구들은 서울에 터를 잡기 위하여 인천을 떠나 북아현동으로 이사를 가셨다. 그러자 선택의 여지가 없으셨던 어머님은 별다른 연고는 없지만 피란민들이 많이 살고 있어 서로 의지할 수 있는 만석동에 자리를 잡으셨다.

　만석동 괭이부리는 이북에서 탈출한 피란민들이 가득했다. 그 가운데서 하루하루 살아가는 피란민들의 생활은 소설 속에서나 접할 수 있는 극심한 가난의 연속이었다. 어머님도 고향에서는 중농의 귀한 딸로 자라 세상의 어지러움을 모르고 자랐건만 이제 세상의 모진 세파가 그녀를 비켜가지 않았다. 어머니께서는 당장 세 식구의 생활을 책임져야 하게 되자 때로는 막일도 하시고 장사도 하시며 모든 잡일을 다 하셨다. '먹고 살기 위하여' 소위 나쁜 짓을 빼고는 무슨 일이든지 하셨다.

그때나 지금이나 내가 어머니를 통해 내린 결론은 '여자는 강하다'였다. 정신적으로나 육체적으로 '생명'을 유지시키는 능력은 남자를 압도하는 것 같았다. 그것은 생물학적으로 여자가 생명을 잉태하기 때문에 보호본능이 선천적으로 강하기 때문이 아닌가 생각한다. 아무튼 이런 어머님의 헌신적인 노력으로 나와 내 동생은 차츰 나아진 환경에서 생활할 수 있게 되었다. 아버님이 장사해서 남기신 얼마의 돈과 어머님의 피나는 노력으로 만석동 뒷골목 어두운 거처였지만 집이 마련되어 차츰 정신적 여유를 찾게 되었다.

그러자 그동안 피란살이 하느라고 잊혀졌거나 접어두었던 나의 진학문제가 어머님의 큰 관심사가 되었다. 비록 어머님은 많은 공부는 못하셨지만 자식들만은 교육을 시켜야 미래를 열어갈 수 있다는 투철한 교육관을 가지고 계신 분이었다. 그러나 어머님께서 이제 살집을 마련하고 겨우 정신을 가다듬고 보니 이미 내 나이가 국민학교 입학적령이 훨씬 지나버렸던 것이다. 어머니께서는 직접 동회는 물론 교육청에 가서 피란다니느라고 적령을 넘기게 되었다는 사정을 피력하셨지만 그들을 설득하기에는 한계가 있었던지 소위 정규 국민학교에는 들어갈 수가 없었다. 나는 물론 어머님의 실망이 이만저만 큰 것이 아니었다. 그래서 어머님이 백방으로 알아본 결과 국립은 안 되지만 공립이나 시립학교는 적령을 한두 살 넘겨도 받아준다는 사실을 알게 되었다. 곧장 그 다음날 어머님은 인천 내리교회 자리에 위치했던 영화국민학교에 나를 데리고 가서 입학시키셨다. 그것이 1953년 3월쯤으로 나의 배움과 가르침이라는 지금까지의 교육의 대장정이 시작되었다.

다행히 늦은 나이에 입학하게 된 이 영화국민학교에는 나처럼 여러 가지 이유로 소위 정규 국민학교에 들어가지 못한 학생들이 많았다. 그러나 모든 학생이 다 그런 것은 아니고 통학거리가 가깝다거나 종교상의 이유로, 또는 영화국민학교가 역사가 깊은 학교이기 때문에 자발적으로 선택한 학생들도 꽤 있었다. 이 학교는 1900년대 일제 강점기에 꺼져가는 이 나라의 독립정신을 기리기 위해 설립된 몇 안 되는 역사 깊은 개화기학교의 하나로 국가와 민족을 위해 헌신한 교육자 김활란 박사, 그리고 영화배우 황정순 등 훌륭한 분들을 여럿 배출한 유서 깊은 학교였다. 이런 사실을 알게 된 나는 가슴이 뿌듯하도록 자부심을 느꼈다.

그러나 전교 학생이 1학년부터 6학년까지 각 한 반씩이기 때문에 신흥이나 창녕, 축현, 송림 등 다른 국민학교와 비교가 안 될 정도로 규모가 작았다. 학교 건물은 붉은 벽돌 여기저기에 금이 가서 위험을 느낄 정도였으며, 운동장은 별명이 뺑코였던 안경명이라는 친구가 축구공을 마음먹고 세게 차면 이쪽에서 저쪽 끝 담장을 넘길 정도로 협소했다. 나는 크고 번듯한 학교가 그렇게 부러울 수가 없었다. 나는 학교에 오가며 마주치는 축현 국민학교 옆을 지나칠 때면 으레 모두 발돋움을 하고 담장 너머로 얼굴을 내밀어 그 학교를 부러운 듯이 바라보곤 했었다. 그러면 측백나무가 죽 늘어선 운동장 저편에 하얀 커텐이 드리워진 교실이 빼곡이 차 있는 건물이 눈에 확 들어왔다. 그 학교 안은 나에게는 금단의 문처럼 느껴졌다. 특히 신흥이나 창녕 국민학교에 다니는 아이들은 나와는 신분이 다른 세상의 아이들, 요즘 말로 부르좌 계충의 부유한 아이들 같아서 나는 무언가 주류에서 밀려난 듯한 일종의 열등의식 같은 것이 내가 초등학교를 졸업할 때까지 늘 따라다녔다. 특히 인천시 주체 체육대회가 열려 공설운동장에 가면 다른 학교 학생들이 주인처럼 스탠드를 꽉 메우고 있어 우리학교 학생들은 다른 학교의 위세에 눌려 주눅이 들곤 했다. 이때부터 나는 인천의 번듯한 중학교에 진학하는 것이 은연중에 꿈이 되었다. 일종의 콤플렉스가 현실적인 돌파구를 찾는 노력으로 작용했던 것 같았다.

그러나 영화국민학교가 규모면에서 다른 학교에 비해 턱없이 작다는 것을 제외하면 학교의 내실은 생각보다 탄탄했다. 우선 이 학교 학생들이 모두 진국이었다. 전쟁이라는 피치 못할 난국 때문에 피란 다니다 보니 어느덧 입학적령기를 놓친 학생들이 대부분이어서 나름대로 철이 든 아이들이 많았다. 말하자면 대학에서 매일 흥청망청 먹고 마시며 놀던 학생이 어느 날 군대를 갔다 와서 사회를 알게 되자 철이 들어 모범생이 되는 거와 마찬가지였다. 또한 한 학년이 한 반밖에 없었음으로 6년 동안을 같은 학생끼리 지내다 보니 졸업 후에도 형제처럼 지내는 친구가 많았다. 지금까지 연을 끊지 않고 만나는 친구이자 동창생이 몇 명 있는데 그 가운데 영국이와 금동이, 용기 등은 친구 집에 숟가락이 몇 개인지 알 정도로 사이가 돈독했다. 두 번째로 영화국민학교의 좋은 점은 교사진이 당시에 내노라는 훌륭한 선생님들로 구성되어 있다는 점이었다. 특히 국제 신사 같으셨던 허인 선생님이나 진학의 귀재 최원화 선생님 같은 경우는 우리에게 진정한 인간이 되도록 많은 가르침을 주셨을 뿐만 아니라, 졸업 후 명문 중학교로 진학할 수 있는 터전을 마련해 주셨다.

　나는 처음에는 초라한 학교 외관 때문에 영화국민학교에 다니는 것을 창피하게 생각했었지만, 몇 년이 지나서 3학년쯤 되자 이 학교에 대한 자부심과 자신감이 생기게 되었다. 우선 긴 역사가 살아 숨 쉬는 교사 곳곳이 마음에 들었다. 학교 건물을 들어서면 삐걱거리는 복도가 나타나는데 이 복도를 덮고 있는 마룻바닥이 두꺼운 나무로 되어 있어 반질반질 윤이 났다. 곳곳에 사람의 발길이 많이 닿는 교실 입구 같은 곳은 약간씩 닳아서 움푹 파인 곳도 있었다. 거기서 풍기는 오래된 나무의 은은한 향이 이 학교의 오랜 역사를 말해 주고 있었다. 학교 수업이 끝나고 종례시간이 되면 담임선생님이 그날 청소할 구역을 알려주곤 하셨다. 어쩌다가 변소청소라도 걸리는 날이면 아이들은 서로 변소에 안 들어가려고 갖은 꾀를 썼고 다른 날은 마룻바닥 청소 당번이 되기도 했는데 제일 무서운 것은 선생님이 아니라 반장이었다. 그 당시 반장은 긴 몽둥이를 들고 청소를 게을리하는 학생을 마구 두들겨팼는데 담임선생님의 전권을 위임받았으니 감히 아무도 이의를 달수가 없었다. 마루에 초를 바른 후 매끈한 자갈돌로 마루의 결을 따라 수없이 문질러대고 마무리로 마른걸레로 여러 번 윤을 내면 마루는 미끄럼틀같이 매끄러워졌다.

　마루 위에서 앞에 서 있는 아이를 미끄럼질을 하여 넘어뜨리는 놀이가 자연스럽게 생겨났다. 둘이 함께 넘어져 반지르르한 나무의 차디찬 촉감을 온몸에 받으며 마루 위에서의 대결이 펼쳐지곤 했다. 지금 생각하면 씨름보다는 레슬링에 가까웠다. 왜냐하면 앞에 있는 아이를 넘어뜨려 그 애가 화가 나서 덤비다 보면 마룻바닥에서 한쪽이 항복할 때까지 손과 발을 꼬고 몸을 비트는 육탄전이 벌어졌기 때문이다. 그 때의 짜릿한 몸들의 만남이 잊혀지지 않는 것은 서로를 이기려고 용을 쓰다 보면 머리를 서로 부딪치며 뼈와 살의 근육이 맞닿아 내 몸에 그 힘이 전해져 상대방 아이를 온몸으로 느낄 수 있었기 때문이다.

그 때 우리 반에는 서로 라이벌이면서도 가장 친한 견원지간이 몇 명 있었다. 그 중 하나가 태민이와 정무였다. 이 둘은 질기기로 유명했다. 아침나절에 마루 위에서 한판 붙으면 저녁에 학교가 파하고서야 끝이 났다. 어느 맑은 날이었다. 날씨가 화창하자 정무가 콧노래를 부르며 교실 문을 열고 자기 책상에 앉기 위하여 책상이 양옆으로 늘어선 통로를 걸어가고 있을 때 먼저 와서 앉아 있던 영국이가 슬쩍 다리를 뻗어 정무의 다리를 걸었다. 정무는 여지없이 마룻바닥에 나뒹굴어 넘어졌다. 정무가 엉거주춤 일어나서 뒤를 돌아다보니 마침 태민이가 자기 자리로 돌아가고 있었다. 정무는 자기 다리를 건 것이 태민이라는 생각이 들자 그를 옆구리로 들어 헹가래쳐 버렸다. 쾅 하는 소리와 함께 마룻바닥에서 둘이 엉겨 붙었다. 태민이는 유도를 하여 팔 근육이 만만치 않았음에도 불구하고 정무의 문어발 작전을 당해내기는 그리 쉽지 않았다. 둘의 한판 승부가 시작된 것이다. 우리들은 이 흥미진진한 한 판 내결을 보기 위하여 둘의 주위를 빙 둘러쌌다. 정무가 태민이의 정강이를 몸통으로 눌러 왼쪽다리로 제압하려고 하면 태민이는 어느새 미꾸리처럼 목덜미 근육에 힘을 주어 허벅지 사이로 머리를 넣어 빠져 나왔다. 금방 승부가 끝날 것 같던 두 몸뚱이가 다시 한 덩이가 되어 오그라들었다. 마치 두 구렁이가 서로 엉켜 한 뭉치가 된 듯했다. 그런데 갑자기 몰려섰던 애들이 일시에 자기 자리로 가기 바빴다. 선생님이 나타나셨기 때문이었다. 4학년 여자담임인 왕선생님이었다. 자태가 고아하고 얼굴이 화사하며 목소리가 청아한 분이었다. 이렇게 천사같이 아름다우신 분이라 왕선생님이 정색을 하고 화를 내서도 애들이 무서워하지를 않았다. 아이들이 모두 제자리에 앉은 후 왕선생님이 출석을 부르셨다. '유정무!' 그런데 책상다리 밑 마룻바닥에서 '네!' 하는 소리가 들리지 않는가? 그 때야 왕선생님이 책상 사이에 뒤엉켜 있는 두 아이를 발견했다. 선생님은 하도 어이가 없으신지 웃으시며 바라만 보고 계셨다. 그런데도 두 아이는 뱀처럼 뒤엉켜 꼼짝하지 않고 있는 것이 아닌가! 태민이의 유도 태클이 먹혀들어 정무의 상체를 팔로 제압했지만 정무의 문어발 다리가 태민이의 몸통을 꼼짝 못하게 제어하고 있기 때문이었다. 왕 선생님이,

"애들아, 그만 일어나거라!"

하고 상냥하게 말씀하셨다. 그런데도 두 아이는 꼼짝 않고 오히려 서로 용을 쓰며 나머지 부분을 제압하려고 끙끙대고 있었다. 왕선생님의 얼굴이 붉어지기 시작하셨다.

"일어나라니까!"

심경이 불편해진 목소리였다. 몇 초가 더 흘렀다. 왕선생님은 참으려고 애쓰시는 모습이 역력했지만 시간이 흐를수록 그 분을 참으실 수 없으셨던지 두 아이의 머리에 꿀밤을 매겼다. 그래도 두 아이는 머리를 서로 상대방의 가슴에 쑤셔 박고는 꼼짝을 하지 않았다. 왕선생님

은 갑자기 탁자로 돌아가시더니 출석부를 들고 휙 교실을 빠져 나가셨
다. 그 순간 창문을 통해 들어오는 햇살에 왕선생님의 눈가에 맺힌 물
기가 얼핏 반짝였다. 이 황당한 사건이 여린 왕선생님으로 하여금 눈
물을 자아내게 만들었던 것이었다. 잠시 후 왕선생님과 그렇고 그런
사이라고 소문이 파다한 허선생님이 큰 양동이 하나를 들고 들어오셨
다. 모든 아이들이 의아해서 멍하니 쳐다보고 있는 사이 허선생님은
그 양동이에 가득 들어 있는 물을 아직도 뒤엉켜 있는 두 아이 위에 들
이부었다. 태민이와 정무는 동시에 '으악' 소리를 내지르며 금방 떨어
져서 물에 빠진 생쥐몰골이 되어 황급히 제자리로 기어들어갔다.

　　영화국민학교에 들어간 후 4학년때부터는 세상 물정이 점점 밝아지
기 시작했다. 나는 지금 현재의 어려움이 오래 계속되리라고는 생각하
지 않았다. 특히 고생하시는 어머님을 생각하면 어떻게 하든지 이 난
국을 헤쳐 나가야겠다는 의지가 점점 굳어졌다. 그런데 지금 내가 할
수 있는 일이 무엇인가 곰곰이 생각해 보았다. 어린 나이에 학교를 그
만두고 돈을 벌 수 있는 것도 아니고, 어머님을 도와 장사를 할 수 있는
것도 아니었다. 오직 내가 할 수 있는 일은 어머님이 고생하시는 만큼
열심히 공부하는 일 일뿐 다른 도리가 없지 않는가? 그래서 나는 4학
년 말부터 공부에 열을 올리기 시작했다. 이렇게 절박한 상황에서 공
부라는 목표를 정하자 공부가 그렇게 지겨운 것도 아니었고 그렇게 어
렵게 느껴지지도 않았다. 열심히 하면 남들만큼 따라갈 수도 있고 과목
에 따라서는 내가 앞설 수 있다는 확신이 섰다. 특히 산수는 몇몇 잘 하는

애들과 어깨를 나란히 하거나 때로는 내가 더 잘 할 수 있게 되었다.

5학년에 들어서면서는 경쟁이 더 치열해졌다. 그 당시는 평준화 이전이라 명문 인천중학교에 들어가는 것이 하늘의 별따기만큼 어려운 때여서 반에서 적어도 5등 안에 들어야 했다. 왜냐하면 이 중학교에만 들어가면 전국 명문인 제물포 고등학교에 수월하게 진학할 수 있고, 그러면 서울대학교 입학도 가능했기 때문이었다. 이렇게 학교 진학이 나의 현재의 어려운 환경을 극복할 수 있는 유일한 수단이 되자 나는 더욱 열심히 공부에 매달리게 되었다. 특히 지금도 기억에 남는 것은 뜨거운 여름날 학교에서 뒷골목 달동네에 위치한 집에 돌아와서 바람 한 점 없는 찌는 듯한 더위를 이기기 위하여 수건을 물에 홍건히 적셔 등어리에 척 얹고 책을 보던 생각이 난다. 그때는 에어컨은 물론 선풍기도 구경할 수 없는 시기였기 때문이다. 오후가 되면 양철로 된 함석 지붕이 뜨거운 태양열을 복사해 방안에 엄청난 열기를 쏟아 내기 때문에 방안은 흡사 용광로와 같았다. 이 열기는 자연히 남녀노소를 가리지 않고 도덕군자도 예외 없이 웃통을 홀러덩 벗게 만들었다. 나도 조금이나마 이 열기를 피하기 위하여 웃통을 벗고 문풍지가 다 드러난 문간에 앉아서 연신 부채질을 해대며 어제 배운 것을 열심히 복습하곤 했다. 그럴 때면 정말로 밖으로 뛰쳐나가 드넓은 바다와 푸른 산의 시원한 바람을 쏘이며 놀고 싶었다. 그러나 나는 이 모든 원초적인 욕망을 억제해야만 했다. 현실적인 욕구의 노예가 되어 미래의 희망을 무너뜨릴 수는 없었기 때문이다.

5학년 때의 나의 공부 경쟁 상대는 한금동, 김영국, 유정무, 김봉수,

방광수, 김병수 등이었다. 매일 공부한 것을 복습은 물론 시간이 나면 예습까지 해야만 공부벌레 친구들을 따라갈 수 있을 뿐만 아니라 주말 고사에서 좋은 성적을 얻을 수 있었다. 아무튼 이렇게 공부에만 매달 린 결과 5학년부터는 반에서 3등 안에 들 정도가 되었다. 지금 생각해 보면 공부가 무엇인지도 모른 채, 즉 좋은 사람으로 다듬어 가는 학습 과정이 공부라는 소박한 의미의 교육철학도 없이 현실 타개 수단으로 서의 배움에만 매달렸다는 것이 그 당시로서는 어쩔 수 없는 현실이었 다고 하더라도 지금으로서는 아쉽기만 하다. 프랑스 중세말의 위대한 시인 프랑쇠 비이옹이 읊은 시 '후회'에 보면 '내가 어려서 더 좋은 교 육을 받았더라면 지금 더 나은 사람이 되었을 텐데'라는 회한에 섞인 싯구가 생각이 났고 공감이 갔다.

그 당시에는 매달 학교에 월사금을 내도록 되어 있었는데 그것을 정 해진 기간 내에 내지 못하는 학생들이 한 반에 한 3분의 2정도는 되었 다. 이 월사금을 가지고 학교 선생님들의 월급과 학교 살림을 꾸려나 가야 하니 각반 담임선생님들의 중요한 잡무 중의 하나가 학생들에게 공납금을 독촉하는 일이었다. 수업이 끝나고 종례 때가 되면 담임선생 님은 누런 쪽지를 하나 들고 오셔서 미납 학생들의 이름을 일일이 부 르시며 언제까지 낼 수 있는지를 묻고 그 날짜가 받아들일 만하면 해 낭학생 이름 옆에 약속 날짜를 석어 넣곤 하셨다. 그러나 대무문의 학 생들이 전쟁으로 가산이 피폐해진 처지라 정해진 날에 월사금을 납부 할 수가 없었다. 나도 예외가 아니어서 월사금을 제때에 못내는 경우 가 많았다. 하도 담임선생님이 다그쳐서 10일 정도 여유를 두고 약속

날짜를 정하긴 했지만 그 날짜에 월사금을 내기는 애시당초 글렀었다. 지금은 상상할 수도 없는 일이지만 약속한 날까지 월사금을 내지 못하면 방과 후에 청소를 시켰다. 어린 나이어서 마음의 상처가 될 만도 했었지만 그 때는 한 두 애가 그런 것이 아니어서 그렇게 창피하지도 않았다.

약속한 최종 날짜까지 돈을 내지 않으면 선생님은 월사금을 내지 않은 학생들을 수업 시간 중에 집으로 돌려보내곤 했다. 무조건 집으로 가서 부모님을 모셔오든지 월사금을 가지고 오라는 것이었다. 나도 당연히 이런 블랙리스트에 올라 집으로 돌아간 적이 한두 번이 아니었다. 그러나 나는 집에 가보아야 별다른 해결책이 없으리라는 것을 뻔히 알고 있었기 때문에 발걸음이 그렇게 무거울 수가 없었다. 이런 때는 집으로 가지 않고 학교 근처 자유공원으로 향하곤 했다. 공원 정상 부근에는 맥아더 장군 동상이 떡 버티고 서 있었는데 나는 이 위대한 장군의 동상을 물끄러미 쳐다보며 마음을 달래곤 했다. 저와 같은 세기의 영웅은 모든 어려운 임무를 목숨을 걸고 참고 견디며 수행함으로써 역사에 길이 빛나는 훌륭한 인물이 되지 않았는가 하며 나 자신을 위로하곤 했었는데 그렇게 생각하면 나의 처지는 얼마든지 견딜 만했다.

또 때로는 동상의 광장으로 올라가는 공원길 옆에 줄지어 서 있는 엿장수나 약장수들의 놀이패를 구경하곤 했다. 그들의 퍼포먼스는 그 당시로서는 서민들의 설움과 슬픔을 잠시 잊게 해 주는 중요한 눈요깃 거리였다. 시간 가는 줄 모르고 이런저런 구경을 하다 보면 한 두어 시간은 획 지나갔다. 그러면 자리에서 일어나 다시 학교로 향하곤 했는데 학교에 가서는 천연덕스럽게 어머니께서 다음 주까지 무슨 일이 있어도 월사금을 마련해 주시겠다는 약속을 하셨다고 거짓말을 하곤 했다. 그 때 분위기로서는 달리 말할 수가 없었다. 왜냐하면 때에 따라서는 다시 재차 집으로 돌려보내는 경우도 있었기 때문이다. 이렇게 해서 다시 한 주의 기간을 유예 받을 수 있었다.

그러나 나는 그 다음 주가 되어도 월사금을 낼 형편이 풀리지가 않았다. 어머님께 떼를 쓰며 울어보기도 했지만 어머니께서는 다음 달에 계를 타서 해결할 테니 기다려보라는 말씀만 하실 뿐이었다. 실은 내 동생이 같은 해에 초등학교에 입학을 했기 때문에 동생의 입학금을 주위 사람한테 빌려서 겨우 납부한 형편이었으니 어머님께서도 달리 융통할 방도가 없으셨을 것이다. 나는 정말로 막막했다. 정말로 슬퍼서 학교를 그만두고 싶기도 했다.

월사금을 그 달 말이 되어도 내지 못하자 학교 올 때 아예 부모님과 함께 오라고 했다. 부모님이 오셔서 돈을 내든지 퇴학을 하든지 결정하라는 것이었다. 그러나 나는 어머님을 모시고 학교에 갈 형편이 못되어 학교에 가지 않고 그냥 집에 눌러 앉아버렸다. 이 때 서울 노량진에 사시던 어머님의 언니이신 이모님이 우리 집에 오셨다. 이모님은 동생이 혼자되어 고생하는 것이 못내 마음에 걸려 일 년에 한 두 번씩 인천 집에 내려오시곤 하셨다. 그 이모님이 집에 도착하여 내가 학교에 가지 않고 빈둥대고 있는 것을 보고 깜짝 놀라셨다. 저녁에 이모님은 어머님으로부터 자초지종 월사금 이야기를 들으셨다. 그 다음날 이모님은 노량진으로 돌아갈 노자를 뺀 지참금 모두와 끼고 계시던 금반지를 내어 놓으셨다. 어머님은 눈시울을 붉히시며 그것을 팔아 월사금을 마련해서 나에게 주셨다. 나는 이렇게 해서 이모님의 덕분으로 도중에 그만둘 뻔한 학업을 계속할 수가 있었다.

　6학년이 되자 중학교 진학에 실적이 좋으신 최원화 선생님이 담임을 맡으셨다. 부리부리한 눈으로 상대방을 노려보시는 듯한 인상부터가 차갑고 매서웠다. 진학을 위해서라면 수단방법을 가리지 않고 학생들을 다그치고 몰아세우시는 부르도자형 선생님으로 통했다. 그 때만해 도 시험문제를 필경으로 긁어서 프린트를 했는데 최선생님은 매일 이 작업을 하루도 빼놓지 않고 열정적으로 하셨다. 그래서 우리 학생들도 한층 고무되어 최선생님의 스파르타식 지도에 잘 응했던 것 같다. 최선생님은 특히 산수 수업에 정성을 쏟으셨는데 나는 이때 소위 일류 중학교 입학시험에 나오는 문제를 골고루 접할 수가 있었다. 그때는 참고서라는 것이 별로 없었고 있다고 해도 그것을 사서 볼 만한 여유가 없었다. 그리고 매주 시험을 보는 것은 물론 월말고사 성적과 순위를 벽에 붙여 공개하고 학부모들에게 전달했다. 나는 학년이 올라갈수록 성적 순위가 점점 올라가더니 2학기가 되어서는 내가 1등으로 앞설 수 있었다. 차츰 산수는 물론 암기과목에도 자신감이 붙었다.

　이렇게 열심히 공부한 결과 나는 무사히 내가 원하던 명문 인천중학교에 합격할 수 있었다. 나 이외에 같은 중학교에 한금동, 유정무, 방광수, 김병수가 입학하게 되었다. 나는 너무 기뻐서 어쩔 줄을 몰랐다. 그

동안 고생하시며 내 뒷바라지에 온 정성을 쏟으신 어머님이 그렇게 고마울 수가 없었다. 학생 수도 많고 번듯한 학교 건물도 있는 소위 명문 학교에 입학하자 그 때까지 주눅이 들어 항상 열등의식에 빠져 있던 마음이 확 풀리는 것 같았다. 듣던 대로 인천중학교는 모든 것이 일류였다. 우선 선생님들이 명문대학 출신들로 가르치시는 실력이 대단했다. 이것은 제물포고등학교 교장 길영희 선생님이 인천중학교 교장을 겸임하고 계셨는데 이 길교장선생님이 인중과 제고를 전국 최고의 학교로 만들기 위하여 실력 있는 선생님이면 어디든지 가서서 삼고초려하여 모셔왔기 때문이다. 이 길 교장 선생님은 학생들에게 엄청나게 공부를 시키셨다. 그런데 이 공부를 시키는 방법이 억지로 마지못해 하는 공부가 아니라 교장 선생님의 훈화를 통해 마음을 움직여 스스로 공부하게 만들었다. 예를 들면 유한흥국(流汗興國, 땀을 흘려 나라를 흥하게 함)과 같은 거창한 연설을 통해 학생들에게 공부하려는 의욕, 즉 그 의지인 애국심을 불러일으키셨다.

그 당시 월요일마다 아침 조회가 운동장에 전교생이 모인 가운데 길 교장 선생님의 연설로 주도되곤 했다. 그 때마다 교장 선생님은 공자와 맹자 등 중국 성현들의 고사를 인용해 가며 왜 공부를 해야 하는가를 명확히 그리고 감동적으로 설파하셨다. 나는 그 때마다 머리가 쭈뼛 서며 온 몸이 감동하여 경지되어 옴을 느꼈다. 어떤 때는 교장 선생님의 연설이 너무나 감동적이어서 공원 주위 학교 울타리에 서서 방청하던 지나가던 사람들이 박수를 치는 일이 종종 있을 정도였다. 길 교장 선생님은 말뿐이 아니라 행동으로 모범을 보이신 분이셨다. 1919년

3월 1일 독립 운동 당시 약관 20세의 나이에 학생대표로 독립만세 운동에 참여하였다가 국가보안법 위반으로 체포되어 6개월 징역을 언도받아 복역하기도 했다. 그러면서 이같이 국권이 찬탈당하는 수모를 다시 겪지 않기 위해서 젊은 후학들을 올바르고 힘있게 가르치는 일, 즉 애국심이 강하고 불의와 타협하지 않는 사회의 진정한 역군이 될 수 있는 실력 있는 젊은이로 키우는 교육 사업에 전력투구하셨다. 그래서 제고 모표의 심벌은 등대와 소금의 상징으로 이루어져 있다. 거기에는 이 학교에서 올바르게 교육을 받은 젊은이들이 사회에 나가 혼탁한 사회를 정화시키는 소금의 역할과 우매한 백성을 계도하여 올바른 길로 인도하는 등대의 역할을 하라는 길교장 선생님의 준엄한 뜻이 담겨 있다.

길교장 선생님은 인천지역에서는 위인을 넘어 신화에 가까운 인물이었다. 길교장 선생님이 제고에서 펼친 그의 야심작 중의 하나가 학생들로 하여금 실력 못지 않게 양심 있는 인간을 기르는 것이었다. 그 첫 사업이 무감독시험이었다. 선생님이 시험문제를 나누어 주고 교실 밖으로 나가시면 학생 스스로 자신의 양심을 믿고 시험문제를 풀었다. 그 당시에는 전국에서 제고가 처음으로 시행한 모험이었다. 혹자는 이러한 섣부른 믿음이 큰 화를 부를 것이라고 우려하는 목소리도 있었지만 길교장 선생님의 투철한 교육 이념과 철학에 감명을 받은 학생들이 아무 문제없이 무감독 시험 제도를 정착시켰다. 이 무감독 시험의 성공은 길교장 선생님이 그렇게 강조하신 양심의 문제를 조그만 실천으로 시험해 보이려는 그의 줄기찬 의지의 결실이었다.

중학교 1학년 때 생각나는 선생님은 '망둥이'라는 별명이 붙은 한영

택 선생님이셨는데 자신의 팔 길이보다도 긴 회초리를 가지고 수업에 들어오셔서 전날 배운 영어단어를 외우지 못하는 학생은 여지없이 머리를 때리셨다. 한선생님은 머리를 때릴 때 한번 치는 것이 아니라 빠르게 연속해서 '타다닥' 치셨다. 꼭 망둥어 낚시할 때 망둥이가 여러 마리 한꺼번에 달겨들어 입질하는 것 같다고 해서 붙여진 별명이었다. 모든 학생들이 영어 시간만 되면 머리를 맞을까 봐 벌벌 떨었던 기억이 나는데 그래도 그 덕분에 영어 기초실력이 많이 향상되었다. 나는 생전 처음 공부하는 외국어인 영어가 우선 친근감이 없어서 잘 따라갈수가 없었다. 새로운 환경에 선뜻 적응하지 못하는 성격이 중학교에 들어와 처음 접하는 과목인 영어가 낯설게만 느껴졌다. 그래서 그런지 아무리 열심히 해도 앞서 가는 친구들을 따라잡기가 쉽지 않았다. 더구나 인천은 물론 경기도와 주위 지역의 내노라 하는 수재들이 다 모인 집단이라 초등학교에서의 환경과는 사뭇 달랐다. 그래서 나는 전보다 더 열심히 공부를 할수 밖에 없었다. 공부의 목표도 전보다는 많이 달라졌다. 전에는 가난이라는 현실 타개의 수단으로 공부를 생각하는 것이 고작이었지만, 중학교에 들어와서는 역사와 사회 과목을 배우고 특히 길교장 선생님의 열정적인 훈화에 감동되어 공부가 자신에 앞서 사회에 공헌하기 위한 큰 목표라는 것을 깨닫게 되었다. 그러다보니 자연히 공부하는 것에 자부심을 느끼게도 되었다.

중3 때는 소위 우리 동기들이 모두 인정하고 있는 두 천재와 같은 반이 되었다. 한 친구는 정말로 노력하는 범생이 윤도영이었고, 다른 한 친구는 태어나면서부터 머리가 좋은 천생이 이시우였다. 말하자면 전자는 후천적 천재였고, 후자는 선천적 천재였다. 나는 이 두 천재 친구 모두에게 열등의식이 있었다. 왜냐하면 나는 도영이처럼 끝까지 버틸 의지력이 있는 것도 아니었고, 시우처럼 머리가 빼어나게 태어나지도 못했기 때문이다. 그렇다고 내가 완전히 머리가 나쁘거나 노력이 부족하다는 의미는 아니다. 말하자면 위 두 친구가 보통을 넘는 진짜 천재의 반열에 있었기 때문에 내가 상대적으로 부족하다는 의미다. 나도 한 때 초등학교에서는 반에서 1등을 하며 머리 좋다는 이야기를 들었기 때문이다. 위 두 친구 범생이와 천생이는 완전히 공부 스타일이 달랐다. 범생이는 그야말로 아침 정시에 학교에 등교하여 저녁에 수업이 끝날 때까지 꼼짝도 하지 않고 제자리를 지켰다. 어쩌다 자리를 비우는 경우는 변소에 갈 때뿐이었다. 변소에 갈 경우도 다른 학생들보다 제일 먼저 돌아와서 다시 제자리에 꼿꼿이 앉아 앞뒤로 약 간 몸을 흔들며 책을 들여다보곤 했다.

이에 비해 천생이는 매우 자유분방했다. 남들처럼 제자리를 지키는 붙박이형이 결코 아니었다. 왔다 갔다 하면서 남의 일을 참견하기도 하고 우리들이 못 푸는 수학문제를 시원스럽게 척척 풀며 자신의 능력을 은근히 과시하기도 했다. 천생이는 그 당시 송도에 살았었는데 워낙 멀어서 그런지 아침 수업시간에 종종 늦는 경우가 있었으나 늦는 것에 대해 별로 신경 쓰지 않는 듯했다. 보통 학생 같으면 선생님한테 혼날까봐 전전긍긍 했을텐데 그는 항상 대범했다. 아무튼 이 두 천재의 성격이 다른 만큼 공부방법이나 학습태도가 눈에 띌 만큼 차이가 났으나 월말고사나 기말고사 성적 결과는 항상 전체 1, 2 등을 번갈아주고받았다.

그 때 나는 두 천재의 경쟁을 은근히 흥미를 가지고 부러운 눈으로 지켜보았다. 내가 모범으로 삼아야 할 대상이 범생이인가 아니면 천생이인가 하고 나 자신에게 물어보았다. 그 때 나는 은근히 천생이가 멋이 있어 보이고 여유가 있는 것 같아 닮고 싶었다. 그러나 다시 한번 생각해보니 나는 타고난 천재가 아님으로 범생이인 도영이를 닮아 가는 것이 더 현실성이 있어 보였다. 그래서 그 이후 나도 열심히 자리를 지키며 책에서 눈을 떼지 않고 공부에만 열중했지만 언감생심 앞서 가는 두 천재를 따라잡기에는 역부족이었다.

50년 가까이 지난 지금 두 천재의 현주소를 보면 매우 흥미롭다. 두 천재 모두 서울공대를 우수한 성적으로 졸업하고 범생이는 미국으로 건너가 세계와 겨룰 만한 연구성과를 내는 우수한 학자가 되어 서울대 교수로 발탁되었으며, 천생이는 대재벌 임원을 거쳐 벤처 기업 사장으로 크게 성공하였다. 특히 천생이는 다빈치가 그렇듯이 전공뿐만 아니라 사진, 미술, 음악 등 예술전반의 해박한 지식으로 우리를 항상 즐겁게 하고 있다.

또 하나 생각나는 친구는 중학교 2학년 때 같은 반 학생이었던 신한혁이다. 한혁이는 구름다리 중간쯤에 위치한 대로변 철물가게에 살고 있어서 내가 능하교시에 자수 만나곤 했다. 매우 명랑하고 농담을 잘해 그와 함께 있으면 항상 즐거웠다. 또한 한혁이는 모든 운동을 좋아했는데 특히 야구를 잘 해서 항상 볼을 던지는 연습을 하곤 했다. 그런 그와 친해지게 된 것은 내가 문예반에 들어가서 그와 함께 우리 반의 학예지를 만들면서부터였다. 그는 소탈하고 남에게 친절하며 남을 배려하는 마음이 남달랐다. 저녁 늦게까지 남아서 편집 방향과 원고 수집, 그리고 원고 수정으로 꽤 오랜 기간 그와 접촉한 나는 그가 문예에 많은 재능을 가지고 있음을 발견했다. 기발한 아이디어와 착상, 상상, 그리고 풍부한 감수성이 그의 내면에 감추어져 있었다. 그리고는 학년이 바뀌어 그와 다른 반으로 편성되어 서로 헤어졌다.

그리고 꽤 오랜 시간이 흐른 어느 날 50대 장년이 되어 한 동창생의 아들 결혼식에서 다시 그를 만날 수 있었다. 너무나 반가워 소주 한 잔씩을 나누어 마시며 시국에 관해서 얘기를 나눈 적이 있는데 그는 대통령의 리더십이 국가의 운명을 좌우한다는 식의 말을 강조했고, 나는 그것도 중요하지만 국민 개개인의 국민의식, 즉 문화의식과 정치의식도 그에 못지않게 중요하다는 말로 맞섰던 기억이 난다. 그리고 또 꽤 오랜 시간이 흐른 근자에 그가 혼탁한 세상을 등지고 산사에 입문했다는 소식을 들었다. 나는 그에 대한 예상이 크게 빗나간 현실에 놀라 그의 남은 식구들에게 소식을 구했지만 현세에서 그와 다시 연을 맺기는 불가능했다. 또 그 후 한 5년이 지난 2008년 말 어느 날 나는 그가 암으로 세상을 떠났다는 소식을 전해 듣고 몹시 놀랐다. 나는 그날 저녁 오래도록 그를 생각하며 눈시울을 붉혔다.

II. 여인 영상

II. 여인 영상

　고등학교에 들어가면서 머리가 커지자 인생의 문제가 첫째 과제로
대두되었다. 인간이 산다는 것이 무엇이며 어떻게 사는 것이 옳은 일
인가 라는 삶의 원초적인 질문이 가끔 뇌리를 맴돌기 시작했다. 또한
나이가 들면서 나 개인의 문제 못지않게 시국적인 문제에 관심이 갈
수밖에 없는 환경이 조성되었다. 억압적인 국가권력에 맞선 민권운동
이 그 당시 나에게는 신선한 충격으로 받아들여졌다. 국가는 항상 정
의로운 공권력을 행사하는 올바른 집단으로만 생각해 왔던 나에게 권
력의 뒷켠에 숨어 있는 검은 그림자의 흑막을 보기 시작했기 때문이
다. 그러나 나는 그 검은 그림자의 위용에 압도되어 놀랐을 뿐, 그 실체
를 알아보거나 그 실체를 파헤지는 소위 위험한 행동은 하지 못하는
소인으로 남아 있어야 했다. 결국 소극적인 행동, 즉 공부를 통해 나 자
신과 사회를 바꾸어나가는 현실적인 타협으로 나를 정당화시키며 안
주하게 되었다.

고등학교에 입학해서 또 하나의 변화는 사춘기가 찾아왔다는 사실이다. 수업이 끝나고 집에 돌아오면 나는 대충 몸을 씻은 다음 동생과 함께 저녁을 먹곤 했다. 어머니께서 장사를 나가서서 늦게 들어오시기 때문이었다. 그리고는 여름밤이면 너무나 더워서 바람을 맞기 위해 방문을 열어 놓고 그 자리에 앉아서 책을 보곤 했다. 그런데 언제부터인가 내가 앉아 있는 바로 앞집 창문에 여자의 그림자가 어른거리는 것이 눈에 들어왔다. 아마 전에도 그런 일은 있었겠지만 내가 아무런 관심이 없어서 보지 못했을 것이다. 그 집이 하루아침에 생긴 것도 아니고 창문을 새로 낸 것도 아니기 때문이다. 아무튼 창문에 비친 묘령의 여인의 신비스러운 모습이 나의 마음을 흔들기 시작했다. 처음에는 우연히 스쳐지나가는 영상이 눈에 띄었지만 지금은 방문 앞에 앉아 있으면 은근히 그 모습이 기다려지기도 했다. 참으로 신기한 마음의 변화였다. 큐피트의 화살이 에로스의 심장을 관통했다고나 할까, 누가 가르쳐준 것도 아닌데 나의 심장은 때로는 뜨겁게 뛰고 있었다. 창문에 비친 여인의 실루엣은 때로는 손으로 머리카락을 위로 젖혀 올려 묶으며 머리 마무새를 매만지기도 하고 머리핀 같은 것을 꽂아 머리 모양을 다듬기도 했다. 창문에 비친 그 윤곽이 너무나 아름답고 우아해서 신비스러운 호기심에 빠지게 되었다. 그래서 저녁에 어둠이 깃들고 대충 그 시간이 되면 나는 의례 방문 앞에 앉아서 책을 읽는 척 하며 앞집 창문을 힐끔힐끔 쳐다보곤 했다. 누구일까? 앞집에는 시집 안간 3처녀와 한 아들이 어머니를 모시고 살고 있다고 대충 들어서 알고는 있지만, 창문에 비친 그 그림자가 누구인지는 전혀 짐작이 가지 않았다. 그

러던 어느 날 나는 그 날도 남의 눈을 의식하며 앞집 창문에 비친 여인
의 몽상에 빠져 황홀경에 젖어 있었는데 그 집 안쪽에서,

   "얘야, 보연아! 밥 먹어라!"

하는 그녀의 어머니인 듯한 사람의 목소리가 들렸다. 비로소 나는 그녀
의 정체를 이름으로만 알게 되었다. 그러나 앞집의 세 처녀 중 누가 보
연이라는 이름을 가졌는지 알 수는 없었다. 호기심이 발동하여 어머니
에게 물어보고 싶었지만 지금이나 그때나 나는 숫기가 없어서 내 마음
속을 드러내지 못하고 그 이름을 마음속에 간직하고만 있을 수밖에 없
었다. 이제는 답답하기는 했어도 최소한 앞 집 창가에 비친 여인의 이
름을 알 뿐만 아니라 가끔 안채의 가족들과 화답하는 목소리도 알아보
게 되었다. 그녀의 목소리는 매우 부드러웠다. 낭랑하다기보다는 약간
감미롭고 감칠맛이 나는 은은한 목소리로 입안에 달라붙는 느낌을 주
었다. 나는 가끔 들리는 그 여인의 은밀한 목소리와 창문에 비친 천사
같은 실루엣이 던져 주는 황홀한 모습에 취해서 여인에 대한 상념이 환
상으로 변했다. 말하자면 현실에 모습을 나타내지 않는 여인에 대한 일
방적인 연민은 네르발의 시 속에 여러 형태로 증폭되어 나타나는 천상
의 여인과 같은 이미지로 굳어갔다. 그 후부터는 창문에 비친 여인이
어떤 때는 천사 같기도 하고 또 어떤 때는 선녀 같기도 하고, 어떤 때는
공주 같기도 했다. 아마도 내 곁에 여자라고는 오직 어머니뿐이어서 여
인에 대한 환상이 다소 증폭되었을 수도 있었지만, 아무튼 그 여인에
대한 연모가 가히 신화에 가까웠다. 나는 갑자기 병이 날 정도로 그 환
영에 사로 잡혀버렸다. 이것은 곧 나의 학업에도 영향을 주어 고1의 기

말고사 성적이 말이 아니었다.

 학교에서 수업에 집중해 보려고 애를 써도 선생님의 말씀을 줄기차게 좇아가는 동안 어느새 그 여인의 환상이 머리를 점령하고 있었다. 창문에 어른거리는 일거수일투족이 낭만적인 영상이 되어 나의 마음속에 구체적인 이미지로 자리 잡았기 때문이었다. 새까만 머릿결이 부드럽게 목덜미를 감싸며 내려오다가 중간쯤에서 단발로 가지런히 손질이 되어 있었다. 얼굴은 동그만 이마의 중앙에서 내려온 콧날이 부드럽게 드러나 얼굴 전체의 균형을 조화롭게 잡아주었으며 싱그러운 입가에는 항상 미소가 묻어 있었다. 나는 생시에도 이처럼 꿈같은 허상에 사로잡혀 눈의 망막속이 환영으로 어른거림을 느꼈다. 내가 현실에서 보는 것은 겉껍데기에 지나지 않아 마음이 다른 곳에 가 있음으로 남에게는 정신을 놓은 사람 혹은 조리 없이 횡설수설하는 사람으로 비쳤을 수도 있을 것이다. 이처럼 여인에 대한 환상으로 정신적 공황의 상태에 이르는 것을 상사병이라고 하는데 나는 그 정도는 아니었지만 묘령의 여인에 대한 일방적인 사모에서 벗어날 수가 없었다. 보고 싶기도 하고 내 마음을 열렬하게 표현하고 싶기도 했다. 무엇보다도 그 여인을 직접 보고 실체를 확인하고 싶었다.

 뜨거운 여름의 열기가 차츰 가시고 산동네 골목길에도 어느덧 가을의 서늘한 바람이 들락거리기 시작했다. 뜰 안에는 빨간 고추잠자리들이 땅 가까기에 가루처럼 떠 있는 하루살이 떼를 향해 낮은 비행을 감행하고 있었다. 이제는 늦가을이 되어 방문을 열고 앉아서 책을 보기에는 공기가 제법 찼다. 그러므로 나는 더 이상 창문에 비친 나의 우상을 접할 수가 없었다. 물론 추운데도 방문을 열어놓고 할 일 없이 앞집 창문을 쳐다볼 수도 있었지만 본능적으로 나의 행동에 대한 수치심과 자존심이 이를 허락하지 않았다. 그러나 그러면 그럴수록 그녀에 대한 막연한 연모와 감상적인 사랑의 감정이 자꾸만 커져만 갔다.

늦은 가을 어느 날 드디어 그 여인의 실체를 확인할 기회가 왔다. 그녀의 어머니가 생신이 되어 자기 집에 음식을 차려놓고 동네 사람들을 초청했기 때문이다. 나는 내 동생과 함께 어머니를 모시고 그 집으로 향했다. 나는 그 집에 들어서는 순간 무슨 죄나 진 것처럼 심장이 뛰면서 얼굴이 화끈거려 너무나 당황스러웠다. 이미 마루 안에 가득 찬 사람들이 모두 나의 얼굴을 쳐다보고 있는 것만 같았다. 그런데 이미 우리 얼굴을 알고 있었던 그녀의 어머니가 우리 일행을 반기며,

"보연아! 여기도 수저 좀 놓아라!"

라고 말하는 것이 아닌가. 나는 순간 가슴이 철렁 내려앉았지만 그녀를 확인하기 위하여 이 때다 하고 용기를 내어 잠깐 얼굴을 비스듬히 돌려 그녀의 얼굴을 쳐다보았다. 나는 정말로 깜짝 놀랐다. 내가 늘 꿈꾸어 왔던 이상형의 모습 그대로였다. 그녀의 이름처럼 그녀는 복스럽고 선하게 생긴 상큼한 여고생이었다. 특히 얼굴이 한창 피어서 고운 살결이 윤곽이 뚜렷한 이마와 뺨을 꽃처럼 발그레하게 물들였으며 목덜미를 시난 가슴 선이 선녀처럼 아름납게 내려앉아 있었다. 단아한 얼굴에 반듯한 몸매, 그리고 몸 전체에 넘쳐흐르는 풋풋한 여인의 체취에 나는 그대로 취해 황홀경에 빠지고 말았다. 그녀는 앞집 아주머니의 세 딸 중 막내로 나와 같은 고등학교 1학년생이었고, 나보다 나이가 한두 살

아래였다. 그녀는 자기 또래의 나를 발견하자 수줍음 때문인지 의식적으로 나와 거리를 두는 듯했다. 음식을 날라 손님 앞 밥상 위에 차려놓다가 내 차례가 오면 우정 그녀의 언니가 하도록 맡겼다. 그것은 나를 의식하고 있다는 증거가 되어 도리어 나를 더욱 그녀에게 집착하게 만들었다.

　고등학교 2학년이 되자 정신적 갈등이 심해지기 시작했다. 내가 우연히 알게 된 앞집 여고생 때문에 내 일생을 저당잡힐 수 없다는 이성적 판단이 작동했기 때문이다. 그래서 고등학교를 졸업할 때까지는 여자에 대한 상념을 버리고 학업에 충실하기로 결심했다. 이렇게 마음을 다잡고 나서자 의외로 마음이 홀가분해져서 나의 본분인 공부에 일심전력할 수 있게 되었다. 그러던 어느 날 아침 나는 어쩌다가 수업 전 자습 시간에 20분 가량 늦어서 허겁지겁 책가방과 점심도시락을 들고 급히 학교로 향하던 중에 구름다리 근처에서 앞서 등교하던 앞집 여고생을 발견하게 되었다. 나는 심장이 불규칙하게 뛰며 얼굴이 화끈거리는 것을 느꼈다. 나는 감히 그녀의 뒷모습을 눈여겨볼 수조차 없었다. 다만 곁눈질로 얼핏 보이는 여고생의 하얀 교복이 그녀의 단아한 몸매를 은밀히 드러내고 있음을 느낄 수 있을 뿐이었다. 나는 그녀의 뒤에 눈을 둔다는 것 자체가 불결하고 죄를 짓는 것 같아 발걸음에 속도를 내서 그녀를 앞질러 가기 시작했다. 그러자 뒷머리가 근질근질하고 옆얼굴이 화끈거렸다. 또한 온몸이 긴장되어 다리가 잘 움직여지지 않는 듯했다. 나는 그날 어떻게 학교에 도착했는지 정신이 혼미했지만, 그날 얼핏 본 그녀의 머리와 어깨, 그리고 부푼 가슴이 교복 상의에 주는 팽팽한 느낌, 그리고 상체의 율동에 맞물린 허벅지의 유연한 탄력을 머리에서 지울 수가 없었다.

그 후부터는 나 자신과의 싸움이 계속되었다. 그녀를 향한 향수가 나에게 자나 깨나 몰려와 언뜻 정신을 차리고 보면 나는 엉뚱한 생각을 하고 있었다. 그녀의 단아하고 유려한 몸매에서 풍기는 신비로운 느낌이 나를 사로잡아 그녀를 아름다운 천상의 여인으로 만들고 있었다. 나는 그녀를 그리며 지극한 사랑과 행복을 느꼈고 마음이 평화로웠고 감미로웠다. 나는 그것이 사실과는 다른 환영이라고 부정해 보았지만 이 환상을 나의 뇌리에서 완전히 지울 수는 없었다. 그녀는 어떻게 보면 단테의 「신곡」에서 작가가 자주 회상하고 있는 베아트리체와 같이 천상의 관념적인 사랑에 가까운 이상적인 존재였다. 당시 나로서는 그것이 얼마나 어처구니없는 바보 같은 생각과 행동이라는 것을 알지 못해서 나는 그 상황을 나의 이성적인 논리로 풀 수가 없었다. 따라서 현실에 발을 붙이고 사는 나로서는 그 이상과 현실 사이의 간극으로 몸과 마음이 많이 상했다.

나는 이러한 환영의 유혹에 이끌려 때로는 그녀의 뒤를 몰래 쫓곤 했다. 매우 부끄러운 일이지만 내가 등교 시간을 한 20분쯤 늦추어 집에서 출발하면 내가 그녀의 걸음보다 빠르기 때문에 그녀를 구름다리 근처에서 만날 수 있었다. 멀리 앞서 가는 그녀의 흰 칼라가 부드러운 목덜미를 환하게 어루만지고 자분자분 걸어가는 걸음의 율동이 하체에 탄력으로 전해져 몸 전체에 풋풋한 생동감을 주었다. 그녀가 무엇을 곰곰이 생각하는 듯 머리를 잠깐 숙여 땅을 보며 걷다가 머리를 들자 바람에 머리카락이 휙 날려 하얀 목덜미를 감싸자 그 순간 그녀가 너무나 아름다워 나는 무언가 말을 걸고 싶었지만 감히 엄두를 낼 수가 없었다. 그것은 당시로서는 길거리에서 여학생 근처에 얼씬거리는 것 자체가 부도덕한 행위라는 것이 은연중에 불문율처럼 되어 있었기 때문이다. 그래서 나는 정신없이 그녀를 지나쳐 학교를 향해 줄달음질 쳤다. 그러나 학교에 도착했을 때는 이미 나는 10분이 늦어서 지각생이 되어 복도에서 벌을 선 후 교실에 들어갈 수가 있었다.

이러한 부끄러운 모험은 그녀의 실체가 점점 사라져서 환영으로 변할 때쯤이면 병처럼 다시 도지곤 했다. 그날도 나는 지각을 각오하고 우정 늦게 집에서 출발했다. 그런데 집에서 막 나가려는 순간 갑자기 비가 쏟아지기 시작했다. 나는 다시 집안으로 들어가 우산을 챙겨들고 밖으로 나갔다. 처음에는 약하게 오던 비가 차츰 굵어지기 시작했다. 이미 거리에는 우산을 든 학생들이 붐벼 서로 몸을 부딪치며 서둘러 학교로 향하고 있었다. 나는 우산을 쓴 학생들 가운데 그 여학생이 있는가 살피면서 구름다리 위를 서둘러 걷고 있었다. 그런데 저 멀리 앞에 그 여학생 비슷한 학생이 비를 온통 맞으며 걸어가고 있는 것이 아닌가! 나는 내 눈을 의심했다. 그 여학생은 아침 일찍 비가 안와서 우산을 들고 나오지 않은 모양이었다. 비에 젖은 그녀의 머리가 더욱 검게 번득이고 있었다. 그녀의 상의가 위에서부터 젖어내려 정갈한 그녀의 어깨를 사슴처럼 올곧게 드러내고 그녀의 부푼 가슴이 그녀의 허리에 잘룩하게 걸려 있었다. 나는 더 이상 그녀를 바라보고만 있을 수가 없었다. 나는 내 우산을 그녀의 뒤로부터 받쳐 들었다. 그녀는 순간 깜짝 놀라 움찔 했다. 나도 당황해서 아무 말도 할 수가 없었다. 순간 그녀의 복스러운 보드라운 얼굴에 붉은 홍조가 홍건히 흘렀다. 나는 아무 말도 하지 않은 채 그냥 걸었다. 그녀도 매우 부끄러운 모습으로 얼굴을 숙인 채 아무 말도 없이 묵묵히 걷고 있었다. 나는 지금 어디로 가는지 어디쯤 왔는지 알 수 없을 정도로 정신이 혼미해져 있었다. 나는 어쩌다가 맞닿는 그녀의 몸에 전율을 느껴 몸을 그녀에게서 황급히 떼었고 그녀 역시 당황하는 기색이 역력했다. 나는 그녀의 숨소리마저 느낄 수 있었다. 이제 서로 갈라서야 할 지점인 인천여고 뒷담 근처에 다다랐다. 아직도 비는 세차게 내리고 있었다. 그녀는 비로소 나를 쳐다보며,

"고마워요!"

하고 말하며 우산을 떠나려고 했다. 그 순간 나는,

"난 괜찮아요!"

라고 말하며 우산을 그녀에게 내밀었다. 그리고는 나는 오른쪽 길로 돌아서서 학교를 향해 전 속력으로 뛰었다. 비가 억수같이 쏟아졌다. 나는 정신없이 달렸지만 내 옷은 비에 흠뻑 젖어 나의 다리를 휘감고 있었다. 이미 학교는 10분가량 늦어 있었다. 나는 비에 젖은 생쥐가 되어 1교시가 끝날 때까지 복도에 꿇어 앉아 벌을 섰다. 나는 갑자기 눈물이 났다. 그것은 벌을 받아서 슬퍼서 나는 눈물이 아니고, 무언가 마음속 깊은 곳에 흐르는 기쁨의 눈물이라는 것을 나는 알고 있었다.

이제 고3이 되어 나는 다급해졌다. 더 이상 앞집 여고생에게 마음을 뺏겨 더 시간을 허비할 수가 없었다. 새벽부터 저녁까지 책상에만 붙어 앉아 영어며 수학, 그리고 사회 및 과학 과목에 매달려 외우고 풀고

노트했다. 우리 반 학생들 중 절반 정도는 도시락을 두 개씩 싸가지고 다녔다. 하나는 점심에 먹고 다른 하나는 도서관에서 공부하다가 저녁에 먹었다. 그러면 꼼짝하지 않고 자정이 지나서까지 공부할 수가 있었기 때문이다. 나는 그런 친구들이 부러웠다. 나는 도시락을 두 개 싸서 가지고 다닐 형편이 못 되었다. 아무리 도서관에서 늦게 있다 오려고 해도 배가 고파서 저녁 10시를 넘길 수가 없었다. 어머님께서 죽어라 하고 이일 저일 하며 돈을 벌려고 애를 썼지만 나와 내 동생 두 아들의 공부 뒷바라지를 하시기에는 힘이 부치시는 것 같았다. 지금 생각하면 어머님의 땀과 눈물어린 노고가 없었다면 나는 공부를 계속할 수가 없었을 것이다. 사춘기가 누구나 내 나이 또래 아이들이 성장하면서 피할 수 없는 생리적인 현상이라고는 하지만, 때로는 인간 이하의 삶을 살아 가시면서도 묵묵히 자식들의 뒷바라지에 당위성을 두고 위안을 삼으시며 우리들의 최소한의 생활과 학비를 항상 모자람 없이 뒤를 대신 어머님의 고생을 생각하면, 내가 공부를 안 하고 다른 생각과 행동을 한다는 것은 그야말로 배은망덕에 가까운 부끄러운 일이 아닐 수 없었다. 이런 마음에도 불구하고 나도 모르게 가끔 앞집 여고생을 생각하고 있는 나를 발견하고는 나 자신에게 비애감마저 느꼈다.

어느덧 뜨거운 여름이 지나고 2학기도 중반이 되어 차츰 대학교 입학 문제로 담임선생님과 면담을 하게 되었다. 사실 나는 상과대학에 가고 싶었다. 뚜렷한 소신보다는 우선 우리 집안의 어려운 경제사정을 헤쳐 나가려면 상대에 가는 것이 적격이라는 막연한 생각이 내 뇌리를 사로잡고 있었기 때문이다. 그러나 한편 나는 문학에 대한 막연한 동경도 버릴 수가 없었다. 인생은 유한한 삶이지만 문학을 통해 더 넓고 깊은 인생의 의미를 찾고 그 인생을 온전히 영위함으로써 무한한 삶으로 가꾸어 나갈 수 있을 것 같은 생각이 들었기 때문이다. 이러한 인생관은 다분히 이 철부지 아이에게 갑자기 찾아온 순수한 연애 감정이 많이 작용했다고 생각한다.

담임 우석주 선생님은 나의 가정 형편이나 나의 성격과 능력 등을 종합적으로 보시고 나에게 사범대학 문학계열을 추천하셨다. 나도 나의 능력과 환경을 감안할 때 선생님의 의견이 옳은 것 같아 그 결정에 따라 불문학 교육에 입문하게 되었다. 지금 만 65세 정년을 앞두고 뒤돌아볼 때 결과적으로 담임선생님의 판단이 옳았고 그 의견을 따른 나의 결정에 항상 만족해하고 있다. 왜냐하면 나는 불문학을 전공 함으로써 권력과 금전으로부터는 멀어졌지만 내 인생은 더 풍족해졌다는 생각이 들기 때문이다. 프랑스 문학의 광활한 대지와 호흡함으로써 내가 고등학교 때 가지고 있었던 인생의 문제를 폭 넓게 그리고 진솔하게 조망하고 음미할 수 있었기 때문이다.

나의 문학은 약간 낭만성이 강하다. 그러다 보니 때로는 허황된 꿈에 빠지는 때도 있다. 하기사 우리 인생 자체가 헛된 몽상이 아니겠는가? 우리가 그렇게 치열하게 매달려 살고 있는 인생도 결국은 그 즐거움이 다하는 곳에 죽음이 도사리고 있기 때문이다. 죽음 뒤에는 아무도 모른다. 다만 가정컨대 아무 것도 없는 무(無)가 아니겠는가. 그런데 이 무는 우주라는 관념적인 유에 포함되어 있다. 생각에 따라서는 노자 사상에서처럼 무 속에 유가 포함되어 있다고 생각할 수도 있겠다.

다분히 무신론적인 입장에서 까뮈에게 인생은 무엇이겠는가. 그에게는 이 유무 존재자체에 의미를 두지 않고 있다. 그에게 중요한 것은 존재에 비추어진 이미지이다. 이 이미지는 사물과 접했을 때 생성되는 존재의 본질로 지극한 몽상에서 생성된다. 북아프리카의 지중해 해안에 위치한 유적지 티파사에서 느끼는 더할 수 없는 행복은 태양과 바다가 맞닿은 생명의 현장에서 비롯되기 때문이다. 몽상이 태양의 흔적인 유적지에서 죽음을 초월하는 생명을 꿈꾸고 있는 것이다. 까뮈의 직계 스승인 장 그르니에는 그의 저서 '섬'에서 이 몽상을 문학적인 지병으로 정의하며 다음과 같이 말하고 있다.

"그 병은 차라리 生來적인 것이었고, 나는 그 병을 더없는 즐거움
으로 삼았다. 무한에 대한 나의 감정은 여전히 무엇이라고 이름
붙일 수 없는, 마치 無에 대한 것과 같은 그런 감정이었다. 거기
에서 거의 완전한 무심함이, 맑고 깨끗한 무감각이 느껴졌다."

아무튼 나는 대학교에 들어가면서 문학이 인간과 인생을 관조할 수 있는 가장 적합한 학문이라는 사실을 알게 되었다. 혹자는 농담 삼아 '문학을 하면 밥이 나와 술이 나와?'라고 비아냥거리기도 하지만 사실 따지고 보면 문학은 밥이나 술보다 더 중요한 마음의 양식을 생산하고 있다. 상대나 법대 공대생들이 밥이나 술을 빚는 기술을 터득해 그것을 만들어 사고팔며 나누다 다툼이 생기면 그 분쟁의 시시비비를 가릴 수는 있지만 그 당사자인 인간의 본원적인 문제에 대한 해결방안은 제시하지 못하고 있다. 문학도들은 근원적으로 현실적인 삶의 문제를 해결할 수는 없지만 적어도 그들은 인생을 관조하는 방법의 유연성을 터

득하여 제한된 삶의 폭과 깊이를 넓히며 훨씬 풍요로운 인생을 살 수
도 있다고 생각한다.

그러나 이런 중요성에도 불구하고 내가 군에 입대하기 전 대학 2학
년 때까지는 많은 공부를 하지 못했다. 대학의 자유와 낭만이라는 젊
은이의 특권적인 삶에 심취하여 과 친구들과 어울려 용두동 뒷골목 술
집을 누비거나 아르바이트를 해서 학비를 벌기 위해 동분서주하다 보
니 공부는 자연히 등한시하게 되었다. 강의가 없는 시간에는 그 당시
가까이 지내던 이형식, 최순목, 김영환, 정인형 등과 청량대의 나무그
늘 아래 앉아서 문학과 인생을 논하며 미래의 꿈을 키워나갔다. 그러
나 미래가 장밋빛보다는 회색의 어두운 현실이 기다리고 있는 듯하여
우리들 모두는 현실의 멍에를 걸머지고 고뇌하는 젊은이의 우상, 즉
프랑스의 데카당 비슷한 흉내를 내기도 했다. 그만큼 젊은이들의 정신
이 압박당하고 있었기 때문에 그렇게 해서라도 현실로부터의 탈출이
필요했던 것이다. 당시 경제적 여건은 지금보다 훨씬 어려워서 그 때
도 졸업 후에 직장을 구하는 것이 초미의 관심사였다. 이런 상황에서
취업을 하려면 군대복무를 마치고 졸업을 하는 것이 훨씬 유리하다는
판단이 섰다. 그래서 나는 대학 학기 중간에 군대에 갔다 오기로 마음
을 먹었다.

나는 대학 2학년 1학기를 마치고 군대에 대한 별다른 사전 지식 없
이 놀러가는 기분으로 입대를 결심했으나 막상 입영 날짜를 받아놓고
보니 마음이 싱숭생숭했다. 그 동안 서울에 사시는 북아현동 큰아버님
댁에 얹혀살기도 하고 입주 아르바이트를 해서 이집 저집의 신세를 지

기도 해서 타지 생활에 이력이 났을 법도 한데 오랫동안 집을 떠난다
는 것이 막막하기도 하고 특히 어머님이 보고 싶을 것 같았다. 그래서
1학기가 끝나기가 무섭게 인천 집으로 내려가기로 했다. 때는 6월 초
여서 기차를 타고 인천으로 향하는 들녘에는 방금 모를 낸 벼 이삭들
이 연두색으로 곱게 자라고 있었다. 주안역 근처에는 외국에서 들여온
석탄이 산더미처럼 쌓여서 바람이 불 때마다 까맣게 휘날리고 있었다.
그러나 그 석탄 야적장을 벗어나자 또다시 푸르른 들판이 아득하게 펴
져 있었고 그 끝에 둥그무레한 언덕에는 온갖 채소들이 힘차게 자라고
있었다. 아직 새파랗기는 해도 콩줄기들이 제법 올라와 가지를 치기
시작해서 녹색 판이 한껏 자리를 잡아가고 있었다. 저 콩이 뜨거운 여
름 햇살과 넉넉한 수분을 머금고 자라서 가을의 문턱에 들어서면 살랑
살랑 부는 가을바람에 알이 점점 영글 것이다. 그 언덕 위의 하늘은 여
전히 끝없이 푸르고 파랗고 넓어서 내 마음의 그림자를 말끔히 지워버
리는 것 같았다. 비록 가끔씩 떠다니는 구름이 지평선 위에 널찍이 걸
치기는 했어도 그것이 오래 가지는 않았다.

　내가 차창 밖의 풍경에 마음이 뺏겨 이런저런 생각을 하고 있는 동
안 어느덧 동인천역에 도착했다. 대합실은 낮이라 그런지 한산하고 벤
치에는 정신 나간 여자가 빗자루를 들고 이리저리 돌아다니며 혼자 무
어라고 중얼거리고 있었다. 역사 밖으로 나오자 정든 인천 시가지가
나를 반갑게 맞아주고 있었다. 마음이 놓이고 편안했다. 나는 익숙하
게 오른 쪽으로 돌아 철다리 밑을 통과했다. 곧 화수동 고개가 나왔다.
나는 어머님과 동생이 눈에 삼삼해서 정신없이 발걸음을 재촉했다. 고

개에 이르자 왼쪽으로 구름다리가 내려다보였다. 그 순간 나는 몇 년 서울에 가 있는 동안 까맣게 잊고 지냈던 앞집 처녀 생각이 문득 났다. 고등학교 때 등교시 몰래 그녀 뒤를 따라가던 생각에 얼굴이 붉어지고 언젠가 비가 억수같이 쏟아지던 날의 기억에 이르자 절로 웃음이 났다. 그것이 부끄럽고 자존심이 상하는 일이긴 했지만 내 마음은 그 기억만으로도 아름답고 행복해졌다. 그리고는 그녀의 방에 비친 실루엣의 유려한 그림자가 다시 나의 정신을 혼란스럽게 했다. 갑자기 보고 싶은 생각이 났다. 입대하기 전에 나의 마음을 전하고 싶기도 했다.

집에 도착하자 어머님과 동생이 오랜만에 만난 나를 보고 그렇게 기뻐할 수가 없었다. 어머님은 일주일 후면 떠날 아들을 위해 맛있는 음식을 정성을 다해 마련해 주셨다. 동생이 훌쩍 커서 비록 내가 군대에 가고 없어도 어머님을 대신 잘 보살필 것 같아 마음이 한결 놓였다. 군대에 가는 것에 대한 막연한 불안이 입대 날짜가 다가올수록 점점 더 커지고는 있었지만, 어머님과 동생과의 하루하루의 생활이 그렇게 행복할 수가 없었다. 어머님은 내가 입대하기 전 어느 날 작심을 하신 듯 나와 내 동생을 데리고 인천 자유공원에 가서 맥아더 장군 동상을 배경으로 사진을 찍었다. 그리고는 공원 너머에 있는 중국인 촌으로 내려가서 맛있는 자장면을 사 주셨다. 그렇게 달콤한 맛이 있는 자장면을 그 이후 먹어 본 적이 없다. 어머님은 내내 별 말씀이 없으셨지만 내가 군대에 가는 것이 못내 섭섭하셨던 것 같았다. 이렇게 어머님의 극진한 대접을 받으면서도 마음 한 구석에는 여전히 허전함이 자리 잡고 있었다. 앞집 처녀의 영상이 자꾸 어른거렸기 때문이다. 나는 다급해졌다. 입대날짜가 내일 모레로 다가왔기 때문이었다. 나는 용기를 내기로 했다. 그냥 군대에 가게 되면 너무나 마음이 아파 후회 막심할 것 같았다. 나는,

　"보연씨, 나 내일 군대에 갑니다. 내일 아침 월미도 둑방 위에서
　　6시 반 경에 만나보고 싶습니다. 기다리겠습니다. 곽균 씀"

이라는 메모를 앞집 그녀의 방 창문 틈으로 몰래 밀어 넣었다. 나는 그날 저녁 가슴이 두근거려 잠이 오질 않았다. 어느덧 창문이 훤하게 밝아오고 있었다. 나는 어머님과 동생 몰래 일어나 월미도를 향해 정신없이 달려갔다. 당시에 월미도는 미군부대가 주둔하고 있어서 민간인은 해안을 통해서만 출입이 가능했다. 나는 바닷가를 가로질러 월미도 둑에 이르렀다. 그러나 아직 동이 트기 전이라 으슴푸레한 전방에 사람이라고는 보이질 않았다. 나는 이런저런 부정적인 생각으로 그녀가 나타나지 않으면 어쩌나 하고 안절부절 못했다. 혹시 쪽지를 보지 못했을 수도 있고 보았더라도 마음이 바뀌어 나오지 않을 수도 있기 때문이었다. 어느덧 7시가 가까워오고 있었다. 나는 초조했다. 징집 소집 시간이 오후라고는 하지만 어머님이 일어나시면 큰 걱정을 하실 것이기 때문에 마냥 기다릴 수만은 없는 노릇이었다. 7시까지만 기다리기로 했다. 그런데 날이 훤해지자 저쪽 둑방 끝에서 어느 여자가 이쪽을 향해서 바삐 걸어오고 있었다. 그녀였다. 내 심장이 요동치고 있었다. 나는 그쪽으로 달려가 나도 모르게 그녀의 손을 잡았다. 처음 잡아보는 그녀의 손은 보드라웠다. 나는 쑥스러워 곧 그 손을 놓았다. 그녀는 하얀 상의를 걸치고 있었는데 여고생 때의 가려린 몸매가 성숙한 처녀의 완숙함

으로 빛나고 있었다. 아직 완전히 밝지 않은 여명에 비친 그녀의 얼굴은 더욱 아름다운 윤곽을 드러내며 미소 짓고 있었다. 나는 마음이 떨려 제대로 말을 할 수가 없었다. 나는 겨우,

"그동안 잘 있었어요?"

라고 인사를 했다. 그녀는,

"예, 그래요."

하며 고개를 숙였다.

"군대에 간다면서요?"

하고 그녀가 물었다. 나는,

"그래요."

라고 대답했다. 그리고는 둘 사이에 한동안 없는 침묵만이 흘렀다. 뒤로는 여명에 비친 불그레한 색깔이 바다 위를 물들이고 있어 그녀의 얼굴에도 홍조가 비치기 시작했다. 그녀는 계속 미소를 짓고 있었는데 마치 모나리자의 미소처럼 아름답고 신비스러웠다. 태양 빛이 점점 밝아지자 그녀가 등지고 있는 수평선 위에 명암이 생겨 그녀의 그림자에 볼륨이 생겼다. 곧 날아 오를 것만 같았다. 그녀는 움직이지 않고 나를 쳐다보고 미소만 짓고 있었으나 시시각각으로 변하는 바다와 수평선, 그리고 떠오르는 태양을 머금은 불그레한 구름의 모양새가 앙상블을 만들이 그녀는 마치 날아다니는 선녀 같았다. 나는 황홀감에 젖어 그녀를 마주보지 못하고 그녀가 만든 아름다운 그림자를 바라볼 뿐 달리 말을 할 수가 없었다. 단지 그녀의 옆얼굴에 비친 잔잔한 미소에서 그녀의 애틋한 마음을 읽을 수 있었다. 어느덧 떠날 시간이 되어 나는 무언가

내 마음을 전해야 할 것 같아서 용기를 내어,

　"군대에 가면 많이 생각날 것 같아요!"

라고 말하자, 그녀도,

　"나도요."

라고 말을 했다. 나는 그녀와 이렇게 마지막 말을 나눈 뒤 서둘러 월미도 둑을 빠져나왔다. 벌써 해가 자유공원 허리를 비집고 나와 희뿌연 하늘에 광채를 발하며 솟아오르기 시작했다. 나는 그 햇살을 마주보며 걸었다. 나의 발걸음이 어느 때보다도 가벼웠다. 나는 행복했다.

　나는 집에 돌아오자 허둥대며 아침을 대충 먹고 동네 어른들에게 인사를 한 다음 징병 모집 장소로 향했다. 그 때는 신병들이 수인선 역에 모여서 기차를 타고 논산 훈련소로 향했는데 역에는 벌써 입대장병은 물론이고 부모 형제 친척들로 발디딜 틈 없이 꽉 차 있었다. 구름처럼 몰린 이 이방인들 한 가운데서 나는 처음으로 집을 떠나는 외로움과 미래의 생활에 대한 불안감이 밀물처럼 엄습하는 것을 몸으로 느꼈다. 동네 친구 원준이와 택이가 나에게 수인사를 했다. 뜻밖에 고등학교 친구인 태인이와 영환이가 환송을 나와서 너무나 고마웠다. 나는 웃으면서 전혀 아무렇지도 않은 척 호기를 부리며 농담을 했지만 마음 속 한구석에 도사리고 있는 막연한 불안이 나를 자꾸 움츠러들게 했다.

　얼마 지나자 모이라는 호루라기소리가 요란하게 울렸다. 병력 인솔 군인들이 입대자들의 수를 파악하기 위하여 앉아! 일어서! 복창하기를 여러 번 하고서야 겨우 대열이 갖추어져 기차에 승차할 수 있게 되었다. 기차를 탈 때까지는 기간병들이 하도 얼을 빼놓는 바람에 정신이 없었으나 기차를 막상 타고 보니 알 수 없는 설움이 복받쳐 올라 눈시울이 붉어지는 것이 아닌가! 그 때 저 멀리서 손을 흔드는 동생과 어머님의 모습이 눈에 들어왔다. 어머니는 눈물을 흘리시고 계셨다. 기적소리가 울리고 기차가 천천히 움직이자 어머님도 따라 움직이며 손을 흔들고 계셨다. 그 때 기차가 요란스럽게 헛바퀴 소리를 내며 힘을 내자 증기가 구름처럼 솟아 어머님의 모습을 잠시 가렸다. 다시 어머님의 모습이 드러나자 기차는 저만치 멀어져가고 있었다. 그러자 어머님은 여전히 기차가 움직이는 방향으로 걸어오시며 손을 흔들고 계셨다. 기차가 차츰 속력을 내자 어머님의 발걸음도 빨라졌지만 기차와의 거리는 점점 멀어져 갔다. 기차가 승강장을 완전히 벗어나자 어머님의 모습이 조그만 점으로 작아져 갔다. 그러나 여전히 이쪽을 향해 걸어오시며 손을 흔들고 계셨다. 나는 그 후 군복무를 하면서 슬플 때나 기쁠 때면 으레 어머님의 무사 안녕을 비는 이별의 손을 떠올리곤 했다.

논산 훈련소에 6월 하순에 들어갔는데 하도 신병이 많아 어리둥절했고, 그 많은 신병들을 민간인에서 군인으로 만들기 위해 기압을 주는 기간병 조교들의 만행은 그야말로 가관이었다. 조금만 동작이 느리면 '동작봐라!'라고 소리치며 주먹을 휘두르거나 몽둥이로 후려 팼다. 나는 행동이 남보디 한 템포가 느렸기 때문에 몇 번 두들겨맞았다. 거의 혼이 나갈 지경이었다. 이렇게 호되게 당하자 조교들이 무어라고 명령만 내리면 삽살개처럼 꼬리를 내리고 숨도 제대로 못 쉴 정도로 오금을 사렸다. 다른 신병도 나와 마찬가지로 인간기계로 길들여져 갔다.

이런 상태에서 나는 훈련이 고되기로 이름난 00연대에 배속되었다. 하늘 같은 기간병의 인솔 하에 군인 피복을 새로 지급받아 내무반에 들어가 민간복과 갈아입게 되었다. 나는 그 순간 고민이 생겼다. 군대에 가면 돈을 뺏긴다는 소문이 파다하여 어머님이 얼마 안 되는 용돈을 팬티의 고무줄 자리를 트고 그 속에 감추어 두었기 때문에, 기회를 보아서 재빨리 그 돈을 빼내 군인복에 옮겨 감추어야 하는데 조금만 곁눈질을 하면 기간병이 "눈알 돌려! 이 새끼!"하며 발길질을 하기 때문이었다. 1초의 시간 여유도 주지 않았다. 기간병들은 이런 신병들의 돈 간수를 잘 알고 있는 듯 침상에 일렬로 세워 놓고 "차렷!"하고 명령을 내리더니, 다시 "10초 안에 옷갈아 입어!"라고 명령을 내렸다. 그리고는 "하나~ 둘~ 셋~ 넷~" 하고 빠르게 열까지 헤어 나가기 시작했다. 수십 명의 신병들이 일제히 집에서 입고 온 허름한 겉옷과 속옷을 벗어던지고 군 피복으로 갈아입느라고 북새통을 이루었다. 내가 부지런히 군복으로 갈아입고 단추도 끼지 않은 채 재빨리 입고 온 팬티의 실밥을 터서 돈을 꺼내려는 순간 "그만! 동작 그만!"하는 소리가 들렸다. 나는 약간 터진 실밥 사이로 꼬깃꼬깃 꾸겨 넣은 돈을 꺼내려고 안간힘을 썼다. 그 순간 눈이 번쩍했다. 기간병의 잽싼 발이 어느새 날아와 내 머리를 강타한 것이었다. 벌렁 넘어진 나는 벌떡 일어나 차렷 자세를 취했다. 그러자 다른 기간병이 들어와 집에서 입고 온 옷들을 주소지로 보내준다고 말하며 상자에 차곡차곡 담아 걸어갔다. 나는 억울한 분노가 치밀어 기간병을 뚫어져라 쳐다볼 뿐 말없이 부동자세로 서 있을 수밖에 없었다. 이렇게 해서 나는 어머님이 어렵게 마련해 주신

피맺힌 돈을 군대에 가서 한 푼도 써 보지 못하고 두 눈을 뜨고 날강도를 당했다.

7월 초순부터 시작된 신병 훈련소의 생활은 너무나 힘들었다. 당시 1966년도 여름은 더위가 너무나 빨리 찾아와 매일 30도를 넘는 폭염이 기승을 부리고 있었다. 가만히 서 있어도 땀이 비오듯 하는데 완전군장을 하고 걷고 뛰며 때약 볕에서 훈련을 받다 보니 더위에 지친 신병들이 푹푹 쓰러졌다. 이 문제가 불거지자 사령관의 특별 지시로 햇볕이 가장 뜨거운 오후 몇 시간은 훈련을 금지시키고 낮잠을 자도록 했다. 또한 훈련모 위에 둥그런 흰천을 대서 직사광선을 반사하도록 했으며 오른쪽 허리춤에는 항상 작은 소금주머니를 차고 다니며 물을 마실 때마다 약간씩 소금을 입에 털어 넣도록 했다. 이런 힘겨운 여름 훈련이 하루하루 계속되었다. 제식 훈련, 화생방 훈련, 그리고 사격 훈련을 마친 3주째쯤 되자 우리 신병 모두는 온몸이 새까맣게 타서 얼굴에는 하얀 눈동자만 반짝이게 되었다. 이쯤 되자 쉬는 휴식 시간이면 전에 평화롭기만 했던 집이 자꾸 생각났다. 그리고 집을 떠나기 전 맛있는 반찬에 흰쌀밥을 한 그릇씩 퍼주시던 인자하신 어머님이 더욱 그리워졌다. 그것은 훈련소 내에서 한 달 가까이 소위 사람다운 사람, 민간인을 하나도 보지 못했기 때문에 더욱 그러했다. 인해(人海) 가운데서 인간이 그리워지는 정말로 아이러닉한 현상이 일어났다.

그러던 어느 날 멀리 야외에 있는 사격장으로 사격을 하러 부대 밖으로 나가게 되었다. 시간과 장소의 정지에서 풀려난 나는 몸과 마음이 그렇게 싱그러울 수가 없었다. 보이는 것마다 새로웠다. 논과 밭이 파랗게 펼쳐진 들녘이 나를 옛 친구처럼 맞아주는 것 같아 그렇게 기쁠 수가 없었다. 푸른 하늘에는 뭉게구름이 한껏 피어올라 여러 가지 오묘한 형상을 만들며 바람에 흘러가고 있었다. 왜 부대 안에서는 이런 구름의 그림을 볼 수 없었을까? 그것은 1초도 한눈팔 시간을 주지 않아서이기도 하지만 그 그림을 받쳐주는 주변의 환경이 사뭇 다르기 때문인 것 같았다. 우리 신병들은 부대를 빠져 나오자 오른쪽 길을 따라 행군을 계속했다. 가끔은 산들바람이 불어와 소매를 걷어붙인 팔꿈치를 간질이기도 했다. 마음이 상쾌했다.

그런데 길 맞은편 저 멀리에서 나의 어머님께서 머리에 무엇인가를 이시고 이쪽으로 걸어오시고 계신 것이 아닌가! 나는 하마터면 '어머니!'하고 소리를 지를 뻔했다. 나는 가슴이 뛰고 눈물이 앞을 가려 제대로 볼 수가 없었다. 어머님의 실루엣만이 눈에 어른거릴 뿐이었다. 나는 이때 어떻게 행동해야 할지 알지 못해 안절부절 못했다. 나는 소대장에게 알려야 될 것 같아서 뒤를 돌아다보았더니 "앞을 보지 않고 뭣하나!"하고 고함이 떨어졌다. 나는 정신이 번쩍 들어 저 멀리 오시는 어머님을 다시 쳐다보았다. 그런데 한결 가까워진 어머님의 걸음걸이가 어머니와 달랐다. 그 여자는 어머니가 아니었다. 우리와 빗겨 지나가는 그 여자는 어머님 연세 비슷한 동네 아낙네였다. 비록 그 여자는 어머님은 아니었지만 한 달 가까이에 처음 만나보는 민간인이라 그렇게 반가울 수가 없었다. 또한 나는 얼마나 어머님이 그리웠으면 그 여자가 헛것처럼 어머니로 보였을까 의아할 뿐이었다. 나는 그날 말 한

마디 나누지 못했지만 사격장에 가며오며 지나쳤던 사람들을 실컷 쳐다보면서 사람에 대한 그리움을 약간 진정시킬 수 있었다.

나는 어렵게 논산 훈련소에서 무사히 소정의 훈련 과정을 마치고 부대 배치를 기다리고 있었다. 지금 생각하면 별 것 아닌 것 같지만 그 때 당시로서는 마치 고등학교를 마치고 대학입시를 앞둔 수험생처럼 어디로 배치될 것인가가 초미의 관심사로 마음이 졸여왔다. 훈련병들 사이에 00로 배치되면 '죽었다고 복창'하고 00로 배치되면 '웃으면서 들어가서 울고 나온다'는 등 별의별 희한한 소문이 파다하게 퍼져 있었기 때문이다. 드디어 부대배치 날이 다가왔다. 모든 훈련병들이 새 군복을 말끔히 차려입고 따불빽을 하나씩 둘러멘 채로 모두 운동장에 모였다. 그리고 감독관이 높은 연단에 서서 마이크로 호명하면 호명 받은 훈련병이 앞으로 나아가 부대배치 명령장을 받아든 다음, 대기하는 군 트럭에 올라탔다. 그리고 배속부대 인원이 전부 호명되어 모두 올라타면 트럭이 정해진 부대를 향해 차례로 출발했다. 나는 마냥 기다렸다. 피를 말리는 초조함이 극에 달해 정신이 몽롱할 지경이었다. 드디어 내 이름이 호명되었다. 영천에 있는 부관학교로 배속명령이 났다. 처음 들어보는 알지 못하는 부대라 어리둥절했다. 그런데 기간병들이 거기 괜찮은 데라고 언질을 해 주어 마음이 놓이기는 했지만 불안한 마음은 여전했다.

당시 영천에는 부관학교를 비롯해 헌병학교, 공병학교, 군수학교 등 몇몇 특수학교가 설립되어 소위 육군에서 필요한 전문 인력을 양성하고 있었다. 부관학교는 3개월간의 인사행정을 집중적으로 교육해서 전군에 필요한 행정인력을 공급하고 있었다. 그러므로 교육과정은 글씨쓰기 훈련부터 시작해서 기안문 작성, 전통 작성, 그리고 공문서 작성까지 군에서 실제 사용되는 모든 서식을 공부하도록 짜여 있었다. 나는 대학에서 전혀 접하지 못했던 행정업무에 대한 정보와 지식을 마음껏 배울 수 있었다. 오후 일과시간이 4시경 끝나면 나머지 시간은 여기도 엄연히 군대임으로 그동안 훈련소에서 배운 제식훈련이나 총검술 훈련을 계속했다.

그러나 일과 시간에는 교실의 책상에 앉아서 수업만 들음으로 전보다는 육체적으로나 정신적으로 여유가 많이 생겼다. 그러자 그 동안 잊혀졌던 집 생각이 절로 났다. 그리운 어머님 얼굴이 제일 먼저 떠올랐고 그럴 때면 서러움이 복받쳐 눈물이 났다. 그리고는 동생에게는 늘 미안한 마음으로 가슴이 아팠다. 내가 군대에 와 있는 동안 어머니를 돕기 위하여 아침에 학교에 가기 전 새벽에 일어나서 신문을 돌린다는 내용의 편지를 받았기 때문이다. 내가 공부한답시고 서울에 가 있는 동안에도 그리고 내가 군대에 와 있는 동안에도 동생은 항상 어머님 곁을 지키며 집안일을 챙겨나가고 있었다. 어떻게 보면 그러한 희생은 당연히 내가 치러야할 몫이었다. 그런데도 나는 선민인 양 나만의 영달을 위하여 나 자신을 정당화하며 그 몫을 항상 동생에게 넘기곤 했다. 사실 이러한 동생의 묵묵한 지원이 없었다면 지금 나도 없었을 것이 분명하다. 그런 의미에서 나는 평생 동생에게 빚을 지고 살아가고 있는 셈이다.

부관학교 교육생 시절에 잊지 못할 일은 내가 소속한 소대에 해병대 2명이 위탁교육을 받으러 왔었는데 그 둘이 벌이는 안하무인격의 소동이었다. 우리보다 한 일주일쯤 늦게 도착한 그들은 내무반에 들어오자마자 메고 온 따불빽을 침상에 휙 집어던지면서 우리들 중 아무나 보고,

"야! 쫄따구, 관물정리 좀 해!"
라고 소리치면서 자기들은 침상 한 가운데 벌렁 누워버리는 것이 아닌가. 우리 모두는 하도 어이가 없어서 서로 눈치만 보면서 그들을 힐끔힐끔 게눈으로 쳐다보기만 했다. 계급도 우리와 같은 이등병인데다가 우리보다 늦게 배치되어 밥그릇 수를 따져보아도 우리에게 이래라 저래라 할 형편이 안 되었기 때문이다. 그들은 누운 채로,

"야, 이 새끼들아! 개병대를 똥으로 아냐?"
라고 고래고래 소리 질렀다. 약간 두려운 생각은 들었지만 해병대는 단 2명뿐이고 우리는 48명이나 되니 수적으로 절대 우세하고 우리 가운데는 소위 사회에서 놀다온 친구들도 몇 명이 있었음으로 우리들은 은근히 즐기는 기분으로 그들의 행패를 무시해 버렸다. 우리들은 각자 자기 관물을 정리하는 척하면서 아무도 움직이지 않고 그대로 침상에 앉아서 어떻게 되나 추이를 살피고 있었다. 그러자 해병대 사병 중 한 명이 벌떡 일어나더니 제일 가까이에 있는 우리 소대원 한 명의 얼굴에 주먹을 날렸다. 우리 소대원이 뒤로 벌러덩 나가떨어졌다. 그의 코에서 피가 흘러내려 침상을 시뻘겋게 물들였다. 그러자 우리 소대에서 가장 깡다구가 강하다고 소문이 난 경민이가 날렵하게 달려가 그 해병

대의 배에 옆발치기를 날렸다. 드디어 둘의 육박전이 벌어졌다. 그러자 우리 소대원들은 둘 뿐인 이 해병대원을 흠씬 두들겨 패주기 위하여 그들 주위를 뻥 둘러쌌다. 그러자 나머지 해병대 한 명이 침상으로 올라가더니 야전삽을 뽑아들고 우리들을 위협하기 시작했다. 우리들은 주춤할 수밖에 없었다. 그 순간 그는 야전삽 뒷면으로 경민이의 뒤통수를 쳐버렸다. 경민이는 '욱' 하고 앞으로 고꾸라졌다. 이 무서운 장면에 우리들은 몸을 부들부들 떨 뿐 더 이상 움직일 수가 없었다.

이 때 소대 내무반에서 들리는 시끄러운 소리에 구대장이 달려왔다. 구대장 김중사는 우리에게는 공포의 대상이었다. 한번 그에게 걸렸다 하면 차렷 자세로 우리를 세워 놓고 손바닥으로 치는데 한번 맞았다 하면 나가떨어져 정신을 잃을 정도였다. 그러나 신기하게도 얼굴에는 맞은 흔적 하나 남지 않았다. 그래서 우리는 그 구대장에게 '야쿠자'라는 별명을 붙여 주었다. 우리는 이 야쿠자가 들어오자 쾌재를 부르며 무언가 이변이 일어날 것을 은근히 기대하고 있었다. 구대장이,

"이거 무슨 일야!"

하며 들어오자, 이 해병대 두 명은 손에 든 야전삽을 휘두르며,

"넌 또 뭐야!"

하며 달겨드는 것이 아닌가. 그러니 천하의 야쿠자도 뒷걸음질 칠 수밖에 없었다. 김 중사는 결국,

"야! 이 새끼들, 너 죽고 싶어!"

하는 말만 남기고 주춤거리다가 내무반 밖으로 달아나 버렸다. 이 폭도 두 명이 내무반 사병 48명을 완전히 장악한 것이었다. 그리고 나서 그

들은 야전삽을 들고 내무반을 왔다 갔다 하며 아무에게나 시비를 걸었지만 아무도 그들에게 대들지 못했다. 나는 그 순간 큰 수치심을 느꼈다. 옳지 못한 불의를 보고도 아무런 대응을 할 수 없는 나 자신이 마냥 무력하게 느껴졌다. 그러나 지금 생각해 보면 러시아의 볼세비키 혁명을 성공시킨 공산당 골수분자가 전체 인구의 2프로에도 미치지 못한다고 하지 않는가. 막무가내의 망나니 행동을 못 막는 것은 어쩔 수 없는 불가항력에 가깝지 결코 수치가 아니라고 자위해 본다. 그 후 이 두 해병대는 해군 헌병에게 인계되어 어디론가 끌려갔다. 그런데 사흘만에 멀쩡하게 다시 내무반에 나타나서 더욱 으시댔다. 그 후 이 두 해병대 사병은 우리 내무반에서 완전 열외가 되었기 때문에 더 이상 우리와 갈등을 빚을 이유가 없어졌다. 오히려 이 두 사병은 가끔 밤이 으슥하면 어디론가 밖으로 사라져 우리가 곤히 잠들 무렵이면 따불빽에 영천에 유명한 사과를 가득 서리해와 우리들을 기쁘게 하곤 했다. 차츰 우리는 그들과 술도 같이 마시고 이야기도 함께 나누게 되었다. 그 때 가까이서 본 이 두 해병대 사병은 우리와 조금도 다르지 않은 대한민국의 한 청년이었다. 단지 그들은 잠시 동안 받은 해병대 특유의 훈련으로 그들만의 독특한 문화에 세뇌되어 쇼를 벌인 것에 지나지 않았다.

어느덧 가을이 되어 하늘이 너무나 푸르고 맑았다. 서늘한 바람이 불어와 얼굴을 간질이며 동이리에 맺힌 눅신한 밤을 말끔히 날려버리고 있었다. 힘든 교육과 훈련에도 불구하고 마음만은 상쾌하고 즐거웠다. 일찍 말라든 낙엽은 벌써 교장으로 가는 오솔길에 한 잎 두 잎 떨어져 이리저리 뒹굴고 있었다. 입교 두 달쯤되자 야외교장으로 교육을 나갔다. 영천 교외는 누렇게 익은 벼들이 심심치 않게 불어오는 가을 바람에 넘실넘실 춤을 추고 있었다. 부대를 한참 빠져나와 성곡리 쪽으로 접어들자 길가에 코스모스가 만발해 있었다. 너무나 아름다웠다. 비포장 흙길에서 느낄 수 있는 포근함이 발에 느껴지고 그 길을 경계로 아득히 뻗어 있는 코스모스 길은 정말로 천상으로 올라가는 꽃길과 같았다. 저절로 김상희의 가을 코스모스 노래가 흥얼거려졌다. 그 순간 갑자기 보연이가 생각났다. 꽃같이 예쁘고 선한 모습의 그녀의 얼굴에 코스모스 꽃잎이 오버랩됐다. 올곧은 어깨 아래로 굴곡이 진 유연한 몸매가 어느새 하체로 미끄러져내려 땅에 뿌리를 박고 가벼운 바람에도 고개를 한들거리며 방긋방긋 웃고 있었다. 내가 그녀를 직접 많이 접한 것이 아니어서 그런지 그녀의 이미지는 항상 실상보다는 상상에 많이 좌우되는 듯했다. 그녀는 무어라고 말을 하고 있었지만 내 귀에는 잘 들리지 않고 그냥 그녀의 부드러운 몸짓만 눈에 아른거렸다. 그저 '그래요. 잘 있어요!' 하는 것만 같았다.

바람이 획 불어왔다. 흙길에서 먼지가 자욱이 일어나 코스모스 천지를 가렸다. 그 뒤로 누렇게 익은 벼이삭의 물결이 차례로 고개를 숙이며 멀어져 갔다. 잠시 후 다시 드러난 코스모스 군락이 더욱 환하게 나를 살포시 애워 쌌다. 나는 황홀했다. 우리 소대는 어느덧 영천 외곽 시냇가를 지나고 있었는데 주옥 같은 시냇물이 유난히 많은 차돌들 사이로 졸졸졸 흘러내리고 있어 가을빛이 물과 하늘에 짙게 물든 내 마음을 더욱 싱그럽게 했다. 시냇물을 벗어나 교장 입구로 향하는 산길로 접어들었다. 다시 코스모스의 환한 얼굴이 나를 반갑게 맞아주었다.

나는 어느새 다시 그녀를 생각하고 있었다. 나는 그날 저녁 일과가 끝나기 무섭게 그녀에게 김춘수 시인의 '꽃'이라는 시를 편지로 써 보냈다. 자연스럽게 '그'를 '그녀'로 바꾸어 보았다.

내가 그녀의 이름을 불러 주기 전에는
그녀는 다만
하나의 몸짓에 지나지 않았다.

내가 그녀의 이름을 불러 주었을 때
그녀는 나에게로 와서
꽃이 되었다.
내가 그녀의 이름을 불러 준 것처럼
나의 이 빛깔과 향기에 알맞는
누가 나의 이름을 불러 다오.
그녀에게로 가서 나도
그녀의 꽃이 되고 싶다.

어느덧 3개월이 지나 나는 부관학교를 졸업하고 부산 당감동에 위치한 통신기지창으로 발령을 받았다. 그때까지 부산이라고는 말만 들었지 한 번도 가 보지 못한 곳이라 새로운 세상에 대한 기대가 컸다. 부대에 귀대하여 신고하기까지는 한나절의 여유가 있어 나는 부산의 명물인 영도다리를 구경하고 자갈치 시장 옆에 있는 할매집에 들러 회국수를 한 그릇 시켜 먹었다. 듣던 대로 회국수에 막걸리를 한잔 걸치니 기분이 날아갈 듯하고 온 세상을 다 얻은 듯했다. 약간 얼큰해진 기분으로 태종대에 올라 한없이 넓게 펼쳐진 바다를 바라보았다. 파란 하늘이 푸른 바다의 수평선과 맞닿아 있어 온 세상이 온통 새파란 물감으로 칠해져 있었다. 그 동안 찌들었던 몸과 마음이 저절로 쇄신되어 새롭게 태어나는 듯했다. 멀리 오른편으로 점점이 떠 있는 오륙도가 손 안에 잡힐 듯 보였고 그 너머로 희뿌연 연무 속에 파도가 밀려들어 아득히 새하얀 띠를 두른 해운대의 파노라마가 한눈에 들어왔다. 바람이 불어왔다. 햇살은 아직 뜨겁지만 태종대 낭떠러지 아래 바다에서 밀어 올리는 가을바람은 벌써 한기가 느껴졌다. 그 바람에 실려 온 비릿한 바다 내음은 생명의 존재를 한껏 느끼게 해 주었고, 저 아래 까마득히 내려다보이는 갯바위 위에는 강태공들이 낚싯대를 드리우고 한가로이 따사로운 햇살을 즐기고 있었다. 그 옆에는 해녀들이 방금 잡아온 해삼 및 멍게를 좌판에 벌여놓고 임시로 만든 평상 위에는 삼삼오오 사람들이 모여 앉아서 싱싱한 해물 회를 안주로 소주를 나누어 마시고 있었다. 그것은 오랜만에 보는 다정한 사람들의 모습이어서 멀리 떨어져 있어도 사람냄새가 물씬 풍겨왔다.

저녁이 되어 나는 통신기지창 부대에 들어가서 전입신고를 했다. 이로써 2년 반의 군대생활을 부산 당감동에서 시작하게 되었다. 부산은 후방 중에 후방이라 남들보다 군대생활을 편하게 한다고 부러워하는 사람들도 있었다. 물론 전방에 비하면 겨울에도 살을 에는 듯한 혹독한 추위도 없고 민가가 부대 담장에 붙어 있을 정도로 가까이 있어서 사람에 대한 그리움도 견딜 만했다. 그런 대신 내무반 생활이 고되었다. 내가 내무반에 들어가 보니 층층으로 고참들이 가득한데 그 위계질서란 밥그릇 수를 셀 정도로 엄격했다. 신병이 최고참들을 위해 식당에서 밥을 두세 개씩 타다가 바치는 것은 물론 내무반 관물정리, 청소, 세탁, 다리미질까지 손발이 닳도록 뒷치닥거리는 물론, 담배를 피우는 고참들에게는 사제 담배가 떨어지지 않도록 알아서 챙겨야 했다. 이렇게 눈코 뜰 새 없이 바쁜 와중에도 고참들의 군화는 파리가 미끄러질 정도로 윤이 나게 닦아 놓아야 했다. 그런데 어느 날 최찬호 병장이 외출을 나가려고 침상 아래에서 군화를 꺼냈는데 구두에 먼지가 좀 앉아 있었다. 최병장은 자기 구두코를 손가락으로 문질러 보이며,

"이상병, 야! 너희들 요즘 군가기 빠졌어!"

라고 말을 했다. 그는 이 말을 하면서 화를 내지도 않았고 큰 소리로 말하지도 않아서 나는 별로 심각하게 받아들이지 않고 그냥 흘려버렸다. 그런데 최고참의 지나가는 이 말 한마디는 고참들의 심기가 편치 않다는 일종의 신호였다. 이 신호에 대한 해석은 중간 고참인 상병들의 몫이었다. 상병들이 일종의 암시인 이 신호를 제대로 해석하지 못하고 그 후속 조치를 잘 하지 못하여 고참들이 나설 경우 내무반 서열 중간인 상병들은 소위 죽었다고 복창을 해야 했다. 그날 저녁 내무반의 고참들이 피엑스로 자리를 피해 주자 고참 상병이 졸병들에게 비상을 걸었다. 그날 저녁 나를 포함한 이등병들은 상병들에게 돌아가면서 곡괭이 자루로 맞아 엉덩이가 시퍼렇게 멍이 들었다. 나는 이런 공포분위기의 내무반 생활이 너무나 부담이 커서 차라리 낮의 업무가 끝나지 않아 늦게

까지 야근을 하는 쪽을 은근히 바랐다. 당시 군대에서는 구타를 금지하고 있었는데도 고참들은 소대장이 퇴근하고 없는 밤에 몰래 비상을 걸어 자고 있는 소대원들을 깨워 기압을 주거나 구타를 하곤 했다. 특히 우리 내무반의 최병장과 나상병은 일주일에 두세 번은 밤에 술을 마시고 들어와 자기 마음대로 분풀이를 해서 우리 소대원 모두는 살얼음 같은 공포의 나날을 보내게 되었다.

그러던 어느 토요일에 유일병이 1박2일 외박을 나갔다. 그런데 그가 일요일 저녁 7시가 되어도 귀대하지 않았다. 소대원 한 명이 미귀하면 그 다음날 내내 모든 소대원들이 기압을 받기 때문에 유일병이 늦게라도 귀대하기를 모두 애타게 기다렸다. 그러나 자정이 지나서도 유일병은 부대로 돌아오지 않았다. 우리 소대 분위기는 완전히 가라앉아 아무도 제대로 잠을 잘 수가 없었다. 공포의 아침이 서서히 밝아오고 있었다. 그런데 위병소에서 연락이 왔다. 유일병이 외박을 나갔다가 교통사고를 당해 어제 귀대하지 못하고 오늘 들어오는데 잘 걷지 못함으로 누가 나와서 부축하라는 전갈이었다. 내가 쏜살같이 위병소로 달려갔다. 누가 얼굴에 붕대를 칭칭 감고 절뚝절뚝 다리를 절며 걸어 나오고 있었다. 유일병이었다. 나는 그를 부축해서 간신히 내무반으로 데려왔다. 유일병의 머리를 감싸고 있는 붕대에는 피가 흥건하게 맺혀 있었다. 다리도 붕대가 감겨 있어 사고의 심각성을 짐작할 수 있었다. 인사계와 소대장이 와서 보고는 더 이상 미귀의 책임을 물을 형편이 안 되었는지,

"유일병! 나을 때까지 내무반에 누워서 쉬도록 해!"

라고 말하고 돌아갔다. 그러자 벼르고 있던 내무반의 고참들도 중상을 입은 유일병에게 기압과 구타는 물론 더 이상 무어라고 싫은 소리를 할 수가 없었다. 우리 졸병들은 졸이던 가슴을 쓸어내리고 그 날을 무사히 넘길 수 있었다.

그리고 몇 달이 훌쩍 지나갔다. 그 다음해 나는 이 사건 때문에 특별히 나와 친해진 유일병과 외박을 나갈 기회가 생겼다. 우리는 해운대에 가서 수영을 하고 저녁이 되어 포장마차에서 꼼장어를 구워 놓고 소주를 마시며 이야기를 나누었다. 그때 얼근하게 취한 유일병이 나에게 1년전 교통사고로 미귀하게 된 경위를 이야기해 주었다. 그는 토요일에 통영 집으로 외박을 나갔다가 우연히 길에서 옛날 애인을 만나 여수의 어느 한적한 섬으로 놀러 갔었다고 한다. 그런데 제때 배를 타지 못해 일요일 저녁까지 부대에 돌아올 수가 없었다고 한다. 그러자 유일병은 더럭 겁이 났다. 늦게 미귀하면 자신은 물론 소대원까지 경을 칠 것이 뻔했기 때문이었다. 그는 차라리 탈영을 하려고 마음을 먹었다. 들어가서 당할 고참들의 구타에 겁이 났기 때문이었다. 그러나 걱정하실 부모님을 생각하면 결코 탈영할 수가 없었다. 그래서 그는 이리저리 궁리를 하다가 거짓으로 교통사고 당한 것처럼 위장하기로 했다. 유일병은 간호사인 그의 애인의 도움을 받아 머리에 옥도정기를 시뻘겋게 바른 붕대를 칭칭 감고 다리를 질룩거리며 그 다음날 부대 위병소에 나타났던 것이다. 그의 멋진 연기였다. 그는 이 연기로 군대 생활의 최대 위기를 슬기롭게 넘길 수 있었다.

그 살 떨리는 최병장도 나상병도 그 다음 해 제대를 하여 소대는 한

결 평온해졌다. 그 때쯤은 군대 복무 규율이 많이 바뀌어 고참이 하급자를 구타하다 적발되면 영락없이 영창에 가고 부대장은 지휘 책임을 물어 전출되었다. 소위 군대문화가 현대화되어 내무반 생활은 물론 식사, 휴식, 오락 등 사병들의 복무 환경이 획기적으로 좋아지기 시작했다. 그러자 나도 육체적으로나 정신적으로 여유가 많이 생겼다. 자연적으로 집에 계신 어머님 생각이 절로 났다. 또한 내가 곁에서 보살피지 못하는 어머님을 든든하게 지키고 있는 동생이 그렇게 고마울 수가 없었다. 물론 앞집의 보연이도 그리워졌다. 얼굴이 가물가물하여 확연한 윤곽이 떠오르지는 않지만 월미도에서 마지막으로 본 달빛에 비친 그녀 얼굴의 명암은 뚜렷했다. 실제로 그녀는 웃고 있지 않았지만 내면의 미소가 그녀의 얼굴에 은근히 비쳐 나의 마음을 환하게 만들었다. 그녀는 나를 향해 눈으로 말하고 있었다. 눈을 깜빡일 때마다 나를 오라는 듯했다. 나는 가끔 이 같은 환상에 매달려 꿈을 꾸고 있는 나 자신을 발견하고 어이가 없어 피식 웃곤 했다.

나는 이런 내 마음의 간절함을 편지로 달래고 싶었다. 그러나 이런 편지를 앞집 주소로 보내면 틀림없이 우리 사이가 들통이 나 동네의 웃음거리가 될 것이 뻔했다. 나는 궁리 끝에 그녀가 다닌다는 회사로 편지를 보내기로 했다. 그러나 나는 그 회사의 주소를 정확히 모르기 때문에 대강의 주소로 편지를 써 보낼 수밖에 없었다. 이렇게 수신자의 주소가 명확하지 않아서 그런지 편지 내용도 사실에 근거하지 않은 막연한 내용, 말하자면 용건이 없이 받아도 그만 안 받아도 그만인 자유로운 낭만적 글쓰기가 되었다. 어떻게 보면 실존하지 않는 존재인

천상의 여인에게 보내는 연시(戀詩) 같은 것이었다. 그렇기 때문에 더
더욱 구구절절 나의 눈물 나는 진심이 담겨 있는지도 모르겠다.

Ⅰ
나는 지금 눈앞에 보는 듯
기억합니다.
어느 봄날
진달래 빠알간 꽃이
앞동산을 붉게 물들일 때
그대의 창가에 비친
유연한 영혼의 움직임에서
살구꽃, 개나리꽃, 목련꽃의
빼어난 자태와
살빛 향기를
그대의 보드라운 입술에서처럼
예까지 전해 느꼈습니다.

나는 기억합니다.
가슴 졸이며 기다리던 창기의
아른거리는 당신의 얼굴과 머릿결
가슴께 보이지 않는
당신의 모습까지를

미소 짓는 얼굴의 보조개
말하는 말을
맛나게 음미하는 입에서
당신의 싱그러움이 묻어났습니다.

그대는
빛나는 검은 물결의
머리채를 가름하는
이마와 오똑한 코
도톰한 볼이
반짝이는 두 눈에
더욱 빛났습니다.

나는 지금도 기억합니다.
얼핏 지나가는
당신의 반듯한 옆모습에
화들짝 놀라
낯빛을 붉히며 돌아보면
당신의 다소곳한 뒷몸에
새하얀 목덜미와
조촐한 다리만
당신으로 보였습니다.

나는 그러지 말아야 할
당신의 생머리와 얼굴, 가슴
그리고 잘룩 허리와 다리를
지금도
내 기억 속에
간직하고 있습니다.

II
이십 분의 유혹이
나를 붙잡습니다.
나는 그대를 따라잡기 위하여
뒤늦게 빠르게 출발합니다.
그 유혹에
그 죄악에
그 수치에
나는 지금도 얼굴을 붉힙니다.

내가 본 것은
지금 생각해보면
그대의 얼굴도
몸도 아니고
그대의 고녀 교복에 가린

여고생이었습니다.

새하얀 칼라와 검은 머리의 청순함

하얀 상의에 뚜렷이 배어든 청색의

색깔이 주는 하얀 이미지에

그대의 존재는

누구이기 전에

이미

여고생이었습니다.

나는 그날에도

비가 억수같이 쏟아지던

그댈 만난 날에도

당신의 얼굴을 맛보지 못하고

몸의 눈으로

보고

들으며

느꼈습니다.

당신은

꽃의 향기가

자욱한

여고생이었습니다.

그대는

헤어지는 갈림길에서

우산을 물려주며

스치는 손길이 떨리는

천상

여고생이었습니다.

III

내가 늦게서야 용기를 냈습니다.

그나마

늦게나마

내 영혼에 나의

한 그림자를 갖게 되었습니다.

희소한 그림자

아스레한 기억

청초한 그녀

아담하며

유연한 여자

순백의 여인이

월미도에 걸친 으슴푸레한 달에

또렷한 실루엣으로

지금도

내 가슴에 남아 있습니다.

그러나
그 이미지는
이제 현실에서 멀어진
반백년의 세월에 퇴색된
묵상화처럼 기억될 뿐
현실이 아닌
허상입니다.
그러나
그 허상은
또한 허상이기에
내 마음속에 확산되어
한없이 퍼져납니다.
가을 하늘 뭉게구름처럼
불곡산 나무 위 꽃구름처럼
둥실둥실
한없이 피어오릅니다.

나는
이 허상으로
이미 빛바랜

여린 꿈이 피어나도록

나를 지어

집을 짓고

인생을 짓고

문학을 짓습니다.

질풍노도 같던 부산에서의 군대생활도 어느덧 종말에 접어들게 되었다. 당감동 부대 뒷산의 화장터에서 자주 연기가 피어오르는 날이면 어쩐지 누가 말을 안 해도 영가들이 이 세상에서 한을 마감하고 승천하는 것 같아 어쩐지 마음이 서글퍼졌다. 멀리 보이는 묘산 위의 구름이 외줄 사람 군상이 되어 자꾸 자꾸 북쪽으로 흘러가고 있었다. 이 군상들은 이리 저리 흘러 다니다가 덩치 큰 뭉게구름에 흡수되어 흔적도 없이 사라지곤 했다. 이런 구름들의 퍼포먼스를 정신없이 바라보고 있는데 옆에서,

"신 뱅장요!"

하고 누가 부산 사투리로 나를 부른다. 돌아다보니 작전과 김강남 병장이었다. 김병장은 나보다 육 개월 후임인데 부산 서면 출신이라 버스를 타면 20분만에 집에 갈 수가 있었다. 그러므로 자주 외박을 나가곤 했다. 나는 처음에는 은근히 그가 미웠다. 그가 외박을 나가면 나 혼자 늦게까지 남아서 작전과 일을 끝내야했기 때문이다. 그러나 시간이 흐를수록 그에 대한 섭섭함이 사그러들었다. 그는 부산 특유의 굵은 선을 가진 사나이 중의 사나이였다. 나한테 일을 맡기고 자주 집에 갔다 오

지만 그렇게 싫지가 않았다. 이상한 일이었다. 그가 나한테 먹을 것을 많이 가져다주는 것도 아니고 술을 자주 사는 것도 아니었다. 나는 왠지 그저 그가 좋았다. 말도 느릿느릿한 눌변이었고, 수염이 많아 면도한 피부에 까만 털끝이 도드라진 얼굴에 항상 빙긋한 미소가 흐르고 있었다. 그는 군대에 들어오기 전 배우가 되려고 감독 뒤를 쫴는 쫓아다녔던 모양이었다. 그의 말에 의하면 무슨 영화인지는 몰라도 조연으로 출연도 했다고 한다. 그런 김병장이,

"이번 토요일에 같이 외출 나갑시다."

라고 말하는 것이었다. 그래서 나는 그를 쫓아 정규원 상병과 함께 송정리 해수욕장으로 놀러가게 되었다. 6월의 바다는 아직 입수하기에는 찬 기운이 돌았다. 우리는 모래사장을 거닐며 이런저런 얘기를 나누면서 히히덕거렸다. 오랜만에 탁 트인 바다에 나와서 맑은 공기를 마시며 하늘을 쳐다보니 너무나 좋았다. 뿌연 하늘에는 온통 새털구름이 펼쳐져 보드라운 감촉을 느끼게 했다. 뒤로 보이는 달맞이 고개 너머로는 뉘엿뉘엿 해가 기울어 긴 그림자를 드리우고 있었다. 그러자 김병장이,

"우리 저녁 먹으로 갑시다."

라고 말하며 우리를 달맞이 고개 언덕 위에 있는 한 레스토랑으로 안내했다. 사병 신세로 이런 고급 식당에 와 보기는 참으로 오래간만이어서 처음에는 얼떨떨했다. 정상병과 나는 바다로 난 창을 향해 자리를 잡았다. 푸른 바다가 한눈에 들어왔다. 벌써 땅거미가 지기 시작하여 고개의 그림자가 백사장을 넘어 길게 바다 저편까지 내려앉아 있었다. 그러나 저 멀리 마지막 해가 남아 있는 원해에는 새하얀 은빛 띠를 두른 바

다 물살이 반짝반짝 빛을 발해 하늘로 역광을 보내고 있었다. 그 위로 할 일 없는 갈매기들이 하늘하늘 날고 있어 마냥 평화로워 보였다. 이렇게 저녁 무렵 노을에 비친 송정리 앞바다의 경치는 우리들의 마음을 포근하게 감싸며 낭만적인 감상에 젖게 했다. 우리들은 부대 내무반 생활에 관해서 이야기를 나누며 화기애애했다. 어느덧 해가 수평선 너머로 사라지자 밤바다는 멀리 고깃배의 집어등만이 반짝일 뿐 고요 그 자체였다. 그리고 하늘에는 구름에 가린 초승달이 희미하게 비스듬히 떠오르고 있었다. 아름다운 야경이었다. 우리는 경치에 취해 술에 취해 마냥 기분이 좋았다.

우리 셋은 솔솔이 마신 소주로 가랑비에 젖듯 은근히 취해서 흥청거리기 시작했다. 결국 술기운에 우리 자신을 제어할 수 없을 정도가 되자 우리는 다시 백사장 물가로 나아가 마음껏 목청을 돋우어 노래를 불렀다. '부산항에 갈매기는 슬피 울고 ~~ 오륙도 돌아가는 ~~'으로 시작되는 「돌아와요 부산항에」를 목청껏 신나게 부르며 모래밭에 한참 달구어진 불덩이들처럼 바다에 맘껏 열기를 쏟아냈다. 그런데 저쪽 해변 모래사장에서,

"야, 이 새끼들아! 조용히 하지 못해!"
하며 큰 그림자 대여섯이 이리로 어슬렁거리며 밀려오고 있었다. 나는 더럭 겁이 났다. 징병징도 술 기운이 싹 가시는지 머리를 흔들며 정신을 차려 앞을 바라보았다. 우리는 그 자리에 서서 기다릴 수밖에 없었다. 그런데 김병장이 앞으로 걸어 나갔다. 그곳 건달들로 보이는 어깨들의 검은 그림자가 차츰 이쪽을 잠식해 왔다. 김병장과의 거리가 차츰

좁혀지고 있었다. 둘 사이가 서로의 얼굴을 식별할 수 있을 정도의 거리가 되자 건달들과 김병장이 그 자리에 섰다. 잠시 서로 쳐다보는 동안 공포의 침묵이 흘렀다. 그러더니,

"이 새끼!"

"어! 군발이네……?"

하는 소리가 커지더니 후다닥하고 서로 엉겨 붙었다. 그런데 술이 취해 흐느적거리기만 하던 김병장의 몸이 하늘 높이 솟는가 하더니 두 명이 나가떨어졌다. 그리고 돌아서는 김병장의 다리가 낮은 자세로 다른 한 놈을 걸어 올렸다. 순식간의 일이었다. 그제야 정병장과 내가 나서서 나머지 한 놈을 해치웠다. 건달들은 한 방씩 먹더니 혼비백산하여 뿔뿔이 헤어져 달아났다. 우리는 의기양양했다. 그때부터 나는 김병장을 다시 보게 되었다. 평소 말도 느릿느릿하게 하고 굼뜬 그가 보인 용기와 민첩성은 가히 경탄할 만했기 때문이었다. 우리는 기분이 좋아서 달맞이 고개 포장마차에 다시 들러 소주 한 잔씩을 더하고 버스를 타기 위하여 정류장으로 향했다. 그런데 버스정류장 입구에 아까 얻어맞았던 건달패거리인 듯한 놈들 몇 명이 서서 우리를 기다리고 있는 것이 아닌가. 우리가 버스를 타려고 하자 문을 막아서며 다시 시비를 걸었다. 그러자 김병장이 나서서 으름장을 놓으며 버스 문안으로 정병장과 나를 밀어 넣었다. 그리고 마지막으로 김병장이 그들을 뿌리치고 차를 타려고 돌아서는 순간, 그는 갑자기 '윽'하는 외마디 비명소리를 지르며 길바닥으로 벌렁 넘어졌다. 우리는 급히 버스 밖으로 뛰쳐나갔다. 엎어진 그의 등에 칼이 꽂혀서 붉은 피가 상의를 적시고 있었다. 우리는 급히

그를 버스 안으로 끌어올린 다음 운전기사에게 병원으로 가자고 소리쳤다. 다행히 버스가 근처 동래병원으로 직행하여 도착하자마자 김병장은 응급수술을 받았다. 상처가 깊어 중상이었으나 재빨리 대처하여 그는 목숨만은 구할 수가 있었다. 그가 군병원에 후송간 지 보름만에 다시 부대에 복귀했다. 그 후 나는 부산 사나이 김강남을 더욱 좋아하고 우러러보게 되었다.

제대 후 20년이 지난 어느 해 가을날 나는 부산에 놀러갈 기회가 생겨서 김강남이를 찾아보기로 했다. 그의 집이 서면 로타리 뒷길에 면해 있는 문방구였기 때문에 문방구마다 샅샅이 뒤져 수소문했지만 그를 아는 사람은 아무도 없었다. 나는 하도 허전하여 송정리 모래사장으로 갔다. 그리고 바다를 향해 '강남아!'하고 소리를 쳤지만 밀려오는 것은 성난 파도소리뿐 메아리조차 없었다. 바다 위에 물비늘만이 반짝여 눈이 시렸다.

나는 1969년 6월 군대생활 만 36개월만에 제대를 했다. 집에 돌아오니 어머님께서 그렇게 반가워할 수가 없었다. 아무리 망나니라도 군대에 갔다 오면 효자가 된다는 말이 헛말이 아니었다. 나는 군대에서 익힌 솜씨로 집안정리를 말끔히 하고 매일 아침 좁다란 골목 안을 비로 쓸고 닦았나. 그랬더니 어머니께서는 물론 동네 사람들의 칭찬이 자자했다. 전에 볼 수 없었던 행동이었기 때문이었다. 나도 달라진 나 자신을 발견하고 새삼 놀랐다. 어머님께서는 아침 일찍 일어나서 아침은 물론 점심밥을 해서 사기그릇에 수북이 담아 가마솥 안에 넣어놓고 일

터로 나가셨다. 여자지만 어머님이 대장부처럼 든든하게 느껴졌다. 이
제 동생도 다 자라서 회사에 다니며 돈을 벌기 때문에 어머님의 어깨
가 한결 가벼워 보였다.

　그러나 그 동안 어머님의 검은 머리는 어느덧 새하얀 새치가 귀밑과
이마를 점령하여 멀리서 보면 노인처럼 기력이 쇠잔해 보였다. 곧고
바르던 허리가 바깥으로 활처럼 휘어져 있었다. 얼굴에는 누런 잡티가
드문드문 끼기 시작하여 곱고 매끄럽던 피부가 어느새 껄끄러운 모양
을 하고 있었고, 목덜미는 잔주름에 패여 깊은 속 핏줄까지 밖으로 드
러나 보였다. 이런 어머니는 세월이 아쉬운지 어쩌다 친척집 잔치에
가실 때는 네모난 거울을 들여다보시며,
　　“언제 이렇게 늙었지?”
하고 탄식 섞인 말을 하셨다. 그 즈음부터 어머님께서는 거울을 자주
들여다보기 시작하셨다. 그 동안 벌어먹고 사느라고 치장이라고는 모
르고 사셨던 어머님이 윗목 창문가에 돌아앉아 두 손으로 얼굴을 토닥
거리고 계신 모습이 자주 눈에 띄었다. 아침저녁 비누로 깨끗이 얼굴을
세안하시는 것이 유일한 피부 관리였던 어머님이 얼굴에 무얼 찍어 바
르시는 것을 보니 참으로 어머니께서는 왜 이러시나 하고 별의 별 생각
이 다 들었다. 어머님의 변화는 그것으로 끝이 아니었다. 윤기 나는 머
릿결을 참빗으로 가지런히 왼손으로 빗어 오른손으로 댕기잡고, 오른
손으로 빗어 왼손으로 댕기잡기를 당신 마음에 찰 때까지 여러 번 반복
한 후에 뒤통수 중앙에 모인 머리뭉치를 입에 문 고무줄로 동그랗게 똬
리를 틀어 단단히 맨 뒤 비녀를 꽂고 그리고는 작은 거울에 머리를 한

껏 돌려 뒷머리 모양새를 어렵게 확인한 후,

　"이젠 됐네!"

라고 말씀하시면 그제서야 치장이 끝났다. 그 다음은 벽채에 말끔히 대려 놓은 풀 먹인 새하얀 광목천 치마저고리를 찾아 입으셨다. 그러면 어머님의 마른 체구가 한껏 부풀어 유복해 보여서 나도 마음이 놓였다. 그리고는 고이 간직한 하얀 고무신이며 양산이며 지갑을 찾아 방안을 이리저리 왔다 갔다 하셨다. 결국 방안에 앉아 있는 내 주위를 빙빙 도는 수밖에 없었다. 이때 빳빳하게 풀을 먹인 까칠한 광목천 치마의 스치는 느낌이 내 몸에 전해져 이상한 전율로 다가오곤 했다. 그것은 소리가 감촉으로 바뀌어 옷 속의 어머님을 느끼게 해 주는 것 같았다. 소리와 촉감의 느낌이 어려서부터 어머님의 손길이 닿아 길들여진 내 피부에 어머님의 존재로 공명이 된 것이 아닐까? 나는 이후 어머님이 내 곁을 지나칠 때마다 스치는 치마폭 천의 소리와 느낌이 어느 것보다 어머님의 체취를 느끼게 해 주어 가장 좋았다. 그것은 어머니께서 곁에 계시다는 신호여서 그 소리를 느끼면 편안하여 안심이 되었고, 따뜻하여 행복했기 때문이다. 나는 어머님의 그 광목천 치마가 나를 살짝 스치는 야릇한 느낌을 회상하면 지금도 온 몸에 소름이 돋곤 한다. 아무튼 이렇게 환하게 차려 입으신 어머님이 집을 나서서 좁다란 골목길로 접어들면 길에서 만나는 사람마다 새색씨 같다고 칭찬을 아끼지 않았다. 집안에 앉아서도 희미하게 들리는 그 소리가 나는 과히 싫지 않았다.

　어머님이 앉아 계시는 등 뒤로 난 창에 가을 햇볕이 따사롭게 비치고 있었다. 아직 하늘은 그리 높지는 않았지만 머리를 낮추어 하늘 높은 곳을 쳐다보면 먼 구름이 희뿌옇게 자기들끼리 꼬리를 물고 지나갔다. 자세히 보면 움직임이 없는 듯하지만 기준을 정해놓고 보면 어느덧 그 구름이 흘러 창문 끝에 매달려 있었다. 약간 더운 듯하지만 완연한 가을 초입이었다. 풀벌레 소리들이 바람에 흩날려 크게 들리다 잦아들기도 하고 다시 커져 되돌아왔다. 멀리서 우는 늦매미 소리가 힘없이 뒤섞여 오다가 가까이서 세찬 풀벌레 소리에 그냥 묻혀버렸다. 어디선지 실바람이 살살 불어 왔다. 스산했다.

제대해서 집으로 돌아온 날로부터 앞집 보연이에 대한 궁금증이 컸지만 한 번도 그녀를 볼 수가 없었다. 그렇다고 누구한테 속 시원히 물어볼 수도 없는 처지였다. 나는 그녀에 대한 정보를 알아내려고 이리저리 궁리를 했다. 대성목재 근처에 살고 있는 그녀의 친구를 통해서 알아볼까 하는 생각도 해 보았다. 그러자면 그녀를 아는 친구의 친구를 거쳐야 함으로 그 또한 쉽지 않았다. 그래서 나는 그녀가 귀가할 것으로 예상되는 길목을 지켜 보기로 했다. 동네 큰길 한가운데에 위치해 있는 연백상회 이층에 홍실 다방이 있었는데 거기에 앉아서 창밖을 내다보면 그곳에서 만나는 부두에서 오는 길과 동일방직 쪽에서 오는 길, 그리고 구름다리 쪽에서 내려오는 길 모두를 한눈에 볼 수가 있었다. 나는 아마 한 삼일 간을 아침부터 밤늦게 까지 그녀가 지나가지 않나 하고 기린목이 되어 다방의 창문가에 죽치고 앉아 밖을 샅샅이 살핀 적이 있었다. 그러나 그녀의 그림자조차 발견할 수가 없었다.

그러던 어느 날 나는 같은 동네에 사는 친구 원준이와 허택이를 만났다. 오랜만에 만난 사이라 월미도 부두 선창가에 있는 이층 음식점에서 식사를 하고 술을 한 잔씩 나누게 되었다. 위에서 내려다보이는 인천 앞바다는 희뿌연 안개가 피어올라 가까운 바다 물은 겨우 보일 듯 말듯 간간히 비치는 햇살에 반짝거리지만 먼 바다는 짙은 연무가 바다를 완전히 가려 암흑천지가 되어 있었다. 그러나 이 농진 연무대를 벗어난 하늘 위에는 빛나는 태양이 띄엄띄엄 떠 있는 구름 사이로 새하얀 빛살을 내비추고 있었다. 이러한 햇살에 부분적으로 드러난 작약도가 일정한 고도를 따라 테가 둘러쳐져 둥근 똬리 모양새가 되었다. 그 너머 멀리 보이는 산의 그림자로 그곳이 대충 영종도임을 짐작케 했다. 그 때 짙은 연무 속을 빠져나가는 원양 상선의 우람한 선체가 언뜻 보이며 우렁찬 고동소리에 지축이 흔들렸다. 잠시 옛날 생각에 잠겨 있던 내가 정신이 번쩍 들었다. 두 친구의 이야기가 계속되었다. 그런데 이 두 친구는 의도적으로 보연이의 이야기를 피하고 있는 듯했다. 은근히 바랐던 그 여자의 이야기가 나오면 그들은,

"야! 술 맛 떨어진다. 그건 그렇고… 그거 있자나……"

하면서 그 이야기에서 한결같이 멀어지려고 했다. 그럴수록 나는 더욱 더 그 이야기의 속내가 궁금해졌다. 그래서,

"너희들 나한테 뭐 숨기고 있지? 보연이 말야……"

이렇게 구체적으로 말을 해도 그들은 약속이나 한 것처럼 한 발자국도 앞으로 나아가려 하지 않았다. 술 맛이 싹 가셨다. 내가 군대에 간 사이에 무슨 일이 있었기에 친구들마저 쉬쉬 하고 있는 것일까? 나는 더욱 궁금해졌다. 그래서 나는 친구들에게 최후 통첩을 했다.

"나 네놈들하고 이젠 절교한다! 친구라는 놈들이…… 가장 가깝

다는 부랄 친구들이 이럴 수가 있어!"

라고 다그쳤다. 그랬더니 심기가 좀 얕은 원준이가,

　"그게 말야, 보연이가……"

라고 말꼬리를 물며 무언가 이야기하려고 하자, 옆에서 잔뜩 인상을 쓰
며 애꿎은 소주잔만 연거푸 기울이던 허택이가 갑자기 손을 저으며,

　"너 안돼! 쟤 어머니가…… 큰 일 나!"

라고 원준이의 말을 잽싸게 막아서자 그는 꺼낸 말을 엉거주춤 거두며,

　"야, 그건 그래!"

라고 은근 슬쩍 말꼬리를 내렸다. 나는 더욱 화가 났다.

　"우리 어머니가 뭐?"

라고 다시 물었다. 그들은 한사코 입을 열지 않았다. 눈치로 보아 보연
이의 신상에 무슨 변화가 있었고 이 비밀을 나에게 말하지 말라고 어머
님이 친구들에게 단단히 당부한 모양이었다. 그렇다면 어머님께서도
내가 모르시리라고 생각했던 나와 보연이의 관계를 이미 알고 계셨단
말인가? 나는 쥐구멍 속으로라도 숨고 싶은 창피한 생각이 들어 몸 둘
바를 몰랐다. 지금까지 어머님에게는 이성에 관한한 말하지 않는 것이
불문율처럼 되어 있었는데……어머님께서 그 사실을 아셨다면 얼마나
실망이 크셨을까? 걱정이 태산 같았다. 나는 홧김에 술을 한 잔 더 딸아
마셨다. 그리고 나는 친구들을 다시는 상종할 수 없는 인간들이라고 맹
공격을 하며 술집을 뛰쳐나왔다. 그래도 그들은 꿈쩍도 하지 않았다.

　어느덧 날이 어두워져 근무 시간이 끝난 샐러리맨들이 하나둘 선술
집으로 모여들고 있었다. 나는 친구들과 헤어진 뒤 나 홀로 월미도 둑

방으로 천천히 걸어갔다. 비릿한 바다 내음이 술기운에 상기된 얼굴을 확 감쌌다. 오랜 전 군대 가기 전 보연이와 걸었던 바닷가를 천천히 걸어 보았다. 아련한 그녀의 얼굴에 비스듬히 떠오르던 여명도 생각이 났다. 밝아오는 햇살에 투사된 그녀의 피부 색갈이 연분홍이었지…… 하늘을 쳐다보았다. 마치 괴물처럼 시커멓게 눌러 앉은 월미도 뒤로 보이는 자유공원 위에 둥근 달이 휑하니 걸려 있었다.

나는 집에 돌아오자마자 어머임에게 보연이에 관계된 모든 일의 자초지종을 여쭈어 보기로 했다. 친구들의 말로 미루어 볼 때 이미 어머님께서 나와 보연이의 관계를 속속들이 알고 있는 것이 분명했기 때문이다. 이렇게 나의 비밀이 만천하에 드러나자 더 이상 숨길 것이 없으니 은근히 뱃장이 생겼다. 나는 어머님에게 내가 친구들에게 들어서 보연이의 근황을 전부 알고 있고 그 사실을 확인하는 식으로 여쭤 보기로 했다. 그래야 어머님께서 숨김없이 사실을 사실대로 말씀해 주실 것이기 때문이었다.

"어머니, 보연이에 대해서 원준이한테 다 들었어요. 어머니 왜 그
  러셨어요?"

너무 넘겨짚은 감도 있는 것 같았다. 이 말을 들으신 어머님께서 당황하는 빛이 역력하셨다. 그러시더니 어머님께서 천천히 나를 향해 진지한 모습으로 몰아앉으셨다. 그리고는 그 동안에 있었던 일의 전말을 차근차근 나에게 털어놓으셨다.

보연이의 나이가 스물다섯이 되어 과년한 처녀가 되자 나와의 관계를 전혀 모르는 그녀의 어머니가 주위에 좋은 혼처 자리가 나자 그녀

를 서둘러 시집 보내려고 했다고 한다. 이 말을 들은 보연이는 무조건 시집을 안가겠다고 우기게 되어 그녀의 어머니는 물론 집안이 발칵 뒤집히게 되었다. 그녀의 어머니가 보연이를 달래기도 하고 설득도 해 보았지만 무조건 싫다고 응하지를 않았다. 보연이는 나중에 그녀의 어머니는 물론 어느 누구와도 만나지 않고 자기 방에 틀어박혀 두문불출했다. 그녀는 음식도 제대로 먹지 않아 하루하루 몸에 병색이 짙어졌다고 한다. 그러자 집안 식구들 모두는 걱정이 태산 같았다. 그러다가는 무슨 일이 생길 것 같은 위기감에 쌓여 전전긍긍하게 되었다. 이러한 소문이 동네에 퍼지자 입바른 동네 아주머니들이 분명치는 않지만 나와의 관계를 은근히 의심하기 시작했다. 세상에 비밀이 없다는 말이 맞았다. 보연이와의 관계를 완전한 비밀로 간직하기에는 세상이 너무 좁았던 모양이다. 내가 등하교시나 특별한 장소에서의 만남이 어느새 세간의 파파라치의 눈과 귀의 촉수에 포착된 모양이었다. 이 끔찍한 사연이 흘러흘러 보연이 어머님의 귀에까지 흘러들어갔던 것이다. 자기 딸이 시집가는 것을 거부하는 진짜 이유를 알게 된 보연이 어머니는 어처구니가 없었다. 전혀 꿈에도 생각지 않은 일이 벌어졌기 때문이다.

보연이 어머님은 이러다가는 멀쩡한 자기 딸을 죽게 만들 것 같아 내 어머님을 찾아와 의논하게 되었고 어머님은 놀람과 동시에 난감한 처지에 놓이게 되었다고 한다. 군대생활을 잘 하고 있는 나에게 알리면 정신적 부담이 되어 좋지 않은 상황이 벌어질 수도 있다는 판단에 어머님은 이러지도 못하고 저러지도 못하고 전전긍긍 속앓이를 하게 되었다. 결국 어머님은 나에게 알아보거나 내 의견을 묻지도 않으시고 어머님 자신의 판단으로 가능한 현 상황을 보연이 어머니에게 솔직이 말했다고 한다. 첫째 내가 보연이에게 마음을 두고 있는지는 확인할 수 없고, 둘째 설혹 둘 사이가 세간의 소문대로 보통 사이가 아니라고 하더라도 나는 제대 후 복학하여 공부를 계속해야 함으로 결혼 문제는 졸업 후 취직이 된 후에나 고려해 볼 문제라고 잘라 말했다고 한다. 이를 전해 들은 보연이 어머니는 소위 좋은 혼처로 당신 딸을 시집보내기 위한 좋은 구실로 삼아 내 어머님에게서 전해들은 이야기를 합리화해 당신 딸에게 전했을 것이 뻔했다.

"애, 보연아! 정신차려! 앞집 아들 엄마한테 갔다 왔다. 그 아들은 군대를 다녀와서 대학을 졸업하고 취직을 해야 함으로 너와는 혼인을 할 수 없다고 잘라 말하더라! 그러니 지금부터라도 정신 바짝 차리고 그 애를 잊어! 그리고 내가 하라는 대로 해! 알겠니?"

이를 전해 들은 보연이는 더욱 자기 방에 틀어박혀 밖으로 나오지 않고 버티다가 결국 보름이 지난 어느 날 자기 어머니에게 간단한 메모 한 장을 남겨놓고 소리 소문 없이 집에서 사라졌다고 한다.

"엄마! 그동안 25살이 되도록 어머니에게 작은 효도 한번 해 보지 못하고 집을 떠나요. 제가 엄마 곁을 떠나는 것은 그나마 어머니에세 너 큰 불효를 서지브지 않기 위해서에요. 그러니 저를 용서하세요. 저는 저 멀리 어느 산, 혹은 바다, 혹은 하늘을 벗하며 살아갈 거예요. 엄마를 생각하면 가슴이 메어져요. 그러나 비록 아주 멀리 떨어져 있더라도 저는 엄마를 영원히 사랑할거에요."

그 후 그녀의 어머니는 물론 어느 누구도 그녀의 소식을 아는 사람이 없었다. 이 말을 어머님에게서 전해 들은 나는 정신이 멍해 왔다. 내가 그렇게 마음에 담고 있던 그녀가 어느 날 흔적도 없이 사라졌다니 너무나 허망한 일이었다. 나는 그녀와 가까이 지내던 친구들과 학교의 동창들을 일일이 찾아다니면서 그녀의 소식을 탐문해 보았지만 허사였다. 그녀의 어머니는 지인 혹은 친척들의 집에 가 있나 하고 전화를 걸거나 찾아가보았지만, 그녀는 그들에게 전화 한번 주지 않았다. 그녀는 그렇게 내 곁을 떠나 멀어져갔던 것이다.

나는 마침 개학 때까지 한 달 보름 가까운 시간이 남아 있었음으로 간단한 짐을 싸들고 집을 떠나기로 했다. 어머님에게는 같이 제대한 동기가 대전에 살기 때문에 그를 만나서 복학 전에 아르바이트를 하려고 한다고 그럴 듯한 계획을 말씀드렸다. 어머니는 내가 거짓말을 하고 있는 것을 뻔히 아시는 듯 근심 가득한 눈으로 나를 쳐다보시며 극구 말리시지는 않으셨지만, 안 갔으면 하는 바람이 역력했다. 나는 염려 놓으시라며 억지웃음으로 어머니를 안심시키고 집을 나섰다.

첫째 목적지는 보연이가 서울에서 대학을 다니며 자취를 했다고 알고 있는 청파동 근처 하숙촌이었다. 그녀가 혹시 다시 그곳에서 자취를 하고 있나 알아보기 위해서였다. 나는 그곳의 복덕방을 샅샅이 뒤졌다. 그러나 쉽지 않았다. 복덕방 주인들이 방을 세 놓는 데는 열을 올렸지만 몇 년 전에 누구를 어디에 소개시켜 주었는지를 장부를 찾아서 가르쳐 주는 것은 귀찮은 듯 매우 인색했다. 그러나 나는 복덕방 아저씨들의 싫어하는 기색을 모르는 척 하루하루 구역을 정해 놓고 꾸준히 확인해나갔다. 어느덧 닷새가 지났다. 그 동안 나는 대학 같은 과 친구들의 자취방을 전전하며 신세를 졌다. 그녀를 수소문한 지 6일째 되는 날이었다. 그녀를 소개해 준 일이 있다는 복덕방 주인을 겨우 만나게 되었다. 그런데 이 복덕방 주인은 다리를 저는 할머니였다. 그때만 해도 복덕방은 대부분 나이가 지긋한 아저씨나 할아버지가 복덕방을 운영하고 있었는데 이 복덕방은 특이하게도 할머니가 주인이었다. 나중에 안 사실이지만 이 할머니의 남편이 복덕방을 운영하시다가 갑자기 돌아가시자 복덕방을 그만두려고 했는데 그것을 모르는 단골손님들이 찾아와 방을 구해 달라고 해서 급한 마음에 할머니가 직접 나서서 한두 건 처리해 주었다고 한다. 그러면서 자연스럽게 전에 할아버지가 한 계약 날자가 돌아와 그 건을 처리하게 되자 또 다른 손님의 계약 건이 할머니를 기다리고 있었다고 한다. 이렇게 할아버지 대신 할머니가 몇 건을 처리하자 차츰 자신감이 생겨 할 일도 마땅치 않고 해서 할머니가 직접 나섰다고 한다. 결국 오랫동안 이 동네에 터줏대감처럼 살아와 모르는 사람, 모르는 집이 없는 이 할머니가 다시 할아버지의 뒤를 이어 복덕방 주인이 된 것이었다.

이 할머니는 보연이를 또렷이 기억하고 있었다. 장부를 들추지도 않고 그녀의 얼굴이며 성격, 옷매무새까지를 정확히 설명하며 앞장서서 할머니가 소개해 준 집까지 데려다 주었다. 그런데 그 셋집 주인 아주머니는 보연이가 1년 전에 몇 개월간 그곳에 머문 후 갑자기 강원도 어디론가 간다고 말하며 황망히 떠났다고 말했다. 집 주인의 말에 의하면 그 당시 그녀는 매우 슬퍼 보였고 저녁이면 가끔 우는 일이 많았다고 한다. 나는 하늘이 무너져 내리는 것 같았다. 그 동안 나를 지탱해 주던 일말의 가느다란 희망의 끈을 놓치고만 것이었다.

갑자기 갈 곳이 막막해졌다. 그럴수록 그녀에 대한 일종의 그리움이 가을하늘의 뭉게구름처럼 한없이 몰려와 내 가슴 속을 꽉 메웠다. 나는 눈시울이 뜨거워짐을 느꼈다. 어디로 가야 그녀를 만날 수 있을까? 산? 바다? 하늘? 막막했다. 나는 하늘을 쳐다보았다. 그래 그녀는 분명히 저 하늘 아래 어딘가에 살아 있을 거야. 이렇게 마음을 먹자 그 동안 가슴에 쌓였던 회한이 눈물이 되어 마구 쏟아져 내려 주체할 수 없을 정도가 되었다. 나는 그 자리에 앉아 마구 울었다. 한참 울고 나니 가슴이 후련해졌다. 얼마나 시간이 지났을까? 저녁 해가 기울어 땅거미가 짙어지고 있었다. 나는 마지막으로 그녀가 살던 하숙방 방문을 열어보았다. 방 한 켠에 그녀가 사용하던 거울이 벽에 그대로 걸려 있었다. 그 거울에 그녀의 얼굴이 언뜻 스치는 듯했다. 그녀의 체취가 느껴지는 거울을 다시 한번 쳐다보았다. 이미 창틈으로 기우는 마지막 햇살이 그 거울에 반사되어 내 눈을 찔렀다. 나는 정신을 차리고 그 집 아주머니에게 내 연락처를 건네면서 '혹시 그녀와 연이 닿으면 꼭 저에게 연락 주세요!'라는 말을 남기고 그 집을 나왔다. 그리고는 나는 망설임 없이 시외버스 터미널로 달려가 강릉행 버스를 탔다.

강릉행 마지막 버스였다. 승객이 많지 않아 나는 창가에 혼자 앉아서 물끄러미 밖을 내다보았다. 이미 어둠이 깔리기 시작해 차가 달리는 연도에는 가로등이 하나둘 거리를 밝히기 시작했다. 버스가 시가지를 벗어나 들판을 달리자 뿌옇게 윤곽이 드러난 산봉우리들이 나를 맞아주는 듯 일렬횡대로 서 있었다. 또한 가까이 거뭇거뭇 지나가는 어두운 물체가 가로수임을 조금 남아 있는 햇빛으로 알 수 있었다. 모든 것이, 그리운 마음이 나무의 그림자처럼 산봉우리를 넘어 서서히 흘러가고 있었다. 창문에 내 얼굴이 잠깐씩 비쳤다. 내가 아닌 남의 얼굴을 보고 있는 기분이었다. 억지로 웃어 보았다. 어색했다. 그 웃음 속에 슬픔이 가득 묻어 있었다.

속초에 도착한 것은 자정이 가까워서였다. 나는 택시를 잡아탔다. 택시 운전사가 나에게 물었다.

"어디로 가요?"

나는 언뜻 정신이 들어 그를 쳐다볼 뿐이었다. 기사가 다시 재차 물었다.

"어디 가냐구요?"

정해 놓은 목적지가 없으니 당황할 수밖에 나는 잠시 머뭇거리다가

"여기 근처 아주 조용한 어촌 있잖아요. 거기 민박집에 데려다 주세요."

라고 얼떨결에 말했다. 그러자 기사는 잠시 생각하는 듯하더니 오던 길을 되돌아 다시 어디론가 어두운 길을 달리기 시작했다. 한참을 달리자 어슴푸레 바다의 물결이 초승달에 비쳐오기 시작했다. 길이 구불구불한 비포장 길로 접어늘었다. 곧 바로 길옆으로 백사장이 이어져 바다가 확 다가왔다. 파도가 밀려와 백사장에 새하얀 포말을 드리웠다. 어두운 밤이지만 미세한 달빛에 파도의 인광이 부서져 모래사장을 따라 하얀 띠를 두르고 있었다. 이런 밤바다를 접하니 그 동안 우울했던 마음이

약간 풀리는 듯했다. 파도소리가 들려왔다. 택시가 바다를 따라 가면서 바다에 가까워졌다 멀어졌다 할 때마다 그 파도소리는 강약을 달리하면서 어떤 리듬을 만들어 냈다. 그것은 분명 자연의 소리였지만 내 마음에 어떤 메시지를 전하는 듯했다. 나는 저절로 콧노래가 나왔다. 얼마쯤 택시가 어둠을 뚫고 달리자 저 멀리 언덕 아래로 불빛이 보이기 시작했다. 그 언덕 위에는 소나무들이 자욱하게 자라고 있었다. 택시가 그 언덕을 돌아 마을 아래로 내려갔다. 불빛으로 보아 집이 대여섯 되는 것 같았다. 잘 보이지는 않았지만 뒤로 소나무 언덕을 바람막이 삼아 고기잡이로 생계를 꾸려나가는 가난한 어촌마을인 듯했다. 택시기사가 바다에 접해 있는 크고 작은 바위를 익숙하게 돌아서 맨 끝 허름한 집 앞에 차를 세웠다. 그리고는 기사가 경적을 한번 울렸다. 그래도 아무런 기척이 없자 기사는 더 큰 경적을 울렸다. 안에서 문이 열리는 소리와 함께 "누구세요?" 하는 가느다란 목소리가 새어나왔다. 인기척을 확인한 택시기사가 나를 내려놓고 쏜살같이 방금 왔던 길을 되돌아 나갔다. 차가 마을을 순식간에 빠져나가 언덕을 돌아나가면서 자욱한 소나무 사이로 불빛을 쏟아내고 있었다. 차가 언덕 너머로 사라지면서 불빛을 몇 번 하늘에 쏴대더니 이내 잠잠해졌다. 그러자 마을에는 파도소리만이 덮쳐왔다.

　나를 맞은 민박 주인은 한 60대 중반의 노인이었다. 나는 늦어서 미안하다는 인사와 함께 몇 달 묵을 방을 하나 구한다고 말을 했다. 그는 나를 잠시 쳐다보더니 이상하다는 표정을 지으며 이제 여름도 끝나 방은 얼마든지 있으니 걱정 말라고 말했다. 그리고 나에게 집 뒤에 딴채로 되어 있는 외딴방으로 나를 안내했다. 방안으로 들어섰다. 뒤쪽으로 창문이 하나 있는 아늑한 방이었다. 아랫목은 연탄불로 탄 듯 장판이 약간 누렇게 변해 있었다. 방에서도 파도소리가 들리는 듯했다. 그래서 뒤 창문을 열어 보았다. 비릿한 바닷바람이 확 몰려들었다. 어두워서 잘 보이지는 않지만 파도소리의 크기로 보아 방이 바다에 바로 접해있는 것 같았다. 저 멀리 오징어잡이 배들이 내뿜는 집어등이 수평선에 줄을 지어 이어져 있었다. 나는 이 분위기가 마음에 들었다. 내 정서에 딱 맞는 방이었다. 나는 먼 바다에서 불어오는 해풍에 나를 완전히 맡기고 수평선 위에 떠 있는 하늘을 쳐다보았다. 약간 흐리긴 했어도 하늘에는 구름 사이로 띄엄띄엄 별들을 볼 수 있었다. 그 별들이 유난히 반짝였다.

그 다음날 파도소리에 잠을 깨 보니 아침 11시가 가까웠다. 뒷 창문을 열어 보니 생각한 대로 바다가 눈에 가득 들어왔다. 시원한 바람에 실려 오는 바다내음이 언제부터인가 싫지 않아 고향에 온 느낌이 들었다. 그만큼 마을의 풍광이 아름답고 조용해서 내가 평소에 꿈꾸어 오던 바로 그런 갯마을이었다. 그래서 그런지 마음이 평화로웠다. 머리를 밖으로 내밀어 창문 아래를 살펴보았다. 듬성듬성 갯바위들이 구릉을 이루며 내려앉아 백사장과 맞닿아 있었다.

넘실내는 파도가 수없이 밀려와 그 노래를 쏟어 올리고 있었고 더 멀리에는 집채만한 파도들이 넓은 바다에서 차례대로 밀려와 바위에 부딪혀 새하얀 파편들을 하늘에 흩뿌리고 있었다. 그 바다를 멀거니 쳐다보고 있노라니 갑자기 인생의 허망함이 밀물처럼 가슴속으로 밀려들었다. 보연이가 영원히 내 곁을 떠났으니 이 세상에서 무엇을 위해 살아야 할 지 망막해졌기 때문이다. 보연이가 하숙집 주인에게 강원도로 간다고 말했기에 떠나온 쪽으로 무작정 발길을 돌리기는 했어도 그 다음은 어떻게 해야 할지 도무지 생각이 떠오르지 않았다. 바다로? 산으로? 하늘로? 그와 비슷한 추상적인 어휘가 머리에 뱅뱅 돌 뿐 조금도 더 나아갈 수 없는 현실의 벽에 부딪쳤다.

"어디로 가야 하나?"

나는 그 민박집에서 나와 바닷가로 향했다. 모래사장을 가로질러 물가로 가면서 파도를 바라다보았다. 파도가 집에서 보는 것보다 훨씬 크게 밀려왔다. 정신없이 바닷물을 따라서 백사장을 거닐다가 갑자기 밀려온 파도에 발이 젖었다. 발에 전해진 차가운 느낌이 온 몸에 소름을 돋게 했다. 나는 바다가로부터 한걸음 물러나서 집에서 내려다보이던 갯바위로 행했다. 그 바위들을 큰 파도가 사정없이 때리고 돌아서며 후려쳤다. 하얀 포말이 안개처럼 하늘로 치솟아 태양 빛에 다양한 색채로 변하며 하늘을 수놓았다. 이 포말의 형형색색 속에 보연이의 얼굴이 언뜻 지나갔다. 나는 나도 모르게,

"보연아!"

하고 소리쳤다. 그 소리는 허공에 퍼져 금방 파도소리에 묻혀버렸다. 다시 들리는 건 바위에 연거푸 부딪치는 세찬 파도소리뿐이었다. 나는 바위 위로 기어 올라갔다. 그리고 방금 보연이가 나타났던 바다를 다시 응시했다. 큰 파도가 다시 몰려와 새하얀 포말이 내 머리위로 흩날렸다. 나는 갑자기 바다로 뛰어들고 싶은 충동을 느꼈다. 그 포말을 몰고

간 바다 속 어딘가에서 보연이를 만날 수 있을 것 같은 생각이 언뜻 들었기 때문이다. 또 다른 파도가 몰려와 바위에 부딪치자 이번에는 바다 안개물이 내 눈을 가렸다. 망막에 미지근한 수막이 채워지며 앞이 새하얗게 변했다. 꿈속에와 있는 기분이었다. 몽롱한 기분 속에 이제 파도 소리마저 자욱한 의식너머로 사라지고 있었다. 이 때,

　"여봐! 청년!"

하고 부르는 소리에 정신이 번쩍 들었다. 뒤돌아보니 집 주인 아저씨였다.

　"점심 먹지 않고 왜 실성한 사람처럼 빈 바다만 멀거니 쳐다보고
　　있어!"

하고 나에게 점심 식사를 청했다. 나는 주인아저씨의 뒤를 멋쩍게 따라 갔다. 그가 돌아보며,

　"하도 인기척이 없어 방문을 열어보니 방이 텅 비어 있어 곧바로
　　바다로 달려 왔지!"

하고 의미심장한 말을 했다. 나는 그 민박집 안마당에 차려 놓은 평상에 그와 마주 앉았다. 주인아주머니가 연거푸 음식을 날라다 빈자리를 계속 메웠다. 주로 바다에서 나는 미역국, 파래 전, 병어회 무침, 삼태기 조림 등과 광어회가 즐비했다. 회는 시장에서 파는 것과는 달리 뭉툭뭉툭 베어서 한입에 넣기가 버거울 정도로 컸으나 그 아저씨가 새벽 바다에서 건져 올린 것이라 싱싱하고 맛이 좋았다. 나는 며칠 농안 먹는 둥 마는 둥 속이 비어 있어 처음에는 음식이 잘 받지를 않았다. 그래서 나는 미역국에 새하얀 이밥을 말아 속을 살살 달래며 천천히 먹기 시작했다. 정말로 오랜만에 집에서 손수 만든 음식을 접하니 어머님 생각이 울

컥 났다. 지금 어머님께서는 나를 얼마나 기다리시고 계실까? 그러자
어머님에 대한 죄송한 마음으로 가슴이 찡해 왔다. 그때 앞에 앉은 아
저씨가 나에게 술을 한 잔 권했다. 나는 그 아저씨의 소박한 청을 거절
할 수가 없어서 막소주 한 잔을 받아들고 조금씩 마시기 시작했다. 쓰
디쓴 액체를 목구멍으로 넘길 때 어찌나 탁 쏘는지 얼굴을 찡그렸다.
그러자 나를 물끄러미 쳐다보시던 아저씨가 재미있는지 빙긋이 웃었다.
나는 잔을 비우자 그 잔에 소주를 가득 부어 아저씨에게 권했다. 아저씨
는 그 잔을 반쯤 비우더니 먼 바다를 무심히 바라보며 천천히 말하기 시
작했다.

"여기에 매년 청년같이 마음이 상한 사람이 한두 명씩 찾아오지. 재
    작년에는 한 청년이 기어코 바다에 뛰어들어 이승을 등지고 말았
    어! 너무나 황망한 일이야! 후회스럽기 짝이 없지! 내가 조금만 주
    위를 기우렸더라면 그 청년을 죽음으로 몰고 가지는 않았을 텐데!"
그제야 이 아저씨의 수상쩍은 말과 행동을 이해할 수 있을 것 같았
다. 어제 저녁에 내가 방에 들어가 자리에 누운 후에도 늦게까지 평상
주위를 왔다 갔다 하며 나를 감시하는 듯했었고, 오늘 아침에 내가 모
래사장 건너편에 있는 바위 위로 올라가서 바다를 응시할 때도 아저씨
가 나를 은밀히 감시하고 있었던 것 같았다. 나의 얼굴이 확 달아올랐
다. 그것은 술기운이 어느새 핏줄을 한 바퀴 타고 돌아 얼굴까지 확 올
라왔기 때문이기도 하지만, 이 아저씨에게 내 신상이 들통 난 것에 대
한 부끄러운 마음의 자연스러운 표출이기도 했다. 나는 이 아저씨와
술잔을 주거니 받거니 하며 어느 정도 이야기가 통하자 내가 여기까지

오게 된 사연을 낱낱이 모두 전해 드렸다. 아저씨는 그러면 그렇지 하는 듯 고개를 끄덕거리며 그냥 듣고만 계셨다. 나는 그 동안 쌓였던 나 나름대로의 애절한 사연을 정말로 내 심정을 이해해 주는 친구를 만난 듯 하소연조로 토로했다. 그러자 내 마음의 응어리가 어느 정도 풀린 듯 가슴이 후련해졌다. 나는 어느새 취기가 한참 올라와 정신이 몽롱해짐을 느꼈다. 아저씨의 말이 귀를 통해 머리로 들어오면 나는 "그래요!"라고 맞장구를 쳤지만 그 말은 곧 머리를 빠져나가 멀리 허공으로 사라지고 있었다. 그 허공에 세찬 파도소리마저 자장가처럼 리듬을 타며 가물가물해져 갔다. 그가 또 말했다.

"나는 청년이 아까 바다로 뛰어드는 줄 알고 바짝 긴장 했었지! 요즘 벌써 물이 차져서 들어갔다 하면 심장이 멎어! 그러면 건져내도 소용이 없어! 이미 손발이 오그라들어 펼 수도 없을걸!"

그러면서 지금까지 자신의 처지를 비관하여 자살을 기도했다가 살아나간 사람이 셋이 있는데 매년 그 때쯤되면 이 집을 찾는다고 한다. 그런데 이 세 사람은 이곳을 찾았을 때와는 완전히 다른 사람이 되어 "그 때 내가 왜 그런 생각을 할 정도로 바보였지요?"라고 후회 섞인 말을 한다고 한다. 그 중 한 사람은 실연을 당해서 여기에서 자살하려고 했으나 아저씨가 적극 설득하여 살아나간 사람인데 서울에 가서 다음 해 다른 여자를 만나 결혼을 했다고 한다. 매년 여름 방학이면 자기 부인과 아이들을 데리고 이곳으로 피서를 온다고 한다. 그런데 이 남자가 어느 날 저녁에 술을 한잔 하면서 아저씨에게

"사랑은 겪고 보니 절대적인 것이 아니라 상대적인 것인 것 같아요.

나는 지금 내 부인에게서 또 다른 절대적인 사랑을 찾았어요!"

라고 말했다고 한다. 나는 아저씨의 그 말을 전해 듣고 금방 가슴에 와 닿지는 않았지만 대충 짐작은 할 수 있을 것 같았다. 어느새 주인아주머니도 평상에 걸터앉아 우리 사이의 말을 거들고 있었다.

"그래요! 그 때는 그것이 전부인 것 같지만 지나고 나면 그렇지도 않아요. 요즘 그런 말도 있잖아요. 버스가 지나가면 또 다음 버스가 온다고……"

어느새 낮이 기울어 바다 위 뭉게구름 한쪽이 붉게 물들고 있었다. 구름결에 따라 붉은 빛이 농도가 옅어지며 수평선 아래까지 내려앉고 있었다. 그 아래 바다는 어둠에 쌓여 파도의 인광만이 하얗게 소리를 몰아와 그 존재를 알리고 있었다. 하늘을 쳐다보았다. 초저녁달이 구름 사이로 얼굴을 삐죽이 내밀고 있었다. 웃는 얼굴도 아니고 우는 얼굴도 아니었다. 그냥 슬픈 얼굴이었다. 그 달을 멀거니 쳐다보고 있는 동안 머리 바로 위로 별똥별이 세차게 날아가 멀리 뭍으로 사라져버렸다. 갑자기 집이 그리워졌다. 어머니와 동생이 보고 싶었다.

나는 그 다음날 아침 일찍 잠에서 깨었다. 주섬주섬 짐을 가방에 챙겨 넣었다. 며칠 되지 않은 동해안에서의 생활이 몇 달이 지난 듯 지난 일들이 아득하기만 했다. 나는 새벽에 바다에 나가서 잡은 고기를 마당에서 손질하고 계신 주인집 아저씨에게 서울로 돌아간다는 인사를 했다. 아저씨는 별로 놀라는 기색이 아니었다. 오히려 그럴 줄 알았다는 듯 담담히 인사를 받았다. 처음으로 그 아저씨에게서 돌아가신 아버지의 따뜻한 부정 비슷한 것을 느꼈다. 나는 마음에서 우러나오는

진정한 감사를 무어라고 표현할 길이 없어 그저,

　"다음에 마음이 안정되면 또 올게요."

라는 말로 대신했다. 대문을 나서자 부엌에서 아침밥을 짓던 아주머니가 따라 나왔다. 나는 그렇게 그들과 헤어져서 옹기종기 모여 있는 바닷가 집들의 앞마당을 지나 고개 언덕으로 천천히 걸어 올라갔다. 비포장 흙길을 따라 바다의 자갈이 여기저기 깔려 있어 한껏 운치가 있어 보였다. 언덕으로 올라갈수록 크고 작은 소나무들이 빼곡이 서서 누구를 기다리는 듯 바다를 향하고 있었다. 시원한 바닷바람이 해안을 타고 올라와 솔가지 사이에서 윙윙하는 소리로 바뀌었다. 그 소리가 소나무의 은은한 향과 어우러져 머릿속까지 싱그럽게 했다. 아침 햇살이 바다의 비릿한 훈풍을 타고 와 내 얼굴을 따사롭게 비추었다. 언덕 위 큰 소나무 밑에 도달했을 때 나는 저 멀리 끝없이 펼쳐진 넓은 바다를 한없이 쳐다보았다. 마음이 푸근했다. 모든 것을 받아줄 것 같은 넉넉한 바다였다. 나는 일단 여기서 보연이를 잊어보기로 했다. 그녀는 이제 내 추억의 여인으로만 남아 있기를 간절히 바랄 뿐이었다. 나는 너른 바다를 향해 힘껏 외쳤다.

　"잘 있어요~ 나의 영원한 베아트리체 보연씨~"

　그러자 소나무 동산을 내려오는 발걸음이 그렇게 가벼울 수가 없었다. 어느새 마을 버스정류장에 도착했다. 나는 시내버스를 타고 속초 터미널에 도착해서 서울행 직행버스에 몸을 실었다. 몸 전체가 녹아내리는 듯 깊은 잠에 빠졌다가 깨어보니 서울이었다. 나는 곧 서울역으로 가서 인천행 기차를 타고 집으로 향했다.

III. 땅을 딛고

III. 땅을 딛고

　9월이 되어 대학 캠퍼스는 싱그러운 바람이 불어와 아직도 푸른빛이 도는 나뭇잎들을 이리저리 흔들고 있었다. 강의실로 향하는 길목에는 미루나무가 몇 년 새 훌쩍 커서 하늘을 자욱하게 가리고 있었다. 그 밑을 지나는 나의 마음은 희망에 부풀어 나무들이 만드는 원형 궁궐만큼이나 높고 넓었다. 뒤에서 누가 어깨를 툭 쳤다. 입학동기인 순목이였다. 너무나 반가워 악수를 하며 근황을 물었다. 그는 아직 군대를 가지 않아 올 봄에 이미 대학을 졸업하고 대학원에 진학했다고 말했다. 나는 그가 마냥 부러웠다. 그를 따라 캠퍼스 내 건물들 사이에 위치한 작은 동산 청량대로 올라갔다. 거기에는 이미 동기생 형식이와 인형이, 그리고 일섭이 영환이, 충선이, 찬식이가 나무 밑 그늘에 모여 앉아 있다가 복학한 나를 반갑게 맞아주었다. 그들 가운데는 대학원에 진학했거나 군대에 갔다 와서 나처럼 복학한 경우가 대부분이었다. 우리들은 자연스럽게 지난날들에 대해 이야기를 나누었다. 군대이야기, 여자 이야기, 그리고 가정교사에 관한 이야기였다.

당시 우리들은 공부 못지않게 중요한 관심사가 아르바이트였는데 대부분 학비를 벌기 위하여 가정교사를 했다. 그 당시는 일주일에 세 번 정도 중고 학생의 집에 직접 가서 영어나 수학을 가르치곤 했다. 보수는 경우에 따라 다른데 그것을 전부 모으면 학비를 충당하고도 남을 정도가 되었다. 그러나 대부분 돈을 받는 날이면 친구들이 어떻게 아는지 미리 찾아와 진을 치고 있어서 그들에게 톡톡히 신고를 하고 나서야 풀려날 수가 있었다. 그러나 아무튼 그날 저녁은 노고의 대가를 친구들과 나누며 소위 대학생들만의 낭만을 만끽할 수가 있었다. 나도 가난한 고학생이라 아르바이트를 계속해야 했다. 특히 집이 인천이라 매일 서울까지 통학할 수가 없어서 주로 북아현동의 큰아버님댁의 신세를 지거나 입주 과외를 했다. 입주 과외는 말 그대로 그 집에 들어가서 먹고 자면서 그 집 아이들을 가르치는 것이다. 이 제도는 시골에서 서울로 유학 온 지방대학생들에게 인기가 있었다. 입주 과외로 학생을 가르치게 되면 한꺼번에 학비는 물론 하숙비까지 해결되기 때문이었다. 소위 꿩 먹고 알 먹는 격이었다. 그러나 반면 그 집에 반노예처럼 묶여 있어야 하니 그 고충 또한 만만치 않았다. 매일 저녁마다 일정한 시간에 그 집에 들어가서 그 집 학생을 가르쳐야 되니 대학생에게 가장 소중한 자유가 허락되지 않는 것은 물론 그 학생의 성적이 올라가기는커녕 떨어지기라도 하면 그 다음날 곧장 보따리를 싸야 했기 때문이다.

어느덧 2년이란 세월이 훌쩍 지나서 1972년 봄이 되었다. 나는 그동안 학기가 잘 맞지 않아 미수강 과목을 교차 수강하다 보니 8월 졸업 예정을 앞둔 마지막 학기를 맞게 되었다. 동기생들은 모두 졸업하고 진열이와 내가 늦깎이 대학생이 되어 후배들 사이를 어슬렁거려야만 했다. 나이가 많다보니 아무래도 점잖은 티를 내야 되고 사회에 금방 진출해야 된다는 압박감이 나를 공부에 진력하게 했다. 그래서 겉으로 보기에는 내가 아무런 걱정도 없이 한눈팔지 않는 소위 모범생처럼 보였을 것이다. 그러나 실상은 미래에 대한 심적 부담이 너무나 컸다. 그것은 곧 졸업을 앞두고 지금도 그렇지만 취직 자리가 마땅치 않았기 때문이다. 특히 제2외국어인 프랑스어 교사 자리가 몇 년간 서울에 없어 발령이 나지 않았기 때문이기도 했다. 그래서 교사 발령이 안날 경우를 대비해서 대기업에 들어가기 위한 취직 공부를 병행해야만 했다. 아무튼 준비는 한다고 하지만 모든 것이 막막하고 불확실한 시대에 살고 있어 미래에 대한 불안감을 떨쳐버릴 수가 없었다.

이런 불안한 마음과 걱정스러운 미래에 떠밀려 하루하루를 지나다 보니 어느덧 졸업의 문턱에 다다르게 되었다. 취직이 보장된 상태에서 졸업을 하려는 야무진 내 꿈은 어느 것 하나 이룬 것 없이 그저 한낱 꿈으로 끝나게 되었다. 마음이 착잡했다. 모두에게 겸연쩍은 마음이 들기도 했다. 어머니에게는 송구스러운 마음뿐이었다. 나는 서울 북아현동 큰아버님댁에 더 이상 머무를 이유가 없어져서 인천 집으로 내려가기로 마음을 먹었다. 그러자 늦은 여름 날씨가 더욱 답답하게 느껴졌다. 이틀 후에 떠날 작정으로 여행 가방 가득히 옷가지를 힘없이 쑤셔 넣었다. 약간 서글퍼졌다. 조금만 창으로 흐릿한 구름이 듬성듬성 흘러가는 것이 눈에 들어왔다. 그 풍경이 갑자기 낯설게 느껴지기도 했다.

그런데 인천으로 떠나기 하루 전 동기생 형식이가 찾아왔다. 형식이는 이번 가을에 프랑스로 유학을 떠나는데 자기가 근무하고 있는 이대부고 불어교사를 학기 중간에 그만두면 학생들에게 나쁜 영향을 미칠 것 같아서 9월 1일부로 나에게 인계하려고 찾아왔던 것이다. 나는 구세주를 만난 것처럼 기뻤다. 운이 좋아서 대학을 졸업하자마자 고등학교 강단에 서게 된 것이었다. 비록 불어 수업이 많지 않아 전임은 아니었지만 졸업을 하고 마땅히 갈 데가 없었던 나는 정말로 다행스럽게 생각하며 형식이에게 큰 고마움을 느꼈다.

이대부고에서의 불어과 교사 생활은 정말로 긴장된 하루하루였다. 물론 대학교 4학년 때에 교생실습을 하기는 했지만 실제 강단에 서서 수업을 진행한 시간이 얼마 되지 않았기 때문이기도 하고 특히 여학교 강단에 서는 것이 처음이었기 때문이다. 여학교에 대한 일종의 두려움은 수업뿐만 아니라 등교에서부터 시작되었다. 이대부고는 이대정문을 통과해서 캠퍼스 언덕 너머에 위치해 있었기 때문에 당시 금남의 집인 이대 정문을 드나들 때마다 얼굴을 붉히며 수위에게 신고를 해야 했었다. 부임 한지 오래된 교사들은 얼굴을 수위에게 비치기만 해도 통과가 되었지만 나같이 총각 햇병아리 교사는 수위가 얼굴을 익힐 때까지 당분간 방문 사유를 일일이 말해야만 했었다. 어떤 수위는 내가 이름을 대면 "그런 선생님이 없는데요."라고 말하며 구내 전화로 확인해 보는 경우도 있었다. 그리고는 "아! 그래요? 강사 선생님이시군요.

알았어요!"라고 말하며 내 신상에 대해서 잘 알았다는 듯이 나를 가볍게 위아래로 훑어보며 문을 열어 주곤 했다. 이렇게 어렵게 정문을 통과하면 아득히 높아 보이는 언덕이 내 앞을 가로막고 있었는데 그 언덕을 수많은 여대생들 틈에 끼어서 올라가는 행동이 나에게는 익숙지 않아 매우 곤혹스러웠다. 아직 산전수전을 겪지 않은 나이라서 그런지 고개를 들 수도 고개를 돌릴 수도 없는 답답한 행로였다. 그래서 나는 수업 시간이 늦지 않을 경우에는 구태여 그 고난의 언덕을 바로 질러 넘지 않고 오른편의 완만한 길로 우회하여 천천히 돌아 올라가곤 했다.

처음의 불어수업은 너무나 긴장하여 내가 준비한 내용의 반도 가르치지 못하고 강단을 내려오는 경우가 많았다. 그러나 시간이 지날수록 교실에 앉아 있는 학생들의 얼굴 하나하나가 눈에 들어오기도 하고 마음이 안정되어 가벼운 농담도 하면서 내 의지대로 수업을 이끌어나갈 수 있을 정도가 되었다. 이때 나는 젊은 혈기로 불어를 열심히 가르쳤고 학생들도 불어에 대한 기대가 컸기 때문에 수업 효과가 매우 좋았다. 그런데 부임한 지 반년이 다 되었는데도 전임 발령을 내 주지 않았다. 소위 사립학교라 재정 형편을 핑계 삼아 웬만하면 수업이 많지 않은 과목은 평생 강사로 묶어 둘 작정인 것 같았다. 이미 미술 등 몇몇 과목 선생님들은 몇 년을 버티다가 희망이 없자 사표를 쓰고 나간 경우가 많았다. 이런 학교 내막을 알게 된 나로서는 미래에 대한 걱정을 하지 않을 수가 없었다. 그래서 나는 다음 학기에도 전임 발령을 내 주지 않을 경우 학교를 떠나야겠다는 생각을 심각하게 고려하게 되었다.

해가 바뀌어 새 봄이 찾아 왔다. 이화여대로 들어가는 다리에서 보면 철길을 따라 노란 개나리가 흐드러지게 피어 있었다. 노란 꽃 속을 지나는 이대생들의 속삭임과 웃음소리가 구태여 눈을 돌리지 않아도 하나의 멋진 영상으로 내 머릿속을 장식했다. 그 화사한 모습은 잡지 광고 속에 자리잡은 영상처럼 그 상태로 하얗게 멈춰 서 있는 듯했다. 그 영상에 매료되어 나른한 몽상에 잠기다 보면 어느덧 나는 이대 캠퍼스 오른 쪽 샛길로 접어들고 있었다. 싱그러운 푸르른 새싹들이 앞을 다투어 나뭇가지 사이의 눈들을 비집고 나오는 것을 보면 나도 모르게 미래에 대한 희망이 부풀러 올랐다.

그러나 새 해 4월 달이 다 지나가도록 학교의 전임 발령 소식이 없었다. 그래서 나는 나 자신의 푸르른 미래를 위해 내 운명을 바꾸기로 마음을 먹었다. 나는 이대부고에 사표를 쓰고 얼마간의 준비 기간을 거쳐 K항공의 공채 시험에 응시했다. 다행히 바라던 대로 합격되었다. 그 당시 다른 대기업 공채들도 있었지만 내가 K항공을 택하게 된 것은 내가 어릴 때부터 품고 있었던 하늘에 대한 막연한 꿈이 크게 작용했기 때문이다. 지금도 그렇지만 커다란 비행기가 하늘을 날아 한없이 멀어지는 것을 보면 너무나 신기하고 황홀하여 정신을 놓고 그 비행기가 사라질 때까지 빈 하늘을 멍하니 쳐다보곤 하는 버릇이 있을 정도였다.

양력이 어떻고 중력이 어떻고 하는 과학적인 논리에 의해서 밑으로 끌어당기는 힘보다 위로 떠오르려는 힘이 더 커서 비행기가 하늘을 난다는 원리는 중학교 때 배워서 이미 다 알고 있지만 나는 이 엄연한 과학 지식과는 관계없이 비행기가 나는 것을 다분히 낭만적인 감정으로 보는 습관이 있었다. 그것은 어떻게 보면 자동차가 땅 위를 달리는 원리와 마찬가지로 엔진이라는 동력체를 이용하여 에너지를 만들고 그 에너지를 구륜화 함으로써 전진하는 것이 뻔한데 비행기가 나는데 대해서는 과학이전의 어떤 초월적인 힘이 작용하는 듯한 신비감이 들었기 때문이다. 그것은 하늘이라는 경외의 대상에 대한 인간의 무모한 도전처럼 보이기도 하고, 하늘은 아무 것도 존재하지 않는 허공이라는 개념이 나의 뇌리에 크게 자리 잡고 있었기 때문인지도 모른다. 어릴 때 이북의 나무께에서 본 앞동산 위에 너르게 펼쳐진 하늘은 너무나 푸르고 창연하여 그저 바라볼 뿐 그 하늘을 헤집고 힘지기내며 나는 비행기가 나타나리라고는 상상조차 하지 못했다. 아무튼 아무 것도 의지할 데가 없는 허공을 비집고 하늘을 나는 비행기는 정말로 인간이 만들어낸 과학 승리의 명품 중의 명품이었다. 이러한 문명의 이기를 이용하여 우리나라 남단의 최대 섬인 제주도를 갈 수 있고 나아가 '천일야화'의 꿈과 같이 순식간에 외국으로 날아갈 수 있다는 사실은 그때로서는 나에게 신선한 충격으로 다가왔다.

나는 K항공에 입사 후 당시의 본사 건물인 소공동 7층 예약과에 근무하게 되었다. 전부터 서울 한복판의 널찍한 사무실에서 넥타이를 매고 근무하는 샐러리맨들이 어쩐지 신선해 보이고 월급도 많이 받을 것 같아 부러운 생각이 들었던 나로서는 은근히 기대가 컸다. 하얀 와이셔츠에 알록달록한 넥타이를 매고 높은 고층건물들 사이로 난 통유리를 통해 저 밑에 개미처럼 기어 다니는 사람들을 내려다보노라면 무언가 선민의식이 들 때도 있었다. 그것은 순간적인 물리적 착시현상이기는 했어도 내가 사회의 그럴 듯한 한 구성원으로 자리잡고 있음을 자부하게 하는 소위 좋은 일자리였다.

하루하루가 새로운 세상이었다. 그 당시 K항공은 전산이 안 된 상태라 전화로 예약을 받아 카드를 만들고 그 카드를 비행기 편별로 승객명단을 만들곤 했었다. 이처럼 수동으로 승객명단을 만들다보니 바쁘거나 부주의 탓으로 어떤 승객 카드는 때때로 엉뚱한 곳에 처박혀 있어 애를 먹이는 경우가 있었다. 그러면 그 승객으로부터 엄청난 항의를 받기 일쑤였고 바로 상위 상급자인 계장에게 전말서를 써야 했다. 이 때 나는 서비스 산업이 얼마나 어려운가를 실감하게 되었다. 소위 고객을 왕으로 모시라고 말한다. 그러면 그 고객을 왕으로 모시는 사람은 하인이어야 했다. 더욱 심각한 것은 때에 따라서는 결정적인 항의가 있을 경우 하인보다 못한 강아지가 되어야 하는 것이 서비스업이라는 사실을 알게 되었다. 차츰 그 화려한 건물들 뒷편에 숨어 있는 샐러리맨들의 비애가 하나씩 드러나기 시작했다. 또한 나는 내가 꿈꾸어왔던 하늘과는 아주 거리가 먼 지상에서 하루하루를 똑같은 작업으로 기계처럼 살아야 한다는 사실이 때로는 실망스럽기도 했다. 다만 K항공이 프랑스 파리지점 개설을 준비 중에 있었음으로 개인적으로 프랑스어 실력을 쌓아두기만 하면 언젠가는 파리지점으로 발령을 받아 내 전공도 살리면서 더 넓은 세상과 만날 수 있을 것 같은 생각이 들어 위안이 되었다.

1974년 봄 어느 날 내가 회사에서 근무하고 있는데 아현동 큰아버님댁에서 전화가 왔다. 퇴근 후 집에 들르라는 전갈이었다. 나는 무슨

일이냐고 물었지만 큰아버님은 와 보면 안다고 저녁에 늦더라도 오라
고 말씀하셨다. 나는 저녁 약속이 있었지만 일정을 취소하고 아현동
댁으로 향했다. 그런데 큰아버님께 무슨 일이냐고 묻자 큰어머님께 가
보라고 말씀하셨다. 나는 큰어머님을 따라 안방으로 들어갔다. 큰어머
님이 장롱에서 편지봉투를 꺼내시며,

　"너 이제 나이도 들만큼 들었으니 장가도 가야지. 내가 참한 신부
　감을 하나 봐 뒀다."

라고 말씀하셨다. 그리고는 그 봉투에서 사진 한 장을 꺼내 나에게 내
밀었다. 나는 정신이 아찔했다. 그 동안 나는 장가들 생각이 없다고 차
일피일 미루어 오던 터라 큰어머님한테 한방 먹은 느낌이었다. 내가 미
적미적 하자 큰어머님께서 다그쳐 말씀하셨다.

　"너 평생 혼자 살거냐? 얼른 그 사진 보거라! 아주 참한 색씨다. 마
　음씨도 곱고 공부도 잘하고 생긴 것도 마음에 들고……"

　큰어머님은 계속 말씀을 하셨지만 내 귀에는 잘 들어오지 않았다.
그 동안 보연이가 나의 뇌리에서 거의 잊혀져가고 있어서 나는 모처럼
평상심으로 돌아와 회사 업무에 충실하고 그리고 미래의 설계에 정진
할 수가 있었다. 그런데 다시 여자문제라니…… 약간 두렵기까지 했
다. 그래서 그 동안 일부러 다른 일에 몰두함으로써 과거의 일을 잊으
려고 애를 썼던 것이다. 나는 아무런 대답을 하지 못하고 그냥 큰어머
님의 일방적인 말씀만 들으며 고개를 떨구었다. 그 순간 방바닥에 놓
여 있는 사진이 내 눈에 들어왔다. 이상한 일이었다. 그 사진에 들어 있
는 여인의 얼굴이 낯설지 않았다. 다시 한 번 힐끗 쳐다보았다. 나는 깜

짝 놀랐다. 그녀가 보연이가 아닌가 할 정도로 빼어 닮았다. 정말로 신기한 일이었다. 나는 큰어머님의 말씀을 건성건성 들으면서 고개를 조아릴 뿐 아무 말 없이 방바닥에 비스듬히 누워서 나를 쳐다보는 사진 속의 여인을 곁눈질하며 보았다. 자그마한 이마며 오똑한 콧날, 그리고 시원스러운 눈과 짙은 눈썹이 보연이의 모습을 그대로 떠올리게 했다. 그 순간 나는 머리를 저었다. '모든 걸 잊어야지'라고 다짐하며. 한참 후 큰어머님의 말씀이 다 끝나서 내가 자리에서 일어서려고 하자,

"그 사진 가져가거라! 그리고 시간을 두고 생각해봐!"

라고 큰어머님이 덧붙여 말씀하셨다. 나는 난감해서 어쩔까 하다가 그녀에 대한 무언가 호기심이라고 할까, 이끌림 같은 것이 생겨 그 사진을 주워 들고 방을 빠져나왔다. 나는 그 사진을 자세히 들여다보고 싶은 마음이 생겼지만 겸연쩍은 생각이 들어 관심이 없는 듯 사진을 윗주머니에 쑤셔 넣었다. 그리고는 집으로 돌아가는 버스를 타자마저 궁금한 마음을 억누를 수가 없어서 약간 설레는 심정으로 윗주머니에 들어 있는 사진을 다시 꺼내보았다. 얼핏 들어오는 사진 속 여인의 모습이 꼭 나를 빤히 쳐다보는 보연이의 얼굴 같았다. 나는 다시 자세히 들여다보았다. 그것은 여고 교복을 입고 찍은 고등학교 때 사진이었다. 하얀 칼라가 이목구비가 뚜렷한 얼굴을 흰 백합처럼 감싸고 있었다. 그리고 사진 속의 여인은 나한테 무언가 말하려는 듯 눈짓을 하고 있었는데 그것은 나를 꼼짝 못하게 거기에 묶어두는 어떤 마력 같은 것이 있는 것 같았다. 나는 한참을 사진 속 여인의 눈에 사로잡혀 있다가 서울역 근처에 와서야 정신을 차리고 버스에서 내릴 수 있었다. 나는 무언가

이 여인에게서 운명 같은 것을 느꼈다. 그리고는 그 여인과 몇 번의 만남을 가졌다. 이렇게 해서 그것이 인연이 되어 나는 짓궂은 봄 날씨가 어느 날 갑자기 따스한 봄볕으로 변하여 새싹을 돋우듯 새사람을 만나 사랑의 둥지를 틀게 되었다. 1974년 3월 30일 그날따라 봄비가 오락가락 하고 하늘에 먹구름이 가득했다. 결혼식날 비가 오면 부자가 된다는 속설을 믿으며 나는 종로 어느 예식장에서 식을 올리고 북악스카이웨이를 한 바퀴 돈 다음 기나 긴 신혼 여행길에 올랐다.

결혼을 하자 회사가 끝나기가 무섭게 집으로 돌아오곤 했다. 어느덧 첫째 딸 혜은이가 태어났다. 너무나 어린애가 사랑스럽고 귀여워 손이나 팔, 머리 어디에나 얼굴을 비비며 스킨쉽을 했다. 깔깔거리며 자지러지게 웃어대는 아이에게서 특유의 살내음을 맡을 수 있어 그것이 내 핏줄임을 확인하게 해 주었다. 매일 매일이 행복한 나날이었다. 그러나 회사에서의 타이트한 일과와 똑같은 매일의 일상이 쉽게 나를 지치게 했다. 비록 현실적인 요구가 나로 하여금 나의 자아를 억제하며 사무실에 머물게 하지만 나의 마음은 건물의 통유리너머 저 멀리 펼쳐진 끝없는 하늘에 가 있었다. 방금 피어오르는 뭉게구름이 힘찬 바람에 날려 빌딩들과 어우러진 새로운 형상의 이미지를 창출해내는가 하면 어느새 그 구름이 걷히고 잔잔한 옅은 연무 같은 것이 융단처럼 하늘을 뒤덮기도 했다. 나는 그 하늘 끝을 생각하고 있었다. 어떤 세상일까? 저 하늘 너머 다른 세상, 거기에 짙푸른 하늘이 뒤덮고 있을 낙원 같은 세상, 더 푸른 초록이 온통 세상을 채색하여 가슴을 설레게 하는 신천지가 보고 싶었다. 그것은 막연히 가슴에 자리잡고 있는 프랑스에 대한 환상인지도 몰랐다.

나는 1975년 7월 어느 날 프랑스 대사관으로부터 프랑스 정부 국비 장학생 부르시에(Bourcier)의 합격 통지서를 받았다. 매우 기뻤다. 지난해에 그냥 한번 시도해 본 유학시험 결과에 대한 반가운 통지였다. 평소 꿈꾸며 기다려왔던 프랑스 유학이 현실로 다가온 것이었다. 나는 우선 프랑스 대사관에 가서 출국 준비에 필요한 서류를 받아들고 여권를 내는 한편 유학 비자를 받는 복잡한 절차를 밟기 시작했다. 그때만 해도 해외에 나가는 것을 엄격히 제한하던 시기라 모든 허가 절차가 까다롭기 이를 데 없었다. 외부무 여권과와 프랑스 대사관을 오가며 여러 가지 서류를 작성하는 한편, 프랑스 문화원에 가서 그곳 지역사정과 생활환경, 그리고 현지문화에 대한 정보를 수집했다.

그러나 이러한 프랑스 유학이 구체화됨에 따라 이미 예견되기는 했지만 앞으로 닥칠 경제적인 어려움이 현실로 다가왔다. 나는 장학금을 받아 프랑스에서 편히 생활할 수 있겠지만 서울에 남게 될 식구인 부인과 혜은이가 문제였다. 경제력이 없는 부인에게 아무런 대책 없이 그냥 훌쩍 떠날 수는 없는 노릇이었다. 최악의 경우 내가 유학하는 동안 처갓집에 가 있으라고 할 수도 있지만 혜은이 교육문제도 있고 해서 지방으로 내려 보내기도 어려운 형편이었다. 내 생각만 하고 추진했던 일이 내가 나 혼자가 아니라 한 가정의 경제를 책임져야 할 가장이라는 사실을 뼈저리게 느끼게 했다. 그래서 내가 근무하는 K항공의 인사과 일을 맡고 계셨던 고등학교 선배 김정훈 부장님을 만나 의논해 보기로 했다. 김부장님은 나를 만나자 말자 아까운 후배가 유학을 떠나게 되어 섭섭하다는 말로 인사를 대신했다. 그래서 나는 솔직하게 내가 직면하고 있는 경제적인 문제를 김부장님에게 하소연하면서 어떻게 회사의 도움을 받을 수 있는 방법이 없겠느냐고 물었다. 그랬더니 김부장님이 약간 머뭇거리시더니 무언가 방법이 있기는 하지만 회사의 허가 사항임으로 윗사람들과 상의를 한 후 알려 주겠다고 말씀하셨다. 나는 김부장님에게 한 회사의 상사이기 전에 선배로서 따뜻한 마음과 뜨거운 정을 느낄 수 있었다. 그리고 일주일이 지난 어느 날 김부장님에게서 인사과로 오라는 전화 연락이 왔다. 내가 인사과에 올라가자 김부장님이 나를 인사과 안쪽에 자리잡은 황전무님 방으로 데려갔다. 황전무님이 전화를 받고 있어서 김부장님이 권하는 대로 나는 접대용 소파에 앉았다. 전화가 끝나자 황전무님이 책상을 떠나 내 앞의 소파로 와서 앉으시면서 나에게 축하한다는 말과 함께 다음과 같이 말했다.

"신계장, 축하해! 이제 우리 회사가 유럽에 진출하기 위하여 서울-파리 노선을 개설하고 있는데 프랑스어하는 사원이 없어서 애를 먹고 있단 말이야. 그러니 프랑스에 가서 프랑스어를 잘 배워가지고 오면 내가 다시 프랑스 파리 지점으로 발령을 내 주도록 하지. 그리고 서울에 있는 식구들을 위해 자네가 돌아올 때까지 본봉을 지급하도록 할 테니 아무 걱정 말고 공부 잘 하고 돌아오도록 하게!"

참으로 고마운 회사의 배려였다. 모든 경제적인 어려움을 벗고 내가 바라는 유학의 길을 떠날 수 있었기 때문이다. 그러나 내가 회사의 도움을 받는 대신 언젠가는 다시 돌아와 회사를 위해서 봉사해야 한다는 조건이 나의 가슴을 억눌렀다. 나는 유학의 출발이 곧 나의 인생항로의 변경으로 생각하고 있었으나 다시 샐러리맨으로 복귀해야 한다는 말에 다시 고민하지 않을 수 없었다. 결국 나의 꿈은 경제적인 현실에 얽매여 다시 진로를 수정해야 할 위기에 처하게 되었다. 나는 여러 번 생각했다. 나의 직업과 가정을 완전히 떠나서 학문이라는 불확실성에 도전해 볼 것인가 아니면 현실적인 문제를 슬기롭게 해결하면서 나의 꿈과 화해할 것인가를 선택해야 할 기로에 서게 되었다. 나는 친구들과 선배들에게 자문을 구하면서 나의 앞길에 대한 희망과 우려 속에 나날을 보내게 되었다. 아직도 결정적으로 마음을 정하지는 못했지만 떠나야 한다는 생각에는 이론의 여지가 없었다.

그런데 당시 K항공은 외국에는 일본을 비롯한 아시아 국가와 미국만을 취항하고 있었다. 따라서 K항공의 파리노선 취항은 유럽은 물론 중동을 비롯한 세계 각국에 진출하기 위한 신호탄으로 파리가 그 교두보 역할을 하게 되어 있었다. 따라서 유학 후 당분간 파리지점 항공회사에 근무하는 것도 그리 나쁘지 않다는 생각이 들었다. 어차피 공부는 끝이 없는 것인데, 또 프랑스에서 공부할 경우 어차피 아르바이트로 학비를 벌어야 하는 것이 그 당시 대부분의 유학생들의 현실이었음으로, 나의 꿈을 약간 뒤로 미루는 것도 나쁘지 않다는 생각이 은근히 머리를 들었다. 그러나 나의 마음은 가볍지 않았다. 누군가한테 신세를 지면 그 은혜를 갚아야 하는 것이 세상의 이치이자 나의 철학이었기 때문이다. 그러나 생각할수록 선택의 여지는 없어 보였다. 그동안 한국에 남아 있을 가족의 생계를 책임져야할 사람은 결국 나였기 때문

이다. 그래서 결국 회사에 장기출장계를 제출하고 마음을 정한 후 출
국수속에 박차를 가했다. 대사관에서 발급한 프랑스정부 장학생 확인
서가 있어서 쉽게 여권과 비자를 받을 수 있었다. 이제 프랑스에서 필
요한 잡다한 생활용품을 준비하여 짐을 싸기만 하면 되었다.

프랑스에서는 생활용품 값이 비싸다는 정보를 알고 있는 터라 가능
하면 양말, 내의 등 속옷은 물론 두툼한 겨울 잠바도 가방 속에 차곡차
곡 사 넣었다. 그러다 보니 이것저것 필요한 물건이 하도 많아 어느덧
가방 두 개가 가득 찼다. 비자를 받고 짐을 싸니 정말로 떠나는 것이 실
감이 났다. 출발 이틀 전 프랑스 대사관에 이번에 함께 떠날 유학생 8
명이 모두 모여서 앞으로의 일정과 그 곳 도착지에 마중 나올 사람에
대한 안내를 받았다. 구성원 대부분이 고등학교의 현직 프랑스어 교사
와 대학교수 등 직장에서 프랑스어 연수가 꼭 필요한 사람들이었다.
그 중에는 이미 내가 아는 최병곤 교수를 비롯해 프랑스문화원에 오가
며 안면이 익은 몇몇 사람들이 있어서 그렇게 낯설지는 않았다.

1975년 10월 30일 우리 일행은 김포공항 로비에서 만나 단체로 출
국수속을 밟게 되었다. 공항에 마중 나온 우리 가족들이 눈에 띄었다.
그 때만해도 외국에 나가는 사람들이 극히 제한되어 있어 집안 식구
중에 누가 출국하면 환송차 공항에 나오는 사람들이 아주 많았다. 나
도 예외는 아니어서 동생은 물론 사촌 형님과 동생, 그리고 처갓집 식
구 등 10여 명에 달했다. 나는 그 가운데서도 앞으로 고생이 많을 아내
의 초라한 모습이 눈앞을 가렸다. 그리고 영문도 모르고 식구들 사이
를 아장아장 걸어다니며 재롱을 피우는 첫째 딸 혜은이가 눈에 밟혔

다. 아빠인 나의 얼굴을 겨우 익히자마자 헤어져야 하는 사랑하는 딸의 얼굴을 보니 나도 모르게 눈물이 났다. 나는 눈물을 보이지 않으려고 돌아섰지만 딸아이는 계속 따라다니며 "아빠 왜 울어?"라고 성화를 댔다. 대충 인사가 끝나자 나는 아내에게 다가가서 식구들을 잘 부탁한다고 말하고 두 손을 잡았다. 아내의 눈에서는 한없이 눈물이 흘러 두 뺨을 적시고 있었다. 파리 행 에어프랑스에 손님의 탑승을 알리는 안내 방송이 귀에 들어왔다. 나는 다른 동행자와 함께 출국장 안으로 들어갔다.

비행기가 이륙을 준비하고 있었다. 나는 새삼 하늘을 난다는 사실에 가슴이 두근거리며 두려웠지만 한편으로는 이 비상에 대한 기대로 마음이 한껏 부풀어 있었다. 하늘은 어릴 적 나무께의 언덕 위에서 바라만 보던 피사체에 불과했지 그 하늘 자체의 품 안으로 들어가 그곳에서 유영한다는 것은 꿈에도 생각지 못했다. 아직 비행기는 활주로 위를 천천히 굴러가며 어디론지 출발점으로 가고 있었다. 그러는 동안에도 나는 과연 이 커다란 비행체가 땅을 박차고 하늘로 날아오를 수 있을까 의아해했다. 물론 첨단 과학에 의해 동력을 효과적으로 이용한 양력으로 비행기가 하늘로 날아오르는 것은 이론적으로 너무나 당연했다. 그럼에도 불구하고 손으로 직접 만져 확인할 수 없는 물리적 현상은 아무래도 심리적 불안감으로 다가왔다.

이제 비행기는 한참을 굴러가서 어느 위치에 이르더니 100미터 단거리 선수가 출발점에서 발에 힘을 잔뜩 주고 총소리와 함께 용수철처럼 튀어나갈 채비를 하는 것처럼 잔잔한 긴장감이 느껴졌다. 나는 나도 모르게 다리에 힘이 들어가며 숨을 몰아쉬게 되었다. 드디어 이 거대한 무게의 비행체가 강한 소음을 뒤로 하며 힘차게 앞으로 나아갔다. 나는 비행기를 움직이는 추진력이 '폭력'에 가까운 거친 힘으로 내몸의 중심을 뒤로 낚아채는 것을 느꼈다. 그런 만큼 좀처럼 움직일 것같지 않던 커다란 쇠뭉치가 처음에는 힘겹게 움직이는 듯하더니 점점 속도를 더하여 바람을 가르며 앞으로 나아가기 시작했다. 순식간에 창문 밖의 풍경들이 빠른 속도로 이지러져 뒤로 물러났다. 내 몸의 거친 저항이 차츰 비행체의 중력에 순응하기 시작했다. 기분 나쁜 이상한 파열음이 엔진의 엄청난 굉음에 묻혀 상대적으로 귀에 순해졌다. 이런 물리적인 빠른 속도와 강한 엔진소리가 순식간에 나의 몸을 움츠러들게 하며 비행기는 땅을 박차고 차츰 고개를 들기 시작했다. 나의 다리에 더욱 힘이 가해졌다. 나는 꼼짝 않고 비행기 바닥에 묶인 수인자의 신세가 되어 내 몸을 보이지 않는 어떤 힘에 맡길 수밖에 없었다. 나도모르게 눈이 감겨졌다.

현기증이 날 정도로 가파른 상승 곡선이 바람을 만나 어그러지는 듯했다. 그 때마다 섬뜩한 두려움이 온 몸을 경직시키며 별별 망상을 다자아내게 했다. 만약에 엔진 동력이 갑자기 멈춘다면…… 혹은 비행기의 외장 나사 하나가 풀려 버그러지면 작은 틈새가 바람을 이기지 못해 비행체가 두 동강 나고…… 이런 생각에 갑자기 나 자신이 하늘에서 낙엽처럼 튕겨나가 추락하는 망상에 이르자 나도 모르게 감았던 눈을 번쩍 뜨게 되었다. 내 눈에 비친 비행기 객실이 위로 비스듬히 올라가 있는 모습에서 비행기의 상승곡선을 짐작할 수 있었다. 창밖으로 구름이 빠르게 스쳐지나가고 있었다. 구름 사이로 말갛게 지상의 풍경이 거울처럼 비쳐왔다. 집들, 논, 밭, 그리고 길을 따라 개미처럼 자동차들이 느리게 움직이는 것이 보였다. 처음으로 내가 30년 이상 발을 딛고 살아온 지구 땅덩어리를 떠나 허공에 떠 있다는 사실을 실감할 수 있었다. 비행기가 아직도 기수를 하늘로 향한 채 무한히 떠오르고 있었다. 대기층의 구름 사이에 거친 바람이 숨어 있는지 비행기는 아직도 가끔 용틀임을 틀며 뒤틀려 상승하거나 잠시 동안 큰 폭으로 내려앉는 것을 몸으로 섬뜩하게 느낄 수 있었다. 그것은 옛날 중산에서 범선을 타고 피란 나올 때 배가 물 속 깊은 곳에서 숫아올라 거칠게 저항하는 괴물과 같은 바다의 속살과 맞대결하는 것과 비슷했다. 다시 한 번 비행체가 흔들리며 방향에 저항하는 버거운 힘을 느낄 수 있었다. 그러나 차츰 비행기는 이 바위 같은 커다란 대기권을 빠져나와 평화로운 운해로 접어들고 있었다. 저 아래 햇솜을 풀어놓은 것 같은 새하얀 바다가 평화롭게 펼쳐지기 시작했다. 그러자 비행기도 지금껏 유지했던 상승기수를 수평으로 유지하며 엔진마력을 줄여 고요한 비행을 시작했다. 나는 그때야 가슴을 쓸어내리며 다리를 뻗고 안도의 한숨을 내쉴 수 있었다. 나는 이제 완전히 하늘의 품에 안긴 것이었다. 느긋한 마음으로 창밖을 자세히 보니 간간히 뚫린 구름 사이 저 아래로 짙푸른 바다가 보였다. 갑자기 공항에서 이별한 부인과 혜은이의 얼굴이 그 바다 위에 비치는 듯했다. 나는 가만히 부인과 딸의 이름을 불러보았다. 혜은이가 천진한 웃음으로 화답하며 손을 흔들고 있었다. 나는 가볍게 미소 지었다.

　이제 비행기는 엔진소리만 몸에 울릴 뿐 하늘에 떠 있다는 느낌과 움직이고 있다는 느낌이 전혀 들지 않았다. 창밖으로의 풍경도 저 아래에 구름이 바다처럼 펼쳐져 있을 뿐 아무 것도 보이지 않았다. 말하자면 움직임을 감지하는 것은 비교대상이 있어서 그것과의 거리 변화에 의해 가능하지만 지금 비행기가 날고 있는 곳은 대기층을 훨씬 벗어난 곳이어서 아무 것도 기준 삼을 것이 없었다. 바로 아래의 구름바다는 그야말로 갓 튼 햇솜처럼 새하얗게 펼쳐져 있어서 그 위에 뛰어내리면 너무나 포근하고 푹석하여 하나도 다칠 것 같지 않은 착각에 빠지게 했다. 그곳은 아늑하고 평화로운 영원의 보금자리였다.

　나는 옆에 앉은 최교수가 팔을 흔드는 바람에 잠에서 깨었다. 그 동안 출국준비 하느라고 피곤했었는지 어느새 잠이 들었던 모양이다. 우리가 탄 비행기는 동경에 잠시 머문 다음 알라스카를 거쳐 파리로 가는 비행기였다. 그래서 우리 일행은 동경에서 내릴 준비를 했다. 미리 임시 입국허가요청서 비슷한 것을 작성해서 스튜어디스에게 제출한 후 동경 공항에 내릴 수 있었다. 처음 가본 하네다공항은 김포공항보다 훨씬 세련되어 보였고 가는 곳마다 세계 각국 사람들로 북적거렸다.

　비행기가 동경을 떠나 알라스카를 거쳐 파리의 오를리 공항에 도착한 것은 그 다음날 아침 6시경이었다. 파리에 도착하자 오래도록 비행 후에 맞는 기쁨으로 감개무량했나. 내가 그렇게 동경했던 도시 파리는 아직 어둠이 완전히 거치지 않아 희뿌연 안개 너머로 이따금 큼직한 가로등만이 보일 뿐이었다. 가로등이 뿜어내는 노르스름한 빛에 비친 공항의 여러 서비스 건물과 오가는 사람들의 그림자가 길게 드리우는 차창을 따라 가노라니 내가 꿈속에라도 있는 듯 그 느낌이 오묘했다. 어제까지만 해도 나에게 몇 십년간 똑같은 환경과 이웃, 직장, 가족 등 하루하루가 동일한 일상이었는데 지금 15시간이라는 시간의 벽을 넘어 완전히 다른 세상에 와 있는 것이 신기하기만 했다. 건물은 물론 도로, 정원, 나무, 들판, 모두 다른 모양을 하고 있을 뿐만 아니라 사람들의 모습과 언어, 심지어 이 모든 것의 색깔과 냄새가 달라서 이국적이었다. 특히 안개에 묻힌 파리는 나의 몸 구석구석에 퍼진 신경의 촉수를 나른한 몽상의 날개로 감쌌다.

우리 일행이 밖으로 나갔을 때 어느 흑인 여자가 우리한테 다가와 한국에서 온 연수생이 아니냐고 물었다. 우리는 생전 처음 밟아본 이국땅 프랑스의 공항에서 약간 당황하여 우왕좌왕하고 있을 때 프랑스 정부에서 교육 공무원인 크루스(CROUS) 직원을 가이드로 파견해 준 세심한 배려에 감사했다. 우리 일행 8명은 각자 짐을 지고 끌면서 그녀를 따라가 공항버스에 올라탔다. 서울의 버스보다 한층 업그레이드된 공항버스를 타고 파리 시내로 향하니 도로변의 새로운 풍경들이 주마등처럼 하나하나 눈에 들어왔다. 때는 늦은 가을이라 창밖으로 펼쳐지는 파리교외의 풍경은 정말로 아름다웠다. 아직도 끝없이 펼쳐진 초록의 들판이 부러웠다. 넓은 들판이 구릉을 만들며 비스듬히 지나가면 다른 들판이 나타나고 다시 끝없이 광활한 대지가 연장되었다. 저 멀리에는 농가들이 드문드문 자리를 잡고 있었는데 그 가운데는 어김없이 높은 건물이 버티고 서 있었고 그 꼭대기에 외로이 서 있는 십자가로 보아 교회가 틀림없었다. 그것은 하나의 고요한 그림구도였다. 정말로 멀리서 종소리가 은은히 울려 퍼지는 평화로운 농촌풍경, 곧 밀레의 '만종'이었다. 가끔씩 가까운 집 안뜰에는 가지들이 어지러이 자라서 집채 만 한 나무가 되어 서있었는데 그것은 늦은 만추에 한껏 단풍이 든 마로니에였다. 이 마로니에는 잎이 단풍으로 누렇게 물든 모습도 장관이지만 그 잎들이 떨어져 아직도 푸른 초원 위에 이리저리 바람에 흩날리는 모습에서 풍기는 가을 정취가 압권이었다. 버스는 이 들판 한 가운데 곧게 낸 도로를 잘도 달린다. 그런데 가끔 둥그런 깔때기를 세워 놓은 것 같은 커다란 콘크리트 구조물이 밀려 지나갔다. 나는 호기심이 발동했다. 나는 안내 직원에게 용기를 내어 저것이 무어냐고 물어보았다. 그녀는 그것이 농사를 위해 물을 모아두는 일종의 물탱크(Chateau d'eau)라고 설명을 하면서 저런 역삼각형 구조물은 엄청난 물을 저장할 뿐만 아니라 수압이 강해 멀리 있는 높은 고지대까지 물을 댄다고 설명을 해 주었다. 역시 전통적인 선진농업국다운 발상이었다.

이런저런 풍경에 마음이 뺏겨 정신없이 창밖을 내다보는 사이 어느덧 버스가 종점에 도착했다. 가이드는 우선 우리들을 지하철역 쌩 로이알 근처에 있는 크루스 사무실로 안내한 다음 프랑스에 입국 후 장학금을 받기 위한 필요한 요식행위인 서류작성을 하도록 했다. 처음으로 프랑스어로 작성하는 신상명세서가 쉽지 않아 그녀의 도움이 필요했다. 이런 신고절차를 마치자 안내직원은 크루스 근처 학생식당으로 우리들을 안내했다. 아직 12시가 안되었는데 벌써 복도에는 학생들이 꽉 들어차 있었다. 바로 내 앞에 서있는 프랑스 대학생과 여학생이 끝없이 말을 주고받으며 줄이 줄어들면 그만큼 앞으로 나아가고 있었다. 처음으로 느끼는 사람냄새가 코를 찔렀다. 나는 지금껏 사람에게서 별다른 냄새를 느끼지 못하고 살아왔는데 프랑스 식당 앞에서 프랑스 학생들과 줄을 서서 차례를 기다리며 그들이 우리와 다름을 그들 특유의 체취로 확인했다. 그들이 이 체취만큼이나 우리와 문화적으로 다르다는 것을 알기에는 그리 시간이 오래 걸리지 않았다. 식당에 줄을 선 어떤 남학생이 그 옆에 있는 여학생과 다정하게 이야기를 나누는 듯하더니 어느새 노골적으로 애정행위로 돌변했다. 그들은 곧 머리를 맞대고 키스하기 시작했는데 그들이 식식대며 애무하는 장면은 어느 진한 에로영화의 절정과 비슷했다. 나는 정말로 당황해서 눈을 어디에다 두어야할지 몰라 안절부절못했는데 놀라운 것은 바로 옆에 있는 친구들은 아무렇지도 않은 듯 계속 시시덕거리며 자기들끼리 이야기를 나누고 있었다. 물론 한국에서 영화나 잡지를 통해 서양문화를 간접적으로 접하고는 있었지만 바로 눈앞에서 이런 '꼴불견'을 보게 되니 적지 않은 문화적 충격이었다.

아무튼 한참을 기다려 식당 안으로 들어가니 끝이 안 보이는 홀 안에 검은 학생들이 꽉 차있었다. 그리고 노린내가 육류 특유의 기름진 냄새에 절어 역하게 확 밀려왔다. 나는 정신없이 같이 온 일행을 따라 남이 하는 대로 식판을 받아들고 앞으로 전진하며 오늘의 주 메뉴인 양고기 스테이크와 소스, 그리고 이어서 선택 메뉴인 샐러드 접시 하나를 식판 위에 올려놓았다. 그리고 좀 더 앞으로 나아가면서 야쿠르트, 그리고 디저트로 과일 하나를 집게 되어 있는데 준비된 과일은 커다란 오렌지와 바나나였다. 나는 한국에서 잘 먹어보지 못한 과일이라 눈이 휘둥그레졌는데 둘 중 하나만 선택하게 되어 아쉬움을 머금고 바나나를 집었다. 오렌지는 귤과 비슷해 한국에서 먹어본 과일 같았지만 바나나는 그때까지 한국에서 가장 귀한 과일이었기 때문이다. 나는 그 후에도 몇 년간 학생식당의 신세를 졌는데 그 때마다 디저트 선택은 항상 바나나로 변함이 없었다. 첫 날 프랑스 학생 식당에서의 식사는 느글느글한 양고기와 홀 안에 가득한 비린내, 와자지껄 떠드는 목소리들이 높은 천장에 울려 퍼져 확산되는 소음에 짓눌려 환경이 바뀐 강아지가 식사를 가리는 것처럼 제대로 식사를 할 수가 없었다. 더구나 느끼한 고기의 맛이 아까 복도에서 목도한 두 학생의 진한 사랑의 역겨움으로 전이되어 속이 느글느글했다. 아무튼 첫날 나는 서울의 채마밭에서만 놀다온 채식주의자처럼 새로운 서양음식에 잘 적응하지를 못했다. 그러나 프렌치드레싱을 한 샐러드는 시큼한 식초 맛이 강해 입맛에 맞는 듯했다. 야쿠르트는 우리 것과 달리 아무 것도 첨가 하지 않은 하얀 묵 같아서 거기에 적당히 설탕을 타서 차숟가락으로 떠먹으면 먹을 만했다. 이렇게 어느 정도 배가 차고 주위가 익숙해지자 주위에 흑인들만 눈에 띄는 것이 아니라 백인이 더 많이 눈에 띄었고 동양인도 간간이 눈에 들어왔다. 아마도 이것은 하루 사이에 서울에서 파리라는 다른 세상으로 들이와 새로운 것에 섭하자 다른 것이 더 눈에 두드러지는 착시현상 때문인 것 같았다.

식사를 마치자 크루스 안내자가 우리가 하룻밤 묵을 숙소로 안내했다. 지금 생각해 보면 그 숙소는 우리나라의 유스 호스텔 아니면 대학

기숙사 같은 곳이 아니었나 생각된다. 시설이 그리 좋을 리가 없었다. 그러나 당시로서는 숙소가 무료인 것만으로도 감지덕지했다. 그리고 다음날 일정에 대해서 말해 주었다. 내일 목적지인 브르타뉴 지방의 작은 도시 반느(Vannes)로 아침 10시경 북역에서 출발함으로 그때까지 자유 시간을 준다고 말했다. 우리는 숙소에 짐을 푼 다음 설레는 가슴으로 시내 구경을 나갔다. 보는 것마다 새롭고 휘황찬란하여 감탄사가 절로 나왔다. 특히 대로(Boulevard)에 끝없이 늘어선 카페와 유명 브랜드 패션 의류와 잡화 부티크들이 세계 최고의 화사함과 화려함을 마음껏 뽐내는 것 같아 우리는 그 앞에서 주눅이 들어 더욱 촌스러워지는 것 같았다. 우리는 파리의 명물 지하철을 타고 우리에게 잘 알려진 샹젤리제와 에펠탑, 그리고 개선문, 파리 소르본느 대학을 구경하였다. 특히 마들렌느 거리 중앙에 위치한 오페라 하우스는 매우 인상적이었다. 당시 우리나라에는 이렇다 할 공연장이 없는 형편이어서 오페라 하우스의 고색창연한 건물 외형만으로도 너무나 부러웠다. 마침 공연이 끝나서 홀 안으로 들어가 보았는데 공연장 내부가 하늘 높이 솟아 있고 1층 양옆과 뒤로는 몇 개의 단으로 되어 있는 관람석이 아득하게 펼쳐져 있었다. 나는 그 위용만으로도 공연의 규모와 질을 짐작할 수 있었다. 우리는 마지막으로 노틀담 사원을 지나 센느 강변에 이르렀다. 우리가 대학에서 배운 것처럼 센느 강변은 오가는 사람, 앉아서 강물을 바라보는 사람, 연인과 사랑하는 사람, 모두 이웃처럼 친근하면서도 평화로워 보였다. 그런데 놀라운 것은 이러한 평화로운 풍경 가운데도 몇몇 사람들은 대낮인데도 불구하고 포도주병을 입에 대고 병나발을 불고 있었다. 나중에 알고 보니 그들은 사회의 꽉 짜인 구속이 싫어서 자유를 찾아 가정도 직장도 버린 일종의 방랑자 룸팬들이었다. 그 당시에 나는 그들의 서투른 행위에 대해서 '배부른 짓'이라고 매도했으나 지금 와서 생각해보니 그들도 이 복잡한 현대사회의 일종의 피해자라는 생각이 들었다. 지금 사회는 모든 사람들을 같은 규율과 규범으로 재단하여 그 크기를 판단하고 그것을 강요하기 때문에 이러한 범주에서 벗어난 생각과 행동, 그리고 그것과 다른 가치기준이 인정되지 않을 뿐만 아니라, 사회 대다수의 범주에 속하지 않는 사람은 자연히 그 사회에서 도태되어 자신만의 비사회적인 도피처에 은신할 수밖에 없는 사회구조였다. 이러한 산업화 사회의 부산물은 문학에서는 데카당이라고 불리는 문학의 이단아를 낳기에 이르렀다. 파리의 휘황찬란한 번화가에 가려진 음울한 뒷골목의 어두운 현실을 보는 것 같아서 마음이 아팠다.

이런 현실로 가슴이 쩡해 오자 나는 센느 강물이 흐르는 것을 하염없이 쳐다보았다. 흐르는 강물에 내 마음을 실려 보내니 나의 인생도 언젠가는 허무라는 종착역에 이르게 될 것이라는 슬픈 감상에 젖게 되었다. 그렇다. 시간은 저 강물처럼 무심하게 흐른다. 이러한 시적 감상에 젖자 일찍이 센느 강물이 하염없이 흐르는 것을 보고 인생의 허망함을 노래한 아뽈리네르의 「미라보나리 아래서」가 생각났다. '세월은 (강물처럼) 흘러가는데 나는(그대로) 머물러 있구나!'라는 그의 싯귀는 결국 인간이 시간과 유리된 고독한 존재라는 메시지를 담고 있다. 이런 의미를 천착하고 있는 나에게 16세기 플레이드파 시인 롱사르가 다른 시를 내 귀에 속삭였다. 롱사르는 덧없는 인생에 대한 허무한 마음을 똑같이 탄식하고 있음에도 불구하고 그는 '시간은 흘러갑니다. 시간은 흘러갑니다. 부인 / 아! 그러나 시간이 아니라, 우리 자신이 흘러가고 있습니다.'라고 노래하고 있어 흘러가는 주체가 인간 자신임을 강조하고 있어서 논리적으로 우리에게 더 설득력 있게 다가온다. 아무튼 나는 이 두 시인이 읊은 시간의 덧없음을 센느강의 흘러가는 강물에 비친 나의 모습에서 더욱 시적으로 느낄 수 있었다.

다음날 오전 우리 일행 8명은 파리 북역을 출발하여 목적지인 반느로 출발하였다. 반느는 프랑스 서쪽 대서양 연안에 접한 브르타뉴의 작은 도시이다. 가면서 창밖으로 지나치는 들판의 풍경이 우리에게 새롭게 다가와 눈을 뗄 수가 없었다. 브르타뉴의 농경지는 대부분 밀밭이라 이미 수확이 끝난 들판에는 밀집이 기계로 두루마리처럼 말려져 가지런히 놓여 있었다. 그리고 아득히 먼 곳에는 나무들이 듬성듬성 서있었는데 나무마다 꼭대기에는 까치집처럼 둥우리가 매달려 있었다. 그러나 그것은 까치집이 아니라 나무가 겨우내 생장을 멈추고 있는 나뭇가지의 일부였다. 이렇게 들판과 나무가 어우러진 지평선 너머로는 아득히 첨탑이 드리운 마을이 자리 잡고 있었는데 이 풍경은 내가 흔히 영상을 통해서 본 이국적인 그림 그대로였다. 참으로 아름다운 풍경이었다. 프랑스에 고흐를 비롯해서 세잔느, 밀레 등 세계적인 유명 화가들이 많은 것은 이처럼 프랑스만이 가지고 있는 독특한 색깔이 구릉과 밀밭을 수평으로 채색하고 집과 나무, 교회가 수직으로 조화를 이루어 아름다운 구도의 파노라마를 만들기 때문일 것이다. 기차

가 서쪽 대지로 깊숙이 들어가자 점점 브르타뉴 특유의 풍경이 펼쳐졌
다. 파리에서 처음 출발할 때 보이는 집들은 대부분 누런 황토색의 벽
과 오렌지색 계통의 지붕으로 되어 있었으나 렌느(Rennes)가 가까워지
자 이 지방 특색인 하얀 벽에 검은 색 지붕의 집들이 줄지어 서있었다.
거의 모든 집들이 푸른 초원 위에 새하얀 집들이어서 그 느낌이 깨끗
하고 신선해 보였다. 그것은 유행가 가수 남진이 부른 그림 같은 언덕
위의 하얀 집이었다. 그런데 프랑스는 지방마다 사람들의 기질이 다른
만큼 집의 모양과 색깔도 하나같이 달랐다. 이에 비해 우리나라는 지
방마다 사람들의 기질은 다른데 사는 집은 거의 회색의 시멘트 구조물
로 되어 있어서 지방마다 특색이 없는 것 같아 안타까웠다. 기차는 렌
느에서 잠시 머물러 목적지별로 차량을 바꾸더니 다시 출발했다. 그리
고 한 시간도 안 되어 최종 목적지인 반느 역에 도착했다. 역의 한적한
규모로 보아 반느는 프랑스의 전형적인 지방 소도시였다.

　우리 일행은 반느역에서 차로 20분 거리에 위치한 반느 교육대학으
로 안내되어 본 건물 오른쪽 회랑 5층의 기숙사에 나란히 방을 배정받
았다. 남향인데다 앞에 높은 건물이 없어서 시야가 확 트여 있었다. 창
문 가까이에는 프랑스 특유의 사시나무가 4층 높이 까지 올라와 바람
이 불때마다 흔들거리고 있어 그것을 보고 있으면 어지러움을 느껴 눈
을 돌리넌 솜 오른쪽으로 수령이 오래된 호두나무가 하늘 높이 솟아
있었다. 그 사이로 이름 모를 커다란 검은 새들이 꺼억꺼억 울며 숨박
꼭질을 하고 있었는데 동화에나 나올 법한 음산한 분위기였다. 그러나
그 나무들 너머로는 바로 차길이 있어서 자동차가 지나다니는 소리가

은은히 들려왔다. 간간히 우렁찬 열기와 소음을 뿜어내는 커다란 오토
바이가 모든 차 소리를 잠식하며 가로를 쏜살같이 헤집고 지나갔다.
이 오토바이 소리가 잦아듦과 동시에 다시 은근한 소음이 창문 너머를
메웠다. 나는 이 창문을 통해 길 너머에 아득히 퍼져 있는 도시의 하얀
집들을 쳐다보며 새삼 브르타뉴의 전통적인 문화를 직감할 수 있었다.
그 끝에는 숲으로 보이는 지평선이 하늘과 땅을 적당한 구도로 양분하
고 있었는데 땅 위에는 그림의 구도처럼 질펀하게 퍼져 있는 오래된
집과 교회, 그리고 시냇물을 가로지르는 중세풍의 다리가 고색창연하
게 빛나고 있었다. 참으로 아름다운 풍경이자 하나의 그림이었다. 나
는 한참동안 넋을 잃고 이 아름다운 광경에 마음을 빼앗겼다.

　우리는 그 다음날 아침부터 본관 뒤 지하에 위치한 학생식당에서 프
랑스 학생들과 같이 식사를 했다. 이 학교 학생들은 우리나라의 교육
대학에 해당되는 국립대학의 장학생들이라 수업료를 면제받을 뿐만
아니라 정부로부터 매달 일정금액의 생활비를 받고 있었다. 프랑스가
얼마나 초등교육의 중요성을 생각하고 있는지 실감할 수 있었다. 그래
서 그런지 그들에게 제공되는 식사도 매우 질이 높았다. 아침에 본관
건물을 돌아서 지하 식당 가까이 가면 벌써 구수하고 향긋한 커피냄새
가 정신을 혼미하게 만들었다. 그것은 우리가 커피 맛을 보기 전에 벌
써 커피향이 우리의 코를 통해 머릿속 해마의 신경조직을 마비시키기
때문인 것 같았다. 아무튼 우리는 이 커피에 곁들인 달콤한 검은 머루
잼과 치즈의 구린내가 합성해 내는 독특한 향에 취해서 식탁으로 달려
가곤 했었다. 식탁에는 주방 아주머니가 미리 큰 주전자 가득히 하나

는 커피, 또 하나에는 우유, 그리고 바구니에는 프랑스식 큰 빵 썬 것, 그리고 쨈과 치즈, 버터를 준비해 주셨다. 특히 우리의 눈길을 끄는 것은 무럭무럭 김이 나는 구수한 우유였다. 그 당시 우리나라에는 우유가 그리 흔하지 않았던 시절이라 우리는 은근히 욕심이 나서 큰 대접에 우유를 가득 붓고 커피는 조금 시늉만 할 정도로 섞은 다음 큰 서양 숟가락으로 휘휘 저어서 훌훌 마셔댔다. 이렇게 우유로 입맛을 돋운 다음 우리는 큰 빵에 버터를 얇게 바르고 그 위에 쨈을 듬뿍 바른 다음 한입씩 비어 물며 우유와 함께 목으로 넘겼다. 아무튼 우리는 먹는 것에서만은 부족함 없이 마음껏 식사를 즐길 수 있었다.

아침 식사 후 9시부터 일과가 시작되었다. 그날은 첫날이라 그 대학 학장님이 우리들을 모아놓고 1년 동안의 대충의 교육방향을 설명하고 그 프로그램을 담당할 교수들을 소개했다. 그런데 커리큘럼을 자세히 보니 거의 모든 과목이 프랑스어실습과 프랑스 문화 소개였다. 그러자 나를 포함한 모든 선생님들이 크게 실망했다. 프랑스에 왔으면 정식 학부나 석사과정 혹은 박사과정에 등록하여 문학수업을 받을 것으로 기대했었는데 그것이 아닌 어학 훈련 과정에 가까웠기 때문이다. 물론 출발 전 선배들로부터 이 유학코스가 프랑스 정부가 자기네 말을 보급시키는 것을 목적으로 하는 언어연수 프로그램에 가깝다는 정보를 듣기는 했어노 대학 성규 과정에 설강된 강의를 수강할 수 없다는데 놀라지 않을 수 없었다. 그 날은 그렇게 실망스러운 얼굴로 하루를 마쳤다. 그러나 우리가 프랑스 정부로부터 한 달에 당시로서는 거금인 1000프랑씩을 받는 입장에서 그들의 목적에 부합하는 연수를 받지 않을 수 없었다. 만일 그들이 부과하는 프로그램을 따르지 않고 다른 공부를 하게 되면 당장 장학금이 끊겨 생계가 막막해질 것이 뻔했음으로 누구도 이에 이의를 달수가 없었다.

프랑스가 프랑스어와 프랑스문화를 보급하는 넓은 의미의 식민지 문화 정책은 20세기 초 제국주의 시절 프랑스가 아프리카의 많은 식민지 국가를 거느릴 때부터 써온 오래된 노하우였다. 우리는 이런 사실을 알고 약소국가의 비애를 다시 한 번 통감했다. 그런데 이러한 언어 문화 정책은 대 아프리카의 식민지 정책에는 적합할지 모르지만 우리나라처럼 국가의 역사와 문화 토양이 다른 아시아 국가에는 적당치 않았다. 우선 프랑스의 아프리카 식민지는 국민 전체가 프랑스어를 공용어로 쓰며 오래 동안 프랑스 문화를 자의든 타의든 수용하며 살아왔고 그것이 곧 실생활에 유용하게 적용될 수 있었기 때문이다.

그러나 우리 유학생들에게는 실용적인 언어나 문화습득도 중요하지만 사회적으로 인정받을 수 있는 자격증인 석사나 박사학위 취득이 더 절실했다. 따라서 우리 일행은 프랑스어와 문화 습득이라는 이 교육프로그램을 처음부터 탐탁지 않게 생각했다. 그것은 결국 아무리 열심히 이 프로그램을 이수해서 프랑스어를 잘 한다고 하더라도 그것에 상응한 사회적 대접을 충분히 기대할 수 없을 뿐만 아니라 한국사회는 그때나 지금이나 여전히 유학을 갔다고 하면 박사를 끝내고 귀국해서 대학에 자리를 잡는 것을 유일한 길로 생각하는 풍토가 일반화되어 있었기 때문이다. 그것은 조선조로부터 내려온 출세지향주의적인 선비사상, 말하자면 과거급제를 하여 단번에 신분상승을 도모하는 사회적 분위기가 현재까지 뿌리깊이 박혀 있는 것과 무관하지 않았다.

  아무튼 우리 일행은 우리가 기대했던 유학의 꿈이 사라지는 것은 아닌가 하는 우려 속에서도 프랑스 정부가 계획한 어학 문화 프로그램을 열심히 수강했다. 사실 이 프로그램은 대학의 정규과목인 문학 강의보다 전문성은 떨어지지만 우리처럼 프랑스의 언어와 문화 지식이 부족한 문학초년생들에게는 더없이 필요한 기초지식, 즉 문학공부를 위한 필수자양분인 인문학의 토양이었다. 거기다가 강의실에서 배운 문화와 생활을 주말마다 직접 현장체험을 통해 체득함으로써 그 학습효과를 배가시킬 수 있었다. 예를 들면 주중에 프랑스어 텍스트를 통해 포도주에 관한 여러 내용을 배웠다면 주말에 주위에 있는 포도농장에 직접 가서 포도재배와 수확, 포도즙 짜기와 숙성, 그리고 산 밑에 파놓은 어마어마한 규모의 동굴에 저장하여 포도주를 만드는 과정을 현장실습을 통해서 살아있는 지식으로 습득하게 했다. 알고 보면 우리에게 꼭 필요한 알짜배기 교육인 셈이었다. 그래서 우리는 매주 주말의 소위 문화탐방을 은근히 기다리곤 했다. 이 문화탐방은 당일치기도 있었지만 며칠씩 걸리는 장거리 여행도 있었다. 이럴 경우 버스를 대절하여 필요한 음식은 물론 음료수까지 싣고 우리는 물론 이 프로그램에 참여한 교수와 그 가족까지 함께 타고 떠났다. 그 덕분에 우리 일행은 브르타뉴의 많은 유적시와 박물관, 노르망디의 상륙작전 현장과 해안 포대, 몽 쎙 미셸 孤島 그리고 포도밭, 굴 양식장, 대서양 협곡, 선돌 유적지, 루아르 강 연안의 수많은 성들, 반느 연안의 아름다운 섬들을 견학할 수 있었다. 또한 이 과정에서 샤토브리앙 같은 문학가와 고흐나

고갱, 르느와르 등 미술의 대가들의 숨결이 느껴지는 현장을 방문할 수 있었다. 이러한 현장중심의 교육으로 나는 프랑스어는 물론 프랑스 문화에 대한 내실 있는 지식을 폭넓게 쌓을 수 있었다. 이런 언어와 문화의 산지식은 내가 나중에 대학에서 문학 강의를 할 때 학생들에게 현장의 생생한 체험을 들려주는 좋은 자료가 될 수 있었다.

이러한 내실 있는 강의에도 불구하고 우리들은 하루하루 지날수록 점점 초조해지며 불안이 엄습하기 시작했다. 유학기간 2년 동안 최소한도 석사학위라도 따지 못하면 여기까지 와서 고생한 보람이 하나도 없기 때문이었다. 더구나 우리가 몸담고 있는 이 대학은 교육대학이라 프랑스문학을 공부할 수 있는 학위과정이 없기 때문에 그 희망은 아예 절망에 가까웠다. 말하자면 우리를 작정하고 이런 작은 도시로 보낸 프랑스 당국, 그리고 언어와 문화 위주로 프로그램을 만든 대학 당국에 대한 불신과 불만이 고조되었다. 그래서 강의시간에 교수가 강의를 마치고 시간이 남을 경우 우리들은 우리의 애로사항과 우리의 어려운 처지를 하소연하기도 했다. 그러나 그들도 우리의 정서를 이해하면서도 정해진 커리큘럼에 따라 강의를 진행할 뿐 다른 방도가 없었다.

그런데 이러한 답답한 우리의 처지에 새로운 돌파구를 열어서 우리에게 희망을 준 사람이 우리 일행 중 권근식 교수였다. 권교수는 당시에 공주사범대학교 불어교육과 교수로 재직 중이었는데 정말로 매사에 적극적이고 미래지향적인 사고를 지닌, 순발력 있는 재사였다. 권교수는 우리가 반느에 도착하여 새로운 환경이 어설퍼서 시내도 제대로 나다니지 못하는 동안 스스로 시내 지도를 구입하고 버스 타는 시간과 장소, 승차장 위치 등 모든 생활 정보를 확보한 다음 혼자서 필요한 곳을 찾아 다녔다. 그는 당시에 시급히 필요에 의해 우리가 찾아가야할 공공기관인 체류증을 심사하는 경찰서, 우체국, 도서관, 서점, 대학 행정실, 크루스 사무실 등을 혼자 찾아가서 필요한 행정업무를 제일 먼저 끝내곤 했다. 그러면 나머지 사람들은 저녁에 식당에서 권교수를 만나 필요한 정보를 묻고 그 다음날 그대로 따라 하기만 하면 되었다. 그는 우리들이 필요한 모든 공무를 먼저 개척해서 우리들에게 그 노하우를 전수하는 해결사였다. 그러나 이런 모든 과정이 혼자만 먼저 일을 처리하는 이기주의로 비쳐 다른 사람들의 비판의 대상이 되기도 했다. 그러나 그 과정이 어떻든 간에 나머지 일곱 명은 항상 권교수가 개척한 길을 수월하게 이용하는 수혜자가 되어 있었다.

내가 가까이서 본 권교수의 가치관은 한마디로 효율성이었다. 그에게 가장 큰 덕목은 주어진 환경에서 어떻게 하면 가장 큰 생산성을 제고하느냐가 문제였다. 학문도 생활도 행복도 건강도 신의도 모든 것이 이러한 잣대의 예외가 되지 않았다. 그는 우선 이러한 낯선 곳에서 효율성을 극대화하기 위해서는 선천적인 부지런함을 바탕으로 빠른 이동수단이 필요했던지 어느 날 식당에 헬멧을 하나 들고 들어왔는데 물어보니 스쿠터를 한 대 샀다고 말했다. 그는 이 스쿠터를 타고 시내에 사주 가는 서섬이나 도서관, 우체국, 그리고 다른 편에 위치한 여자 교육대학의 식당까지 안가는 데가 없을 정도였다. 권교수는 부지런하기로도 우리들 중 으뜸이었다. 그는 우리가 곤히 잠자고 있는 새벽 여섯시면 일어나서 운동장을 여러 바퀴 돌거나 배드민턴을 쳐서 땀을 흠뻑

낸 다음 샤워를 하고 아침을 먹었다. 그리고는 잠시 낮잠을 잔 다음 하루 종일 연구를 했다. 그는 이러한 규칙적인 생활로 남보다 건강이 좋아 나이보다 열 살은 젊어 보였다. 이처럼 그의 독특한 가치관과 생활 패턴이 그렇지 않은 다른 사람들의 곱지 않은 시선을 불러일으키기도 했지만 그는 이에 조금도 신경을 쓰지 않고 묵묵히 자기 철학대로 자기 일을 추진해 나갔다.

그러던 어느 날 권교수가 오전 강의에 나오지를 않았다. 우리 모두는 궁금증이 한껏 고조되었다. 왜냐하면 아직까지 한 번도 강의에 빠진 적이 없이 강의실 맨 앞좌석을 독차지 하고 있던 그였기 때문이다. 그는 오후 내내 나타나지 않았다. 우리는 강의가 모두 끝나서 저녁에 식사를 하기 위해 식당에 모였다. 그런데도 권교수는 보이지 않았다. 서로 물어보았지만 아는 사람이 아무도 없었다. 그런데 식사가 다 끝나갈 무렵 권교수가 비를 맞았는지 옷이 흠뻑 젖은 채 헬멧을 들고 식당 입구에 나타났다. 우리들은 기쁜 나머지 권교수에게 달려가 안부를 묻고 어디 갔었느냐고 물었더니 그는 꽤 지친 모습으로 나중에 이야기하자고 하며 식사판을 들고 식대로 향했다.

그 다음날 강의 시간에 다시 만난 권교수가 어제 일에 대해서 우리에게 털어 놓았다. 권교수도 여기서 그냥 어학훈련만 받고 돌아갈 수는 없는 형편이어서 고민 끝에 스쿠터를 타고 렌느 시에 있는 렌느대학에 가서 박사학위과정 등록을 마치고 돌아왔다고 말을 했다. 이 말을 들은 나머지 사람들이 동요하기 시작했다. 우리 대부분은 전혀 생각지도 못했고 생각했더라도 그 복잡한 행정절차를 감히 시도할 만한

용기가 있을 리 없었기 때문이다. 혹자는 권교수 혼자만 몰래 하고 왔
다고 비아냥거리기도 하고 혹자는 부러운 눈초리로 그 방법을 일일이
캐묻기도 했다. 나도 은근히 지금의 상황에서 벗어날 수 있다는 희망
이 생겨 대단히 고무적이었다. 우리는 이 일을 계기로 우리 담당 프랑
스어 교수들에게 우리가 이 프로그램을 열심히 듣는 조건하에 렌느대
학의 정규 학위과정에 등록해 줄 것을 요청하기에 이르렀다. 그 중 한
교수가 렌느 대학 담당자와 친분이 있어 여러 번 설득한 결과 우리 유
학생 모두에게 렌느대학 학위과정 등록을 허락해주었다. 학위과정 수
용 조건이 무엇인지는 분명히 모르지만 우리가 듣고 있는 반느대학 문
화강의를 학점으로 인정하고 프랑스 문학 필수과목을 렌느대학에서
수강하는 조건인 듯했다. 아무튼 우리의 숙원인 학위 문제도 재빠른
기동력을 갖춘 재사인 권교수가 물꼬를 터서 가능하게 되었다. 이로써
나는 렌느 대학교 문과대학 대학원의 석사과정에 등록하게 되어 공식
적으로 프랑스문학을 전공하게 되었다.

이때부터 내가 전공할 프랑스의 작가와 작품에 대해서 생각하기 시
작했다. 막막하기 이를 데 없었다. 지금까지는 주로 프랑스어 능력을
향상시키는 언어나 문화 강의를 수강했는데 앞으로는 자기가 일생동
안 공부할 구체적인 대상을 정해야 했기 때문이다. 이때 언뜻 머리에
떠오른 작가가 쎙떽쥐뻬리(Saint-Exupéry)였다. 그것은 그가 한 마디로
하늘을 나는 비행사이자 작가였기 때문이다. 그의 모든 행동과 생각,
그리고 작품이 나의 내면에 숨어 있는 어떤 정서와 일치하는 듯했다.

그가 꿈꾸고 사유하고 철학하는 모든 행동이 '하늘'이라는 절박한 공간에서 이루어지므로 그 결과물인 작품은 일반적인 지상에서의 그것과 근본적으로 달랐다. 특히 그가 비행을 감행했던 20세기 초에는 대부분의 비행기가 기계적으로 원시상태에 있었음으로 비행 중 추락할 확률이 아주 높은 불안한 시대였기 때문에 그에게 있어 비행은 곧 '죽음과의 만남'이었다. 그래서 그의 작품에는 삶과 죽음의 현장인 '하늘'이 항상 사유의 절대적인 공간이 되어 있다. 우연인지 몰라도 이 하늘은 오래전 내가 고향 마을 나무께의 언덕에서 한없이 신비의 대상으로 쳐다보았던 그 하늘과 일치하고 그 후 이 망향의 원천을 잊지 못하고 그 꿈에 젖어 K항공에 입사했던 일과 일맥상통했다. 어떻게 보면 내가 그동안 세파에 밀려 잊고 지냈던 그 하늘과 다시 인연을 맺어 더 심오하게 인생을 사유할 수 있는 기회가 이 작가로부터 인식된 셈이었다.

프랑스 브르타뉴의 하늘은 그 움직임이 세차다. 구름의 모양이 고향의 구름과 달리 얌전하지 않고 거칠고 흉측하고 심술이 궂다. 특히 늦은 가을 하늘은 늘 검은 구름이 세차게 일어나 해괴한 모양을 제 마음대로 만들어내다가 바람에 실려 저만큼 물러가 버린다. 대부분 이 구름은 밤새 가는 비를 눅눅히 내려 아침 공기를 서늘하게 바꾸고 아스팔트길마다 흥건히 물기를 머금게 하여 출근길 샐러리맨들에게 생동감을 준다. 창문을 통해 훤히 내다본 하늘에는 아직도 남은 안개구름이 지평선까지 자욱하게 끼어 있어 어둠침침하지만 반대로 그 아래에 하얗게 빛나는 브르타뉴의 집들은 동화에 나오는 요정들의 집들처럼 반짝거린다. 하늘과 대지, 그리고 그 위의 집들, 하얀 벽과 어우러진 검

은 지붕의 앙상블은 비에 젖은 바깥이 을씨년스러운 만큼 그것을 쳐다
보는 내 마음은 오히려 따뜻한 것 같았다. 가까운 하늘은 어느새 짙은
구름으로 가득차고 저 멀리 대서양 바다 한가운데부터 태양이 조각구
름 사이로 빛살을 내려 보내기 시작했다. 이렇게 만나는 하늘과 바다,
그리고 지상을 적시는 가을비, 비에 젖은 집과 거리, 포도, 이 모든 것
은 우리에게 매섭게 다가오는 추위는 아니지만 항상 뼈 속까지 스며드
는 고독을 느끼게 하는 음습함 바로 그것이었다. 이런 습도가 주는 추
위는 고향을 떠난 이방인들에게는 항상 그 온도 이상 춥게 느껴지게
하는 고독의 원천임에 틀림없었다. 그래서인지 창문에서 간간히 떨어
지는 낙수가 내 마음의 눈물처럼 꽤 차게 느껴졌다.

어느덧 계속되던 하늘의 뭉게구름 그리기가 옅어지기 시작했다. 그
구름의 짙은 덩어리가 차츰 순한 양처럼 모양과 색깔이 유연해지는 것
은 긴 터널과도 같은 깊은 겨울이 끝자락에 와 있음을 알리는 것이다.
그러나 아직도 변덕스러운 프랑스 브르타뉴의 하늘은 드넓은 대서양
에서 몰아오는 음습함을 그대로 안은 채 대륙으로 대륙으로 몰려오고
있었다. 광활한 대지도 이 우주의 역학인 바람의 움직임에 따라 형세
를 달리하는 구름 속에 하루가 다르게 그 모양이 바뀌어 가고 있었다.
좀 멀리 정문 쪽으로 비스듬히 보이는 검은색 덩어리의 마귀 같은 사
시나무는 계절에 관계없이 검은 옷을 그대로 걸치고 있어 변함없이 온
갖 새들의 사랑방 구실을 하고 있었다. 작은 새, 큰 새, 회색 새, 검은
새 등 크기와 색깔로만 구분할 수 있는 다양한 새들이 검은 나뭇가지
속에서 수다를 떨고 있었는데 그 중에도 유독 소리가 거친 검은 새는

나중에 일본 동경대학 캠퍼스에서 본 까마귀의 일종 같았다.

창문으로 내다보이는 하늘은 여전히 큰 구름덩어리가 끝없이 펼쳐져 색이 차츰 옅어지면서 대서양 끝가지 이어졌다. 하늘 아니 우주의 오묘함이 천지개벽처럼 크게만 느껴지고 그 장엄한 파노라마가 나를 압도하여 경외감마저 들게 했다. 구름의 몰려옴이 가까이서는 휙휙 지나가는 것처럼 보이다가 앞을 지나가면 이미 서향 빛을 등지고 있는 동쪽에 높이 솟은 암석 바위 위 구름과 한 덩어리가 되어 검게 변했다. 이러한 구름의 이동에서 눈을 떼지 못하고 전체 하늘을 조망하고 있노라면 나 자신이 큰 배에 실려 북극의 빙하를 떠도는 표류자 같은 착각에 빠지곤 했다. 그러나 이런 사나운 대서양의 기후도 세월을 이기지는 못하는지 그해 3월이 되자 검은 구름 만들어내기를 그치고 가끔씩 흰색구름을 대륙으로 날려 보냈다. 또한 그 구름 층 사이를 비집고 내려오는 햇볕이 살결에 닿는 듯 한결 따스해보였다. 그러자 앞 벌판에 널찍하게 퍼져 있는 들풀들이 옅은 초록색을 띠기 시작했다.

이렇게 봄이 가까워오자 우리 일행도 긴 겨울잠에서 깬 듯 자주 자기 기숙사 방을 나와 이웃 방 나들이를 하곤 했다. 나는 주로 나보다 나이가 지긋하고 점잖으신 김용년 선생님 방에 가서 이런저런 이야기를 나누곤 했다. 김 선생님은 독실한 기독교 신자로 천성이 너무나 고우셔서 소위 법 없이도 살아가실 수 있는 분이었다. 그 분과 한참을 이야기하다보면 나도 모르게 내 마음의 동요가 한낱 사치에 불과하다는 생각이 들게 되었다. 그리고 한 방 건너의 최 선생님과는 서울에서부터 인연이 있어 모든 일을 같이 의논할 수 있어 좋았다. 특히 최 선생님과

나는 가톨릭 신자임으로 일요일마다 성당에 같이 나가고는 했다. 더구
나 프랑스 말을 빨리 배운다는 핑계로 그 성당의 성가대에 입회해서
일주일에 두 번씩 연습을 하곤 했다. 이때 여러 프랑스 교우들을 알게
되어 그들 생활에 좀 더 가까이 다가갈 수 있었다. 프랑스 사람들은 대
부분 태어날 때 영세를 받는데도 불구하고 그들 중 많은 사람들이 커
가면서 성당을 멀리하고 있었다. 그러나 반느 같은 소도시 사람들 중
일부는 철저히 신앙생활을 지키고 있었는데 그들은 이러한 신앙이 매
체가 된 공동체 생활에서 그들에게 결핍된 이웃 친척간의 사랑과 봉사
를 나누고 있었다. 이러한 연대를 통해 그들은 개인의 소외를 극복할
뿐만 아니라 따뜻한 마음을 나누는 작은 행복을 실천하고 있었다.

　예를 들면 성가대원들은 연습이 끝날 무렵 자신들의 일정한 관행에
따라 어느 회원이 "오늘은 우리 집으로 가요!"라고 외치면 나머지 사람
들이 환성을 지르며 박수를 쳐댔다. 그리고 삼삼오오 차를 나누어 타
고 그 집으로 향했다. 그런데 놀라운 것은 그 집에 가보면 미리 차려놓
은 것이 아무것도 없었다. 그 자리에서 주인이 차를 끓이고 과자나 빵,
과일을 식탁에 내놓으면 그것이 전부였다. 우리 기준에서 보면 손님이
민망할 정도로 허술한 대접이었다. 그러나 회원들은 음식에 아랑곳하
지 않고 너무나 즐거워하며 화기애애했다. 그것은 프랑스 사람들이 그
들의 선조인 골르와인들의 기질을 닮아 대화를 즐기는 민족이기 때문
이었다. 차 한 잔과 과자 한 조각을 손에 들고 그렇게 할 이야기가 많은
지 밤늦도록 서로 떠들고 웃고, 또 떠들고 웃고 너무나 즐거운 모습이
었다. 프랑스 사람들이 일반적으로 미식가로 알려져 있는데 그들이 중

요하게 생각하는 것은 음식도 중요하지만 그보다 그 음식을 들면서 상대방과 나누는 대화인 듯했다.

4월이 되자 프랑스 브르타뉴에도 봄이 찾아와 온갖 꽃이 피기 시작했다. 특히 인상적인 것은 주택가 골목을 걸어가다 보면 자연적으로 집 앞의 작은 정원들을 만나게 되는데 집집마다 그렇게 정성을 들여 아름답게 꾸며놓을 수가 없었다. 빨강, 노랑, 초록 , 자색, 연두색, 파랑 등 수없이 많은 이름도 모를 꽃들이 너무나 아름답게 정원을 수놓고 있어 그것을 쳐다보는 시간이 그렇게 즐거울 수가 없었다. 더구나 그 꽃 모두가 실해서 크기도 엄청나게 크고 색깔도 눈이 부실 정도로 짙었다. 그 이유를 나중에 알았지만 같은 꽃 종자라도 개량하여 우리나라 것보다 더 큰 이유도 있었지만 프랑스 사람들은 전년도 가을부터 이 꽃을 탐스럽게 피우기 위하여 많은 투자를 하고 있었다. 다년생은 구근을 분리하여 자리를 옮겨주고 웃자란 꽃대는 잘라서 영양분의 손실을 막고 추위에 약한 식물은 짚으로 싸주고 수분을 좋아하는 꽃은 겨울 동안 별실에 옮겨서 관리하는 등, 세심한 관리를 했다. 특히 토양은 반드시 전해에 퇴비를 충분히 준 다음 복토를 해서 겨울 동안 세균이 충분히 번식해 영양이 되도록 했다. 그러면 새해 봄에 흙에서 김이 무럭무럭 나며 구수한 냄새가 날 정도로 부식된 좋은 토질이 만들어지는데 이러한 토양의 지력이 그렇게 아름다운 꽃을 실하게 피우고 있었다.

나는 이러한 여러 꽃들 가운데 시커먼 토양을 힘차게 밀고 올라오는 튤립의 붉은 색을 잊을 수가 없다. 꼭 땅 속에 숨어있는 어떤 마력에 의해 하늘을 박차고 올라오는 정령 같았다. 짙은 붉은 꽃잎은 그 색의 농도가 하도 강하여 검붉은 색을 띠고 있었다. 나는 그 오묘한 색을 들여다 볼 때마다 창조주의 권능에 감탄하곤 했다. 더구나 그 꽃이 땅을 비집고 올라오는 힘은 천지의 생명력을 그대로 몸에 느낄 수 있을 정도로 강렬했다. 이러한 튜립 꽃의 힘찬 향연은 비단 반느시의 자그만 정원에서뿐만 아니라 5월이 되면 파리의 샹젤리제 거리의 화단, 교외 베르사이유 궁전의 넓직한 정원에 지천으로 피어올라온다. 이때의 인상은 튤립들이 단순히 꽃을 피운다기보다는 서로 앞다투어 땅을 비집고 올라오는 경연장 같았다. 나중의 일이지만 몇 년이 지난 5월 하순 어느 날 우리 가족과 함께 고사리 채취를 하러 퐁텐느블로 숲으로 나들이를 갔을 때 퐁텐느블로 성의 정원에 도도하게 도열하고 있는 튜립들에게서 역시 그 붉은 색 특유의 강렬한 정열과 풍요로움을 느꼈다. 그러나 이 튜립들에게서는 이미 이른 봄의 청순한 생명력은 간데없고 뜨거운 태양에 지친 피곤함이 엿보였다. 아무튼 나는 지금도 이른 봄이 되면 반느 뒷골목 정원마다 힘차게 올라오는 붉은 색의 향연을 잊을 수가 없다.

그 해 봄 외부 현장 학습이 있어서 반느에서 바다쪽으로 30분 거리에 있는 까르낙에 간적이 있었다. 이곳은 수없이 많은 선돌(menhir)이 일렬로 죽 늘어서 있어서 고고학적 가치가 높은 지역으로 보호를 받고 있었다. 이곳 선돌은 우리나라의 선돌처럼 그렇게 크거나 웅장하지는 않았지만 그 수에 있어서나 군집 상태가 다른 유적지를 압도하고 있었다. 각양각색의 선돌은 서로 자신의 모양을 뽐내듯 가는 길마다 우리를 쳐다보면서 인사를 하고 있었다. 까마득한 옛날에 일정한 신분을 가진 선민들의 무덤이었다는 설이 유력하기는 하지만 그 용도가 분명하지 않은 이 돌들은 오늘도 모진 세월의 풍파를 이겨내며 숯한 역사 현장의 증인이 되고 있었다. 나는 이 돌 하나를 손으로 짚으며 아득한 세기 초에 살았던 선인들의 숨결을 느껴보려 했지만 그 느낌은 사뭇 냉랭할 뿐이었다. 이때 너무나도 향긋한 꽃내음이 살포시 코를 간지럽혔다. 나는 나도 모르게 이 꽃향기에 홀려 그 돌들 뒤로 돌아가 보았다. 거기에는 선돌군집 보호구역을 알리는 울타리로 노란 개나리 비슷한 꽃을 심어 놓았는데 거기서 흘러나오는 향기였다. 그 향기가 얼마나 진하고 깊은지 나는 얼마 동안 정신없이 그 꽃에 얼굴을 파묻고 이리 저리 향내를 맡아댔다. 정말로 황홀한 꽃의 향연이었다. 그래서 나는 우리를 안내하는 교수님에게 이 꽃의 이름을 물었다. 그 꽃은 아종도르(ajonc d'or)라는 이름의 들꽃으로 4월 경 대서양 연안 해안을 따라 피고 있었다. 노란색 꽃이 피어 얼핏 보면 개나리 같았지만 나무줄기에 가시가 돋쳐 있고 푸른 잎과 섞여 있어 개나리만큼 화사함을 뽐내지는 않았지만 그 향기가 사람을 취하게 했다. 나는 지금도 봄이 다가오면 대서양 연안 브르타뉴지방의 한적한 곳에 호롯이 피어 따뜻한 태양을 머금으며 한껏 향기를 뿜어낼 아종도르를 그리워한다.

그 다음 현장 학습은 3박 4일 일정의 루아르 강변에 산재해 있는 유명한 성들(Chateaux)의 순례였다. 우리 일행은 간단한 세면도구와 겉옷을 챙겨 들고 가벼운 마음으로 버스에 올라탔다. 우리는 낭트를 지나 루아르 강을 거슬러 올라가며 성을 방문하였는데 성이 워낙 많아서 다 구경하지는 못하고 그 중에서 일반인들에게 널리 알려진 성만을 골라 방문했다. 루아르 강변은 옛날부터 기후가 온화하고 경관이 뛰어나서 왕가나 제후들이 앞 다투어 성을 지었다고 한다. 정말로 듣던 대로 수량이 많아 굽이치는 물살이 살아 움직이는 듯했다. 물이 흘러가는 강변을 따라 버드나무가 늘어져 있고 그 물이 굽어져 다른 방향으로 틀면 그 옆으로 작은 섬이 생겨 아름다운 한 폭의 그림을 만들어내고 있었다. 또한 나무숲이 만들어내는 그림자의 음영이 짙게 드리워져 햇볕에 반사된 물결과 조화를 이루었다. 버스 차창으로 흘러가는 강과 나무, 그리고 저 멀리 푸른 초원 언덕에 자리 잡은 하얀 성곽이 한데 어우러져 옛날 중세의 한 장원을 연상케 했다. 강을 거슬러 올라가면서 왼쪽 골짜기 깊숙한 곳의 나무숲에 둘러싸여 있는 것이 쇼몽 성인데 이 성은 프랑스 사실주의의 거장 발자크가 쓴 「계곡의 백합」에 나오는 한 송이 꽃같은 인상을 주었다. 어떻게 보면 이 꽃은 발자크가 묘사한 것처럼 끝없이 펼쳐진 숲 한가운데 호젓이 앉아 있는 여인처럼 햇빛에 반사되어 눈부시게 빛나고 있었다. 발자크는 '내가 호두나무 아래 앉아 있을 때 중천의 태양이 그 성의 기와와 창문의 유리에 반사되어 반짝였다. 그녀의 부드러운 면직 옷이 하얀 빛을 발하는 것이 멀리 살구나무 아래 포도밭에서 보였다. 당신이 이미 아시다시피, 그럼에도 다 알지는 못하시지만, 그녀는 하늘을 온통 향기로 가득 채우면서 점점 커져가는 계곡의 백합이었다.'라고 쓰고 있다. 물론 이 성은 소설 속에 나오는 한 귀부인의 저택을 그 여인의 우아한 자태에 견주어 묘사하고는 있지만 푸르스름한 하늘 아래 펼쳐진 강과 나무, 숲, 그리고 새하얗게 돋보이는 계곡의 하얀 성 쇼몽은 그 여인 못지않은 아름다운 자태를 뽐내고 있었다. 그 성 위에서 내려다보이는 질펀한 강과 그 강변을 따라 자욱이 서 있는 사이프러스 나무들의 행렬이 끝이 보이지 않고 그 너머에는 풍요로운 경작지를 앞마당처럼 거느린 시골마을이 펼쳐져 있었다. 눈의 시야가 이처럼 넓게 그리고 밝게, 말하자면 시원하게 펼쳐질 수가 있을까? 나는 새삼 프랑스의 전원 풍경이 얼마나 아름답고 고풍스럽게 보전되고 있는가를 확인할 수 있었다. 프랑스 하면 보통 파리가 전부인 것처럼 인식하고 있었던 나에게 루아르 강변의 성과 강물, 그리고 숲이 어우러진 아름다운 구도와 색감이 다시 한 번 르느와르, 세잔느, 밀레, 고흐, 고갱 등 세계적인 화가가 왜 프랑스에서 태어날 수 있었는지를 간접적으로 설명해주기에 충분했다. 그리고 땅이 뿜어내는 생명력이 넓은 들판에 밀과 옥수수 천지를 만들어 내고 그 끝의 지평선으로부터 눈 위 정수리까지 훤하게 트인 하늘에는 뜨내기 구름만이 대륙으로 흘러들고 있었다. 구름이 이동하는 그 하늘은 우리 나라처럼 청명하다기보다는 옅은 연무가 낀 짙은 회색 하늘이었지만 그 햇살은 이미 용광로 속의 잉걸불처럼 따갑게 느껴졌다. 5월 대서양 연안에서 속살처럼 은근히 불어오는 살바람도 이 태양 에너지의 위력 앞에서는 속수무책이었다. 태양은 이미 정오의 직사광선을 쇼몽 성 동주앙 지붕을 덮고 있는 반짝이 덮개 위에 퍼붓고 있었다. 여기저기 첨탑에 반사되는 빛의 반향을 물끄러미 쳐다보고 있자니 이 쇼몽 성이 마치 동화에 나오는 마법의 성 같았다.

우리는 이미 한결 낮아진 석양빛을 안고 이 성의 언덕을 천천히 내려와 다시 버스를 타고 저녁 해가 뉘엿뉘엿 질 무렵 어둠 속에 웅장하게 등장한 앙보아즈 성 근처의 숙소에 도착했다. 이 성은 16세기 샤를 8세와 다방면에서 탁월한 재능을 보인 유명한 예술가 레오나르도 다 빈치를 불러들인 프랑스와 1세가 세운 성으로 오랫동안 여러 왕들이 거처한 곳으로 유명했다. 그래서 그런지 주위에 부속 건물들이 즐비했다. 우리 일행은 이 부속건물을 개조한 한 숙소에 머물게 되어 매우 기뻤다. 건물 내부가 벽은 물론 둥그런 기둥이 화강암으로 되어 있을 뿐만 아니라 천장에는 거장들의 작품인 듯한 화려한 색깔의 커다란 그림이 그려져 있었는데 이를 보고 있으면 내가 마치 하늘을 훨훨 날아다니는 착각에 빠지게 했다. 저녁 메뉴는 프랑스식 스테이크를 곁들인 식초무침이었는데 새큼하면서도 깊은 고기 맛이 배어 있어 먹을 만했다. 특히 한 테이블에 세 장씩 제공된 이 지방 특유의 밀 점병 크레프는 딸기, 바닐라, 버찌의 향기가 코를 자극하여 더욱 입맛을 돋우게 했다. 이 크레프는 우리나라의 부침개와 비슷하다고 할 수 있는데 그 두께가 아주 얇고 주로 단맛을 내는 소스 때문에 어른은 물론 어린이도 매우 좋아하는 간식거리이다.

우리는 다음날 앙보아즈 성을 필두로 쉬농 성, 몽소로 성, 그리고 너무나 아름다운 물 위의 회랑 쉬농소 성을 거쳐 평원의 거성 샹보르에 도착했다. 이 샹보르 성은 앙리 2세, 프랑스와 2세, 샤를 9세, 루이 13세가 서저할 성도로 위봉이 빼어난 파리 군주의 제2의 궁전으로 루이 14세는 이 성을 아예 왕궁으로 귀속시켜 버렸다. 이런 이유로 이 성은 외부에서 보는 위용 못지않게 내부의 살롱, 침실, 침전, 접견실 등 모든 구조가 완벽하게 갖추어져 있었다. 당시 왕권의 위세를 한 눈에 보는

듯했다. 그 다음날 투르에서 일박한 뒤 시내를 둘러보고 다시 반느로
돌아오는 길에 일정에서 멀지 않은 거리에 위치한 소뮈르 성 등 몇몇
작은 성들을 더 방문했다. 이로서 그동안 미루어왔던 루아르 강변 성
탐방을 무사히 마칠 수 있었다. 정말로 이 긴 현장 탐방은 프랑스 역사
와 문화를 좀 더 깊이 이해할 수 있는 아주 좋은 기회였다.

이렇게 매주 주말을 이용하여 지역 탐방을 하다 보니 한 주가 쉴 새
없이 휙휙 지나갔다. 6월 초가 되자 브르타뉴의 날씨가 너무 좋아졌다.
간간이 지나던 잔 구름마저 사라져 하늘이 한없이 높아만 갔다. 특히 4
월부터 계속된 가뭄으로 식수를 걱정할 정도로 비가 오지 않아 강이
말라붙었다. 외국인에게는 비가 오지 않아 구질구질하지 않고 나들이
하기 좋지만 프랑스 사람들에게는 생존을 위협받는 심각한 물 부족 현
상이 나타났다. 가는 날이 장날이라고 우리가 프랑스에 도착한 바로
다음해에 이런 자연재해를 입게 되자 우리들은 은근히 미안한 마음이
들기도 했다. 그 당시 1976년은 프랑스에 세기적인 가뭄이 닥쳐 농작
물은 물론 그 곡물을 먹고 자라는 가축이 수없이 죽어나갔다. 텔레비
전에서는 이 가뭄으로 폐허가 된 밀밭과 갈비뼈가 앙상하게 드러난 소
들이 힘없이 주저앉아 있는 농장을 매일 비춰주기에 열을 올렸다. 특
히 우리가 피부로 느낄 수 있는 가뭄 대책은 슈퍼마켓에서 1인당 물을
1.5리터 2개 이상 팔지 못하도록 정부가 제한을 한 것이었다. 이것을
보고 나는 우리나라가 아직은 물의 양도 풍부할 뿐만 아니라 시골 어
디서나 목이 마르면 개울물을 그냥 마실 수 있었던 것에 대해 큰 자부
심을 느꼈었다. 그러나 그 후 30여년이 지난 지금 우리나라도 그와 똑

같은 물 문제에 직면해 있는 것을 보고 과연 선진 공업화의 참의미가 무엇인가를 다시 생각해 보게 했다.

이제 봄 학기가 끝나서 대학도 여름방학에 들어갔다. 같은 기숙사에 있던 프랑스 학생들은 하나둘 각자 짐을 싸들고 자기 집으로 돌아가 버렸다. 이제 우리들만 남게 된 기숙사는 조용하다 못해 을씨년스럽기까지 했다. 이렇게 되자 우리 한국 유학생들은 여름방학을 이용하여 우리가 가보지 못한 프랑스 남쪽 지방이나 이탈리아를 여행하기로 계획을 세웠다. 나는 지중해연안의 휴양도시 니스에서 보내기 위해 니스 대학에 7월과 8월 두 달 동안 기숙사를 이용할 수 있도록 해달라는 편지를 보냈다. 다행히 곧 기숙사 방의 호수와 금액이 적힌 답장이 날아왔다. 나는 너무 기뻐서 펄쩍 뛰었다. 니스는 우선 남불 제일의 휴양도시로 주위에 국제 영화제로 유명한 칸느가 가깝고 오른쪽 지중해를 끼고 동쪽으로 가다보면 도박 산업도시로 유명한 소공국 모나코가 있어서 관광하기에 안성맞춤이었기 때문이다.

나는 7월 초에 최병곤 교수와 황석자 교수와 함께 니스행 기차를 탔다. 그때 만해도 니스까지 직접 가는 기차가 없었기 때문에 보르도에서 고속열차로 갈아타야만 했다. 우리는 보르도에서 다음 열차로 갈아타기 전 한낮의 여유가 있었다. 역에서 내리자 우선 우리는 가까이에 있는 공원에 들러 그 지방 특유의 나무와 풀, 그리고 열대식물들을 구경했다. 이곳만 해도 브르타뉴나 파리와는 다른 온화한 풍광이 우리를 맞고 있었는데 이러한 온난한 기후와 풍토가 좋은 양질의 포도를 생산케 했고 이 포도로 빚은 포도주가 '보르도'라는 세계제일의 명품브랜

드 상표를 낳게 했던 것이다. 그래서 우리는 시내에 위치한 포도주 홍보센터를 방문했는데 안내인이 보르도지방의 포도재배역사와 포도주를 빚는 전 과정을 자세히 설명해 주었다. 그 설명을 들어보니 명품 포도주는 그것을 만드는 사람의 기술에 앞서 포도의 질이 좋아야 하는데 이 포도의 질을 결정하는 것은 그 포도가 뿌리를 박고 있는 토양 등, 기후와 태양이 적절히 조화를 이루어야 한다는 것을 알게 되었다. 이렇게 포도재배에 절대적으로 영향을 주는 모든 조건, 즉 그 환경을 전문용어로 '테르와르(terroir)'라고 하는데 이 용어는 포도주의 맛을 결정하는 문화적인 용어로까지 정착이 되어 있다. 우리는 이 테르와르의 원천인 갸론 강가를 거닐면서 그 거센 흙탕물을 음미했다. 꼭 우리나라의 탁주 같은 흙물이 보르도 한복판을 꿰뚫고 도심을 유유히 흐르고 있었는데 이 거친 물살에 휩쓸려 내려가는 부식토가 하구에 쌓여 비옥한 포도밭 언덕을 만들 것 같은 생각이 들었다. 그 곳에서 자란 포도는 자연히 그 강물처럼 거친 텁텁한 맛을 내는 카베르네 쇼비뇽이 제격일 것 같은 생각이 들었다.

우리는 저녁이 되어 니스 행 고속열차 TGV를 탔다. 그 당시 세계에서 제일 빠른 이 고속열차는 콩코드 비행기와 함께 프랑스의 첨단 기술의 자존심이었다. 듣던 대로 이 기차는 너무나 빨라 차창을 통해 보이는 일정한 거리의 목재 전봇대들이 거짓말 보태서 하나의 통나무로 연결된 것처럼 보였다. 창밖으로 남불의 아름다운 풍광이 슬쩍슬쩍 지나가고 있었다. 언덕 위의 작은 집들이 나타나는가 하면 어느새 벌판이었다. 들에는 누렇게 익어가는 밀밭이 끝없이 펼쳐져 새삼 프랑스가 농업국가임을 실감할 수 있었다. 어떻게 보면 프랑스는 파리를 빼면 그 나머지는 대부분 농촌 같은 그런 분위기였다.

프랑스 남쪽 지방의 집들은 브르타뉴의 검은 지붕의 하얀 건물들과는 달리 지붕이 오렌지색이 대부분이었는데 그것은 남쪽의 뜨거운 태양과 어울려 고도로 조화된 어떤 열정 같은 것으로 비쳤다. 그것은 특히 문학과 예술을 사랑하는 남불 사람 특유의 라틴 기질, 자유분방하고 낙천적인 열정과 무관하지 않은 듯했다. 또한 남불은 지중해와 접해 있어 기후가 온난할 뿐만 아니라 풍광이 뛰어나 해변 언덕을 중심으로 유명한 피카소나 샤갈 같은 프랑스의 걸출한 예술인들이 별장에 살면서 직접 작업을 한 경우가 많았다. 이런 생각을 하는 동안 고속열차는 어느덧 어둠 속에 빠져들어 기관의 규칙적인 소리를 통해서만 이 기차가 달리고 있음을 가늠할 수 있었다. 어둠, 그리고 또 어둠, 그러나 가끔 저 멀리 희미한 반딧불이 깜빡거리고 있었는데 그것은 곧 어둠의 둔덕 속으로 사라져 갔다. 마을의 이런 깜빡이 불이 거듭 될수록 내 눈꺼풀도 점점 무거워졌다. 나는 어느 순간 잠에 떨어지고 말았다.

그 다음날 아침 우리는 니스 역에 도착했다. 우선 길거리의 야자수 나무에서 이곳이 남국임을 느끼게 했다. 아름드리 야자수들이 야트막한 붉은 지붕의 집 앞 정원에 여기저기 서있고 그 사이사이에 온갖 꽃들이 수놓고 있어 남불의 낭만석인 문위기를 한번에 느낄 수 있었다. 니스역에서 이탈리아로 계속 여행을 떠나는 최교수 일행과 헤어진 나는 내 짐을 챙겨들고 택시를 탔다. 택시는 희뿌연 하늘이 바닷물에 가득 내려 앉아 약간 답답한 지중해 연안을 한참 지나서 오른쪽 내륙의 언덕을 오르기 시작했다. 아름다운 집들이 바다를 향해 우아한 자태를 뽐내고 있었는데 약간 높은 그 집들의 담장에서는 붉은 장미들이 흐드러지게 피어 흘러내렸다. 그 향기가 나를 취하게 했다. 다시 조금 더 언덕을 오른쪽으로 끼고 돌자 커다란 야자수 몇 그루가 나를 반갑게 맞고 있었다. 그곳이 니스 대학 정문이었다. 그 정문을 통해 다시 조금 올라가서 왼편 위 높은 건물 기숙사 앞에 나를 내려주었다. 나는 기숙사 예약 증명서를 수위에게 제출한 후 그에게서 열쇠를 받아들고 엘리베이터로 올라가 703호 문을 열었다. 남쪽으로 확 트인 아늑한 방이었다. 더군다나 창문을 통해서는 아래로 아름다운 집들과 정원이 그림처럼 펼쳐져 있었고 저 멀리에는 지중해의 푸르른 물이 한눈에 들어오는 정말로 마음에 드는 방이었다. 그리 크지는 않았지만 내가 필요한 침대와 책상, 그리고 옷장이 나란히 정돈돼 있었다. 나는 내가 가져온 짐을 다 풀어서 제자리에 찾아 넣었다. 그러는 동안 어느덧 해가 기울어 석양이 저 멀리 수평선에 반사되어 나의 눈가를 붉게 물들였다. 태양이 지중해 특유의 증기 에너지로 충전된 듯 더욱 시뻘건 불덩어리를 잔잔한 구름 너머의 바다 속으로 밀어 넣는 동안 지중해 서쪽 하늘 구름 위에는 이미 둥근 달이 중천에 떠 있었다. 어둠이 짙어질수록 태양은 바다 수면 아래로 사라지고 그 자리엔 아직도 환한 후광만이 드리울 뿐이었다. 그러자 윤곽이 뚜렷해진 달이 수면 위에 반사되어 바다 전체를 은빛 유리처럼 반짝이게 했다. 바다는 이제 더욱 가까워진 존재가 되어 그 빛과 냄새를 이 방까지 몰고 왔다. 은은한 바다의 비릿한 냄새가 내 영혼에 잠들어 있는 옛날 고향 바다를 상기시켰다. 평화로운 밤이었다. 밤이 깊어지자 주위의 차량소리와 사람소리가 사라지고 고요가 찾아왔다. 그러자 언제부터인지는 몰라도 전혀 생각지도 못한 파도소리가 은은히 들리기 시작하는 것이 아닌가. 창밖으로 쏟아지는 달빛, 그리고 지중해 연안바다에서 몰려오는 바다내음이 자장가처럼 파도소리와 어울려 나를 깊은 잠에 빠지게 했다.

나는 그 다음날 경쾌한 새소리에 잠을 깼다. 창문에 앉아 있는 새는 입이 푸르고 깃이 노란색으로 뒤덮인 앵무새 비슷한 새였는데 그 울음소리가 너무 청아해서 꼭 천상에서 내려온 하늘의 새 같은 느낌이 들었다. 전설에 의하면 천사의 전령인 이 새는 하늘에서 기쁜 소식을 전하러 이 세상에까지 내려왔다고 한다. 아무튼 길조인 것만은 틀림없었다. 나는 기쁜 마음으로 창을 통해 지중해 남쪽 해안을 응시했다. 역시 안개 무리가 자욱이 끼어 있어 아직 태양이 고개를 내밀지 않은 이른 아침이었다. 바로 언덕 밑 가까운 곳 정원에는 붉은 장미가 아침 이슬을 머금고 싱그럽게 꽃잎을 피우고 있었다. 이 장미는 밤새 푸른 옷을 여미고 추위를 이긴 듯 꽃송이가 아침을 맞아 더욱 청초하게 피어나 진한 향기를 뿜어내고 있었다. 나는 이 향기를 마음껏 들이마시며 희뿌연 바다를 이따금 가르는 바닷새를 물끄러미 쳐다보았다. 평온하고 느긋한 지중해의 아침이었다. 이런 기분 좋은 아침을 맞아 아침 준비를 하려나가 나는 문득 십사람과 혜은이 생각이 났다. 나는 곧 큰 가방 안쪽에 넣어두었던 집사람과 혜은이 사진을 수건으로 닦은 후 책상 한 가운데 세워 놓았다. 그 동안 이곳에 내려오느라고 잊고 지냈던 혜은이와 집사람이 나를 보고 미소 짓고 있었다. 나도 빙긋이 웃었다.

　니스대학에서의 두 달간의 일과는 오전에 불문학 강의를 12시까지 듣고 오후에는 자유시간이서 매우 느긋한 편이었다. 또한 강의는 수준에 따라 자신에게 맞는 강의를 선택할 수 있어서 무엇보다도 좋았다. 나는 평소에 관심이 많았던 보들레르의 시 강좌에 등록을 했는데 이 강의를 맡은 교수는 한 45세쯤 된 여자 교수였다. 그런데 이 여교수는 교수라기보다는 배우에 가까울 정도로 아름답고 섹시했다. 매일 의상이 바뀌는데 때로는 가슴이 훤히 드러날 정도로 아슬아슬한 옷을 입고 와서 눈을 들어 그녀를 쳐다보기가 민망할 정도이기도 하고 또 어떤 때는 허벅지의 허연 살이 비칠 정도의 핫팬티를 입고 그것도 모자라 탁자 위에 걸터앉기도 했다. 나는 약간 부담이 될 정도의 이 여교수가 왜 저렇게 노출이 심한 태도를 보일까 의아해지기도 했다. 물론 남불이 날씨가 덥기도 하고 주로 라틴 계통의 인종과 전통이 지배하고 있는 곳이라 사람들이 대부분 낙천적이고 자유분방한 성격의 소유자라는 것은 전부터 알고 있었지만 그래도 너무 심한 것 같았다. 그러나 나는 니스에서의 생활이 길어지자 그 정도의 노출은 별로 문제가 되지 않는다는 것을 점차 알게 되었다. 니스 대학이 니스해변에서 걸어서 15분 거리에 위치해 있기 때문에 알게 모르게 여름휴양지 분위기가 지배하고 있었기 때문이다. 그러고 보니 강의실에 앉아 있는 남학생이건 여학생이건 마치 아침 바다에서 수영을 하다 온 것처럼 반바지차림에 러닝셔츠 하나 걸친 친구들이 많았다. 또한 그들은 오전 수업이 끝나면 대학식당에서 점심을 먹자 말자 니스 해변으로 내려가 수영을 즐기곤 했다.

아무튼 나는 그 노출이 심한 여교수로부터 보들레르의 「악의 꽃」에 대한 내용보다는 그녀가 풍기는 육감적인 어떤 원초적인 느낌을 더 강하게 받았다. 그녀의 말과 몸짓, 그리고 눈이 말하는 보들레르의 문학은 작가의 굴곡진 삶이 그렇듯이 그녀의 내면에 깊이 묻혀 있는 어떤 존재의 욕망 덩어리가 분출되는 것 같았다. 그녀는 보들레르의 시를 단순히 해설하는 것이 아니라 그 시의 원천을 끄집어내서 보여주고 있었다. 그러자 이 여교수의 해괴한 행동은 단지 과감한 일시적인 치기에서 나온 것이 아니라 그녀는 보들레르의 문학을 몸소 실천해 보여주고 있는 것이 아닌가 하는 생각이 들었다. 그녀는 시의 내용을 설명하기보다는 반복해서 낭독하고 음미하려고 했다. 그 다음날 또 낭독하는데 그 때는 그녀의 음질과 몸짓, 눈빛이 전날과 달랐다. 때로는 남쪽 사람 특유의 열정이 넘쳐 말로 안 되는지 껑충 강단에서 내려와 우리들 눈을 하나하나 쳐다보며 육감적인 그녀의 속뜻이 전달되는지 확인하기도 했다. 그 때 나는 그녀의 눈에서 보들레르의 선과 악, 사랑과 증오, 천사와 사탄의 이중적 심연을 홀연히 읽을 수 있었다.

천사가 준비한 달콤한 독약! 그 독술이
나를 갉아 먹네, 오 내 심장의 삶과 죽음!

아! 당신의 불길을 늦추지 마시오;
마비된 나의 심장을 덥히시오,
영혼을 고문하는 관능적 쾌락을!

　나는 지금으로부터 35년 가까운 세월이 흘러가서 그 때 들은 강의 내용이 거의 생각이 나지 않고 가물가물하지만 지금도 그때 빨간 색상의 짧은 옷을 걸치고 강의실 탁자에 앉아 담배 연기를 뿜어대며 열정적으로 보들레르를 연기하던 그 여교수의 인상을 지울 수가 없다.

　나도 이 남불 지중해의 낭만적 분위기에 차츰 익숙해져 수업이 끝나면 반바지 차림으로 슬리퍼를 끌고 해안으로 내려가는 것이 그렇게 어색하지 않게 되었다. 바다로 내려가는 길에는 호화주택들이 즐비하게 서 있었는데 그 건물의 오렌지 색 지붕과 카키색 벽이 쪽빛 바다를 향해 활짝 열려 있는 흰색 테라스와 어울려 하나의 아름다운 그림을 만들고 있었다. 또한 구불구불 휘어져 내려오는 담장마다 흐드러지게 핀 장미가 정신을 호리는 꽃향기를 내뿜고 있었다. 그 향기에 취해 언덕을 내려오며 하늘을 쳐다보면 흐릿한 안개구름이 덮고 있는 수평선 너머로 태양이 빛나고 있었다. 이 지중해의 태양은 하늘이 청명하지 않아 따갑지는 않지만 뜨겁다는 표현이 맞을 듯했다. 마치 옅은 안개가 태양의 연료가 된 듯 태양은 주위의 가스를 태우며 이글거리고 있었기 때문이다. 그 아래 끝없이 펼쳐진 수평선을 경계로 색깔이 짙어 검은 빛이 도는 쪽빛 바다를 은근히 뜨겁게 달구는 태양은 해안에 곧게 뻗은 야자수와 어울려 지중해의 시원한 이국적인 풍경을 연출하고 있었다. 이러한 태양과 바다의 유혹으로 많은 사람들이 해변 가로 쏟아져 나왔다. 그들은 거의 누드로 바다에 몸을 던지거나 해변에 누워서 마치 햇볕에 걸신이 들린 지하 감옥의 죄수들처럼 자신의 몸을 최대한도로 태양에 노출시키고 있었다. 우리에게는 조금 생소한 태양문화이지

만 유럽인들은 작열하는 태양의 열기를 알몸으로 받는 원초적인 자유
로움을 향유하는 듯했는데 그 모습은 희랍 신화에 나오는 나신들의 육
감적인 향연과 비슷했다. 그들은 이 의식을 통해 자연이 베푸는 육신
과 정신의 완전한 자유를 그 태양 속에서 맛보는 듯했다. 까뮈의 작품
에 등장하는 인물 뫼르소가 북아프리카 지중해 해안에서 만끽하는 태
양과 바다가 이런 유혹에 기인하지 않았나 생각된다.

　니스에서의 생활이 한 달쯤 지나자 내 몸도 점점 까맣게 변해가고
있었다. 그것은 내가 거의 하루도 빼놓지 않고 오후에는 니스 해변에
서 수영을 하거나 때로는 책을 읽었기 때문이다. 살밑이 새하얗던 나
의 피부가 한두 번 허물을 벗은 후 아예 어두운 색으로 침착되어버렸
다. 거울을 들여다보면 눈자위만 하얗게 빛날 뿐 온 몸뚱이가 새까매
졌다. 이런 몸으로 해변에 앉아 바다를 쳐다보노라면 태양이 나를 녹
여 우주를 만드는 듯 온 천지가 노랬다. 땅도 바다도 하늘도 누런빛에
엉켜 하나의 캔버스처럼 태양 주위에 고정되어 흐느적거렸다. 바다,
자갈, 구름, 태양, 그리고 나는 서로 팽팽히 긴장된 역학으로 주조된 광
물질처럼 서로 뒤엉켜있는 듯했다. 이 때 지중해 연안에서 느끼는 하
늘은 내가 오래전 '나무께'에서 경험한 그것과 달리 밀도가 높아 보였다.
그런 만큼 고향의 천지처럼 청명해서 아주 높고 깊은 광활한 느낌이 아
니라 인산과 자연이 녹아서 하나가 되는 그런 치밀한 모암 같았다.

　그러던 어느 날 나는 내 기숙사 방 복도에서 오가며 자주 마주쳤던
카세이(Cathay)라는 한 영국 여인과 식사를 하게 되었다. 나는 처음에
는 프랑스 여자로 알고 인사를 나누었는데 프랑스어가 서툴러 국적을

물었더니 영국의 직장여성인데 니스로 여름휴가를 보내러 왔다고 말했다. 그녀는 영국에서 대학을 마치고 출판사에 취직하여 그래픽 디자인 계통의 일을 하고 있었다. 나는 물론 그녀가 전공하는 디자인과 다른 문학을 전공하고 있었지만 이야기를 나누다보니 소위 교양수준의 일반예술에 대한 의견을 서로 개진할 수 있었다. 그녀는 특히 미술에 관심이 많아 그곳에 널리 퍼져 있는 추상파를 비롯해 라틴 계통의 열정적인 남국 작가들의 작품에 대해서 꽤 해박한 지식을 가지고 있었다. 나는 그녀가 평범한 일개 직장인에 지나지 않는데 어떻게 그렇게 미술과 예술에 대한 지식이 풍부할까 놀라워서 나 자신이 초라해보였다. 나는 그 후 그녀와 대학 식당에서 가끔 만나 피카소와 샤갈의 그림에 대해서 이야기를 나누었다. 나는 주로 그녀의 설명을 듣는 쪽이었지만 그녀는 때에 맞춘 나의 맞장구를 꽤 의미 있게 받아들이며 계속 말을 해나갔다. 그녀는 다행히 모든 설명을 서툰 프랑스어로 하고 있어서 내가 그녀의 생각을 좇아가기에는 별 어려움이 없었다.

그녀가 유명한 화가, 특히 샤갈의 그림을 설명할 때는 떠듬떠듬 말하지만 그녀의 푸른 아름다운 눈빛 깊숙한 곳에서 그녀가 전하려는 정령들의 움직임이 역력히 보였다. 그녀의 설명에 귀를 기울였다. 샤갈은 에콜 드 파리에 소속한 러시아 출신의 초현실파 화가였다. 그는 파리에 머물면서 초현실주의 화풍에 지대한 영향을 준 포비즘이나 큐비즘에 한때 심취하였으나 결혼 때문에 일시 귀국한 고국 러시아에서 제1차 세계대전을 맞아 그곳에 머물면서 미술활동을 펼쳤으나 러시아혁명의 사상적 배경이 된 사회주의 리얼리즘이 기질적으로 맞지 않아 그곳을 탈출하여 베를린을 거처 1923년 파리에 정착했다. 그는 이때 파리에서 동식물이 우주적으로 어우러진 환상적인 세계, 어떻게 보면 어린아이가 상상 속에서 만나는 대상인 사람과 동물, 산과 달, 천사와 악마 등 만물이 자유롭게 소통하는 환상세계를 화폭에 담았는데 이는 전에 접할 수 없었던 새로운 세계여서 초현실주의 운동에 큰 반향을 불러일으켰다. 1944년 작인 '푸른 눈의 집'을 보면 집에 눈이 달려서 이 그림 전체가 피사체로 비쳐지는데 이 눈에 비친 그림 속에 닭과 염소, 그리고 젖을 짜는 아낙네가 어슴푸레한 초승달에 투영되어 푸른빛이 도는 밤에 녹아 있다. 이 그림에는 사람도 동물도 집도 산도 하늘도 달도 현실을 벗어난 구도와 색깔로 환상적인 아이러니와 이역(異域)을 표현하고 있다. 이것은 그가 유태인으로서 겪은 유랑의 질곡에서 벗어나려는 무의식적 표출물 같기도 했다. 이후 그는 2차 대전 중 나치스의 유태인 학살을 피해 미국에 피신했다가 1950년부터 남불에 정착해 말년을 더 환상적인 작업에 매달리게 되었다. 이러한 그의 파란만장한 역정의 종착역인 남불의 니스에 그의 샤갈 미술관이 세워진 것은 너무나 당연한 결과였다. 나는 이러한 샤갈의 인생과 그의 작품세계에 대해 영국 여인 카세이로부터 자세히 전해 듣고 그 미술관에 같이 가자고 그녀에게 제안했다. 그녀는 나의 제안에 순순히 응했다.

니는 그 다음날 그녀와 일찍 만나 아침을 먹고 니스 중심 동쪽에 위치한 샤갈 미술관에 갔다. 미술관을 들어서자 벽하나 가득 천사들이 하늘을 날고 동물들이 제멋대로 구성된 샤갈 그림이 우리를 맞았다. 때로는 변형된 동물들이 사람의 육체와 결합되어 하늘을 날고 작은 여

백에는 만화나 동화의 삽화같이 말을 탄 소녀가 손을 흔들고 있는 것이 어렴풋이 드러나 보였다. 나는 이러한 그림을 통해 그의 의식 속에 깊이 침잠해 있는 무의식, 즉 터무니없는 전쟁으로부터 평화를 갈구하고 유랑민족에 대한 박해로부터 고향을 지향하는 향수가 그가 태어난 슬라브족의 환상과 유대인 특유의 신비감과 만나 빚어진 작품 같다는 생각이 들었다. 아무튼 나는 카세이라는 한 영국여인을 만나 내가 전에 경험하지 못했던 그림에 대해 눈을 뜨게 되는 계기가 되었다. 나는 지금도 가끔 미술관에 들러 그림을 감상하면 그 영상 뒤에 니스에서 만났던 카세이의 푸른 눈이 오버랩 되어 나타나는 것을 느끼곤 한다.

어느덧 니스에서 예정된 2개월의 시간이 다 지나가고 있었다. 여전히 4월부터 시작된 세기의 가뭄은 아직도 뜨거운 대지에 비 한 방울 뿌리지 않아 국가 전체가 물 때문에 비상사태에 돌입했다. 슈퍼에서 1인당 물 한통 이상은 팔지 않는 판매제한이 계속 이어지고 있었다. 덕분에 대학 식당이나 집에서 수돗물을 마시는 횟수가 더 늘었다. 프랑스의 수돗물은 물이 뿌옇게 앙금이 앉을 정도로 석회질 농도가 높아서 음료수로 상복하기에는 부적당하다. 그러나 프랑스 국민 전체가 겪는 고통을 나라고 외면할 수는 없었다.

거의 6개월 동안 하늘이 구름 한 점 없이 맑아 지중해의 먼 바다에 떠다니는 상선이 손 안에 들어올 듯 훤히 내다보였다. 정말로 이제는 태양이 원망스러울 정도로 뜨거운 날씨가 지겹게 계속되었다. 그러는 동안에도 그 갈증을 몸으로라도 풀어야 되는 나는 매일 해변 가로 나아가 수영을 즐겼다. 이제는 얼굴은 물론 몸뚱어리 전체가 거의 흑인에 가까울 정도로 까맣게 변했다. 그런 검은 몸으로 해변에 누워 있으면 멀리서 밀려오는 파도소리가 어느덧 자장가가 되어 스르르 잠에 빠지게 했다. 그런데 누워서 잠이 든 눈에 검은 그림자가 언뜻 비치는 듯했다. 눈을 떠보았다. 그 순간 멀리서 밀려오는 구름덩어리가 석양에 비스듬히 걸쳐 있는 것이 보였다. 나는 그 구름에서 시원한 느낌의 비를 예감했다. '야! 이제야 그 지긋지긋한 가뭄의 끝을 볼 것 같구나!' 나는 서둘러 기숙사로 돌아와 이틀 후 이태리로 떠날 것에 대비해 짐을 꾸리기 시작했다.

9월 1일 아침 나는 큰 여행용 가방 하나를 끌고 기숙사 건물 현관을 나섰다. 그런데 그렇게 질기게 버티던 가뭄이 끝나고 비가 내리기 시작하는 것이 아닌가! 나는 다시 짐을 풀어 가방 깊숙한 곳에 챙겨 넣었던 우선을 꺼내들었다. 여행을 시작하는 날에 비가 와서 좀 구질었지만 마음만은 그렇게 홀가분하고 상쾌할 수가 없었다. 나는 은근히 우리가 동양에서 가뭄을 몰고 온 것이 아닌가 할 정도로 피해의식에 사로잡혀 있었는데 이 비로서 나는 그러한 엉뚱한 마음의 짐을 완전히 벗을 수가 있었다. 니스 역으로 향하는 발걸음이 그렇게 가벼울 수가 없었다.

나는 2주간의 이태리 여행을 마치고 9월 중순에 다시 반느의 기숙사로 돌아왔다. 이태리를 거쳐 북구나 스페인으로 여행을 떠난 몇몇 동료들은 아직 돌아오지 않고 있었다. 나는 아직 10월 초 학기 시작까지는 충분히 시간이 남아 있어 학기 중 밀린 프랑스어 공부를 하는 틈틈이 반느 시와 주변지역을 답사하였다. 반느는 브르타뉴 서남부 대서양 연안의 모르비앙 만으로 둘러싸인 유서 깊은 중세 도시이다. 조용한 시골 도시지만 곳곳에 중세의 건축물이 그대로 남아 있어 그 당시 이 도시의 정치 및 산업이 얼마나 번성했는가를 짐작케 한다. 프랑스의 어느 소도시나 마찬가지로 시내 중심에 생 피에르 성당이 자리 잡고 있는데 이 성당은 13세기에 건축이 처음 시작되어 전란으로 파괴되었다가 다시 복원되어 지금에 이르고 있는데 특히 이 성당의 회랑은 주랑이 화려하지는 않지만 궁륭을 반듯하게 떠받히고 있어 그 소박함과 질박함이 긴 세월의 역사적 질곡에도 불구하고 단아한 안정감을 주었다. 첨탑과 창유리를 통해 반사되는 태양의 스펙트럼은 하느님의 거룩하신 역사를 말하는 듯 은은한 빛을 쏟아 내고 있었다.

이 성당을 중심으로 비스듬하게 뻗어 있는 거리를 따라 중세 특유의 건물들이 자리를 잡고 있었는데 이 건물들은 하나같이 브르타뉴의 상징처럼 되어 있는 액스형 나무 벽체가 이채를 띠었다. 벽에 결이 그대로 드러난 나무들이 직사각형 혹은 장방형 모양의 도형을 그리고 있었는데 이것은 현대의 철과 시멘트 건물에서 느끼지 못하는 소박한 세월의 질감을 한껏 느끼게 했다. 이 건물들 앞 길바닥은 빠베라는 돌로 직조되어 있는데 이 돌들 하나하나는 사람의 발길에 닳고 닳아 그 속에 중세라는 오랜 세월의 무게를 담고 있었다. 서양도 옛날에는 우리나라나 마찬가지로 개울가에서 공동으로 빨래를 하곤 했는데 그 빨랫터가 그대로 남아 있고 바로 옆에 위치한 빨래 건조장의 오래된 돌담과 석면지붕 너머로 이 곳 성의 동궁이 말없이 흐르는 냇물을 물끄러미 내려다보고 있었다. 새 것이 좋을 수 있다. 그러나 헌 것만큼 깊은 풍미를 지니고 있지는 않다는 것을 반느의 중세 거리와 성곽, 교회, 건축물에서 확인할 수 있었다. 돌길을 따라 중세 건물들이 이마를 마주하고 있는 좁다란 고상점들, 그리고 이 거리를 지나 외곽으로 빠져나오면 반느를 외워 싸는 오래된 성곽을 만나게 된다. 성 바깥 정원 잔디위에는 각양각색의 꽃으로 모르비앙의 전통 문양인 프랑스식 도형을 조성해 놓아 한껏 눈길을 끌었다. 이 성곽을 따라 외적을 막기 위해 조성된 해자가 정원과 지척으로 유유히 흘러가고 있었다. 성곽 너머로는 구릉, 그리고 아득한 황무지가 펼쳐져 있었는데 그 언덕에서 반느 시를 내려다보면 시간과 공간이 멈춘 유구한 역사의 숨결이 그대로 느껴지는 듯했다. 그것은 오랜 세월의 세파에 깎인 유연한 완숙함 속에 결코 물리지 않는 인간의 본향이 깃들어 있기 때문일 것이다.

어느덧 10월 달에 접어들어 기숙사 창밖으로 비스듬히 보이는 호두나무에서 누런 잎들이 한잎 두잎 떨어지기 시작했다. 바로 옆 방 김 선생님은 아침 산책을 나갔다가 호두나무 아래서 잘 익은 호두 몇 알을 주워와 나에게 자랑을 했다. 호두 알이 실해서 크고 껍질에 윤기가 자르르 흘렀다. 호두나무 옆에 서 있는 사이프러스 나무는 계절에 관계없이 바늘잎이 무성하여 아직도 나무 한가운데가 시커멓게 그림자가 서려 있었다. 그 가운데는 역시 시커먼 까마귀들이 숨어들어 꺼억꺼억 울고 있어 마치 유령의 성에 나오는 도깨비 나무 같아 그 분위기가 음산했다. 더구나 가을이 되어 해가 떨어지면 대서양쪽에서 불어오는 세찬 바람이 그 나무에 부딪쳐 괴상한 울음소리를 토해내곤 했다. 그 소리가 궁금해서 내가 창문을 조금 열고 내다보면 사이프러스 나무 속에 숨어 있던 시커먼 까마귀들이 놀라서 어디론지 날아 도망가는 소리가 들릴 뿐 보이는 것은 어두운 심연 속에 마구 흔들리는 나무들의 검은 그림자뿐이었다. 아무튼 이런 날이면 늦게까지 잠을 이룰 수가 없었다.

개학이 되자 새로운 고민에 빠졌다. 우리 일행은 프랑스 정부 장학금을 2년간 보장 받고 프랑스에 왔지만 1년마다 갱신을 하게 되어 있었다. 그런데 1년 있으면서 사정을 알아보니 앞으로 있을 2년차 교육 과정도 지나온 1년과 다름없이 프랑스어 훈련과 프랑스 문화 습득이 고작이었다. 그러므로 우리의 딜레마는 이 반느 지역을 떠나 우리가 이미 석 박사 과정등록을 마친 렌느나 파리의 대학으로 가야 하는데 그렇게 될 경우 당장 장학금이 끊겨 우리의 생활이 위협받기 때문에 이러지도 저러지도 못하는 것이었다. 실제로 김모 교수는 부군이 유학하고 있는 마르세이유 대학으로 전학하여 남편과 합류하려고 백방으로 노력하였으나 당국의 강한 반대에 부딪쳐 뜻을 이루지 못하고 남남북녀로 떨어져 지내야만 했다. 프랑스 정부의 장학금을 포기하지 않는 한 국가가 지정한 연수기관을 벗어날 수가 없었기 때문이다.

그러나 우리 모두는 학위를 마치려면 적어도 4,5년이 걸리므로 어차피 내년부터는 자비로 버티든 아르바이트 일을 해서 생활비를 벌든 스스로 자신이 미래를 개척해야 한다는 사실을 누구보다 잘 알고 있었기 때문에 신중할 수밖에 없었다. 나도 곰곰이 생각해보니 늦어도 내년까지는 렌느 대학이나 파리 대학으로 옮겨 본격적으로 불문학 공부를 해야 할 것 같다는 생각이 들었다. 그러자면 차라리 장학금을 1년 연장하느니보다는 서울로 들어가서 K항공을 통해 파리로 다시 나오는 것이 더 현실적이라는 생각이 들었다. 당시 K항공은 유럽에 서울-파리 노선을 처음 개설하여 급속히 팽창하고 있었음으로 파리 주재원이 시급한 실정이었다. 그러나 나는 망설이지 않을 수 없었다. 이러한 나의 계획이 무모하기도 하고 너무나 이기적이라는 생각이 들었기 때문이다. 나의 사사로운 목적을 위해 회사를 이용하는 것 같았기 때문이다. 그러나 나는 더 이상 이곳에서 시간을 허비할 수는 없었다. 나는 결단을 내려야만 했다. 나는 한가로운 유학생이기 전에 한 가정의 생활을 담당하고 있는 가장이기도 했기 때문이다. 서울에는 내가 사랑하는 부인과 딸, 그리고 동생이 있지 않는가? 갑자기 가정이 그리워지기도 했고, 내 운명이 허락지 않으면 공부를 그만두고 평범한 샐러리맨으로 살아갈 수도 있다는 담담한 생각이 나의 결정을 서울행 쪽으로 기울게 했다. 이렇게 마음이 한 쪽으로 기울자 모든 일이 일사천리로 진행되었다. 나는 반느 교육대학 학장에게 나의 사정과 장학금 포기 의사를 밝혔다. 그러자 학장은 1년 동안 내가 그곳에서 수강한 학습에 대한 이수 수료증을 내주었다. 이로서 나는 반느에서 1년간의 연수를 마치고 일행 중 집안 사정으로 귀국하는 대구의 황석자 교수와 함께 서울 땅을 밟게 되었다.

그 다음해 1977년 가을 나는 다시 파리에 도착했다. 벌써 낯설어진 이국땅이긴 했지만 그렇게 신상되거나 마음이 솔이진 않았다. 파리의 K항공 직원으로 근무하게 됨으로써 집은 물론 생활비가 보장이 되고 파리 정착을 위한 여러 가지 행정 및 법적 절차, 예를 들면 체류 및 취업 허가증 발급 같은 것이 공식적으로 이루어지기 때문에 큰 걱정이 안되었다. 다만 부임 3개월간 이런 행정적인 절차가 마무리될 때까지 가족을 초청할 수 없어 혼자 독수공방하며 출근해야 하는 것이 어려운 일이었다. 그래서 나는 이기간 동안 같은 처지에 있는 직원과 집을 나누어 쓰는 것이 나을 것 같아 경리과에 나와 같이 부임한 김연국씨와 플라스 디탈리 광장 바로 옆에 위치한 주상복합 고층 오피스텔에 거처하게 되었다. 드나들 때는 수많은 인파가 들끓는 1층 상점 미로를 뚫고 안쪽에 있는 엘리베이터를 타야 함으로 번잡스럽기 이를 데 없었지만 일단 아파트에 들어서면 방음이 잘 되어 있어 조용했다. 그리고 사방으로 파리 시가지가 한눈에 들어와 전망이 매우 좋았다. 아주 멀리 오스테르리츠 역의 우람한 돔이 구릉 위로 솟아 있는 주위로 크고 작은 건물들이 불르바르 거리를 따라 정연하게 뻗어 있었다. 더 멀리 시야를 넓히면 시 경계 끝에 검은색 숲이 나타나는데 그 규모가 어마어마한 뱅센느 숲으로 구름과 맞닿아 있어 아득하기만 했다. 아무튼 임시거처이지만 이렇게 시야가 탁 트여 전망이 좋고 직장에서 가까워 지하철을 이용할 수 있는 잠자리를 파리 한복판에 구할 수 있어서 다행이었다. 식사는 아침은 주로 빵과 우유로 때우고 점심과 저녁은 직원들과 외식하는 때가 많았다. 이렇게 파리에 도착하여 먹는 것과 자는 것이 대충 해결되자 나는 곧 회사업무에 전념하게 되었다.

　나는 파리시 마들렌느 9번지에 위치한 K항공 건물 2층 예약과장으로 부임하게 되었다. 내 책상은 마들렌느 사원을 바라보는 방향으로 벽을 등지고 있었고 내 앞에 일정한 공간을 두고 떨어져서 창가에서부터 경희라는 한국인 여자 직원, 이어서 프랑스 처녀 에디트, 그리고 일

본인 여자 직원 루리코, 그리고 프랑스인 남자직원 미셸 봉다렝코가 창문을 앞으로 내다보는 방향으로 앉아서 업무를 보고 있었다. 책상의 배치가 벽전체가 창문인 밖을 향해 디귿자형으로 구성되어 있어 서로 얼굴을 쳐다보면서도 밖을 내다볼 수가 있어 답답하지는 않았다. 길건 너 카퓨신느 골목에서 나오는 작은 길이 마드렌느 거리와 만나는 접점에 위치한 카페가 훤히 내려다보이고 오가는 여행객들이 그 옆 고급제화 매장 발리에서 쇼핑하는 모습이 눈에 들어왔다. 그리고 그 앞에 힘차게 뻗어 오른 플라타나스 나무의 그림자가 줄지어 서있는 건물들에 어른거려 만드는 그림이 이채로웠다. 그리고는 우리 건물 앞쪽으로 난 대로 좌우로 유난히 소음이 강한 차들이 서로 경쟁이나 하듯이 쏟아져 지나갔다. 가끔 강한 클락숀 소리에 놀라 밖을 내다보면 차들의 본넷에 반사된 햇빛이 눈을 찔러 잠깐씩 앞이 캄캄하기도 했다. 나는 이런 거리의 생동감을 곁눈으로 흘려보내면서 다시 눈을 사무실로 돌려 직원들을 바라보았다. 잠깐 어두운 생각에 머물렀다. 이 네 직원이 얼굴도 다르고 민족성도 달라 어떻게 통솔할 수 있을까 걱정이 되었기 때문이다. 우선 경희씨는 한국인임으로 우리말로 소통할 수가 있어 격의 없이 나의 마음을 전할 수 있을 것 같은 생각이 들었다. 그러나 사무실 내에서는 엄연히 프랑스어가 공용어임으로 우리말을 자주 쓰는 것은 나른 세 외국인에게 위화감을 줄 수 있을 것 같아 조심스러웠다.

나는 우선 네 직원에게 모범적인 모습을 보여야 된다는 생각으로 업무시간은 물론 늦게까지 남아서 낮에 하지 못한 일을 모두 끝내고 퇴근했다. 그런데 이런 연장근무를 약 한 달 가량 계속하다보니 가끔은 현지 직원이 야속하다는 생각이 차츰 들기 시작했다. 내가 번연히 늦게 남아 밀린 일을 하고 있는데 도와주기는커녕, 낮 내내 느려터지게 일을 하다가 5시가 되기가 무섭게 손을 탁탁 털고 퇴근하는 것이 점점 눈에 거슬리게 되었다. 현지 직원은 보통 9시에 출근하면 잠시 앉아서 일을 하다가 한 10시쯤 되면 이리저리 전화를 하여 수다를 떨기 시작하는데 정말 못 말릴 정도였다. 이 수다는 결국 그 친구 직원을 바로 옆 건물 카페로 불러내어 커피를 마시러 가는 것으로 마무리 되는 것이 보통이었다. 그러다보니 사무실의 책임자로서 처음에는 여간 신경이 쓰이는 것이 아니었다. 일을 시키는 입장에서는 일하는 사람들이 항상 못마땅한 법이기 때문이다. 이런 사소한 섭섭함이 자꾸 쌓이자 프랑스 사람들은 일하기보다는 놀기를 좋아하는 민족이라는 생각이 굳어지기 시작했다. 나는 은근히 부아가 치밀어 올라 언젠가는 한번 이들의 버릇을 고쳐줄 요량으로 기회를 엿보고 있었다.

　그날도 예약업무가 폭주하여 업무시간에는 고객의 전화를 받느라고 북새통이어서 일반사무를 퇴근시간 안에 끝낼 수가 없었다. 나는 정신없이 전화와 업무에 파묻혀 있어 정신이 없는데 어느덧 다섯 시가 되어 직원들이 퇴근준비를 하고 있었다. 정확히 오후 5시 1분이었다. 그 때 봉다렝꼬가 앉아 있는 책상 위의 전화벨이 요란하게 울렸다. 그런데 봉다렝꼬는 전화를 받지 않았다. 내가 속으로 감정을 삭이며 점잖게 손으로 전화기를 가리켰다. 빨리 전화를 받으라는 암시였다. 그런데도 봉다렝꼬는 전화를 안 받았다. 이 순간 나는 쌓였던 감정을 억누를 수가 없어서 책상 위에 필기구가 가득 들어 있는 나무통을 집어던지며 "전화 못받아!"라고 우리말로 소리쳤다. 순간 봉다렝꼬는 새파랗게 질린 얼굴로 나를 쳐다보더니 여전히 전화를 받지 않으며 벽에 걸린 시계를 가리켰다. 벽시계는 5시 2분이 지나고 있었다. 즉 그는 무서워서 말은 못하고 있지만 자기의 업무 시간 5시가 지났음으로 전화를 받을 수 없다는 시늉이었다. 나는 화가 머리끝까지 나서 어쩔 줄 몰라 했지만 실질적으로 그에게 할 수 있는 일은 아무 것도 없었다. 그는 프랑스 근로기준법이 정하는 8시간의 근무 의무를 마쳤음으로 그 후의 일은 안할 수 있는 권리 또한 가지고 있다는 사실을 인정할 수밖에 없었기 때문이다. 결국 나의 전근대적인 한국적 사고방식이 여기서는 더 이상 통하지 않는다는 사실을 확인한 꼴밖에 안되었다. 이렇게 해서 나의 첫 번째 무모한 담금질은 어색한 해프닝으로 끝나고 말았다. 결국 내가 판정패한 것이었다. 이때부터 나도 무언가 현지문화에 적응하기 위해 달라져야 하며 달라질 수밖에 없다는 사실을 인정하지 않을 수 없게 되었다.

이후 또 다른 일로 프랑스 직원과 마찰을 빚은 일이 있는데 그때는 우리나라에 노조다운 노조가 없는 때라 나의 놀라움은 클 수밖에 없었다. 바캉스 열기가 막바지에 이른 7월 하순쯤으로 기억된다. 이때는 프랑스 사람 대부분이 한 달 가까이 휴가를 얻어 산과 들, 바다, 그리고 해외로 여행을 떠난다. 프랑스 사람늘은 밥은 굶어도 어떻게 해서든지 돈을 조금씩 모아 일 년에 한번 바캉스 떠나는 것을 큰 행복으로 여기고 있다. 그러므로 우리 사무실 직원 네 명도 한창 바쁜 피크 시기이지만 한 명씩 돌아가며 휴가를 보내지 않을 수 없었다. 6월에 루리꼬가 일본으로 휴가를 먼저 다녀왔고 에디트가 7월 초에 자기 고향 브장송으로 휴가를 떠났다. 나를 포함해 나머지 넷은 그녀가 바캉스에서 돌아오기를 손꼽아 기다렸다. 왜냐하면 바캉스 기간에는 업무가 두 배로 폭주하는데 한 명이 빠져 있는 상태라 너무나 바빴기 때문이다.

드디어 기다리고 기다리던 에디트가 7월 말 휴가에서 돌아왔다. 그녀는 우리 모두에게 포옹인사로 반가움을 표시했다. 그리고는 쪼르르 나에게 달려와서 웬 쪽지를 나에게 내밀었다. 내가 들여다보니 무슨 의사 싸인이 들어 있는 병원 처방전 비슷한 것이었다. 내가 그 사유를 에디트에게 물으니 휴가기간 동안 일주일 가량 아파서 병원에 다니느라고 놀지 못했으니 다시 일주일간 휴가를 달라는 것이었다. 나는 하도 어이가 없어서 말이 안 나왔다. 나는 무조건 '농!(안돼)'하고 대답했다. 그런데 그녀는 당연하다는 듯이 그 병원 외래증을 내 코앞에 들이대며 법적으로 보호받는 일이라고 주장했다. 내 상식으로는 휴가 떠나서 감기가 걸려 며칠 쉬지 못한 것을 보전해 달라고 하는 것이 말이 안 돼 황당하기만 했다. 내가 안 된다고 계속 우기자 그 다음날 바로 옆 사무실 판매과에 근무하는 샹딸과 같이 나타났다. 샹딸은 K항공 파리지점 노조간부였다. 샹딸은 나에게 무슨 깨알처럼 복사된 프랑스어 문서를 나에게 내밀면서 휴가 중 병고가 있을 경우 그 기간만큼 다시 휴가를 주어야 한다고 강변했다. 나는 그런 노동법을 본 적도 없고 상식적으로 받아들일 수 없는 일이라고 맞섰다. 그랬더니 샹딸은 얼굴이 누르락 푸르락 해지며 노동부에 보고하겠다고 으름장을 놓았다. 그 후 이틀째되는 날 파리 지점장이 나를 불렀다. 내가 4층 지점장실에 올라가자 김지점장은 웃으면서 프랑스의 노동법이 그렇게 되어 있는지는 확인해 보아야 하겠지마는 정말로 이해할 수 없는 일이라고 말하며 노동법이 그렇게 되어 있을 리는 없지만 혹 그렇게 되어 있다면 크게 잘못 되어 있는 것이라고 맞장구를 치면서 그러나 현실적으로 이 문제가 불거지면 현지 사정에 어두운 회사가 노조를 상대로 변호사를 선임해서 싸워야 하는 번거로움이 있으니 신과장이 양보하고 에디트에게 일주일간 휴가를 더 주는 것이 어떠냐고 말을 했다. 나는 이 현실적인 벽 앞에 더 이상 버티는 것은 회사를 위해서나 나를 위해서 좋을 것이 없다는 판단하에 어이가 없지만 지점장의 뜻을 받아들이기로 했다. 결국 에디트는 휴가에서 돌아오자마자 다시 휴가를 떠났다.

에디트의 휴가가 다시 연장되자 나와 다른 직원들의 기대가 무너져서 그런지 사무실은 더욱 바쁜 분위기로 열기가 가득 차는 느낌이었다. 그런데 이때 1층 카운터에서 발권 업무를 하는 마담 김으로부터 전화가 왔다. 그녀는 파리 교민으로 그녀의 남편은 이름만 대면 알 만한 재불 유명화가였다. 그녀는 몸매만큼 마음도 반듯하여 어떤 일이든지 서투르게 하는 법이 없는 캐리어 우먼이었다. 그녀는 나에게 2월 24일 서울행 902편 좌석 2자리 예약을 부탁했다. 비행기 좌석이 비어 있으면 카운터에서 직접 예약을 해 줄 수 있는 시스템임으로 나한테까지 전화를 할 성노년 남아 있는 좌석이 없다는 의미였다. 나는 그녀에게 잠깐 기다리라고 말하고 컴퓨터로 2월 24일 902편 예약 현황을 살폈다. 아닌 게 아니라 24일 902편 서울행 비행기에는 384명 정원에 40명이 오버부킹(정원보다 예약이 넘치는 것을 이렇게 표현함)이 되어 424명이

나 예약되어 있었다. 출발 날짜까지는 아직 보름 남짓 남아 있다고는 하지만 아무리 예약 체크를 하여 취소하는 승객을 정리한다고 하더라도 40여명을 걸러낼 수는 없을 것 같았다. 그래서 평소 허튼 소리를 하지 않는 엄격한 카리스마의 마담 김이지만 나는 그녀의 부탁을 받아들일 수가 없었다.

"마담 김, 미안해요… 예약 상황을 보니 40명이나 오버되어 있어 한 명도 더 받을 수가 없네요. 손님에게 26일 비행기로 가시라고 잘 말씀해 주세요. 미안합니다!"

라고 말하며 조금이라도 미안한 분위기를 빨리 넘기려고 전화기를 급히 내려놓았다.

그 후 이틀이 지나서 마담 김에게서 다시 전화가 왔다. 그저께 손님이 다시 카운터에 나타나서 사정사정하니 24일 예약이 좀 줄어들었으면 예약을 해달라는 것이었다. 나는 다시 컴퓨터상에 나타난 예약 상황을 체크했다. 한 서너 석 줄어들기는 했지만 예약자 대부분이 단체 승객으로 차 있기 때문에 예약 취소 가능성이 희박해 보였다. 더구나 그 단체를 확인해 보니 두바이에서 파리를 거쳐 서울로 들어가는 중동 근로자와 라스팔마스에서 파리를 거쳐 서울로 귀향하는 원양어선 선원 씨맨 그룹이었다. 당시에는 중동 건설 붐이 불어 우리나라의 많은 근로자들이 중동에서 일을 하고 있었는데도 중동을 직접 오가는 직항로가 개설되어 있지 않아서 파리를 경유하여 서울로 들어가고 있었다. 이런 중동근로자 단체는 라스팔마스에서 출발, 파리에서 서울행 비행기를 갈아타는 귀향 선원 그룹과 마찬가지로 거의 노쇼(noshow)를 내

지 않기 때문에 탑승객 예약이 전혀 줄어들지 않았다. 나는 더 이상 생각할 겨를도 없이 다시

　"마담 김, 정말 미안해요. 26일에도 오버가 되어 있지만 두 좌석 오케이 줄게요. 그러나 24일은 단체승객이 꽉 차서 정말 안 되겠네요."

　나는 마담 김의 애절한 목소리가 계속되었지만 못들은 척하고 전화기를 내려놓았다. 더 들어도 도와줄 수는 없고 미안하기만 했기 때문이다. 나는 이런 경우 참말로 어떻게 해야 할지 난감했다. 정말로 피치 못할 사정이 있는 사람이면 어떻게든지 갈 수 있도록 도와 주어야 하는 것이 내 본분이지만 그렇게 할 수 없을 때가 많았다.

　아득한 옛날 일이긴 하지만 그 때 민간항공 초창기에는 어떻게 하든지 국제경쟁에서 살아남는 방법이 양적 경영, 즉 서비스의 질보다는 탑승률을 높이는 것이 최우선이었기 때문에 비행기 좌석수보다 무리하게 예약을 많이 받는 관행이 빈번했다. K항공뿐만 아니라 다른 항공사들도 만석으로 비행기가 뜨면 모두 만족해하는 분위기였다. 그러나 비행기 좌석을 하나도 비우지 않고 태우기 위해서는 예약을 오버해서 받아야 하고 그러자면 공항에서 비행기 예약이 되어 있으면서도 합당한 이유 없이 비행기를 타지 못하는 승객이 꼭 생기게 마련이다. 마치 컵에 완전히 가득 물을 채우려면 물이 넘쳐흐르는 것을 감수해야 하는 것과 마찬가지 원리이다. 이 경우 단기간 수입은 최대로 올릴지 모르지만 항공업의 생명인 서비스 인지도가 낮아져 결국 장기적으로는 회사에 손해를 끼칠 것이 뻔한 일이었다. 나는 이런 생각을 하며 어쩔 수

없는 나의 결단을 자위하고 마음을 가라앉히고 있는데 1층으로부터 누가 올라오는 소리가 들렸다. 점잖은 중년 부부 두 사람이 2층 입구에 앉아 있는 루리꼬가 한국 사람인줄 알고 우리말로 신과장이 누구냐고 물었다. 루리꼬는 눈치로 나를 가리켰다. 나는 이 두 사람에게 자리를 권했다. 이 두 사람은 1층 카운터에서 마담 김에게 사정을 하다가 안 되니까 나를 직접 찾은 바로 문제의 그 여행객이었다. 나는 더욱 난감했지만 그분들에게 24일 비행기편의 예약 상황을 있는 그대로 알기 쉽게 설명하며 제발 26일로 가십사 하고 내가 도리어 빌며 부탁을 했다. 그 두 분은 나의 자세한 설명을 듣고 어느 정도 마음을 정했는지 26일로 예약을 하고 24일은 대기자로 올려달라고 떼를 썼다. 비행기 좌석은 과다하게 초과 예약되어 있는 경우 일반 카운터에서는 대기자조차 컴퓨터에 넣을 수 없지만 나는 예약과장 비번이 있어 그 두 승객을 대기자 리스트에만은 올려놓을 수가 있었다. 이렇게 해서 나는 일단 이 어려운 두 승객의 난감한 문제를 수습했다.

그런데 그 후 며칠이 지난 어느 날 파리 주재 중앙일보 사무실로부터 전화가 왔다. 자기가 무슨 무슨 특파원이라고 소개하며 24일 비행기 대기자에 올려 있는 두 승객이 매우 중요한 일로 꼭 그날 한국을 들어가야 하니 좌석을 마련해 달라는 것이었다. 나는 그 두 승객이 지난 주에 문제가 되었던 승객이라는 것을 직감적으로 알아차릴 수 있었다. 그 대기자 승객이 어찌 어찌 건너뛰어 알고 있는 신문사 기자에게 부탁한 것이 되돌아온 것이었다. 그러나 나는 어쩔 수가 없었다. 그 날 비행기는 두 단체로 70프로가 차있어서 개인 여행객을 포함 나머지 오버

되어 있는 예약자들을 아무리 설득한다 해도 그 수를 줄이기는 불가능
해 보였기 때문이다.

"정말 죄송합니다. 그 날은 손님이 너무 많아 도저히 예약을 더 받
　을 수가 없습니다. 웬만하면 제가 당연히 도와드려야 도리인데
　저도 어떻게 할 수가 없어서…… 정말 죄~송합니다."

나는 자세를 한껏 낮추어 상대방의 심기를 건드리지 않도록 최선의
예의를 갖추어 말할 수밖에 다른 도리가 없었다. 이렇게 감성에 호소
하는 읍소 작전으로 나오자 기자 양반은 의외로 쉽게 포기하는 듯 전
화를 끊었다.

그런데 오후 점심을 먹고 2시가 되어 내 자리에 앉아 있는데 4층 영
업부의 이부장이 내려와서 내 책상 앞에 섰다. 직장 상사임으로 나도
자동적으로 일어섰다. 그는 다짜고짜 이렇게 말했다.

"신과장, 요즘 파리 시내에 K항공이 예약도 안 되고 서비스도 엉
　망이라고 아우성인데 어떻게 된 거야?"

나는 이 말을 듣는 순간 얼굴이 확 달아올랐다. 예약이 안 되는 것과
서비스와는 상관이 없는 일이고 오히려 오버 부킹을 밀어붙이는 영업
부가 실제로 서비스의 질을 떨어뜨리는 원인을 제공하고 있었기 때문
이다. 내가 하도 어이가 없어서 무언가 말을 하려고 하자, 이 부장은,

"그렇게 예약이 안 된다면서 오늘노 비행기가 비어 나갔자~나!"
하고 말을 끊었다. 나는 이 말을 듣자 그때서야 이부장이 무슨 이유로
그런 말을 하는지 어렴풋이 짐작이 갔다. 나는,

"오늘은 본래 예약이 비어 있는 날이어서 어쩔 수 없잖아요."

라고 푸념 섞인 대답을 했다. 이 부장은 이 말에 달리 할 말이 없는지 창밖으로 마들렌느 거리를 물끄러미 내려다보았다. 도로에는 자동차들이 즐비하게 서 있었고 그 사이로 젊은이들이 탄 오토바이가 굉음을 내며 '쌩'하고 지나갔다. 인도에는 수수한 차림의 토종 멋쟁이 파리지엔느들이 이리저리 거닐며 여유를 만끽하고 있었다. 이부장은 이 광경에 무언가 호기심이 가는지 아래층으로 천천히 걸어 내려갔다.

그 다음날 아침 영업부 이부장으로부터 전화가 왔다. 이부장은 어제와는 사뭇 다르게 상냥한 말씨로 이런저런 말을 하다가 24일 문제가 된 예약대기자 2명에게 자리를 주라고 말했다. 나는 그럴 줄 알았다는 듯이 똑같은 설명을 또 했다.

"이부장님, 그날은 단체가 대부분이고 20명이 오버되어 있어 절
대 안됩니다. 더 받으면 공항에서 승객들이 난리를 칠 텐데 어떻
게 해요? 정말 봐 주세요, 이부장님!"
하고 내가 애걸했다. 그러자 이부장이,

"어떻게 트랜지트 연결승객을 더 잘라 봐! 아무튼 그 두 명은 꼭
넣어야 돼!"
라고 말하며 전화를 끊었다. 나는 이러지도 저러지도 못한 채 멍하니 앉아 있을 수밖에 없었다.

어느덧 문제의 비행기 출발 5일전이 되어 나는 마음먹고 24일 출발 비행기 승객탑승자명단 PNL을 정리하기 시작했다. 단체승객은 단체 담당인 봉다렝꼬에게 잘 체크하라고 당부하고 일반 개인의 출발 재확인 리컨폼은 경희에게, 그리고 다른 비행기편으로 도착하여 파리에서

갈아타는 트랜지트 승객의 탑승여부 확인 점검은 루리꼬에게 맡겼다. 예약자의 탑승확인은 보통 연락처가 있는 경우는 전화를 걸어 확인하고 단체는 현지에 지사가 있거나 대행 여행사가 있을 경우 비교적 쉽게 탑승여부를 확인할 수 있다. 이 경우 잘되면 5프로 정도는 개인 사정이나 출입국 비자문제로 예약이 취소되게 된다. 말하자면 자연 감소로 대충 예약인원 수가 비행기 좌석 수와 맞아떨어지는 것이 보통이다. 문제는 트랜지트 승객의 변수다. 다른 데서 비행기를 타고 와서 우리 비행기로 갈아타는 승객의 탑승 여부는 바로 전 비행기에 탑승했는지를 확인하는 것이 고작인데 전 비행기 도착 여부 자체가 기상악화 등으로 믿을 수가 없어서 문제가 되는 경우가 많았다. 아무튼 이렇게 꼼꼼히 1차 예약 점검을 하고 나니 정원초과 인원수가 5명 정도 줄어들어 오버 인원이 15명 정도로 축소되었다. 그러나 그 이후는 한 명도 더 줄어들지 않았다. 비행기 출발이 이틀 전으로 다가오자 나는 몸이 달았다. 나는 직원들이 다 퇴근한 후에도 나름대로 혼자 남아서 예약자들을 다시 체크했다. 그러나 더 이상 줄일 수가 없었다. 속수무책이었다.

 출발 하루 전 23일이 되었다. 아직 10여명이 예약초과 상태였다. 그런데 아침에 출근하자마자 대사관 직원으로부터 전화가 왔다. 대기자 2명이 예약이 되었다고 이부장으로부터 얘기를 들었는데 왜 예약이 안 되였느냐고 따셨다. 나는 예약이 확정된 것이 아니고 대기자 리스트에 올라있는데 노력해 보겠다고만 대답했다. 그는 매우 불쾌한 억양으로 그러면 좋지 못하다는 듯이 말을 하고는 전화를 끊었다. 황당하기 이를 데가 없었다. 이런 상황에서 내가 자리를 주고 안 주고 할 수가 없는 노릇이기 때문이었다. 그날 오후까지 여전히 7명이 초과 예약되어 있었다. 나는 다급한 김에 라스팔마스 영업소에 근무하는 입사동기에게 전화를 걸었다.

"잘 지내고 있어? 김 소장! 지금 파리 출발 비행기가 오버부킹이
돼 가지고 난리야. 미안하지만 거기 출발 원양선원 10명만 공항
호텔에서 재워서 다음 비행기로 보내면 안 될까?"
나는 애원하듯이 물었다. 그러나 들려오는 대답은 뻔했다.
"아~ 이 사람들은 라스팔마스의 체류 비자기간이 지나서 더 이상
여기에 머무를 수가 없어! 차라리 파리에서 재워주고 다음 비행
기로 보내는 것이 나을 거야. 그런데 조심해! 뱃사람들이라 거칠
거든……"
이렇게 해서 나의 최후의 시도도 무의미하게 끝났다. 그런데 오후
3시가 넘어 지점장이 전화로 나를 불렀다. 나는 4층 지점장실로 들어
섰다. 지점장은 약간 망설이더니 나에게 쪽지를 하나 내밀며,
"신과장! 대사관 강 영사가 부탁하는 건데 어렵겠지만 하나 넣어
봐!"
강 영사는 그 당시 파리에서 꽤 실력자로 통했다. 잘은 모르지만 일
반 영사가 아니라 무슨 특수 임무를 띠고 있는 듯했다. 나는 이런 지점
장의 입장을 아는지라 거기다 대고 무어라고 더 말할 수가 없어서 그
냥 쪽지를 받아들고 지점장실을 나왔다. 2층 사무실로 내려와서 나는
그 쪽지를 경희씨에게 내밀었다. 그리고 경희에게,
"내일 일이 터질 것은 뻔한데 7명 오버나 9명 오버나 마찬가지 아

냐! 이것 좀 넣어요!"

그랬더니 경희는 나를 경멸하는 듯한 눈초리로,

"그러시면 안 돼요! 지금 7명이나 오버되어 있고, 자리가 비더라도
대기자 순서대로 자리를 주어야지, 빽이 있다고 봐주면 안되죠!"

백번 맞는 말이었다. 그녀는 돌아서는 내 뒤통수에 대고,

"여기는 한국이 아니라 파리에요. 프랑스에 온 한국인 승객이 서울
에서 하던 버릇이 여기서도 통할 줄 알고 그러는데 여기서는 안통
해요! 아직도 그 버릇을 못 고치니…, 언제나 일등 국민이 되려나?"

나는 얼굴이 화끈거렸다. 그렇다. 15일전 1층 카운터에서 웃으면서
끝날 일이 계속 에스컬레이터되어 돌고 돌아서 이 지경에까지 이른 것
은 솔직히 말해서 우리 국민의 민도의 수준이 그것밖에 되지 않기 때
문이었다. 권력이면 무엇이든지 통하는 당시의 우리 현실이 무엇보다
도 안타까웠다. 나중에 안 사실이지만 그 두 승객은 서울에서 만만치
않은 권력을 행사해온 전직 국회의원이었다. 이리저리 해도 자리가 안
되니까 파리에서 힘깨나 쓰는 사람은 총동원한 셈이었다. 이렇게 되자
나는 한 회사조직에 몸담고 있는 일개 직원으로서 더 이상 버틸 재간
이 없었다. 사무실 직원이 모두 퇴근한 후 나는 마들렌느 거리의 휘황
찬란한 불빛을 초점 없는 눈빛으로 멀거니 쳐다보면서 어떻게 이 일을
처리해야힐까 하고 곰곰이 생삭을 했다. 내일 예약자가 넘쳐서 공항에
서 약간의 혼잡을 피하기는 어려울 것 같았다. 그렇다면 예를 들어 9명
이 비행기를 못 탄다면 공항직원들이 개인승객 9명 개개인을 상대하
기보다는 라스팔마스에서 오는 선원 그룹 하나를 상대하는 것이 쉽지

않을까 하는 생각이 들었다. 그들은 원양어선에서 하선하여 휴가를 가거나 퇴직하는 경우가 많음으로 그중 리더를 잘 구슬려 공항근처 호텔에 이틀간 머물게 하면서 파리 구경을 시켜준다고 하면 쉽게 다음 비행기로 가는 것에 응할 수도 있을 것 같았다. 이런 생각에 이르자 컴퓨터 화면을 통해 다시 라스팔마스 그룹 구성을 살폈다. 세 회사 그룹이 있었는데 다행히 9명으로 구성된 단체가 눈에 띄었다. 이거다. 나는 비장한 마음으로 칼자루를 빼어들었다. 나는 우선 문제가 된 2명을 탑승자 명단에 집어넣었다. 양심의 가책을 받았지만 더 이상 버틸 수가 없었고 일이 이렇게 된 이상 7명이 오버되나 9명이 오버되나 문제가 터지는 것은 마찬가지라고 자위를 했다. 그러나 마음이 무척 무거웠다. 나는 마지막으로 9명 라스팔마스 선원 단체를 승객리스트에서 제외시켰다. 그러자 승객예약 리스트 PNL에 계속 빨간글씨로 나타나던 over 싸인이 사라지고 파란 ok싸인이 선명하게 나타났다. 나는 다시 생각하면 또 마음이 변할 것 같아 이 승객명단을 확인 싸인하고 그 PNL을 곧장 공항소장에게 전송했다. 초죽음이 되어 늦게서야 집에 돌아왔다. 늦은 저녁식사가 입에 깔깔했다. 밤새 잠을 설치며 앓았다.

그 다음날 나는 아침 일찍 사무실에 출근했다. 9시가 지나자 직원들이 자기들끼리 수군대기 시작했다. 봉다렝꼬가 먼저 나에게 왜 자기가 담당하는 단체승객을 마음대로 승객리스트에서 뺐냐고 따져 물었다. 경희는 비웃는 말투로 그러면 그렇지 신과장도 별 수 없다는 듯이,

"결국 그 두 승객을 밀어 넣었네요. 말도 안 돼요. 과장님이 책임

지세요!"

나는 직원들에게 일일이 사과하며 어쩔 수 없었다고 말했다. 그리고 나의 비장한 계획을 설명했다. 나는 우선 공항소장에게 전화를 걸었다. 김소장은 차장이기 때문에 나에게 반말을 했다. 나는,

"소장님 죄송합니다. 이미 아시겠지만 오늘 오후 비행기 승객 리스트가 오버되어서 고민 고민하다가 단체승객 하나를 다음 비행기로 보내는 것이 나을 것 같아 리스트에서 아웃시켰어요. 수고스러우시겠지만 라스팔마스 씨맨 대양상선 단체 아홉 명 잘 부탁해요!"

이 말이 끝나기가 무섭게 수화기가 깨질 것 같은 쇳소리가 고막을 쳤다.

"신과장! 야! 또 일 저질렀어! 지난 달에도 한번 승객이 난리를 펴서 내가 경위서까지 써 주고 손이 발이 되도록 싹싹 빌었는데!"

나는 할 말이 없었다.

"죄송합니다. 죄송해요! 그룹 리더를 찾아서 구슬리면 잘 될거에요! 귀환선원이라 의외로 쉬울 것 같아서……"

그러자 공항소장이,

"야! 네가 공항에 나와서 핸들링해! 안 나오면 승객들을 모두 시내 사무실로 보낼거야!"

나는 너 이상 듣지 않고 수화기를 내려놓았다. 나의 생각과 필요한 정보를 다 주었기 때문에 더 말해 보아야 욕 밖에 돌아올 것이 없었기 때문이었다. 그날 오전은 사무실 분위기가 태풍전야처럼 긴장감이 감돌았다. 나도 직원들도 별말 없이 오후 한 시 비행기가 무사히 이륙하

기만을 고대할 뿐이었다.

어느덧 초조한 한 시가 지나 두 시가 되었는데도 공항에서 아무런 전화가 없었다. 나는 궁금했지만 괜히 공항소장에게 전화를 걸어보아야 좋은 소리 들을 것이 없을 것 같아 모른 척하고 가만히 있었다. 그런데 오후 3시가 훨씬 지나 4시가 가까운 시간에 지점장에게서 전화가 왔다. 지점장은 다짜고짜로

"신과장! 예약관리를 어떻게 하는 거야! 지금 공항에서 난동이 벌
  어졌자나! 정말 자네 그렇게밖에 못해! 시말서 써!"

나는 물론 어느 정도 각오는 했지만 지점장이 시말서 이야기까지 나오자 그때까지 응어리졌던 억울한 감정이 슬며시 고개를 들었다. 그러나 지점장에게 대놓고 무어라고 말할 수는 없어서,

"그거~ 섭섭합니다……"

라고 운을 띠었다. 그랬더니 지점장이 울컥 화가 나는지,

"야! 너 이리 올라와!"

라고 소리쳤다. 나는 아차 하는 생각을 하며 4층 지점장실로 뛰어 올라갔다. 내가 지점장 책상 앞으로 다가가자 지점장이 벌떡 일어나더니,

"뭐? 섭섭하다고!"

하며 흥분한 듯 내 양 어깨를 쳐 밀기 시작했다. 나중에 안 사실이지만 이것은 군대 장교나 미군들이 쓰는 준 구타 방법인 듯했다. 마구 때리는 것은 아니지만 소리를 지르며 상대방의 양 어깨를 두 손으로 세차게 쳐 밀치며 기선을 제압하는 방법이었다. 나는 얼이 빠져서 아무 말도 못하고 계속 당할 수밖에 없었다. 이번에는 가슴까지 가격했다. 나는

처음에는 지점장에게 자초지종을 설명하고 내 생각을 말씀드려 문제
의 재발을 방지하려고 했었다. 그러나 지점장은 그런 여유도 주지 않고
계속 나를 밀어붙였다. 나는 어느새 뒷벽 가까이까지 밀려와 더 이상
물러설 데가 없었고 가슴이 답답해와 말을 꺼낼 수조차 없게 되었다.
나는 이 상황을 빨리 모면하는 것이 급선무라는 생각이 들어 겨우,

　"잘못했습니다. 주의하겠습니다!"

라고 얼버무렸다. 그랬더니 지점장이 성이 풀렸는지 소위 푸쉬를 그만
두었다. 나는 온 몸이 덜덜 떨렸다. 2층으로 내려오는 계단이 자꾸 헛발
이 디뎌졌다. 나는 그 계단을 내려오면서 정말로 나 자신에 대한 처절
한 인간적 비애를 느꼈다. 내가 도대체 무슨 잘못을 했단 말인가? 아무
리 생각해도 억울한 생각뿐이었다. 나는 도저히 몸을 가눌 수가 없어서
층계난간에 의지하여 겨우 2층으로 내려왔다. 내가 그런 모양으로 나
타나자 직원들이 금방 눈치를 채고 어쩔 줄 몰라 잠깐 머뭇거렸다. 잠
시 시간이 지나자 봉다렝꼬는 그것 보라는 시늉으로 이 사건과는 전혀
상관도 없는 일을 가지고 괜히 전화에 대고 꽥꽥 소리를 질러댔다. 경
희는 나에게 와서 지점장이 두 승객을 밀어 넣었으니 자기가 책임을 져
야지 왜 예약과장한테 화풀이냐고 나를 위로했다. 일본 여자직원 루리
꼬는 나에게 조심스럽게 다가오더니 내 앞의 마루바닥에 두 무릎을 바
짝 꿇고 나에게 말했다.

　"수미마생! 신상! 수미마생!"

　무어라고 말하는지 정확히는 알아듣지 못했지만 그녀가 담당하는
다른 항공 연결 승객 체크를 자기가 잘못해서 그런 일이 벌어졌다고

정말 미안하다고 비는 것 같았다. 나는 어이가 없었다. 직원들은 전혀 잘못한 것이 없었기 때문이었다. 나는 그녀를 일으켜 세우며 내 책임이지 결코 루리꼬 잘못이 아니라고 말해주었다. 그녀의 눈에 눈물이 글썽였다.

나중에 안 사실이지만 예약리스트에서 제외된 라스팔마스 선원단체가 공항에 나타나 난리를 피우며 죽어도 그날 예약됐던 비행기로 가야겠다고 우기는 바람에 공항소장이 멱살이 잡혀 이리저리 끌려 다니며 봉변을 당했고 그것도 모자라 공항 카운터 책상을 뒤엎는 불상사가 벌어졌다고 한다. 라스팔마스 영업소장이 전화로 언급한 대로 내가 선원들의 거친 행동을 염두에 두지 않은 것은 아니지만 초과예약 인원수 아홉 명과 맞는 단체가 그 단체밖에 없어서 택한 불가피한 선택이었다. 이런 거친 승객을 겨우 달래서 공항 호텔에 투숙시키고 난 공항소장이 이 사실을 지점장에게 낱낱이 보고했고 이 사실을 전해들은 지점장이 화가 나서 나에게 분풀이를 한 것이었다.

그러나 사실 그것은 내 잘못이 아니었다. 생각해 보면 무리하게 탑승률을 높이려는 회사 경영방침이나 정해진 날짜에 미리 예약을 안 한 승객이 외압으로 예약을 밀어붙이는 관행이 근본적인 원인이라면 원인이었다. 더 나아가서는 당시 고속경제성장의 와중에 덜 성숙된 우리 국민의 민도가 빚은 우리 모두의 잘못이라고 해야 할 것이다.

이 사건이 있은 후 나는 차츰 내가 하고 있는 일에 회의를 느끼기 시작했다. 그러나 한편 누군가는 해야 할 일이라는 생각이 들긴 했지만, 그리고 이렇게 해서라도 달라를 벌어들여 국가부흥에 이바지한다는 자부심이 들기는 했지만, 기본적으로 이 일이 내 적성에 맞지 않는 것 같았다. 나의 정적인 성격과 감성에 좌우되는 판단은 항상 현실과 동떨어진 느낌이 들었기 때문이다. 이런 일이 있은 후부터 나는 파리에서 문학 공부를 하고 있는 선후배를 자주 만나게 되었다. 특히 나의 동기이자 현재 서울대 교수인 이형식을 만나면 그렇게 마음이 편할 수가 없었다. 파리 대학 기숙사촌 씨테의 도이치관에 기숙하고 있는 이형식을 찾아가면 그는 나를 기숙사 바로 앞에 있는 큰 마로니에 나무 밑으로 데리고 가서 이런저런 실없는 얘기를 해댔다. 그가 농담처럼 하는 소위 가당치도 않은 이야기에는 항상 유머와 해학이 넘쳐 현실에 막혀 있던 생각의 울타리가 여지없이 무너졌다. 어느 정도 이야기에 발동이 걸리면 기숙사촌 대로 건너 몽수리 공원에 접해 있는 카페로 자리를 옮겼다. 그러면 자연적으로 기숙사촌에 기거하는 선후배들이 오다가다 합류하게 되었다. 각자 취향에 따라 커피와 맥주, 그리고 포도주를 한잔씩 시켜놓고 계속 이야기꽃을 피웠다. 이야기는 누가 말발이 세냐에 따라 정치로 문화로 예술로 경제로 문학으로 사랑으로 왔다리 갔다리 했다. 그러나 술이 건하게 오르기 시작하면 어느새 이야기 주도권이 이형식에게 넘어가곤 했다. 그는 달변은 아니지만 그가 하고 있는 말이 진실되다고 할까, 아니면 순진하다고 할까, 아니면 막힘이 없다고 한까, 말하자면 성격이 호방하여 현실을 보거나 대하는 생각과 행동이 보통을 넘어서 좌중의 이목을 끌었다. 특히 그의 문학적인 감성은 철저히 원초적인 인간의 본능이라고 할 수 있는 본성에 바탕을 두어 보통 인간의 족쇄가 되는 현실이 그에게는 전혀 문제가 되지 않았다. 이처럼 사고가 현실적인 장애에서 자유롭다보니 그의 문학세계는 대도무문(大道無門)이라고 할 만큼 광활한 우주를 마음대로 휘젓고 다 녔다. 나는 그의 세계에 빠져들었다. 마술에 걸린 듯 그를 만날수록 그 의 문학에 매료되었다. 그런 그가 어느 날 내가 그의 기숙사를 찾았을 때 술도 마시지 않은 맹숭맹숭한 상태로 나에게 말했다.

"곽균아! 회사 그만두고 공부나 해라!"

나는 그가 평소 하지 않던 말을 진지하게 하는 것에 놀라,

"야! 공부가 밥 먹여 준다던? 내 가족은 어떻게 하고?"

그러자 형식이가 평소 그 특유의 현실감 없는 말투로,

"그거, 그냥 시작하면 돼! 나봐라! 다 되게 돼 있어!"

그는 나에게 별거 아니라는 듯이 가볍게 말했다. 나는 더 다른 말을 하고 싶었지만 그 자리에서 꼭 내 의중을 밝힐 필요가 없을 것 같아,

"응, 그래?"

하고 나도 가볍게 넘겼다. 그러나 그와 헤어지고 나서 집으로 돌아오는 지하철 안에서 나는 이런저런 생각으로 머리가 혼잡스러웠다. 그 후 나 는 1년 이상 잊고 지냈던 문학공부를 다시 생각하게 되었다. 그러자 마 음이 사무실 안보다는 자꾸 바깥 세상으로 갔다. 내가 매일 같이 개미 쳇바퀴 돌듯 하는 일상이 버거운 만큼 바깥 세상은 마들렌느 거리에 줄 지어 서 있는 건물들 위로 훤히 보이는 하늘만큼이나 자유롭고 평화로 워 보였다. 그 하늘 위로 검은 구름이 언뜻 지나가면서 거리에 가랑비 를 뿌렸다. 거리가 갑자기 번들번들해졌다.

나는 가끔 야간근무를 마치고 내 사무실 2층 아래로 마드렌느 거리

를 내려다보곤 했다. 거리를 따라 플라타나스 나무들이 시원하게 하늘 높이 솟아서 건물들의 상층을 가리고 있었다. 그리고 흔들리는 가지들 사이로 르네상스식 창문들이 가로등에 반사되어 은빛으로 빛나고 간 간이 보이는 난간에 설치된 화분에는 예쁜 꽃들이 고개를 내밀고 있었다. 그 아래 1층 밖으로는 환한 불빛을 토해내는 고급스런 상점들이 줄을 지어 서 있었는데 파리의 한복판답게 주로 고급 옷이나 구두, 악세사리를 파는 부티크가 밀집해 있는가 하면 은행, 그리고 카페들이 간간이 있었다. 카페 앞에는 인도까지 가득 내어놓은 의자에 손님들이 친구와 담소하며 커피와 포도주, 혹은 간단한 식사를 하고 있었다. 그러나 혼자 온 손님도 꽤 있었는데 그들은 카운터에 선 채로 음료수를 마시면서 커피 종업원인 가르송과 농담을 나누며 히히덕거리고 있었다. 나도 은근히 마음이 당겨 퇴근하는 길에 바로 옆 카페에 들렀다. 그러면 항공사 손님들이 많이 찾아와서인지 가르송은 반갑게 "머시외 신!" 하며 나를 아는 척했다. 그리고는 별다른 주문이 없는데도 가르송은 익숙하게 맥주보다 도수가 꽤 높은 '드미'를 한잔 테이블 위에 올려 놓았다. 나는 그 술을 천천히 음미하면서 주위에 앉아 수다 떠는 사람들, 바삐 지나가는 사람들을 물끄러미 쳐다보곤 했다. 어떻게 보면 굉장히 멋적을 것 같지만 맥없이 거리를 오가는 사람들을 쳐다보는 재미가 솔솔 해서 파리의 신사숙녀인 파리시엔느들이 조용히 슬기는 약간의 멋과 자유와 낭만을 알 것도 같았다.

1978년 겨울은 몹시 추웠다. 2월 초라고는 하지만 아직도 세찬 바람이 서쪽에서 불어와 음습한 공기를 파리의 하늘 가득히 뒤덮었다. 이

와 함께 검은 구름이 가득 몰려와 금방 비라도 내릴 것 같다가도 어느
덧 하늘 끝 한 구석이 허옇게 밝아오면서 태양이 빛나기도 했다. 이렇
게 종잡을 수 없는 구름의 향연은 밤 사이에 기온의 하강과 함께 비로
변하기도 하고 눈을 만들어 내기도 했다. 한겨울의 이런 기후 변화는
나처럼 가족이 아직 도착하지 않아 홀로 있는 이방인에게는 가슴을 에
는 추위로 다가오곤 했다. 아침 출근 시간 아파트 현관문을 나서면서
만나는 포도 위의 질펀한 물기에서 느끼는 차디찬 감촉과 골목길에서
휙 불어오는 쌀쌀한 바람은 파리의 기후가 대부분 영상이라고는 하지
만 옷깃을 단단히 여미지 않을 수 없게 만들었다. 소위 이러한 외부의
적절한 차가움이 내부의 따뜻함을 소중히 여기는 멋으로 발전하지 않
았는가 싶다. 비오는 날 버버리 코트 깃을 세운 신사가 센느 강변을 거
니는 흑백사진에서 우리는 그 신사의 내면의 온기와 고독이 어우러진
멋을 만나게 된다. 파리의 고독과 우수는 이처럼 겨울의 스산한 날씨
에 많이 기인하지 않는가 생각된다. 발자크나 모파상 고흐 등이 파리
에 올라와 처음 겪는 찬 겨울의 스산한 날씨는 어떻게 보면 그들에게
고난의 역경이기도 했지만 그와 동시에 그들의 창작에 불꽃을 지피는
감수성을 자극하는 우수의 근원이기도 했다. 나는 근무가 없는 토요일
이나 일요일에는 가끔 몽마르트르 언덕이나 센느 강변을 걸으면서 이
미 수없이 거쳐 간 작가나 화가들의 체취를 느껴보곤 했다. 특히 쌩 미
셀 거리의 유적지와 그 끝에 마주하고 있는 파리 소르본느 대학 캠퍼
스 주위를 배회하곤 했다. 그곳에서는 18세기 이후의 세계적인 프랑스
문호들이 자주 드나들었던 카페와 화랑, 그리고 그들의 배움의 보금자

리였던 대학 강단을 쉽게 만날 수 있었다. 오래된 건물들의 위용만큼 그곳에 깊이 녹아있는 학문적 전통이 나에겐 무언가 배움에 대한 암시를 주는 듯했다.

이렇게 내가 파리의 거리를 방황하는 동안 어느덧 3개월이 지나 나의 아내와 나의 딸 혜은이가 도착했다. 내가 오를리 공항 대합실에서 1시간 가까이 기다리자 2번 출구에서 그 때 한창 유행하던 월남파마머리를 한 아내와 혜은이가 나타났다. 나는 너무나 기뻐서 앞으로 달려가 아내의 손을 잡았다. 그런데 3살배기 혜은이는 그 동안 나와 많이 떨어져 있어서 그런지 낯설어했다. 혜은이가 나에게 다가오지 않고 머뭇거리며 아내 뒤로 숨자 아내가 혜은이 손을 잡아끌면서 "혜은아! 아빠야!"하고 말했다. 겨우 내 손 안에 들어온 혜은이는 얼굴이 겨울날씨에 터서 양 볼이 약간 새빨갛게 상기되어 있었다. 머리는 단발머리였는데 이마를 따라 자른 머리 모양이 어느 잡지에서 본 동양 여자아이의 웃는 모습과 비슷했다. 어느 정도 나와 눈이 익자 혜은이는 연실 방긋거리며 이야기를 계속하고 있었는데 그 모습이 너무나 귀엽고 우스워 나는 그녀의 머리를 연실 쓰다듬어 주었다. 아내와 딸이 옆에 있으니 그렇게 행복하고 든든할 수가 없었다. 우리는 곧장 내가 그 동안 계약해 둔 파리 북동쪽 한가한 마을 팡탱 근처의 작은 집에 짐을 풀었다.

아내는 서울에 있으면서 나름대로 파리에서의 생활을 착실히 준비했던 모양이었다. 아내는 도착 후 관공서에서 체류증 발급신청을 하고 살림살이 장만을 위해 까르푸에서 쇼핑하느라고 며칠간 정신없이 바빴다. 그리고는 어느 정도 안정이 되자 아내는 프랑스 어학원인 알리앙스 프랑세즈에 등록을 했다. 그녀가 평소에 가고 싶어 했던 패션스 쿨인 에스모드에 입학하려면 패션 기본 지식은 물론 프랑스어 소통능력이 필요했기 때문이었다. 그 때만 해도 세계 제일의 패션 스쿨 에스모드에 다니는 한국인이 거의 전무한 상태라 입학 정보가 없어서 준비에 많은 어려움이 있었다. 또한 이 학교는 사설이라 등록금이 비싸서 단순히 아르바이트를 해서는 다니는 것이 불가능했기 때문에 남편이 파리에서 돈을 벌어 대거나, 아니면 서울에 있는 부모가 부자여서 생활비와 등록금을 댈 수 있을 정도가 되어야 했다. 아내는 경제적인 것은 나를 믿는지 매일 알리앙스에 나가서 프랑스어 공부에만 매진했다. 아내는 알리앙스에 6개월 동안 다니며 어느 정도 프랑스어가 소통이 되자 9월 학기에 에스모드에 입학할 수 있게 되었다.

그러나 문제는 어린 딸 혜은이었다. 아직 유치원에 다닐 나이가 아니어서 어디에 맡기고 다닐 데가 마땅치 않았기 때문이다. 그래서 아내는 애들이 있는 한국인 동료 부인에게 어렵게 부탁을 하여 아침에 데려다 주고 오후에 학교에서 돌아오면서 찾아오곤 했다. 하루하루가 전쟁이었다. 그 사이 혜은이를 맡긴 집이 멀리 이사를 간다던가, 아이를 맡은 부인이 다른 볼일이 있어 외출한다든가, 아이가 갑자기 아프다든가 하면 낭패였다. 아이의 탁아 문제는 언제 터질지 모르는 시한폭탄과 같이 항상 우리를 긴장시키고 있었다.

어느 날인가 한 낮에 내 사무실로 전화가 왔다. 아이를 맡은 부인이 다급하게 말했다.

"혜은이 아버지, 애가 갑자기 열이 나서 울고불고 야단이어요! 혜
  은이 엄마는 수업중인지 전화를 안받고…… 그래서 할 수없이 혜
  은이 아빠께 전화를 드리는 거야요."

나는 이 전화를 받자,

"예! 알았어요! 곧 가볼게요!"

라고 대답했다. 그러나 사무실은 잠시도 비울 수 없을 만큼 전화가 빗
발치고 또 이 사람 저 사람 찾아오는 사람들이 줄을 이어서 금방 나갈
수가 없었다. 어느 정도 일이 마무리되자 벌써 4시가 넘었다. 나는 더
이상 지체할 수 없어서 경희에게 자초지종을 말했다. 역시 한국 사람이
한국인의 사정을 잘 아는지라 그녀는,

"아~ 신과장님! 제가 알아서 마무리 하고 갈테니, 걱정 말고 빨리
  나가보세요!"

하고 말했다. 나는 얼른 사복으로 갈아입었다. 그리고 퇴근시간 전에
빠져나가는 것이 무엇해 오른쪽 카페의 비상계단 통로를 통해 슬그머
니 나갔다. 지하철을 탔다. 빠르기만 하던 지하철이 왜 그렇게 느린지
마음이 조급했다. 에글리즈 팡탱 역에서 내리자마자 뛰기 시작했다.
'혜은이가 얼마나 아프길래… 나한테 전화까지 했지?' 라고 생각하며
나는 계속 언덕길을 뛰어 올라갔다. 땀이 흘러내려 바짓가랑이가 다리
에 휘감겼다. 나는 숨을 힐떡이며 그 집 벨을 눌렀다. 수인 여자가 근심
섞인 얼굴로 나를 침대로 안내했다. 거기에 혜은이가 착 까불어져 누워
있었다. 내가 혜은이의 이마에 손을 대어 보았다. 열이 펄펄 끓었다. 혜
은이가 잠에서 깨어나,

"아빠~ 아퍼~"

하고 울기 시작했다. 하도 열이 많이 나서 아이의 목소리가 떨리고 있었고 얼굴이 새빨갛게 달아 있었다. 나는 곧 혜은이를 등에 업고 근처 개인 병원으로 향했다. 그 의원의 초인종을 눌렀다. 아무 반응이 없었다. 또 눌렀다. 묵묵부답이었다. 나는 위층을 쳐다보았다. 아직 불이 환하게 켜져 있는 것을 보아서는 사람이 있는 것 같은데 아무 응답이 없었다. 나는 다시 초인종을 눌렀다. 그랬더니 누가 층계를 내려오는 발자국소리가 들렸다. 나는 기뻐서 혜은이에게,

"아프지? 잠깐만 기다리면 돼!"

하고 말했다. 어느 나이 든 여자가 문을 열었다. 그녀는 나와 애를 번갈아 보더니,

"미안해요. 진료 시간이 끝났는데요."

라고 말했다. 시계를 들여다보니 한 15분정도 지난 듯했다. 그래서 사정했다. 아이가 몹시 열이 나서 지금 치료를 받아야 할 것 같다고 사정하고 또 사정했다. 그러나 그녀는 진료 시간이 지났음으로 안 된다고 말하며 야간진료를 하는 지역 의료원에 가보라고 말했다. 너무나 야속하다는 생각이 들었다. 시간이 많이 지난 것도 아니고 아이가 위급한 상황인데 그렇게 냉정할 수가 있을까, 원망스러웠다. 나는 하는 수 없이 아이를 업고 큰 거리로 내려오는 수밖에 없었다. 등에 업힌 아이의 체온이 뜨겁게 느껴졌다. 열이 너무 올라서 그런지 아이의 목소리가 약간 헛 나오는 것 같았다.

"아빠! 그 의사 나쁘지?"

나는 그냥 자동적으로,

"응, 그래, 나빠!"

라고 대답했다. 더욱 등어리가 뜨거워졌다. 어림잡아 아이의 체온이 40도는 넘는 듯했다. 나는 땀을 뻘뻘 흘리며 아이를 업고 종종걸음을 쳤지만 아직도 택시정거장까지는 100여 미터나 남아 있었다. 거기를 향해 줄달음치는 동안 나의 등뿐만 아니라 온 몸이 혜은이의 체온과 비슷하게 올라가는 듯했다. 내 몸도 아이의 몸도 활활 탔다. 나는 그 때 아이와 내 몸이 하나가 된 듯한 이상한 느낌, 무어라고 말해야 할까, 본래 한 몸이었다는 어렴풋한 생각이 들었다. 나는 나도 모르게,

"혜은아, 걱정말아! 내가 꼭 낫게 해 줄게!"

하며 감정에 북받쳐서 떨리는 목소리로 말했다. 아이도 나와 비슷한 낌새를 느꼈는지,

"응, 알았어! 아빠! 사랑해!"

라고 말했다. 나는 그 말을 듣는 순간 그때까지 경험하지 못한 자식에 대한 진한 사랑을 느꼈다.

다행히 혜은이는 폐렴 직전에 병원 치료를 받고 차츰 나아지기 시작했다. 이 때문에 아내가 학교도 나가지 못하고 며칠간 집에서 쉬면서 혜은이의 병간호에 매달렸다. 이제 차가운 겨울바람이 북으로 밀려가고 따스한 봄바람이 산들산들 불어오기 시작했다. 아직 심술궂은 빗방울이 오락가락 하지만 시커먼 구름 사이로 따뜻한 봄볕이 대지를 어루만지고 있었다. 그러자 그 동안 독감에 걸려 오랫동안 시달렸던 혜은이도 기운을 차리고 바깥나들이를 하기 시작했다. 이렇게 해서 봄은

집안에도 바깥에도 마음에도 슬며시 찾아들었다.

　나는 한결 가벼워진 마음으로 토요일 오후 이형식의 기숙사를 찾아나섰다. 장거리 교외고속 지하철을 타고 대학 기숙사촌역에 이르자 대부분 젊은 대학생들이 서로 어깨를 부딪칠 정도로 많이 내렸다. 어떤 학생은 책을 옆구리에 가볍게 끼고 있었고 어떤 학생은 무거운 등산용 가방에 무언가를 잔뜩 짊어지고 있었다. 또 어떤 대학생인 듯한 여학생은 기저귀 가방 같은 것을 어깨에 걸쳐 메고 옆에 걷고 있는 다른 여학생에게 무어라고 웃으며 말하고 있었다. 말소리는 잘 들리지 않았지만 그녀의 아름다운 미소가 환하게 퍼져 나의 가슴까지 시원하게 만들었다. 모두 모양과 차림과 행색은 다르지만 힘차고 밝은 젊음이 지나가는 모든 사람들에게서 느껴졌다. 그들은 지하철역 에스컬레이트로 역을 빠져나와 바로 앞 횡단보도에서 파란 신호등이 켜지기를 기다렸다. 뒤에 온 사람들이 계속 쌓여 역 앞 광장이 꽉 차서 왁자지껄했다. 그러나 신호가 바뀌기까지는 차들이 사정없이 쌩쌩 소리를 내며 쥬르당 대로 거리를 내질러 달렸다. 그 횡단보도를 지나 기숙사촌 정문을 들어서면 학생들은 대부분 곧바로 본관 건물로 나아가는데 일부는 오른쪽 오솔길로 접어들어 기숙사로 향했다. 나는 오른쪽으로 가는 안쪽의 대로보다는 바깥쪽의 소로를 택해 천천히 걸어갔다. 길을 따라 갖가지 꽃들이 피기 시작했기 때문이었다. 매년 힘차게 올라오는 튤립 꽃봉오리가 제일 먼저 눈에 들어왔다. 거리를 두고 넝쿨장미가 담장을 따라 꽃봉오리를 한껏 부풀리고 있었고 정원 안쪽으로는 하얀 꽃이 만발한 쓰리즈 나무가 화사하게 빛났다. 그리고 약간 넓은 정원 외곽을 싸리재 비슷한 관목이 가지런히 심어져 있었다. 어느덧 나는 도이치관 앞에 도착했다. 도이치관은 옛 수도원 느낌이 드는 고풍스러운 벽돌 건물로 그 앞의 정원과 어우러져 아름다운 외관을 자랑하고 있었다. 물론 건물 안은 낡아서 나무 바닥 복도가 삐걱거리고 오래 묵은 퀴퀴한 냄새가 진동했지만 그것이 나름대로 전통과 학문의 분위기를 풍겼다. 그런데 형식이가 기숙사 방에 없었다. 다시 내려와 그가 자주 앉아 있는 건물 밖 정원으로 나갔다.

오늘은 그가 벤치에 앉아 있지 않고 정원 한가운데 있는 마로니에 나무 밑의 짙푸른 잔디밭 위에서 어느 여자와 이야기를 나누고 있었다. 나는 그와 손 인사를 했다. 그랬더니 형식이가 나에게 옆에 있는 동양여자를 자기 친구라고 소개했다. 그녀는 쵸토렛이라고 하는 태국국적의 중국화교 유학생이었다. 그녀는 형식이와 마찬가지로 푸르스트를 전공하고 있었는데 매우 영민했다. 이런저런 이야기를 하다가 형식이가 다시 나의 공부 문제를 꺼냈다. 그러자 그녀가 나에게 호감을 보이며 대학 석사과정의 필요한 행정절차를 나에게 자세히 설명해 주었다. 그러면서 내가 1년 반전에 브르타뉴의 렌느 대학에 등록했던 석사과정 등록을 파리 대학으로 이전할 수 있음으로 원하면 파리에서 계속 공부를 할 수 있다고 가르쳐 주었다. 그러면서 필요한 서류를 가져오면 자기가 도와주겠다는 고마운 말을 잊지 않았다. 나는 이 말에 귀가 솔깃해졌다.

그 다음 주에 나는 파리 4대학에 들러 대학 이전 요구 신청서 서류를 받아서 쵸토렛에게 가지고 갔다. 그녀는 친절하게 그 서류 작성을 도와주고 이전 요청이 허가되려면 한두 달 시간이 걸리므로 그 동안 내가 연구할 전공의 지도교수를 정하라고 알려 주었다. 그래서 나는 파리 4대학에서 16세기 르네상스 이후의 문학을 전공하시는 모지(Mauzi) 교수님을 찾아뵙고 연구 지도를 부탁했다. 특히 모지 교수는 세미나를 주로 금요일 오후나 토요일에 하시기 때문에 내가 시간을 내기에 안성맞춤이었다. 나는 이때 연구 주제를 누구의 작품으로 할까 크게 고민하지 않고 평소에 내가 마음을 두고 있었던 쌩떽쥐뻬리의 작품을 연구하기로 했다.

쌩떽쥐뻬리와의 만남은 어쩌면 숙명 같기도 했다. 내가 일곱 살 때 고향산천 '나무께'의 앞동산 위 푸른 하늘을 보고 마음의 눈을 떠서 항상 하늘의 시원을 그리워하곤 했는데, 우연인지 어른이 되어 하늘을 나는 비행기가 사업의 주체인 항공사에 들어가 파리에까지 오게 되었던 것이다. 어떻게 보면 하늘은 이처럼 늘 직접적으로나 간접적으로 나와 인연을 맺어주는 가교역할을 해온 터라, 내가 수많은 프랑스 작가들 중 거의 유일무이한 비행사이자 항공작가인 쌩떽쥐뻬리의 문학을 택하게 된 것은 너무나 당연해 보였다. 특히 내가 늘 동경했지만 감히 하지 못한 창공을 나는 비행경험을 통해 나는 그가 누빈 하늘과 별들, 그가 살기 위해 투쟁한 사막과 바다, 우주에서 바라본 지구 사람들에 대한 연민과 사랑, 그리고 그의 우주적 고독을 늘 동경해 왔기 때문이다. 이렇게 해서 나는 파리 4대학 소르본느에서 어렵게 다시 문학공부를 시작할 수 있게 되었다.

당시 유학생들은 극히 일부를 제외하고는 대부분 열악한 환경에서 아르바이트를 하며 공부를 하고 있었다. 나도 일과 공부를 겸해야 하는 어려운 현실이 가로놓여 육체적 피로가 극에 달해 있었지만 마음만은 한결 가벼웠다. 옛 소르본느 대학인 파리4대학 구내에 들어서면 캠퍼스가 넓지는 않지만 사방이 석조 건물로 된 고풍스러운 경관이 학구적인 분위기를 한껏 자아냈다. 미로 같은 곡선으로 이루어진 단단한 돌길이 옛 문호들의 이름이 붙여진 강의실로 이어졌는데 특히 원형 강의실 리쉴리외는 몇 백 년씩된 내부여서 어둡고 침침하고 음습했다. 위에서 보면 강단이 맨 아래 까마득한 곳에 위치해 있어 대낮에도 교수가 책상에 전등불을 켜놓고 그 곳에 앉아서 강의를 하곤 했다. 이방인들에게는 그렇지 않아도 위축돼 있는데 이렇게 어둡고 침침한 분위기와 온통 대리석뿐인 주위의 차가운 느낌이 약간의 거부감으로 다가오기도 했다. 그러나 이러한 분위기는 학문 자체가 차디찬 이성의 결정체라는 것을 감안할 때 오히려 자기 자신을 어설픈 감정에 오염되지 않고 냉철하게 단련시키는 효과가 있었다. 강의실 분위기도 우리나라처럼 교수가 객관적인 생각의 종합을 강요하기보다는 각자의 생각 하나하나가 주관적인 결론 자체로 남아 있게 했다. 그러다보니 강의실에서는 늘 격의 없는 난상 토론이 벌어지곤 했다. 그리고 강의가 끝나면 각자 모래알처럼 자기 길로 흩어져 나갔다. 어찌 보면 이렇게 고독한 학문의 길이 낭시 대학 상의실 대부분의 풍경이었다고 생각한다. 그런데 이런 파리 4대학의 전통적 학구 분위기에도 불구하고 나의 지도교수 모지는 굉장히 개방적인 성격의 소유자였다. 가끔 강의실에서 토론이 격론으로 변하고 그 열기가 아직 식지 않았을 경우, 그는 쌩미쉘거리 대로변의 PBU 서점 안쪽 샛길에 위치한 널따란 노상카페로 우리들 모두를 데리고 가서 커피를 사주시면서 그 토론을 계속하게 했다. 물론 그 카페 토론이 자주 있은 것은 아니지만, 또 프랑스어가 서툰 나에게 큰 도움이 되지는 않았지만, 나에게는 파리 4대학의 차디찬 대리석 건물 속에 이런 따뜻한 노학자의 여유가 있다는 게 마음의 위로가 되었다. 그리고 이 모지 선생님은 동양인 학생에 대해서 매우 호의적이었다. 리포트 작성을 일일이 도와주면서 다음 주제에 대한 방향제시를 잊지 않았다. 이런 모지 교수의 호의에 힘입어 1980년 8월 석사과정을 마치고 곧바로 DEA 박사학위 준비과정에 등록할 수 있었다.

이 때 주제별 리포트를 제출해야 되는데 나는 주중에는 거의 시간이 없어서 할 수 없이 타자치는 일을 아내에게 맡길 수밖에 없었다. 당시에는 모든 논문을 수동타자로 쳐서 완성할 때임으로 타자치는 일은 완전히 중노동에 가까웠다. 그런데 공교롭게도 내 아내가 임신을 하고 있어서 더욱 힘들었다. 나는 나중에 그 때 아내에게 큰 짐을 안겨준 것을 크게 후회했다. 왜냐하면 아내는 홀몸이 아닌 임신한 몸으로 낮에 패션스쿨에 다녀와서 저녁이면 또 나의 공부를 거들어 주다보니 오래도록 허리병과 수족냉증을 앓아 고생을 많이 했기 때문이다.

아내는 이런 어려운 환경에도 불구하고 3년 과정 에스모드를 무사히 마치고 졸업하게 되었다. 나는 눈물이 나도록 아내가 자랑스러웠다. 아내는 이 졸업장 덕택으로 1981년 가을부터 코오롱 패션을 거쳐 LG패션 여성복 디자인실장을 역임하며 지금까지 의상 디자인계통에서 일을 하고 있다.

나는 1981년 3월 갑자기 서울로 발령이 났다. 나는 그 때 현지에서 사표를 쓰고 파리에 눌러앉으려고 생각했었다. 그러나 그 동안 나를 도와준 회사와 선배들을 생각해서 일단 서울로 들어가기로 마음먹었다. 서울로 귀국하기 전 나는 미래가 어떻게 전개될지 몰라 아직 과정이 끝나지 않은 파리 4대학의 DEA를 유보하고 그 과정을 서신으로 마치기 위해 디종 대학박사 학위에 등록했다. 새 지도교수인 쟝 브렝은 내 입장을 충분히 이해한다면서 과정에 필요한 서류는 물론 제출 과제 리스트 모두를 나에게 전해 주었다. 나는 그 후 이 지도교수의 자문을 받아 부문별로 리포트를 제출하여 수정 보완 후 논문을 완성해서 1983년 6월 21일에 학위를 마쳤다.

서울로 귀국한 지 6개월만에 이미 서울대학에 자리를 잡고 있던 이형식 교수의 부탁으로 은사이신 서울대 불문과 원윤수 선생님과 홍승오 선생님이 나를 건국대 문주석 교수에게 추천해 주셨다. 나는 그 덕으로 1981년 9월 1일 건국대 충주캠퍼스 불문학과에 정식발령을 받고 대학 강단에서 학생들에게 프랑스어와 프랑스 문학을 가르치게 되었다.

프랑스어를 가르치는 원칙은 학생들에게 내일로 미루지 말고 오늘 배운 것을 오늘 철저히 이해하고 익히고 외울 것을 주문하는 것이다. 많은 학생들이 기초 지식이 없어 잘 따라오시 못함으로 어쩌다 배운 것을 포기하고 내일로 미루기 일쑤이기 때문이다. 이들 학생들은 이렇게 내일로 미루다보면 결국 "에이! 이번학기는 틀렸고, 방학이 되면 프랑스문법 A부터 Z까지 완전 독파해야지!" 하고 또다시 미래에 의지하게 된다. 그런데 이렇게 현재를 포기한 학생은 방학이 오면 예외 없이 프랑스 문법책 A부터 몇 발짝 나아가다가 흐지부지하고 만다. 그렇게 되면 이 학생은 또다시 그 다음 방학을 기약하게 된다. 결국 이 학생은 방학 때마다 프랑스어 기초에서 맴돌다 어정쩡하게 어느덧 졸업을 맞게 된다.

나는 이런 학생들을 수없이 보아왔기 때문에 언어는 그날 배운 것을 그날 이해하고 이해가 안 되면 무조건 외우는 것이 상책이라고 첫 강의에 힘주어 말한다. 비교적 쉬운 프랑스 단편을 강의할 때도 새로운 단어나 숙어가 나오면 무조건 외울 것을 주문할 뿐만 아니라 문법 설명도 갑자기 Z수준의 문법이 나오면 다시 A부터 시작해서 시간을 낭비하지 않고 Z부터 이해시키고 이해가 안 되면 우선 외움으로써 그 영역을 차츰 A로 넓혀나가는 현실적인 방법을 택한다. 결국 오늘의 과제에 충실함으로써 시간이 지남에 따라 기초문법 지식도 자연스럽게 습득할 수 있기 때문이다. 곧 오늘에 충실함이 과거와 미래의 문제를 같이 해결할 수 있는 왕도라는 뜻이 되겠다.

프랑스 문학 강의는 주로 프랑스문학사를 매년 2학년 1학기 학생들을 대상으로 가르쳤다. 이 강의를 통해 내가 전공으로 하고 있는 프랑스 소설뿐만 아니라 프랑스 문예사조를 중심으로 한 시와 희곡을 새롭게 공부하게 되었다. 15세기 비극적인 시인 프랑스와 비이옹의 회한과 절망을 그의 시를 통해서 읽을 수 있었을 뿐만 아니라 17세기의 고전 비극의 절제된 표현과 형식이 주는 완성된 미학을 음미할 수 있었고 19세기의 낭만주의, 사실주의, 그리고 상징주의 대가들의 명작들을 다시 공부하게 되는 계기가 되어 매우 유익했다.

두 번째 강의의 중심이 된 작가는 당연히 내가 전공하고 있는 쌩떽쥐뻬리였다. 이미 전장에서 밝힌 바와 같이 쌩떽쥐뻬리가 경작하고 있는 '문학의 뿌리'는 하늘이다. 그런데 프랑스 반느에 유학하면서 우연히 이 하늘과 다시 만났다. 소아마비로 다리가 성치 않으신 쇼몽 교수님께서 어느 날 가르쳐주신 '비행기(L'avion)'라는 시는 이미 어른이 되어 머리가 굳은 나의 마음에 어린아이처럼 신선한 느낌으로 다가왔다. 오래 동안 잊고 지냈던 아득한 하늘이 다시 머릿속에 황망히 펼쳐져 환하게 빛났기 때문이다. 푸른 하늘에 빛나는 태양이 주는 한없는 자유와 따스함, 그리고 그 속에 파묻혀 있을 수많은 별들의 이야기가 도란도란 들려오는 듯했다. 이때 비행기는 어린아이의 꿈을 촉발시켜 너른 하늘을 자유롭게 여행하게 하는 촉매제 역할을 하고 있었다.

맑은 하늘 깊숙한 곳에 비행기가
마치 돛 단 배가
바다 위를 유영하듯
별들 사이를 흘러간다.

L'avion au fond du ciel clair

Se promène dans les étoiles,

Tout comme les barques à voiles,

Vont sur la mer.

이런 하늘에 대한 나의 평소의 무의식이 나로 하여금 쌩떽쥐뻬리의 삶을 동경하고 그의 문학에 심취하게 했는지 모른다. 아마도 내가 하지 못한, 또한 할 수 없는 하늘의 모험을 감행한 선구자에 대한 부러움의 발로가 원인이 되었을 것이다. 특히 그가 야간비행을 1인 비행으로 감행할 때 어둠 속에서 느끼는 존재에 대한 경외감, 말하자면 자신과 우주 사이의 괴리에서 벌어지는 삶과 죽음, 고독과 자유 같은 원초적인 고뇌로 명상하는 모습은 그 자체로 죽음을 초월한 아름다운 영상으로 나를 깊은 사색에 빠지게 했다. 그는 「인간의 대지」에서 그의 절박한 상황에서의 비행을 이렇게 그리고 있다.

"이런 동안에 나는 명상에 잠긴다. 우리는 조금도 달의 혜택을 받고 있지 못하며 또한 무전도 없다. 나일의 빛의 그물 속에 머리를 디밀게 되기까지에는 우리를 세계와 연결시켜줄 어떠한 가느다란 끄나풀도 없다. 우리는 모든 것 밖에 있으며, 우리의 모터만이 우리를 매어달고 이 역청 속에서 견디게 해주는 것이다. 우리는 동화에 나오는 큰 어둠의 계곡, 시련의 골짜기를 가로지르고 있다. 여기서는 구조란 것이 없다. 여기서는 잘못에 대한 용서란 것도 없다. 우리는 신의 깊은 사려에만 맡겨져 있는 것이다."

이러한 급박한 상황에 놓인 비행사에게서 우리는 자연스럽게 진정한 인간의 모습을 보게 된다. 따라서 나는 쌩떽쥐뻬리를 비행사이기 전에 작가, 작가이기 전에 사상가, 그리고 사상가이기 전에 진정한 인간으로 평가하고 싶다. 그에게는 작가나 사상가로서의 인간과 실생활에서의 인간이 다르지 않기 때문이다. 말하자면 그가 비행하고 작품을 쓰는 일이 곧 그가 인생을 사는 일과 일치한다는 의미이다. 특히 그 당시의 비행이 시계와 나침반에 전적으로 의존하고 있었으니 야간비행인 경우는 나침반과 더불어 그의 풍부한 경험을 바탕으로 하늘의 별들과 친밀한 대화를 하고 그들의 가리킴을 받지 않으면 안 되었을 것이다. 이것이 쌩떽쥐뻬리의 작품 전체를 아름답게 수놓고 있는 살아서 숨 쉬는 우주, 별들이 촘촘히 박혀 있는 하늘나라, 그리고 그 아래에 인간이 개미처럼 뒤엉켜 사는 지구의 모습이 클로즈업되는 이유일 것이다. 그는 다시 말한다.

"밤이 오면 해방이 되어 나는 별들 속에서 내 길을 찾을 것이다."

그의 이런 시적인 표현은 다분히 우리에게 하늘세계를 동경하게 하는 한편 우리 자신의 삶을 되돌아보게 하는 계기가 된다. 우리가 누구나 집요하게 집착하는 생명이나 재산, 권력 등 세상사가 우주에서는 덧없는 티끌에 불과하다는 것을 비행사의 눈을 통해서 확인시켜주기 때문이다. 이러한 초월적인 입장에서 인간에 대해 한없는 연민을 가지고 있는 행동주의 휴머니스트인 그가 가장 가슴 아파하는 것은 세상에 차츰 인간이 상실된다는 것이다. 이것은 인간이 본래 가지고 있던 인산에 대한 사랑, 따뜻한 본성인 인간성이 고갈되어 세상이 차츰 비인간적인 삭막한 세계가 되어가고 있는 것에 대한 우려라고 볼 수 있다. 그는 이러한 걱정스러운 사태를 은유적으로 '인간이 죽어간다'라는 말로 경고하고 있다.

세 번째로 내가 즐겨 강의한 작가는 알베르 까뮈이다. 까뮈의 작품에서 가장 핵심적인 주제는 '부조리'인데 인간이 이 부조리에 직면해서 그 모순을 쉽게 해소하지 않고 그것을 그대로 받아들이면서 부정적인 삶을 긍정하는 태도, 이것이 이른바 까뮈적 반항의 출발이다. 이처럼 그의 문학 사상이 궁극적으로 세계의 부정을 극복하고 진정한 긍정으로 발길을 돌리게 하는 인간의 위대함을 그리고 있다면 그 이론적 바탕이 부조리 사상이다. 그렇다면 이 부조리 사상은 어떤 형태로 작품에 존재하고 정의될까?

까뮈의 이 부조리 사상을 이해하기 위해서는 그의 피조물인 뫼르소와 신화적 인물인 시지프스의 행적을 살필 필요가 있다. 그들의 부조리한 사유와 행동, 이율배반적인 운명, 그리고 궁극적으로 해소할 수 없는 결핍은 결국 반항이라는 신의 존재에 대한 의문을 제기함으로써만 그들의 모순된 존재를 반전시키는 아이러니에 도달할 수가 있다. 이것은 어떻게 보면 까뮈만의 구원의 방식인지도 모른다.

까뮈는 우선 「이방인」에서 '하루살이' 뫼르소를 통해 우리 자신의 따분한 일상을 상기시킴으로써 자연스럽게 존재의 당위성에 의문을 제기한다.

"기상, 전차, 사무실 혹은 공장에서의 네 시간, 점심식사, 전차, 네 시간의 노동, 저녁식사, 수면, 똑같은 리듬으로 흘러가는 월, 화, 수, 목, 금, 토—이 행로는 대체로 순조롭게 계속된다. 그런데 어느 날 '왜'라는 의문이 고개를 든다."

사람이면 누구나 행복하게 살고자 하는 욕망이 있다. 동물도 본능적인 욕망이 있다. 자기의 몫을 얻기 위하여 꼬리를 흔드는 삽살개, 그들은 자기의 욕구가 채워지면 따사로운 태양 아래 평화롭게 잠이 든다. 그들에게는 현재의 욕망이 해결되면 미래는 문제가 되지 않는다. 그래서 정신적인 부족함이 없다.

그러나 인간의 욕망은 근원적으로 치유될 수가 없다. 인간은 육체적 욕망뿐만 아니라 정신적 욕망의 노예이기 때문이다. 따라서 물질적인 욕망이 채워졌더라도 정신적으로 공허를 느끼게 된다. 아이러닉하게도 충족 뒤에는 만족이 아니라 권태가 찾아오고 미래에 대한 불안이 드리운다. 이것이 인간의 비극적 구조이다.

이렇게 불합리한 인간현실, 인간의 끝없는 욕망과 그 욕망의 해소에서 오는 공허와 그 허탈감이 주는 미래에 대한 불안의 반복적인 굴레가 인간의 조건이다. 까뮈에 의하면 이 어쩔 수 없는 인간의 굴레가 결국 권태를 불러오는데 이때부터 존재의 무의미를 느껴 자신에게 의문을 던지는 부조리가 시작된다고 말하고 있다. 왜 우리는 매일 아침부터 저녁까지 땀흘려 일하며 일 년 열두 달 다람쥐 쳇바퀴 돌듯 똑같은 삶을 반복해야 하는가? 생각만 해도 숨이 턱턱 막히고 인생이 한심하다. 이렇게 삶이 무의미하고 사는 것이 지겨워질 때 그는 '왜'라는 심각한 질문을 던지게 된다. 왜 사는가? 존재 이유는? 그 해답은 의외로 간단하다.

뫼르소가 사는 것, 하루하루 의미 없는 삶을 살아가고 있는 것은 어떻게 보면 시지프스와 같은 형벌이거나 아니면 기독교적인 원죄의 죄값인지도 모른다. 따라서 이 벌은 뫼르소의 잘못이라기보다는 태어나면서 운명 지어진 인간조건이라고 할 수 있다. 이렇게 수동적으로 주어진 운명을 살아가는 뫼르소에게 세계는 자신의 의지와는 무관한 세상으로 그를 무기력한 이방인으로 내몰고 있다. 이러한 세계와의 부조화가 「이방인」에서 뫼르소라는 비현실적인 인물을 낳게 한 것이다.

그러나 우리가 외면하고 있는 이 뫼르소는 궁극적으로 우리들 자신의 모습일 수 있다. 우리들 각자의 내부에 깊숙이 숨어 있는 또다른 '나'-무의식적으로 드러내고 싶지 않은 우리들의 '부끄러운 자화상' 말이다.

「이방인」은 이러한 감추어진 자아가 뫼르소라는 반사경을 통해 애써 무관한 듯한 독자들에게 여과 없이 비추어진다. 그러므로 우리는 이 부담 없는 희생양을 통해 진실과 가식, 사랑과 증오, 그리고 세계와 나 사이의 간극을 객관화시킬 수 있다. 결국 독자들은 윤리와 도덕적 관행에 묶여 자신을 억압하고 있던 무의식에서 해방되어 뫼르소를 마음껏 비웃고 심판할 수 있게 된다. 이것이 비현실적인 뫼르소가 독자에게 지극히 자연스러운 인물, 이웃이나 자신처럼 동정을 받는 이유이다.

우리는 이렇게 잠들어 있는 의식의 소유자인 뫼르소에 대하여 최소한 두 가지 형태의 감정적 반응을 보이리라고 생각한다. 첫째 드물지만 자기도 그런 상황에 처할 수도 있겠다고 생각하는 독자는 뫼르소를 통해 위로를 받겠고, 둘째 윤리의식이 뚜렷한 독자는 뫼르소의 행동에 격분하여 그를 심하게 질책할 것이다.

그러나 문제는 간단하지 않다. 둘째 경우의 독자에게도 잠시 주저하면서 담배를 피우는 뫼르소의 행동이 그리 낯설지 않다는 사실이다. 소설적인 상황이기는 하지만 현실에서 흔히 있을 수 있는 사실 또는 흔히 보아온 현실로 뚜렷한 거부감을 주지 않는다는 것이다. 이것은 비록 우리가 뫼르소와 같은 무례함을 범하지는 않았지만, 정신적으로는 벌써 그의 행동에 동참하고 있는 공범으로 보아야 할 것이다. 그러한 행동이 우리에게 어색하거나 부담스럽게 느껴지지 않는 것은 그 행동을 혐오는 하고 있지만 어느 누구도 그 유혹에서 자유로울 수 없기 때문일 것이다.

따라서 그의 무례함의 실상은 뫼르소가 현실적인 관행, 즉 미풍양속에 익숙지 못했거나 아예 그것을 무시했을 따름이지 그의 인간 됨됨이 자체에 문제가 있었던 것은 아니다. 더구나 악한 사람과는 거리가 멀다. 현실적인 가식과 체면을 철저히 외면한 그는 남의 눈을 피해 변소간에 가서 담배를 피우고 오는 사람보다 어느 면에서는 훨씬 떳떳하고 진실된 사람이라고 생각할 수도 있다. 따라서 윤리적인 문제는 개인과 사회의 묵시적인 관행의 문제이지 양심의 문제는 아니라고 할 수 있다.

여기서 문제가 되는 것은 그 자신과 타사와의 관계이다. 그와 이웃, 친척, 동료, 사회, 즉 외부 세계와의 자리매김이다. 그가 얼마나 인간적인가의 평가는 세계의 질서보다 사회의 질서에 얼마나 순응하는가에 달려 있다. 그러나 사회의 질서는 권력 편중의 관습화된 인위적 질서라는 점에서 세계의 질서보다 하위개념이다. 말하자면 원천적으로 사회의 질서는 진실에서 멀어질 수밖에 없는 구조적 한계를 가지고 있다. 따라서 사회적 동물인 인간은 자신의 의지와는 관계없이 세계와 단층을 이룰 수밖에 없다. 결국 세계는 인간을 위해 준비된 것이 아니라 인간에 반하고 있는 형국이기 때문이다. 이러한 합리적이지 못한 세상과의 관계가 곧 까뮈가 인식한 '부조리'이다.

IV. 오늘을 살며

IV. 오늘을 살며

　나는 오늘도 오후에 국궁 활터인 분당정에 나갔다. 분당정은 산과 호수가 어우러져 사시사철 산책과 등산하는 사람들의 발길이 끊이지 않는 아름다운 율동공원 안쪽 깊숙한 곳에 자리잡고 있다. 뒤로 나지막한 동산들이 겹겹이 이어지며 활터를 둥그렇게 감싸고 있어서 바라보는 것만으로도 마음이 아름다워진다. 나는 잠시 이들 자연의 빼어난 아름다움에 취해서 먼 산을 쳐다보며 심호흡을 했다. 공기가 달았다. 그리고 나는 2층으로 천천히 올라가면서 사대에 서서 활을 쏘고 있는 사우들에게 활기차게 인사를 했다. 그리고 내실로 들어가서 역시 안회장님과 김사범님, 그리고 나머지 사우들과 일일이 인사를 나누었다. 그러고 나면 모든 사우가 친형제 같은 느낌이 들어 마음이 한결 따뜻해진다. 매일 만나는 기쁨이 주는 소중한 은혜였다.

　나는 곧 사무실로 들어갔다. 내가 재무 일을 맡은 지도 6개월이 넘었다. 하루하루 회원들의 회비 입금을 장부에 기입하고 컴퓨터에 날자

별로 입력해야 되기 때문이다. 나는 우선 영수증 철을 들쳐가며 내가 없을 때 사범님이 발급한 영수증 금액을 정리해나갔다. 한 장 한 장 넘겨나가다가 나는 눈에 익은 이름 하나를 발견하고 깜짝 놀랐다. 김보연이었다. 새로 활터에 들어와 입회금을 낸 영수증이었다. 50년 전 옛일이 까마득하게 내 머리에 떠올랐다. 혹시? 하는 생각에 머리가 복잡해져왔다. 그럴 리가 없어! 그러나 우연은 정말로 우연히 현실이 될 수도 있다는 생각이 들자 약간 긴장이 되기도 했다. 만약 옛날 그 여인이라면 어떻게 할까? 그럴 리는 없어! 마음이 싱숭생숭해졌다.

그러나 곰곰이 생각해 보면 반세기 가까운 옛날 철부지 때의 일에 연연한다는 것이 우스운 일 같았다. 이제 66세 중늙은이가 되어 옛날 여자를 만난다고 뭐가 달라지겠는가? 말도 안 되는 이야기이다. 아무 일도 없을 것이며 또 있어서도 안 된다. 그러나 자꾸 신경이 쓰이는 것 또한 사실이었다. 결국 김보연이라는 사람이 그 여자인지 아닌지를 확인해보기로 마음먹었다. 그래서 나는 아무렇지도 않은 듯이 내색을 않고 사범님에게 넌지시 물었다.

"사범님, 신사 김보연씨 새로 들어왔네요?"

"네! 그래요."

"여자예요? 남자 이름 같기도 하고……"

"아~ 여자예요. 왜? 아시는 분인가요?"

"아니, 그냥 이름이 같아서……"

그러자 김 사범님은 어떻게 낌새를 알아차렸는지, 나를 쳐다보면서 슬슬 농담조로 나오기 시작했다.

"아! 신교수님, 혹시 옛날 애인 아냐요?"

"아냐요!"

나는 정색을 하고 말을 했다.

"그래요?"

"이름이 같아서요……"

라고 나는 황급히 다시 말했다. 그러나 나는 어느새 내 얼굴이 화끈거림을 느끼고 딴전을 피울 수밖에 없었다. 나는 거짓으로 핑계를 댔다.

"사범님! 그게 아니고… 사범님이 분당정에 오시기 전 우리정의 여무사 이름과 같아서 그러는 거야요!"

그러나 한 가지는 꼭 더 물어야 했다.

"사범님, 그 여자 몇 살쯤 돼 보이던가요?"

"아, 글쎄 한 육십 가까이 된 것 같던데, 여자 나이야 알 수 있나! 모레까지 입회원서를 제출한다고 했으니 그걸 보면 알겠지요."

대화는 여기서 끝이 났다. 나는 그 후 이틀 동안 옛날 일이 자꾸만 생각이 났다. 보연이에 얽힌 사연, 그믐달이 비스듬히 걸린 월미도에서 마지막으로 떠나보낸 여인, 그리고 그녀를 찾아 헤매던 동해안의 어느 바다마을에서의 상념을 떨쳐버릴 수가 없었다. 생각할수록 반세기 전의 그 그림은 아름다움이 절절했다. 그때 그녀의 자태는 선녀같이 아름다웠었다. 나는 그때를 띠올리머 씁쓸한 미소를 지었다. 그리고 나는 생각했다. 그녀를 다시 만나서는 결코 안돼! 왜냐하면 그녀를 만나는 순간 그 아름다운 그림마저 산산조각이 날 것이 뻔했기 때문이다. 정녕 나는 그녀에 대한 기억을 추억으로만 간직하고 싶었다. 이미 반

세기전 내가 동해 푸른 물을 향해 외쳤듯이 그녀는 나의 영원한 베아트리체일 뿐 실존의 여인이 아니었다. 그래서 나는 그녀를 보기 전에 입회원부터 미리 확인하고 그녀가 맞다면 분당정을 말없이 떠나기로 마음먹었다.

이틀 후 사무실에 들어섰을 때 책상 위에 그녀의 입회원이 놓여 있었다. 나는 긴장된 마음으로 그녀의 나이와 본적을 살폈다. 그녀가 아니었다. 그녀는 보연이가 아닌 평범한 주부였다. 나는 하늘에 감사했다. 옛날 옛적 월미도에서의 보연이의 영상이 훼손되지 않고 그대로 남아 있을 수 있기 때문이었다.

가뿐한 마음으로 차를 몰고 집으로 향했다. 차가 안 막히면 10분이면 집에 도착한다. 나는 아파트 10층에서 내려서 자동문의 비밀번호를 차례로 눌렀다. 이 번호는 우리 집 식구들의 생일 달을 조합해서 만든 것이다. 그래서 우리 집 구성원이면 누구든지 문을 열수 있게 되어 있다. 그러나 정작 이 집 문을 드나드는 것은 거의 나와 아내뿐이다. 그동안 자식들이 하나둘 집을 떠나더니 결국 우리 두 부부만 남게 된 것이다. 큰딸은 시집가서 목동 근처에 살고 있고 둘째딸은 미국 세인트루이스로 유학을 떠났고 막내아들은 아직 대학생이라 기숙사생활을 하고 있기 때문이다. 게다가 부인은 아직도 매장을 한다고 하루 종일 밖에 나가 있다가 저녁 늦게야 집에 돌아오니 내가 집에 제일 오래 머무는 명실공히 집주인이 되었다. 그러다보니 덩그렇게 나 홀로 집에 있는 시간이 많아져서 마음이 심란할 때가 있다. 어느덧 노년 입구에

서있는 나 자신이 처량해 보이기도 하고 내가 무엇을 하며 살았는가 하는 회한에 빠지기도 한다. 그러나 크게 벌어놓은 재산은 없지만 그래도 먹고 사는 일차적 생계의 위협에서는 자유로울 것 같아 그나마 다행으로 생각하고 있다. 더구나 아이들이 곧게 자라서 자기 몫의 일을 하고 있어 크게 위안이 된다. 나는 이제 곧 정년을 맞을 텐데 미래를 어떻게 살아가야할 지 걱정이 되기도 한다. 다행히 지척에 내가 좋아하는 활터가 있고 중고등학교 친구들이 미리 약속이나 한 것처럼 주위에 이십여 명이 모여 살면서 정기적으로 등산이나 모임을 가져 큰 위안이 된다.

동창생들의 모임인 말목회가 매월 마지막 목요일 저녁에 미금역 근처에서 모이는데 졸업한 지 45년이 되었지만 옛날 그 기분으로 서로 이름을 부르고 떠들고 웃기고 때로는 신세타령을 한다. 그 동안 인생의 중반을 서로 다른 생활현장에서 서로 다르게 살아와서 현재 처한 처지가 서로 다르지만, 동창생들 간에는 그런 격의가 있을 수 없다. 그래서 모든 것이 이해 이전에 양해될 수 있고 모든 것이 받아들여질 수 있는 동창 모임에 가면 가슴이 뻥 뚫리도록 응어리를 토해낼 수 있다. 그래서 그런지 나도 말목회에서만은 남 못지않은 수다쟁이가 되어 간다.

내일은 분당서울대 병원 안과에 예약이 되어 있다. 지난달에 건국대 병원에서 교직원들에게 반값으로 건강검진을 해 준다고 하여 검사했더니 결과는 안과에 녹내장 의심소견이 있으니 정밀검사를 받으라는 진단을 받았다. 그래서 기왕이면 집에서 가깝고 믿을 만한 서울대병원에 예약을 한 것이다. 지난 주에 눈 시력검사와 눈동자 속 사진촬영, 안

저검사 그리고 안압검사를 받았는데 녹내장이 의심되는 뚜렷한 소견이 없음으로 내일 종일 안압검사를 더 받으라고 했다. 이상 없음을 은근히 기대했던 나로서는 실망이 컸고 서글퍼지기도 했다. 종일 안압검사는 안압이 하루 중 수시로 변할 수 있음으로 아침 9시부터 두 시간 간격으로 하루 종일 안압을 측정하는 검사였다. 나는 난감했다. 하루 종일 병원에 머무를 수도 없고 그렇다고 두 시간마다 집에 왔다 갔다 할 수도 없는 노릇이었다. 그래서 나는 이리저리 궁리를 하다가 책을 한 권 사가지고 가서 검사를 기다리는 동안 병원로비에서 읽기로 했다.

그 다음날 나는 2009년 이상 문학상 작품집인 「산책하는 이들의 다섯 가지 즐거움」이라는 책 한권을 손에 들고 8시 반에 집을 나섰다. 9시가 좀 넘어서 첫 번째 검사에 들어갔다. 이미 안압검사는 해본 것이라 별 다른 어려움은 없었다. 눈에 무언가 약을 넣은 후 담당의사가 무슨 기계에 눈을 대고 들여다보는 것이었다. 나는 일차 검사가 끝나자 책을 들고 병원 내를 한 바퀴 돌면서 앉아서 쉬면서 책을 읽기에 편한 곳을 찾았다. 그러나 마땅한 곳이 없었다. 대부분의 공간이 환자 대기 장소로 번잡하기 이를 데가 없었다. 결국 나는 1층 로비의 창가에 위치한 카페에 자리를 잡고 앉았다. 그리고 나는 음료수를 시켜 마시며 천천히 책을 읽기 시작했다.

그러나 책 내용이 머리에 잘 들어오지 않고 잡념이 오락가락했다. 나는 나 자신을 되돌아보면서 처량한 마음이 엄습함을 피부로 느꼈다. 유리창 밖으로 절뚝거리며 지나가는 노인들의 모습이 자꾸만 눈에 들어왔기 때문이다. 나도 언젠가는 저렇게 될지도 모르지? 누구도 거역할 수 없는 자연의 이치이니까… 그리고는 아침 일찍 일어나서인지 깜박 잠이 들었다. 그리고 얼마나 시간이 지났을까, 바로 옆 탁자의 삐꺽거리는 소리에 잠에서 깨었다. 시계를 들여다보니 11시가 가까웠다. 나는 서둘러 다시 안과 검사실 앞에 가서 간호사에게 접수를 했다. 이렇게 몇 차례를 거듭하며 병원 내를 배회하고 나니 저녁 다섯 시가 되었다. 마지막 검사가 마무리되었다. 똑같은 검사라 새로울 것이 없었다. 그리고 나니 간호사가 밖에 나가서 기다리시면 담당의사가 결과를 알려줄 거라고 말했다. 나는 가슴이 떨렸다. '큰 병을 얻어 실명하면 어떻게 하나? 그래도 할 수 없지. 지금까지 보고 싶은 모든 것을 다 보았는데 더 이상 무슨 걱정이야!' 라는 방정맞은 생각까지 했다. 잠시 후 담당의사 앞에 불려나갔다. 나는 덜컥 겁부터 났다. 담당의사가 컴퓨터에 수록된 여러 가지 자료들을 잠시 동안 자세히 들여다보았다. 그리고 말했다.

"낮 동안의 안압에는 큰 변화가 없어서 괜찮은데 왼쪽 눈에 녹내장 의심 증상이 보이네요. 혹시 밤에 안압이 올라갈 수도 있으니 당분간 저녁에 안약을 넣으시고 한 달 후에 다시 보죠!"

나는 약간 안심이 되면서도 마음 한편 깊은 곳의 쓸쓸함을 떨쳐버릴 수가 없었다. 의사가 '검사를 해보니 정상입니다!'라는 소리를 어느 때부터인가 들을 수 없으니 눈도 예외가 아닌 모양이었다. 이제 내 몸도 차츰 종합병원이 되어가는구나! 나는 이런 생각이 들자 가슴에 왈칵 슬픔이 몰려왔다. 가만히 생각해보니 어느 순간 뇌세포가 많이 죽었는지 기억력이 확 줄어 들었다. 강의시간에 나는 20여명 되는 수강학생들의 이름을 외울 수가 없어서 한 명씩 이름을 부르며 일일이 얼굴을 뚫어져라 쳐다본다. 주로 코를 쳐다본다. 코와 이름을 매취시키기 위해서다. 코 모양이 사람마다 다 다르기 때문이다. 그래야 어느 정도 학생들을 구별할 수가 있기 때문이다. 이렇게 뇌기능의 저하는 물론 눈도 병변이 있고 아래로 내려와 갑상선의 항진이 있어 6개월 후 재검하라고 하고 약간의 혈압상승, 그리고 위염 소견, 더 아래로 내려와 전립선 비대초기, 그리고 무릎 관절이 시원치 않다. 이렇게 나열하다보면 종합병원이 따로 없다. 그러나 냉정히 생각해보면 66년 동안이나 한결같이 쓴 몸의 신체라 조금씩 이상이 있는 것은 당연한 것 같기도 했다. 자동차도 10만 킬로 이상을 타면 여기저기 고장이 나기 시작한다. 이 차를 20만 킬로까지 타려면 고장이 나는 대로 수리를 하거나 시원치 않은 곳은 갈아 끼우는 수밖에 없다. 그러나 사람의 장기는 하나밖에 없음으로 교체하는 것이 불가능할 수도 있음으로 잘 관리하는 것이 방법이라면 방법이다.

안과의 질병 정도에 대해 담당의사는 다른 증상들과 마찬가지로 내 나이에 걸맞을 정도의 자연현상임으로 허심탄회하게 받아들이고 잘 관리 하는 것이 무엇보다 중요하다고 말했다. 의사의 이 말에 약간 나 자신을 자위하면서도 내 마음 한 구석에 서글픔이 밀려드는 것은 어쩔 수 없는 일이었다.

엄마는 너와 누나들이 있어
그동안의 삶이 무척 행복했단다.

고맙다!

엄마가 너에게 자주 잔소리를 한다만

그건 엄마의 욕심 때문인 것 같아.

여태까지 충분히 잘 해오고 있는데,

부모의 끝없는 욕심이라 이해해주렴!

사랑한다, 현기야!

그리고 너의 몸,

네가 너를 사랑하길 바란다.

2009년 2월 24일

엄마가

　이 글은 올 봄 2월 발렌타인데이에 우리 집사람이 막내아들 현기에게 초콜렛 상자 속에 넣어 보낸 쪽지 편지이다. 이 짧은 글 속에 우리 집의 잔잔한 오늘의 행복이 깃들어 있으면서도 그 행복에 약간 가벼운 근심이 어려 보인다. 겉으로는 너희들 때문에 행복해서 고맙다는 말을 뇌이고 있지만 안으로는 하고 싶은 말을 억누른 흔적이 역력하다. 아마 집사람은 이 편지글을 보내고도 속이 시원치 않았을 것이다. 나는 집사람이 속 시원히 하고 싶은 말을 안다. 왜냐하면 나 역시 아들에게 하고 싶은 말이 있는데 집사람도 이와 다르지 않을 것이기 때문이다. 다만 아내는 마음속으로 이를 삭히고 사랑의 감정으로 순화했을 뿐이다.

　내가 감정을 마음대로 발산하여 말한다면 "현기야! 너 너무 밖으로 쏘다니지만 말고 공부 좀 해라. 매일 늦게 일어나서 빈둥대다가 저녁이면 친구 만나서 술 마시고 자정이 넘어서야 들어오니… 친구와 동아리가 너 밥 먹여준다던? 너 계속 그러면 몸 망가진다!" 그러나 우리 집 사람은 나만큼 모질지 못해서 마음 놓고 말하라고 해도 이렇게 까지 심하게 말하지는 못할 것 같다.

위의 글을 보면 아들 현기가 무슨 술망나니가 아닌가 의심이 들지도 모르지만 실제로 현기는 반듯한 치과대학 본과 3학년 학생이다. 대부분 Y대생들이 그렇듯이 친구가 많아 항상 어울리기를 좋아하다보니 부모의 눈에는 늘 아슬아슬하게 불안해 보인다. 그것은 60대 중반의 부모는 가치관이나 도덕관이 너무나 차이가 나서 요즘 20대 젊은이들의 생각과 행동을 따라가기가 쉽지 않기 때문이다. 세대의 격차가 너무 큰 것이 사실이다. 우리는 소위 구닥다리 아날로그 세대이고 현기는 N세대이기 때문이다. 쉬운 예로 우리 부모세대는 '빅뱅'이 무언지 잘 모른다. 5인조 그룹인 이 빅뱅의 멤버가 G-드래곤, 태양, 탑 등인데 그 이름부터가 우리에게는 낯설고 그들의 노래 또한 취향에 안 맞아 귀에 거슬리는데 N세대는 그들의 노래에 열광한다.

그런데 미래의 대세는 좋건 싫건 N세대에 달려 있는 것이 현실임으로 우리 부모 세대는 이 대세를 받아들여 수용할 수밖에 없다. 최소한도 이해하려고 노력하고 따라가는 것이 현명하고 순리인 것 같다. '맞아! 아들이 나처럼 살면 시대를 역행하는 거지! 한창 젊은 대학시절에는 젊은이답게 많은 또래와 호흡을 같이 하면서 사회성을 기르는 것이 미래에 대한 확실한 투자지. 이런 관점에서 보면 현기는 나와 비교할 수 없을 만큼 무서운 잠재력을 가진 오늘의 젊은이라고 할 수 있지!' 라고 생각하자 나는 그렇게 마음이 편할 수가 없었다. 그리고 이런 젊은이를 아들로 둔 것을 큰 행복으로 생각하게 되었다.

그럼에도 불구하고 현실에 직면하다보면 나는 가끔 아들의 행동에 불만이 터져 순간적으로 그냥 쥐어박고 싶은 심정이 되곤 한다. 이런 상황으로 어린 아들을 대하다 보니 안 그래야겠다고 마음을 먹으면서도 만나기만 하면 나도 모르게 잔소리와 훈계가 시작된다. 그러나 옛날처럼 마음 놓고 야단치거나 감정적으로 대하지 못하고 은근히 눈치를 살피며 그 수위를 조절한다. 그것은 너무 막 대하면 역효과가 난다는 교육심리학 이론을 신주 모시듯 믿고 있기 때문이다. 밀고 당기며 하루하루를 살다 보면 어느덧 세월이 흘러 현기도 언젠가는 아날로그 아빠와 엄마를 이해할 날이 올 것이라고 믿기 때문이다.

그래서 위의 집사람의 편지에 나도 동의할 수밖에 없다. 엄마의 모든 행동이 '욕심'에서 우러나온 잘못이라는 말은 그 동안의 잔소리에 대한 간접적인 사과의 표현이다. 부모는 항상 삶의 과정에서 자식과 시시비비를 가리기보다는 기다릴 줄 아는 현명함이 필요하기 때문이다. 세대의 차이는 현실의 괴리를 좁힐 수는 없지만 세월은 분명 그들을 변하게 할 것이다. 그래서 나는 집사람의 폭넓은 아량에 항상 박수를 보낸다.

나는 이런 아들과의 세대차를 좁히는 비책으로 아들과 당구를 친다. 내 당구실력은 100도 안 되는 초보 수준이지만 아들과 취미를 공유할 수 있는 유일한 놀이이기 때문에 시간만 나면 "현기야! 당구 한 게임

칠까?"라고 말문을 열곤 한다. 이런 실없는 말이 아니면 아들과 인사를 나누는 일 외에는 달리 할 말이 없기 때문이다. 현기가 시간이 없는 줄 알지만 그래도 아들에게 무엇을 하자고 제안할 수 있는 것은 당구치자는 부담 없는 말뿐임으로 이 말을 할 때는 군인이 무장해제를 하듯 마음이 풀리는 심리적인 이완상태를 맛보게 되어 기분이 좋다. 또한 짧은 시간이지만 당구를 치는 동안 아들의 진면목을 발견하게 되어 좋다. 사회적인 매너는 물론, 이기고자 하는 승부욕, 그리고 상대방에 대한 배려, 승패에 대한 겸허한 승복 등 집에서는 보거나 느낄 수 없었던 새로운 인격을 만나게 되어 아들이 달리 보여 진다. 그러면 아들이 이미 어린아이가 아니라 다 자라서 사회생활을 영위할 수 있는 독립된 인격체로 다가와 마음 뿌듯하다.

현기가 오늘은 나보다 두 배 많은 200을 놓고 쳤기 때문에 내가 유리하게 게임을 리드해 나갔다. 내가 마지막을 쓰리큐숀으로 멋지게 처리하게 되자 나는 아들에게 부담 없이 "네가 깽 값 내라!"하고 말했다. 이렇게 아들에게 장난으로 당구 게임 값을 요구하면서 나는 무언가 아들에게서 든든한 믿음 같은 것이 커지는 것을 느꼈다. 지금은 비록 집에서 용돈을 타 쓰는 입장이지만 언젠가는 자기가 앞장서 나가면서

"아빠! 내가 낼게요!"

하는 날이 곧 오리라는 생각을 하자 마음이 그렇게 기쁠 수가 없었다.

자식에 대한 이런저런 사소한 걱정을 제외한다면 우리 부부는 지금까지 살아오면서 자식들 때문에 과분한 행복을 누려왔다. 생각보다 공부도 잘해서 학원에 처넣어 들볶는 일도 없었고 재수시키느라고 경제

적 부담을 떠안은 일도 없었다. 큰 딸 혜은이는 서울에서 태어났지만 프랑스에서 유치원을 다녔다. 귀국할 즈음해서는 프랑스어를 현지인과 똑같이 할 정도로 유창하게 했는데 귀국하고 한 1년쯤 지나자 거의 모두 잊어버리게 되었다. 지금도 그 프랑스어를 계속 공부하게 해서 나의 전공을 이어받게 했으면 어땠을까 하는 아쉬움도 있었지만 혜은이는 다른 두 애와 마찬가지로 이과계통 체질이었다. 특히 과학에 재능이 많아서 고등학교 때는 서울시에서 주관하는 과학 영재 프로그램에 참여하기도 했다. 이 프로그램은 혜은이가 나중에 자기 신랑을 만나게 되는 동기도 되었다. 의약분업이 뜨거운 감자가 되어 이해관계가 다른 두 집단이 매일 국회 본 회의장 앞이나 동대문 운동장에 모여 시위를 할 때였다. 이때 둘은 레지던트의 신분으로 그 집회에 참여했다가 우연히 다시 만나 연분을 맺게 된 것이다. 몇 번 우리 집까지 혜은이를 데려다주던 그 친구가 어느 날 장미 백 송이를 보내오면서 혼인 문제가 급진전하게 되었다. 나는 얼떨결에 크게 반대 한번 해보지 못하고 결혼을 승낙하게 되었다.

"할아버지세요?"

다섯 살짜리 손녀딸 승빈이에게서 전화가 왔다. 네 살 무렵까지 뜨문뜨문 말을 하던 꼬마아이가 말문이 터지자 어찌 그렇게 말이 늘었는지, 이제는 못하는 말이 없다. 어릴 때는 말을 못하는 것이 은근히 걱정이 되어 딸이나 사위에게 어디 전문 병원에 데리고 가보라고까지 했다. 그런데 이제는 말이 너무 많아 걱정이다. 이제는 친가나 외가 쪽 할아버지나 할머니 전화번호를 훤히 꿰고 있어 심심하면 전화를 걸어 수다를 떨기 다반사다. 요즘 승빈이는 유치원에 가기 시작하여 새삼 호기심거리가 많아졌다.

"할아버지 오늘 유치원에 갔었는데요!"

"웅, 그래? 누구하고 갔었니?"

"할머니 하고 갔었는데 오늘 여자 친구 둘하고 소꿉장난 했어요!"

"그래 재미있었겠다. 친구도 사귀고……"

"네, 그래요. 그런데 남자친구는 인사만 했어요!"

"그래~ 친구 이름이 무어냐?"

"경석이요. 경석이 이뻐요!"

"승빈아, 너는 유치원에서 예쁜 친구도 사귀고… 정말 좋겠다!"

"그럼요. 할아버지! 전화 끊지 말고, 기다리세요. 내가 그 친구 그림 그려 보여줄게요!"

그리고는 잠시 동안 수화기가 바닥에 놓여지고 옆에서 승빈이가 무언가 종이에 그리는 소리가 어렴풋이 들렸다. 한 20초쯤 지났을까 승빈이가 다시 수화기를 드는 소리가 요란하게 들렸다. 그리고는 나에게 자신 있게 말했다.

"보세요. 할아버지! 내 친구 잘 생겼지요?"

나는 잠시 머뭇거렸다. 이 상황에서 안 보인다고 솔직히 말하면서 그 이유를 과학적으로 설명하는 것이 옳은지, 아니면 보이는 것처럼 능청을 떨 것인지? 나는 얼핏 쌩떽쥐뻬리의 작품 「어린왕자」에 나오는 말이 생각났다. '진리는 눈이 아니라 마음으로 보아야 보인다'는 의미의 말이다. 나는 자신 있게 말했다.

"응, 그래, 네 친구 정말 이쁘구나. 어쩌면 그렇게 이쁘니?"

"할아버지, 이번에는 우리 선생님 그려줄게요!"

승빈이가 한창 신이 나서 다시 말했다. 나는 이제 와서 안 보인다고 부정할 수도 없고 해서 엉거주춤 할 수밖에 없었다. 나는 기어들어가는 목소리로,

"응, 그래……"

손녀딸이 다시 수화기를 놓고 무언가를 끄적거리는 소리가 들렸다. 사실 나는 전화를 이쯤에서 끊고 싶었지만 손녀의 의기를 꺾을 수가 없었다. 잠시 후 승빈이가 가쁜 숨을 넘기며 다시 말했다.

"할아버지, 다 됐어요! 오른 쪽에 큰 사람이 선생님이고요, 작은 사람이 나예요!"

"와! 선생님이시구나. 너 정말 그림 잘 그린다. 멋지다!"

"하하하~ 정말 멋지죠! 할아버지~"

그리고 계속해서 승빈이의 자지러지는 웃음소리가 수화기에서 흘러나왔다. 나는 하도 그 소리가 커서 수화기를 귀에서 멀찌감치 띄울 수밖에 없었다. 그리고 말했다.

"승빈아, 다음에 분당 할아버지 집에 오면 그림 많이 그려줘! 알았지!"

"네, 힐아버지! 힐아버지세 그림 낳이 그려술게요!"

"그래, 기다릴게! 승빈아! 빠이빠이~ 안녕!"

"네, 할아버지, 안녕!"

겨우 손녀 딸 승빈이와의 통화를 끝냈다. 나는 승빈이와의 전화가

너무나 즐거워서 계속하고 싶었지만 오늘 2시까지 활터에 나가야될 일이 있어서 의식적으로 '빠이빠이'를 하며 작별인사를 유도했다. 승빈이는 어린 나이에 그림 그리기를 매우 즐겨했다. 그림이라야 흰 종이 위에 자기 멋대로 이것저것 흘겨대고 그럴 듯하게 설명을 하는 것인데 듣고 보면 무언가 맥이 짚히곤 했다. 그림도 1분에 한 장씩 그릴 정도로 매우 빨랐다. 그래서 승빈이는 우리 집에 놀러올 때마다 적어도 10여장의 소위 명품을 남겨 놓곤 갔다. 나는 어느 날 이 그림들을 모아서 손녀딸이 설명한 내용을 더듬어가며 하나하나 이름을 붙였다. 그리고 나서 나는 이 그림들을 나의 서재에 있는 책장에 나란히 붙여 놓았다. 그 끝에는 큰 글씨로 '이승빈 추상화 전시회'라고 써 붙였다. 나는 심심하면 이 그림들을 한 장 한 장 들여다보면서 승빈이가 설명한 내용들을 생각하고 미소를 짓곤 했다.

어느 날 큰 딸이 집에 왔다가 이 그림 전시회를 보고 크게 웃었다. 나는 '네 딸이 나중에 위대한 작가가 되면 이 그림들의 가격이 천문학적이 될 텐데, 그 때 이 그림들의 소유권은 나에게 있다!'라고 말하자 딸이 더 크게 웃었다. 그러면서 지금으로부터 30여 년 전의 딸의 모습이 손녀딸의 모습으로 오버랩됐다. 딸도 손녀딸만 할 때 유치원에 다니면서 너무나 잘 조잘댔다. 그리고 나에게 그녀의 유치원 친구며 선생님, 그리고 재미있는 놀이에 대해서 설명해주곤 한 적이 있었다. 그러나 그 때 나는 젊은 나이에 직장에 매여 있어서 그랬는지 딸의 말과 행동에 별로 관심을 보이지 못했다. 지금 손녀딸에게 보이는 사랑을 그 때 딸에게 십분의 일만이라도 보였더라면 좋았을 텐데, 하는 후회 섞인 아쉬움이 드는 것이 사실이다. 이것은 어떤 의미에서는 자식보다는 손자, 같은 자식이라도 막내로 내려가는 '내리사랑'의 자연현상이 아니겠나 생각해본다. 어찌됐든지 나는 요즘 손녀딸에 대해 새록새록 자라는 이뿐 사랑의 감정을 느끼면서 그때마다 한편으로 딸에게 미안한 감정이 어리는 것을 부인할 수가 없다.

나는 첫째 딸이 이 세상에 태어났을 때만 해도 매우 완고한 생각에 사로잡혀 있는 옛날식 아버지였다. 그러다보니 지금 아빠들처럼 살갑게 딸을 대해주지 못하고 어디를 가나 흐트러짐 없이 규칙과 규율을 엄격히 지키도록 채근했다. 이런 자식들에 대한 나의 엄격한 행동 때문에 우리 집사람과 티격태격 이견을 보인 적이 꽤 있었다. 나는 애들에게 옳은 몸가짐을 가지도록 즉시 나쁜 버릇을 고칠 것을 강요하는데 비해 우리 집사람은 아이들이기 때문에 실수할 수 있음으로 시간을 두고 사랑으로 지켜보자는 온정주의였다. 집사람의 이러한 미지근한 대응이 마음에 안 들어 그때마다 심기가 불편할 수밖에 없었다. 그러나 이제 장년을 넘어 노년 초입에 서서 보면 교육은 학교교육이든 가정교육이든 채찍보다 사랑이 훨씬 더 효과적이라는 것을 피부로 느낀다. 나는 이런 집사람의 넉넉한 사랑을 큰 딸에게 보낸 메일에서 확인할 수 있었다.

우리 큰 딸 잘 지내니?

매일 먼 길 출근 하느라 힘들지?

어떻게 생각하느냐에 따라 덜 힘들 수도 즐거울 수도 있겠지?

넌 낙천적인 성격이니 충분히 긍정적인 생각을 할 거라 믿는다.

오늘 승빈이에게서 전화가 왔다

아주 활기찬 목소리로

'할머니! 나 오늘 유치원 다녀왔어요. 두 번째예요.'

하며 쉴 새 없이 조잘거리더구나.

유치원에서 한 일, 가방, 옷, 간식, 도장 찍기 등, 쉴 새 없이……

내가 유치원 구경하고 싶다고 하니까,

분당 할아버지랑 오면 조건재 할머니랑 같이

유치원 구경 시켜준다고 꼭 오란다.

너무 깜찍하고 귀엽구나.

아빠가 항상 감탄 하며 하시는 말씀이

"혜은인 대단해! 자기 딸 승빈이에게 그렇게 관대하고 너그러우니!

자기 딸이 그렇게 귀찮게 굴어도 다 받아주고 느긋하게 기다리니……"

넌 내가 봐도 정말 마음씨가 착하고 인내심이 강해!

나는 항상 나의 딸들이 나보다 더 큰 마음으로

자식을 사랑하고 돌보아주는 것을 보면서

감사하는 마음뿐이란다.

　우리 집 사람은 옛날 어렵게 살 때 큰 딸에게 마음껏 해주지 못한 것이 마음에 걸렸던지 시간 날 때마다 이런 종류의 글을 큰 딸에게 보내곤 한다. 물론 이런 감상적인 느낌은 단지 마음속의 속내 이야기일 뿐 그 당시는 큰 딸에게도 온갖 정성을 다했을 것임에 틀림이 없다. 단지 손녀딸이 너무 귀엽게 굴고 하나밖에 없으니 그 희귀성 때문에 비교가 되어 미안해하지 않아도 되는데 미안한 마음이 새록새록 밀려오기 때문일 것이다. 이 때 미국에 있는 둘째딸 정은이에게서 전화가 왔다. 집사람과 전화로 한참 웃고 떠들고 하더니 나에게 수화기를 넘겨 주었다.

"잘 있니? 별고 없지?"

"네! 잘 있어요. 아빠는 아직 방학이지요?"

"그래, 지금 방학이라 책도 보고 글도 쓰고 해."

"언제까지요?"

"3월부터 개강이지. 그 전에는 강의준비 해야지."

"요즘도 국궁 다니세요?"

"그래 매일, 아침에는 글 좀 쓰고 점심 먹고 활터로 나간다. 그런
데 요즘 미국 대선반응은 어떠니?"

"네~ 요즘 생명과학관련 대학이나 연구소에서는 부통령후보의
발언을 문제 삼아 네거티브 운동이 한창이어요."

"왜 그런데?"

딸이 약간 상기된 목소리로 말했다.

부통령 후보가 한 유세에서 자기가 부통령이 되면 소위 부가가치창출을 하지 못하는 연구소나 경쟁력이 없는 연구기관을 그 실적에 따라 축소시킬 것이라고 말하면서, 연구랍시고 매일 파리 해부에 매달리는 사람들에게 왜 돈을 주느냐는 식의 발언을 했다는 것이다.

나도 장난 섞인 농담조로,

"그래 맞다. 매일 연구실에 처박혀 초파리 박살내고 실험용 쥐 도
 살해서 뭐 되니?"

딸이 약간 신경질적으로,

"아빠는~"

그리고 정색을 하며 말했다.

"아빠! 가장 이상적인 방법은 사람을 직접 해부하고 샘플을 채취
 해서 실험을 하는 것이 제일 좋은데……"

"그런데? "

나는 모르는 척하고 어깃장을 놓았다.

"그것도 죽은 사람이 아니라 산 사람이어야 하는데…… 그렇게
 할 수가 없으니 사람과 생물학적으로 가장 유사한 유전인자를 지
 닌 파리나 쥐나 돼지나 원숭이를 사용할 수밖에 없지 않아요!"

모르는 사람은 파리를 가지고 논다고 할지 모르는데 초파리는 신경
세포 분자가 사람과 가장 가까운 유전적 소인을 가지고 있어서 최적의
실험대상이라고 힘주어 말한다. 그런데 일국의 부통령 후보라는 사람
이 그런 무식한 발언을 했으니 미국 분자생물학계의 집단적인 반발을
살만도 했다.

아닌게 아니라 지난번 모 신문의 특집에서 우리나라 정부가 한국 과
학자 1호로 선정한 모 과학자를 소개한 적이 있었다. 그는 뇌과학 분야
에서 세계적인 연구실적을 내고 임상실험을 통해 치매 등 인간의 고질
병에 청신호를 보여주었다. 그런데 그가 한 실험 사진이 신문에 한 장
소개되었는데 그것은 쥐의 머리에 야쿠르트 페트병 같은 것을 씌운 모

양이었다. 그것을 보고 나는 뇌과학 분야의 세계적인 권위자인 이 교수의 실험대상은 사람이 아니라 사람대신 수없이 죽어간 쥐라는 사실을 깨닫고 새삼 놀란 적이 있었다.

정은이의 전화가 계속되었다.

"용철이 오빠가 지난 2월 달 졸업식에서 박사학위를 받았는데…
엄마 아빠에게 논문도 드릴 겸 해서 인사를 가고 싶다는데 괜찮
겠어요?"

조용철 군은 둘째딸 정은이와 같은 대학 생명과학부 선배로 정은이가 석사학위를 마치고 미국 유학을 떠날 때까지 사귀던 사이였는데 지난 학기에 박사학위를 마친 것이다. 나는 무언가 중요한 결정을 내려야 할 기로에 놓였을 때는 이미 지났기 때문에 담담히 딸의 의견을 다시 한번 확인하는 것으로 답을 대신했다. 왜냐하면 조군의 방문을 받으면 둘 사이의 미래를 거의 둘의 의사에 맡긴다는 의미가 되기 때문이다. 그래서 나는 정은이에게 말했다.

"네 생각은 어떠냐? 조군이 나에게 인사를 온다면 너의 뜻과 같아
야 하지 않겠니? 네가 좋다고 하면 받아들일 것이고 네가 싫다고
하면 인사를 받을 이유가 없지 않니?"

정은이가 말했다.

"저는 괜찮아요. 내가 미국에 온지 3년이 됐는데 용철이 오빠가
변치 않고 계속 나를 기다리고 있으니… 엄마 아빠께서 특별한
사유가 없으시다면 만나 봐도 괜찮을 것 같네요."

"그래, 그러면 네가 용철이한테 연락해서 나나 엄마에게 전화하

　도록 해라!"

"네! 알았어요."

　이렇게 정은이와의 통화가 끝났다. 그 후 3일이 지난 어느 날 오후 내가 활터에 앉아 있는데 아내한테서 전화가 왔다. 용철이한테서 연락이 왔는데 어떻게 하면 좋겠느냐는 내용이었다. 그래서 의논 끝에 분당 먹자골목 '긴자'라는 일식집에 일요일 점심으로 예약하고 연락하도록 했다.

　일요일이라 부인은 매장 일이 바쁘지만 아르바이트직원을 써서 대체하고 오후에 출근하기로 했다. 11시 30분 나는 부인과 함께 출발하여 15분 전에 예약된 식당에 도착했다. 용철군은 아직 도착하지 않았다. 우리는 지정된 좌석에 앉아서 그 동안 용철이와 만났던 기억들을 되살리며 이야기를 나누었다. 정은이가 용철이와 사귄다고 공식적으로 말한 것이 어느덧 7년은 된 것 같다. 정은이가 학부를 졸업하는 날 대학 식장에 가서 사진을 찍고 식당으로 가려는 순간 정은이가 자기 선배를 소개시켜 주겠다고 하여 머뭇거리고 있는데 대학건물 쪽에서 용철이가 내려와 깍듯이 인사를 했다. 당시에는 내 딸에게 참한 친구가 있다는 것이 좋아서인지 첫 인상이 좋아 보였다. 그 후 딸이 석사과정에 있을 때 밤늦게 실험실에서 올 때면 여러 번 이 친구가 자기 짚차로 정은이를 집까지 바래다주곤 했다. 그리고는 정은이가 유학을 떠날 때 공항에 나와서 본 적이 있고 작년 여름에 정은이가 서울에 왔을 때 같이 식사를 한 적이 있다. 이 모든 만남에서 받은 인상은 용철군이 소심할 정도로 매사에 반듯하여 예의가 바르고 심성이 곱고 착실한 것 같았다. 우리 딸 정은이에 대해서도 항상 긍정적인 생각을 가지고 있는 듯했다. 그런 용철군이 12시 10분 전에 방으로 들어왔다. 아직까지 만날 때마다 정장을 입은 적이 없었는데 오늘은 정장에 분홍색 넥타이를 매고 있었다. 그래서 그런지 전보다 의젓해 보였다. 나는 반갑게 그를 맞았다.

"그동안 잘 있었어! 자리에 앉아!"

"네, 어머님, 아버님, 그동안 안녕하셨어요?"

"그래, 부모님도 모두 안녕하시고……"

"얼굴이 전보다 좋아 졌네. 학위를 끝내서 아무래도 정신적 육체적 여유가 생겨서 그런 모양이지?"

"네, 아무래도 여유가 좀 생겼습니다."

이렇게 인사 치례가 끝나자 우리는 차려진 음식을 먹으며 우리가 알고 싶거나 확인할 사항을 천천히 물어 나갔다. 연구 내용이 무엇인지, 앞으로의 계획은 어떤지, 정은이에 대해 어떻게 생각하고 있는지 등등, 궁금한 사항을 대화 중간 중간에 물어보았다. 그리고 서로가 서먹하지만 더 이상 미룰 수 없는 결혼문제에 대해서도 운을 띄웠다. 용철군은 지금 서울대에서 학위를 끝내고 연구원으로 있는데 미국 대학에서 박사학위 취득 후 연구원 신청을 준비하고 있다고 말하며 잘 되면 올해에 출국할 수 있을 것 같다고 말했다. 그러자 아내가 정은이 문제를 본격적으로 들고 나와 용철군이 미국에 가면 자연스럽게 구체화되지 않겠느냐고 말했다. 나는 모든 이야기를 듣고 난 다음 결론적으로 다음과 같이 말했다.

"용철군! 그 동안 학위 끝내느라고 정말 고생이 많았어! 정은이와
의 관계는 자네가 꾸준히 잘 참고 신뢰해 줘서 좋은 관계로 발전
한 것 같아! 앞으로 결혼 문제는 자네들이 이미 오래 사귀어 왔고
지성인으로서 충분히 판단 능력이 있음으로 둘의 의사를 전적으
로 존중하도록 하겠네. 자네가 올해 미국으로 가면 모든 조건이
성숙되지 않겠나? 그러면 그때 구체적으로 생각해보지."

이렇게 마지막 말을 하자 용철군이 자신의 박사학위 논문을 우리부
부에게 주었다. 집사람은 그 답례로 준비해 간 조그만 선물을 용철군
에게 건넸다. 우리 부부는 돌아오는 길에 모든 일이 순조롭게 풀려 올
해를 넘기지 않고 둘의 결혼이 성사되기를 은근히 바랬다. 차창으로
오후 햇살이 따갑게 비치고 있었다. 하늘에 구름 한 점 없는 따스한 봄
날 오후였다.

가을이 되자 기대한 대로 용철군은 정은이가 박사학위과정에 있는
세인트 루이스 소재 워싱턴대학교 의과대학 연구소에 연구원으로 취
직하게 되었다. 그래서 예정된 순서에 따라 지난해 12월 27일 둘은 결
혼을 하고 올해 1월 11일 함께 미국으로 출국했다.

올해는 이렇게 일이 잘 풀리어 홀가분한 마음으로 새해 설을 맞게
되었다. 설 전날 인천에 사는 동생과 제수씨, 그리고 수연이가 설을 큰
집에서 보내기 위하여 우리 집에 도착했다. 얼마 전에 만났지만 동생
네 식구들과 설을 맞는다는 것이 무척이나 기뻤다. 저녁에 제사 준비

를 다 해놓고 맛있는 여러 가지 설음식을 같이 나누니 더없는 정이 오가는 듯했다.

옛날 어머니가 계실 때의 설날 생각이 났다. 설날에 어머니로부터 검은 광목천으로 만든 새 옷이나 새 운동화 선물을 받으면 그렇게 좋을 수가 없었다. 그것을 받은 날 저녁에는 다음날 그것을 입고 신어보는 것이 기다려져 잠이 안 올 지경이었다. 이 '기다림'의 대명사가 설이 아니었나 생각된다. 설을 손꼽아 기다리는 것은 물론 어머니가 무슨 선물을 사 주실까 궁금하기도 하고 세뱃돈을 얼마나 주실까 궁금하기도 했기 때문이었다. 아무튼 그런 어머니가 돌아가신 지도 몇 십 성상이 흘러 이제는 아득한 기억으로만 남아있다. 사람의 존재와 소멸도 자연의 이치에 따르는 것인지 세월이 흐르다보니 그렇게 생생하던 어머님의 존재가 흐릿한 영상이 되어 실존과 유리되는 것 같았다. 어떤 때는 '그저 그런 분이 계셨지'하는 정도의 느낌과 '나도 언젠가는 그 분과 똑같이 이 세상을 등지겠지'하는 생각이 들 때도 있었다. 그러나 오래 전 어머니께서 돌아가시던 날은 정말로 하늘이 무너지는 듯한 슬픔과 회한을 느꼈다. 나는 그 당시 땅이 꺼지는 듯한 그 애통함을 다음과 같은 시어로 표현해 놓은 적이 있었다.

어머님!

어이

어찌

말이 없소?

바람 통파 쓸어
땅되고 산되고
물이 되어 산하 흘려도
어머님 가실 줄
뉘 알았소.

샛바람 귓전 외고
찐구름 내닫히던
거친 반생,
새벽잠 가시기 전
마른 손바닥 이맘 매만지며
묵묵히 우릴 바란 소망,
생전 삶 누릴 줄
뉘 몰랐소.

모든 것이 더 한번
또 한번 주시건만
가신 기운
다시 안옴
웬 말이오.
한가닥 이어선 어머님!
씻을 수 없는 불효소생

가슴이 메어집니다.

어머님!

굽어보소.

말하여 드리리다.

부디 꽃나라 사시어

곳마다 귓전 감돌며

내 맘속 어머님과

이루어지오.

다음날 설 아침에 일찍이 제사를 마치고 우리는 동생 식구들과 같이 부평 근처 백석에 있는 어머님과 아버님 묘에 참배를 했다. 또 아득한 옛날이지만 어머님이 살아계실 때 아버님 산소에 다니던 길을 우리가 똑같이 걸어서 능선을 어렵게 기어올라 절을 올리는 모습이 인생길의 같은 길목 같아 숙연해지기까지 했다. 그 때는 겨울보다 한식날의 봄날이 더 생각난다. 앞 산에 자욱이 피어 있는 진달래꽃이 능선을 따라 활활 타오르는 불꽃 같았기 때문에 더욱 봄이 생각나는 듯했다. 그리고 양지바른 무덤가에 앉아 있는 우리를 비추는 태양 볕이 그렇게 따사로울 수가 없었다.

설 마지막 날 아침에 첫째딸 혜은이와 신랑 동규, 그리고 손녀 승빈이가 왔다. 승빈이는 이제 만인의 연인이다. 우리집과 처갓집을 통틀어 여섯 살짜리 꼬마가 하나이니 모든 사랑을 독차지할 수밖에 없다.

게다가 하는 말과 하는 짓이 정말 못 말리게 명랑하고 맹랑하고 엉뚱
해서 웃지 않고는 배겨날 수가 없다. 세배도 어찌 잘 하는지 야리한 몸
매가 어른들 뺨치게 다소곳하기까지하다. 우리는 이런 보배를 지닌 딸
식구와 같이 대장동에 사시는 장인 장모님댁에 갔다. 집에 들어서자
방안에 가득 앉아 있던 모든 가족들의 함성이 터져 나왔다. 당연히 손
녀딸 승빈이를 맞는 기쁨의 표현이었다. 정말로 어린아이가 우리들에
게 베푸는 기쁨의 크기는 이루 헤아릴 수가 없다. 천진난만한 어린아
이의 모습을 대하는 순간 어른들의 무거운 모든 걱정이 산산조각이 나
허공으로 날아가 버리기 때문이다. 여기서 생전에 어린아이를 그렇게
좋아했던 프랑스의 유명한 소설가 빅토르 위고가 쓴 어린아이 찬양가
를 소개한다.

어린아이가 나타나기만 하면,
둥그렇게 모여 앉은 가족이
크게 소리 지르며 박수친다.
빛나는 그 아이의 부드러운 시선이
모든 이의 시선을 반짝이게 한다.
그리고 몹시 지쳐서 얼룩진 가장 슬픈 얼굴도
이 천진무구한 아이가 나타나는 것을 보면
순식간에 주름살이 펴진다.
내 방 문지방을 푸르게 하는 6월이건
모닥불 주위를 깜박이는 11월이건

의자들에 서로 모여앉아

어린아이가 나타나면

기쁨이 일어 우리를 밝게 하여

사람들이 웃고 소리치고 이름 부르고

아이가 걷는 것을 보는 엄마가

우스워 몸을 뒤흔든다.

어떤 때는 사람들이 모닥불을 뒤적이며

조국에 대해서, 신에 대해서, 시인에 대해서

그리고 기도 속에 피어나는 영혼에 대해서

얘기하다가, 어린아이가 나타나면

하늘과 조국과 시성이여 안녕!

그렇게 골치 아픈 화제는

웃음 속에 사그러든다.

....

왜냐하면 너희의 이쁜 눈은 끊없는 유함이 가득 찼고

또한 너희의 유쾌하게 축복받은 작은 손은

아직 악한 일을 저지르지 않았고

너희의 어린 걸음은 인생의 오점을 결고 밟지 않았고

그래서 너는 금빛 후광이 찬란한

아름다운 천사인 금발 어린이의 성스러운 얼굴.

너희는 우리에게 노아의 비둘기 같은 존재로

너희의 매끄럽고 순결한 발이 아직 걷는 이력이 없어
너희 날개가 하늘빛이로구나.
너희는 세상을 아직 알지 못하면서 그것을 바라보니
두 배의 청초함! 전혀 때 묻지 않은 육신,
결코 오염되지 않은 영혼이다!

그 아이는 그의 감미로운 미소로
보드라운 선의로, 모든 것을 말하려는 목소리로
그의 눈물을 재빨리 진정시킨 채
놀라서 황홀한 그의 시선을 이리저리 유희한다.

나는 설날임으로 처남 동서 내외들과 장인장모님께 큰 절을 올렸다. 장인 장모는 둘째 동서와 마찬가지로 나에게는 부모님이나 다름없는 집안의 큰 어른이시다. 나도 나이가 노년에 접어들어 세세한 일은 혼자 처리하지만 어려운 일이 있을 때는 장인어른께 의논하는 편이다. 집안의 어른은 멀리 원양을 항해할 때 의지할 수 있는 높다란 돛대와 같아서 항상 마음 든든하다. 그런 의미에서 인자하신 장인 장모님을 이웃에서 모시고 살고 있는 것이 큰 행운이라고 할 수 있다. 이런 장인 어른은 아직도 나에게까지 명절이면 꼭 세뱃돈을 주신다. 얼마나 고마운지 모른다.

그러나 항상 권리와 의무는 함께 오는 법, 나는 수많은(?) 조카들로부터 세배를 받고 일일이 세뱃돈을 건네야 하는 의무를 치러야만 했

다. 그런데 이제 세배 의식이 다 끝났나 했더니 누군가가 승빈이에게,

"아씨들에게 세배해라!"

라고 부축이자, 승빈이가 기다렸다는 듯이 10여 명의 아씨들에게 돌아가며 절을 했다. 그러니 수입이 없는 아씨들이지만 어렵게 받은 세뱃돈의 일부를 할애하여 만원씩을 승빈이에게 건네는 의무를 치러야만 했다. 승빈이는 그 돈을 꼬깃꼬깃 한복 주머니에 집어넣었다. 돈을 안다기보다는 재미있어 하는 그 모습이 하도 귀여워서 우리들은 또 한바탕 웃었다. 역시 어린 아이는 빅토르 위고가 말한 대로 '가족의 웃음꽃'임에 틀림이 없었다.

나는 올해 1월 16일 성남시 궁도협회장 겸 분당정 사두로 취임했다. 나는 마음속으로 큰 기쁨을 느꼈다. 그 동안 일반 사원으로 활을 내는 것만으로도 큰 기쁨으로 알았는데 전국에서 으뜸가는 활터인 분당정의 수장이 되었으니 그 감회가 남다를 수밖에 없었다. 나는 이 벅찬 기쁨을 취임식에서 '가문의 영광'이라는 극적인 말로 표현을 했다.

그런데 '가문의 영광'이라는 좀 지나친 말로 나의 기쁨을 표현한데는 그럴 만한 이유가 있다. 지금으로부터 55년 전쯤 내가 인천에서 초등학교를 다닐 때 여름 방학이 되어 서울 큰아버지댁에 놀로 간 적이 있었다. 그린데 영천 근저에 사시년 큰아버님께서 나에게 전화를 걸어 장춘단 공원에 있는 활터로 오라고 말씀하셨다. 나는 그 때 전차를 타고 을지로 6가에서 내려서 걸어서 물어물어 활터에 도착해 보니 하얀 도포를 입으신 큰아버님이 활을 내고 계셨다. 그 때 나는 난생 처음 활

을 쏘는 것을 보았는데 큰아버님의 늠름한 위용과 담대한 모습을 보고 큰아버님을 더욱 우러러보게 되었다. 이 활터가 옛날 동국대 건너편에 위치해 있었던 석호정의 전신인데 활을 쏘는 사람들의 기상과 풍류가 하늘을 찌를 듯해서 나도 모르게 나도 커서 어른이 되면 활을 쏘고 싶다는 생각이 들었다.

큰아버님은 일찍이 6.25사변이 발발하여 남한으로 피란 나오시기 전 고향 평산에서부터 한량으로 이름이 나 있었다. 다른 형제들과는 달리 농사에 취미가 없으셨던 큰아버님은 설이나 추석 등 큰 명절에 개성이나 평양 등에서 활대회가 열리면 빠지지 않고 참석하여 큰 상을 타 오시곤 했다고 한다. 이런 큰아버님이 서울에 자리를 잡으신 후 석호정에서 오랫동안 잊으셨던 그야말로 조상의 얼이 한껏 담긴 활을 다시 손에 잡게 된 것은 너무나 당연한 일이었다. 그런데 큰아버님의 이 같은 활에 대한 사랑은 따지고 보면 우리 가문의 오랜 역사적 전통 속에서 그 맥을 찾아볼 수 있다. 일찍이 우리 평산 신씨의 시조이신 신숭겸 장수는 어려서부터 활을 잘 쏘는 무인이었는데 기골이 장대하고 무용이 뛰어났다고 한다. 시조 신숭겸 장수와 활에 얽힌 에피소드를 현문판 대국어사전(이숭녕 편찬, 이응백 감수)의 부록에 수록된 인물 내용을 중심으로 소개한다.

신숭겸은 궁예(弓裔) 말년의 장수로서 배현경, 홍유, 복지겸 등과 모의하여 왕건을 추대해서 고려개국의 대업을 이루었다. 태조 10년(927년) 신라를 도와 공산에서 견훤과 싸우다 포위를 당하여 형세가 위태할 때 김낙 등과 역전(力

戰)하다가 전사하여 태조의 위급을 모면케 하였다. (그 내용인즉 태조 왕건이 견훤의 군사에게 쫓겨 위급해지자 신숭겸 장수가 왕건의 복장을 하고 말을 달려 적군을 다른 곳으로 유인함으로써 왕을 구하고 자신은 산화했다. 태조 왕건은 목이 잘려나간 장수의 시신을 수습하여 그의 머리를 금으로 만들어 매장케 하는 한편 도굴꾼들을 혼란시키기 위하여 장수의 무덤을 나란히 두 개 만들게 하였다.) 태조는 그의 죽음을 슬퍼하여 숭겸의 아우 능길과 아들 보(甫)로 원윤(元尹)을 삼고 지묘사(智妙寺)를 새로 세워 그의 명복을 빌게 하였다.

또한 시조 신숭겸 장수가 활과 관련하여 평산 신씨의 시조가 된 내력이 「평산신씨세보(平山申氏世譜)」에 다음과 같이 자세히 적혀 있다.

신숭겸이 일찍이 태조 왕건을 따라 사냥을 나갔다가 평주(平州: 평산平山의 옛 이름)의 삼탄(三灘)에 이르렀을 때 낮참에 마침 세 마리의 기러기가 그 위를 맴돌고 있었다. 태조가 말하기를 "누가 이를 쏠 수 있겠는가?" 하였는데 신공(申公)이 말하기를 "신(臣)이 쏘아 보겠나이다" 하였다. 태조가 궁시(弓矢)와 안마(鞍馬)를 내리었는데 이에 공이 또 아뢰기를 "몇째 기러기를 쏘리까?" 하였다. 이에 태조가 웃으면서 말하기를 "셋째 기러기 왼쪽 날개를 쏘아라" 하니 공이 시키는 대로 쏘아 과연 그 기러기를 맞히는지라 태조가 놀라 탄복하여 그 즉석에서 상을 내리셨다. 태조는 평주(平州) 고을로 公의 성향(姓鄕)을 삼을 것을 명하는 동시에 기러기가 둥글게 돌아서 떨어진 근방의 땅 삼백결(三百結)을 내리어 대대로 조(租)를 거두게 하고 따라서 그 땅을 이름하여 궁위(弓位)라 하였다.

그러므로 과장하여 말하면 신숭겸 시조의 후예인 나는 궁위에서 태어났다고 할 수 있다. 위와 같은 연유로 감히 나는 멀게는 천여 년 전 시조로부터, 가깝게는 반백년 전 큰아버지로부터 활을 전수받았다고 할 수 있다. 그러므로 내가 분당정 사두 취임사에서 우스개로 한 말인 '가문의 영광'은 빈말이 아니라 진짜 감동에서 우러나온 진심이라고 할 수 있다.

그러나 나는 활쏘기 실전에서는 전혀 조상들의 얼을 이어받지 못한 듯하다. 우선 기골이 약하고 근육이 장대하지 못하여 강궁을 이겨내지 못한다. 그러다보니 기껏해야 연궁 43정도로 화살을 곡사포처럼 하늘 높이 날리니 기러기는커녕 분당정 과녁 앞에 '나잡아 잡수세요'하고 자기 안방처럼 노니는 꿩도 잡을 수 없을 정도의 실력이다. 이런 어줍 짧은 궁력 탓에 나는 젊은 사람들이 적어도 6개월 안에 한 순 다섯 발을 한 번에 모두 맞추는 경사인 몰기례를 꼬박 1년이 걸려서야 할 수 있었다. 또한 입단도 남들보다 늦었다. 7년이 걸린 좌절의 연속과 절망의 늪에서 용케 익사하지 않고 살아나온 것은 아마 보이지 않는 조상님들의 음덕이 아닌가 생각한다. 아무튼 이런 긴 어두운 터널을 참고 지나다보니 몸치에 가까운 나의 몸에 생기가 돌고 정신이 맑아져 더욱 정진할 수 있게 되었다. 그 결과 나는 지난 해 가을 내가 그렇게 고대하던 국궁 입단에 성공할 수 있었다. 나는 이 감격스런 기쁨을 '칠전팔기(七顚八起)'라는 제목 하에 그날의 영광으로 영원히 기록했다.

프랑스의 나폴레옹이 일찍이 '내 사전에는 불가능이란 말은 없다'라는 말을 했다. 그러나 활에 관한한 나의 사전에는 항상 불가능이 있었고 그 쓴맛은 꼭 소태를 씹는 것같이 썼다. 국궁을 시작한 지 6, 7년쯤 되었으니 1년에 입단 시험을 한두 번 보았다고 하더라도 족히 7번은 낙방을 했을 것이다. 나 나름대로 최선을 다한다고 해도 활의 줄이 잘 못되었는지 깍지가 틀렸는지 잘 맞던 과녁에 엉뚱하게 넘거나 뒤가 나서 망치고 또 망쳤다. 그래서 이제는 국궁 입승단 대회가 다가오면 은근히 스트레스가 쌓여 마음이 편치 않았다. 그만두고 포기하고 싶은 마음이 굴뚝 같았지만 시험일이 다가오면 은근히 경쟁심이 도지기도 하고 특히 젊은 한량들에 대한 일종의 오기 같은 것이 생겨, '야! 또 한 번 해보자!' 하고 뒤늦게 마감에 쫓기듯 시험신청을 하곤 했다.

이번 입승단 시험에도 나는 일찌감치 마음을 접고 나름대로 평온을 유지하고 있었다. 그런데 옆에서 동료들이 자꾸만 바람을 넣으면서 다시 한번 가 보자고 부추기는 바람에 고요하던 마음이 다시 흔들리기 시작했다. 특히 고문님이 얼마 전에 신교수는 한 살이라도 덜 먹었을 때 단을 따야지 자꾸 나이 들어가면 힘들다고 말한 것이 퍼뜩 생각이 났다. 더구나 이번 입승단 시험은 분당에서 가장 가까운 성남의 한성 정에서 하기 때문에 우선 거리상으로 부담이 없어서 다시 한번 도전해 보기로 마음을 먹었다.

10월 27일 일요일 아침 6시에 눈을 뜨니 아직 캄캄한 밤이었다. 이른 아침을 준비하던 아내가

"되지도 않을 거 왜 또 가셔요?"

하고 김을 뺀다. 듣기가 좀 거북했지만 그 말에 딱히 뭐라고 반박할 입장이 못돼서

　"한성정은 가까운 데라 그냥 한번 가 보는 거야"
라고 말을 빚겼다. 흰색 상하의에 하얀 운동화를 차려 신고 나서는 나에게 부인이 대추 우린 물이 들어있는 보온병을 건네며

　"그냥 놀러 갔다 온다고 편하게 생각하세요!"
하고 마음을 누그러뜨려 주었다.

　한성정에 도착하니 아침 7시 40분인데 이미 새벽같이 온 궁사들이 활을 내고 있었다. 심판관들의 마이크 소리가 새삼 나의 마음을 두근거리게 만들었다. 다시 재작대에 들어가 나는 10대 1번에 배정을 받았다. 다행히 내 옆에 우리정의 이종윤 1단과 송수일 접장이 나란히 배정되어 마음이 놓였다. 한 두 시간가량 초조하게 기다리는 동안 나는 눈을 감고 이미지 슈팅을 계속했다. 드디어 내 차례가 돌아왔다.

　평상심을 갖자고 다짐하기도 하고 단전에 기를 모으며 마음을 다스리려고 했지만 여전히 떨리기는 마찬가지였다. 평소 초시를 자꾸 놓치는 버릇이 있어 마음을 다잡고 활시위를 힘껏 당겨 정심하며 깍지를 약간 짜면서 신중하게 발시했다. 그러나 역시나 화살이 과녁 뒤로 빗나가버렸다. '괜찮다! 나는 나 자신에게 45발 중에 한 발 빗나간 거 아무것도 아니다' 라고 자꾸 최면을 걸었지만, 그렇게 공을 들인 첫발 초시가 빗나가자 다시 옛 악몽이 떠오르기 시작했다. 나는 그 생각을 떨쳐버리기 위해 고개를 흔들어 저었다. 두 번째 화살도 빗나갔다. 나는 이때 어제 연습할 때 잘 맞던 기억을 되짚어보았다. 그 궁체대로 활을 꽉 잡고 흔들림 없이 그대로 화살에서 깍지를 살푼 띄었다. 살이 부드럽게 활을 벗어나 나아가며 탄력을 받았다. 과녁에 넘는 듯하더니 상

단에 보기좋게 꽂혔다. 관중이었다. '이거야!' 나는 오른손을 불끈 쥐며
쾌재했다. 그 다음 화살도 관중이었다. 그런데 시간이 지나면서 차츰 줌
손의 힘이 빠지는지 살이 과녁 오른쪽으로 살짝살짝 빗나기 시작했다.

"이거 적어도 1순 5발 중 3발 이상을 맞추어야 9순 45발 중 25발
  을 맞추어 입단 할 텐데, 점점 입단과는 거리가 멀어지는 거 아
  냐? 또 틀렸구나!"

1회전 3순의 결과는 참담했다. 1순 2발, 2순 2발, 3순 3발, 도합 세
순에 7발을 맞추었으니 괜히 언감생심 욕심을 부리다가 입승단비 4만
원만 날렸네. 아내 말대로 놀로 온 심 잡자고 여러 번 마음을 다졌지만
그래도 심기가 불편하기는 마찬가지였다. 젊은 사우들 보기도 민망했
다. '저 노인은 뭣하러 또왔지?' 하는 것 같은 자격지심도 생겼다.

1회전이 끝나고 한 2시간 반 가량 기다려야 다시 내 차례가 돌아온
다. 이때 나는 많은 생각을 하며 많은 다짐을 했다. '용기를 내자! 마인
드를 적극적으로 하여 네가 안 맞고 배겨! 하며 줌을 공격적으로 과녁
에 대자!' 등 평시에 잘 맞을 때의 마음을 되살리려고 공을 들였다.

그리고 궁체를 다시 한번 점검했다. '깍지가 제자리를 잡도록 빈 활
이라도 자꾸 당겨보고 당긴 후 화살을 입술 밑 턱의 홈에 바짝 대고, 그
리고 발시 때 충격으로 조준이 흩어 지지 않게 사범님이 강조하신 대
로 활을 숙어라 쏙 쉬고……' 이런 생각늘을 머리로 정리하며 다짐하
자 의외로 자신감이 생겼다. 나는 나 자신에게 '2회전 파이팅'하고 외
쳤다. 그리고 나서 나는 1회전에서 승단권내의 좋은 시수 10중 이상을
낸 사우 이종윤 및 송수일과 함께 점심을 먹으며 농담 비슷하게

“2회전에서는 내가 따라잡을 거야!”

하고 큰 소리를 쳐서 웃겼다.

드디어 2회전 4, 5, 6순이 시작되었다. 나는 2회전에서는 더 물러설 데가 없다는 심정으로 악착같이 따라붙었다. 그러자 한 발 한 발 넘는 듯하면서 명중하기 시작했다. 한성정은 과녁이 우리정보다 약간 앙사이기 때문에 약간 높은 듯한 내 화살이 상단에 모두 걸렸다. 나는 자신감이 붙었다. ‘이거다!’ 각지 손이 내 몸의 일부처럼 팽팽한 힘의 느낌으로 다가오고 줌손을 꽉 쥐고 밀어붙이니 각지가 부드럽게 풀려나가 살에 힘이 붙어 곧게 쭉 나갔다. 과녁을 겨냥하면서 턱에 댄 화살의 차가운 느낌이 발시 전 잠시 머무는 마음을 더욱 냉정하고 신중하게 만들었다. 이상한 기분의 반전이었다. 나는 4순에 5발 모두를 맞추어 몰기를 했다. 평소에도 잘 못하는 몰기를 시험에서 한 것이었다. 그러나 5순은 방심했는지 1발 밖에 못 맞추었다. 6순에 4발, 도합 2회전 10발을 맞추어 다시 합격의 희미한 불씨를 이어가게 되었다.

지금까지 6순에 17발을 맞추었으니 앞으로 7, 8, 9순, 세 순 15발중 8발을 맞추면 합격되는 것이다. 2회전을 마치고 3회전을 기다리는 동안 나는 다시 궁체를 되짚어보며 전의를 다졌다. 그리고 나는 저 멀리 과녁을 응시하며 그 위 푸르른 하늘에 대고 빌었다. ‘한 두어 발만 봐주세요!’ 그리고는 나는 내 자신이 우스워 피식 웃었다.

3회전 7,8,9순이 시작되었다. 3회전부터는 시수 부족으로 떨려나는 사수가 있어 처음 7명이 시작한 사수의 수가 차츰 줄어들었다. 나는 7순에 4중을 하였다. 느긋했다. 9순까지 갈 필요 없이 8순에 4발을 맞추어 그대로 끝내버리자, 나는 작심을 했다. 3발을 맞추고 마지막 발에 힘을 잔뜩 주었다가 넘을 것 같아 약간 오니를 빼는 듯 하며 살을 날렸다. 똑바로 휙 날아갔다. 그러나 웬 일? 화살이 과녁 바로 앞에 떨어져 콕 박히고 마는 것이 아닌가! 결국 회한의 1발을 9순 5발에 걸게 되었다.

마지막 9순에 올라가니 6명 모두가 시수 부족으로 탈락하고 나 혼자만 사대에 서게 되었다. 그러자 혼자 뒤의 관중을 의식하며 활을 쏘는 것이 습관이 안 되어 어색하고 무척 떨렸다. 잠시 후 심판관이 '사수 준비되었으면 1시 발사하세요!'하는 마이크 소리가 귀에 '쨍'하고 울렸다. 나는 심호흡을 하고 화살 깃 색을 살피며 오니를 시위에 매겼다. 다시 궁체를 다짐했다. 흐트러지지 말자! 특히 줌을 꽉 쥐었다. 잠시 언뜻 생각하는 듯하다가 화살을 방사했다. 살이 뒤가 났다. 줌을 너무 틀어 쥐었나? 줌을 의식하며 2시를 내었다. 이번에는 높이 앞으로 났다. 어! 이러다가는? 불길한 생각이 뇌리를 스쳤다. 다시 생각을 했다. 평상시 궁체를 생각하자! 답이 나왔다. 뺨에 화살을 딱 붙이지 않은 것 같았다. 이것을 의식하며 3시를 냈다. 똑바로 쭉 나갔다. 그런데 웬 일인지 과녁에 거리가 조금 모자랐다. 나는 당황했다. '이 절호의 기회를 또 놓치는 거 아냐?' 이제 두 발 중 한발을 맞추어야 한다는 생각을 하자 손이 벌벌 떨렸다. 뒤에서 나를 보고 '이거 또 일을 그르치는 거 아냐' 하고 노심초사하던 문 사범이 '신교수님 잠깐 10초만 쉬었다 내세요!'라고 소리쳤다. 그렇다. 7명이 한발씩 차례로 돌아가며 쏘면 힘도 축적되는데 계속 혼자 쏘아대니까 여유가 없어 안정이 안 된 것 같았다. 그래서 나는 잠시 쉬면서 과녁을 응시하고 그 위 하늘을 다시 쳐다보았다. 나는 하늘을 믿었다. 내가 정말로 혼신의 힘과 정성을 다 했으므로…, 4시를 자신있게 당겨 깍지에 힘을 팽팽히 느끼며 화살대를 턱의 홈에 딱 붙이고 줌을 꽉 쥐고 약간 앞나는 듯하게 방사했다. 살이 살아서 과녁을 향해 쭉 날아갔다. 화살이 나는 동안 나는 느낌으로 자신했다. 과녁 정중앙 홍심에 보기 좋게 맞았다. 나는 두 팔을 번쩍 들고 만세를 불렀다. 뒤에서 초조하게 기다리던 분당정 고문님을 비롯해 문 사범, 사우들 모두가 '와' 하고 박수를 치며 반겼다. 나는 드디어 마의 관문, 10프로대 입단의 벽을 당당히 넘었다. 이로써 칠전팔기 노익장을 과시하며 분당정은 물론 입승단 전체 최고령자의 영예(?)를 안았다.

나는 오늘도 오전에 논문 원고수정 작업을 마치고 점심을 먹은 후 2시경 활터로 향했다. 오늘은 수요일이라 회원들이 10명도 안 되어 한가했다. 2층으로 올라가 오른편 문을 열고 들어서자 앞에 바둑을 두는 김부사두와 장선생님이 보이고 왼쪽 의자에 앉아 텔레비전을 보고 계시는 고문님과 문 사범, 그리고 몇몇 회원들이 눈에 들어왔다. 나는 정간 한 중간을 향해

"안녕하세요!"

하며 예를 갖추었다.

어느 때나 마찬가지이지만 활터 분당정에 들어서면 마음이 한결 가벼워진다. 활터에 오는 이유가 활을 쏘는 것이 첫째이지만 그것 못지않은 이유는 사원들 간의 격의 없는 대화였다. 나는 특별히 마음 쓰는 걱정거리는 없지만 활터에 나와서 살에 작은 근심을 실어 보내고 사우

들과의 대화를 통해 마음에 쌓인 찌꺼기를 털어내면 집으로 돌아갈 때
는 마음이 그렇게 가벼울 수가 없다. 활터에서 사우들과의 대화는 결
코 시시비비를 따지는 일이 없기 때문이다. 남이 이야기 하면 그냥 웃
고 맞장구를 쳐주기만 하면 된다.

"하하하~ 그래요!"

이 세상에 살면서 웃는 시간이 얼마나 될까? 웃음은 정말로 몸과 마
음의 응어리를 풀어주는 명약임에 틀림이 없다.

바둑 두는 것을 관전하면서 미묘한 대리만족을 느끼며 조용히 자리
에 앉아 있다가 누가

"한 순 냅시다!"

하며 나서면 나는 화살 다섯 개를 챙겨서 허리에 찬 궁띠에 돌려 매고
다른 사우들을 따라 사대에 오른다. 활을 쏘기 위해 사대에 서는 순서
는 사두가 1번이고 2번부터는 나이순이다. 그러다 보니 나는 대개 7명
이 서는 사대에 항상 1번 사수가 된다.

결국 내가 맨 처음 활을 쏘게 됨으로 잘해야 된다는 부담감은 있으
나 한편으로는 씨니어라는 자부심도 없지 않아 있다. 그런데 다른 일
도 마찬가지이지만 활은 정말 마음대로 되지 않는다. 내가 활쏘기 시
작한 지 7년이 된 것 같은데도 과녁을 보면 겁부터 난다. 조금만 방심
해도 맞는 확률보다 안 맞는 확률이 높기 때문이다. 그래도 기분이 좋
다. 그것은 화살이 안 맞더라도 과녁 주위를 둘러싸고 있는 푸르른 산
의 능선을 쳐다보면 왼쪽부터 돌아가며 빼어나게 아름다운 풍경이 나
를 매료시키기 때문이다.

　　이 아련한 광경에 취해 나도 모르게 넋을 놓고 먼 산을 쳐다보고 있는데 언제 내 차례가 돌아왔는지 마지막 궁사가

　　"마치고!"

하고 외친다. 이 말은 한 순 7명 중 마지막 사우가 자기 차례가 끝났음을 알려 다시 1번부터 시작하라는 구령이다. 나는 정신이 번쩍 들어 화살 하나를 허리춤에서 꺼내 혹시 흠이 없나 잘 살핀 다음 줄에 쟁겨 활시위를 당겼다. 사범님의 말씀대로 '줌은 제대로 꽉 쥐었나? 붕어줌은? 어깨는 잘 들어 밀었나?'를 순간적으로 살피며 동시에 당긴 화살 시위를 약간 틀어 짜면서 잠시 멈추는 듯하다가 과녁을 향해 살을 방사했다. 화살이 하늘을 가르며 휙 날아갔다. '쨩~' 명중이었다. 이 소리에 주위에서 놀던 꿩 한 마리가 퍼드득 하고 하늘 높이 날아올랐다. 나는 너무나 기뻤다. 마음이 상쾌했다. 나는 꿩이 날아 올라간 능선을 따라 산을 멍하니 쳐다보았다. 그 뒤로 파란 하늘이 끝없이 넓게 펼쳐져 있었다. 그것은 고향의 하늘 바로 '그 먼 하늘'이었다.

작품 해설 및 지은이의 말

<그 먼 하늘>을 읽고

문학 연구나 교육에 이른바 정전(正典)이라는 것이 있다. 일반적인 문학체계에서 암묵적으로 위대하다고 여겨지는 작가나 작품을 말하는 것으로, 한번 형성되면 확고한 지위를 차지하게 되고 어지간해서는 바뀌거나 변하지 않는다. 정전의 형성은 특별한 몇 사람의 의도나 정책에 의해서 이루어진다기보다는 자연스럽게 진행되며, 정전을 규정하는 가시적이고 구체적인 기준이 있는 것은 아니다. 세월이 흐르는 동안 많은 사람들이 읽고, 비평가나 연구가들이 자주 준거하고, 학교의 교육과정에 편입됨으로써 보편적으로 위대한 작품이나 작가라고 여겨지는 작품들이 정전이다. 그런 점에서 정전의 개념은 상대적이며, 정전의 존재는 하나의 문화현상이다. 지금의 정전이 백인·남성의 기준에서 형성되었기에, 제3세계 작품이나 여성문학가의 작품이 소외되었다는 최근의 비판도 그런 점에서 상대적이며, 이 시대의 문화현상이다. 그러므로 정전은 영원히 바뀌지 않는 불변의 진리가 아니고, 오로지 정전만이 가치가 있는 것도 아니다. 정전도 시대에 따라서, 문화에 따라서 충분히 변할 수 있다. 단지 그 변화의 속도가 느릴 뿐이다. 아울러 정전이라고 해서 현대에 맞지 않는 고답적, 박물적 가치만 갖고 있는 것은 아니다. 정전은 홀륭하지만 유일하지 않을 뿐이다. 또한 정전만 있는 사회는 더 이상 발전하지 않는 고형화된 사회일 것이다.

<그 먼 하늘>을 읽으면서 이 정전의 개념을 머릿속에서 떨쳐버릴 수가 없다. 죽을 때까지 부지런히 읽어도 읽은 책보다는 읽지 않은 '홀륭한' 책이 여전히 더 많을 텐데 이 책을 누가 읽을까라는 의문 때문이었을 것이다. 미학적으로 뛰어난 작품도 아니고, 그렇다고 영원히 역사에 남을 만한 위인의 자서전도 아니고, 도대체 소설인지 회고록인지 정체도 불분명한 이 책을 말이다. 그럼에도 이 책은 끝까지 읽힌다. 단순히 의무감 때문은 아닐 것이다. 재미가 있어서도 아니고, 문장이 좋아서도 아니며, 구성이 근사해서도 아니고, 소재가 좋아서도 아니다. 그것은 짧다면 짧고 길다면 긴 한 생애를 돌아보는 담담함이 그 안에 담겨져 있기 때문일 것이다. 누구나 하나의 인생을 산다. 그리고 그 인생은 오로지 본인의 것이다. 본인만이 자신의 인생을 진정으로 평가할 수 있다. 타자에게는 쉽게 보일 수도 있고, 비난의 대상이 될 수도, 비아냥거림의 소재가 될 수도, 혹은 부러움의 대상이 될 수도, 나도 한 번 그렇게 살아보았으면 하는 선망의 대상이 될 수도 있지만, 그것은 모두 속편한 남의 시선일 뿐이다. 삶을 사는 당사자에게는 수없이 많은 선택, 고민, 위기의 연속인 것이 인생이다.

사실 <그 먼 하늘>이 한국전쟁 이후의 근대사를 이끌어 온 영웅의 이야기는 아니다. 오히려 그 반대이다. 부패한 자유당 정권 시절부터 80년대 군부 정치 하의, 역사가 소용돌이치는 그 순간에 저자가 어떠

한 선택을 했는지 우리는 알 수가 없다. 굳이 거대한 역사를 들먹이지 않더라도, 한 사람의 시민으로서 좀 더 인간다운 사회를 위해 주위의 사람들에게 어떠한 기여나 봉사를 했는지도 우리는 알 수 없다. 여기에 실린 일화들은 어린 시절에 전쟁 통에 월남한 많은 사람들이 이 땅에서 살아가기 위해 겪은 고생스러운 기억들일 것이다. 저자가 풀어놓는 것은 그래서, 역사와 사회를 염두에 둔 거대담론의 시각에서 보면 그다지 자랑스럽지 않은, 어찌 보면 부끄러울 수도 있는 삶에 대한 개인적인 이야기이다. 하지만 역사와 사회에 비추어 보는 삶은 미리 만들어진 기준에 근거해서 개인의 내밀한 삶을 재단하는 오류를 범할 수 있다. 거기에는 개인의 진실이나 삶은 없다. 비판을 전제로 한 타자의 시각만이 전횡하기 일쑤이다. 한 동안 이 사회를 들썩이게 만들었던 과거사에 대한 논란이 그러한 시각을 대변한다. 그러나 어떻게 하나의 기준만으로 세상의 모든 일을 재단할 수 있을 것인가? 어떻게 평가의 잣대만으로 개인의 인생을 논할 수 있을 것인가? 파리 주재 국적 항공사의 예약과장이 부당한 좌석예약의 압력 때문에 느끼는 부조리는 거대한 정치권력이 행사하는 부조리에 비해 정녕 아무것도 아닌 것인가? 사춘기 시절 앞집 여고생과의 첫사랑은 세기의 스캔들이 아니기에 정말 보잘 것 없는 것인가? <그 먼 하늘>이 의미가 있다는 것은 바로 이러한 일방적이고 독선적이며 고압적인 시선을 의식하지 않은, 그야말로 진술하고 개인적인 진실을 담은 글이기 때문일 것이다. 거기에는 척박하고 궁핍한 시절을 살아 온 한 개인의 진실어린 인생이 담겨져 있다. 결국 역사라는 것도, 사회라는 것도 개인의 삶 없이는 존재할 수 없다. 개인의 진실이 무시당하는 사회는 결코 건강하거나 풍요로운 사회가 아니다. 한 개인의 내밀한 경험은 그래서 소중하다. 본인에게 뿐 아니라 그 사회의 구성원 모두에게 소중하다. 정전만이 유일한 읽을거리가 아닌 것과 마찬가지로, 평범한 한 개인의 이야기도 무척이나 소중하다. 그 누구도 재단할 수 없는, 비판할 수 없는 진실하고 생생한 이야기이기 때문이다.

우리는 모두 누군가의 자식이고, 형, 누나이며, 동생이고, 또 누군가의 남편, 아내이고, 누군가의 아버지, 어머니이다. 누군가의 무엇으로 사는 것이 쉬운 일일까? 절대 그렇지 않을 것이다. 지금 이 순간에도 우리는 삶을 힘들어 한다. 올바른 자식 되기가 힘들고, 떳떳한 아내, 남편 노릇이 버겁고, 존경받는 부모의 역할이 숨차다. 인생이 혼자 사는 삶이 아니고, 결국 인생이란 자식으로 태어나서 부모로 죽는 것이라면, 누구도 빗겨갈 수 없는 이러한 여정보다 더 중요한 일이 세상에 얼마나 있을 수 있겠는가? 누구에게나 적용된다고 해서 중요하거나 어렵지 않은 것은 아니다. 너무 당연하기에 잠시 잊어버릴 수는 있지만 말이다. 그래서 삶은, 그것이 아무리 평범할지라도, 고민과 고통의 연속이다. 어려운 시절은 어려운 대로, 편안한 시절은 편안한 대로 힘들다. 그렇다고 포기할 수도 없으며, 그래도 우리는 올바로 살고 싶다. 다른 사람의 삶에 대해 관심을 가지는 이유는 바로 이것이다. 올바로 살고 싶은데, 그것이 힘들고 숨차기 때문에 도대체 다른 사람은 어떻게 살아왔나 궁금하기 때문일 것이다. 더구나 귀가 순해진다는 이순(耳順)을 지나, 마음먹은 대로 해도 도리를 거스르지 않는다는 종심(從心)이 가까운 한 개인이 반백 년 이상의 삶을 돌이켜 본 글은 현재의 질곡을 사는 사람들에게 여러 가지 의미로 다가온다. 어린 시절, 젖먹이 동생을 업은 어머니를 따라 나선 목숨을 건 월남, 아버지의 죽음과 인천에서의 피난민의 삶은 현대를 사는 사람들에게 현재의 고통이 사치일 수도 있다는 위안과 용기를 주기에 충분하다. 그렇게 생각하고 자세히 읽어보면 저자의 삶은 기실 평범할 수는 있지만, 편안한 삶은 아니었다. 또한 평범하다는 것도 그 시절의 다른 사람들의 삶과 비교해서 그렇지, 지금의 삶과 비교해보면 저자의 삶은 결코 평범하지 않다. 물질적 풍요 속에서 절대적 빈곤이 무엇인지 모르는, 그래서 지금의 현실이 아주 오래 전부터 늘 그래왔다고 맹목적으로 믿는 젊은 세대들에게는 영화 속 장면에 버금가는 특별한 삶이라고 할 수 있다. 그런 점에서 <그 먼 하늘>은 또 하나의 역사적인 이야기이다. 그것은 영웅이나 위인의 삶이 아닌, 곤궁한 시절을 이 땅에서 보낸 우리 할아버지, 아버지, 오빠, 형의 삶이자, 그러한 삶에 대한 생생한 기록이다. 이 땅에 쉼 없이 생명이 계속되었고, 좋건 나쁘건 문화가 지속되었다면, 그 생명, 그 문화를 면면히 이어온 것은 왕과 영웅들 뿐 아니라 평범한 백성이었을 것이다. 왕과 위인들만이 역사의 주인공은 아니다. 이름이 알려지지 않은 수많은 백성들도 역사의 주인공이다. <그 먼 하늘>의 저자가 이야기하는 삶은 타자의 삶이지만 궁극적으로는 우리의 삶이다. 그 이야기가 보잘 것 없다고 느낀다면 그것은 우리의 삶이 보잘 것 없어서이며, 그 이야기가 대단하다고 여겨진다면, 그것도 우리의 삶이 대단하기 때문일 것이다. <그 먼 하늘>은 드넓은 백사장의 한 알의 모래알 같은 이야기이다. 하지만 한 알의 모래알 없는 백사장은 존재할 수 없다. 모래알 없는 백사장은 이미 백사장이 아니기 때문이다.

자신의 과거를 남들에게 보인다는 것은 여러 가지 의도를 가질 수 있다. 하지만 그것이 솔직함에 근거한 글이라면, 그 어느 경우라도 대단한 용기가 필요하다. 그 누구라도 지나간 삶을 돌이켜보면, 회한도 있고 부끄러움도 느낄 것이다. 하지만 그러한 기억을 누구나 드러내놓을 수 있는 것은 아니다. 이러 저러한 이유로 숨기거나 과장하거나 윤색하는 것이 인간의 본능이며 생리 아니겠는가? 글이 출판된 이후의 결과를 예상했다면, 그리고 그 글을 읽는 사람들의 반응을 생각했다면, 아마도 더 근사한 에피소드를 꾸밀 수도 있었을 것이고, 좀 더 멋진 주인공을 탄생시켰을 수도 있었을 것이다. 하다못해 부산에서의 군복무 시절 외박 나가서 싸우는 장면에서 박력 있는 무용담을 만들어 넣을 수도, 상대방을 제압하는 역할을 동료가 아니라 나로 슬쩍 바꿔치기 할 수도 있었을 것이다. 어차피 저자의 기억 속에서만 존재하는 빛바랜 일화들이니, 누가 거짓말이라고 시비할 수도 없을 테니까 말이다. 하지만 이 책에는 진솔함이 배어있다. 삶을 사랑하고, 충실한 인생을 산 사람들에게서 보이는 진솔함이다. 진솔함은 화려한 미사여구보다 더 설득력이 있다. 다른 이유는 없다. 단지 솔직하기 때문이다. 아마도 우리 모두가 솔직해질 수 있는 용기를 갖지는 못한 것 같다. 솔직하면 소통하기 쉽다. 특별한 이유는 없다. 마음을 터놓는 것은 상대방에 다가가기 위한 지름길이기 때문일 것이다. 자식으로서, 남편으로서,

아버지로서, 할아버지로서, 형으로서, 오빠로서 이 책의 저자는 자신의 삶을 담담히 이야기한다. 그것은 대학교수 신곽균씨의 이야기가 아니라 '곽균'이의 이야기이다. 그것은 타자의 삶을 들여다보고 싶은 관음증의 대상이 아니라, 소통을 가능하게 하는 이야기이다. 그것이 '곽균'이의 솔직한 이야기이기에, 독자도 솔직해질 수밖에 없다. 일상에서 상호 간의 진정한 이해를 가로막는 것은 사회적 조건이다. 나이, 신분, 재산, 출신 학교, 출신 지역… <그 먼 하늘>을 읽는 데는 그러한 조건에 기댈 필요도, 그러한 조건을 내세울 필요도 없다. 그저 읽으면 된다. 솔직한 이야기를 열린 마음으로 받아들이면 된다. 그러다 보면 타인을 이해할 수 있는 폭이 넓어지지 않겠는가? 또 그러다 보면 이 사회는 갈등, 질시, 반목보다 이해와 소통이 앞선 사회가 되지 않겠는가?

저자의 건승을 진심으로 바라면서.

진영후

싯계 토담 산방의 문을 열어젖히면 눈 가득히 초록이 들어온다. 하늘의 모양을 보려면 앉은 자세로 앞에 우뚝 서있는 두륭산 허리를 치받아 올라 정상 너머로 고개를 들어 올려야 한다. 그 산 위로 파란 하늘이 언뜻 보이고 까만 솔개 두 마리가 그 주위를 가볍게 빙그르르 비행한다. 오늘도 날씨가 화창할 것 같다.

때는 4월 중순, 온 산이 온통 연두빛 신록이다. 그 환한 신록의 중간 중간에 새빨간 진달래꽃이 제자리를 잡고 있어 그 은밀한 속내를 드러내는 한 여인의 나신 같다. 두륭산의 쌍봉에서 흘러내린 몸체가 작은 계곡을 만들며 내려앉는 자태에서 여인의 육신이 언뜻 보이는 듯하기 때문이다. 그 상상의 계곡물을 타고 내려오면 수원을 속리산에 둔 달천강의 원류와 반갑게 만난다. 눈과 시계가 만나는 곳에 강이 흐르는 소리, 세찬 물살이 흘러내리면서 강바닥에 지천으로 깔려 있는 곱돌들을 밀치는 소리, 물살에 못 이겨 흘러내리며 자갈들이 부딪치는 소리가 예까지 선명하다. 나는 이 소리에 귀기울이며 지긋이 기지개를 켜고 서서히 잠옷 바람에 아직도 싸한 기운을 느끼며 화장실로 향한다.

이 곳 싯계 산방의 화장실은 아직도 나무판 두 개를 깔고 그 위에 쭈그리고 앉아 볼일을 보는 재래식 화장실이다. 이 정도 설명으로는 아직 사치이고 정확히 말하면 전형적인 시골집 뒷간이다. 문은 다 낡아

떨어져 여기저기 구멍이 나 있는 판자대기가 비스듬히 대 있고 문고리는 철사를 적당히 구부려 못에 걸도록 되어 있다. 벽은 반백년의 세월에 더께가 앉은 흙벽돌로 지어져서 여기저기 금이 간 틈새로 바람이 숭숭 새어 들어온다. 변통 옆으로는 아궁이에서 퍼다 쌓은 잿더미가 벽 틈새 바람으로 히끗히끗 날려 위로부터 스르르 미끄러져 내린다. 그 아래에 중간쯤 자루가 부러지고 쇠가 삭은 몽당삽이 천연히 꽂혀있다.

나는 이 낡은 뒷간에서 볼일을 보는 것이 그리 싫지 않다. 물론 아직 뒤가 싸한 것이 뒤를 까고 보면 알싸한 추위가 느껴지지만, 좀 지나면 그 차가움이 어느덧 잊혀져간다. 이렇듯 그 추위와 불편함이 사라지는 것은 정확히 말하면 이 쓰러질 것 같은 뒷간의 흙벽돌 틈새로 들어오는 가시광선이 이 어두운 세계에 그야말로 뤼미에르처럼 빛의 향연을 선사하기 때문이다. 창문도 없는 이 뒷간의 어둠 속에 비치는 그 빛은 그야말로 어두운 지옥에 보내는 천상의 선물, 아침햇살이다.

또 하나 이 외진 토방에서 하는 일중의 하나가 뒷간의 틈새를 통해 두륭산 바로 아래 눈앞에 펼쳐진 둔덕을 살피는 일이다. 이 둔덕은 눈을 감고 잠시 생각해 보면 옛 고향마을 앞 언덕배기를 빼어 닮았다. 둥그마한 언덕을 뒤덮은 초록의 물결이 바람에 하늘거리며 넘실대고 굽이치며 내려앉는데 그 육감적인 부드러움과 풍요로움, 그리고 평화로움이 한참을 늘여다보고 있어도 싫증이 나지 않는다. 고향마을에는 그 주위로 논밭이 펼쳐져 있어서 전체 윤곽을 비교하면 다르지만 뒷간 흙벽 틈새로 이 그림을 잘라서 보면 영락없는 고향의 언덕 바로 그곳이다. 그리고 그 틈새를 따라 눈을 처마 위로 향하면 정확히 고향의 하늘이 나타난다. 그래서 나는 이 뒷간에서 장소는 좀 뭐하지만 아쉬운 대로 고향의 언덕을 향유하고 있다. 그런 이유로 어설프지만 나는 이곳 싯계를 나의 두 번째 고향처럼 의지하여 살고 있으며 그 진한 그리움이 쌓여 주체할 수 없을 때면 고향을 그리는 글 '그 먼 하늘'을 쓰곤 한다.

내가 이곳 싯계 산방의 토담집에 머무르고 있는지가 한 십년쯤 돼 간다. 다른 교수들은 시내의 편리함을 찾아 번듯한 아파트를 구하는 동안 나는 수안보 쪽 남한강 상류인 달천강변의 조그마한 마을 싯계를 찾았다. 그것은 어떻게 보면 두고 온 옛 고향에 대한 무의식적인 어떤 향수가 작용했는지도 모른다. 싯계는 속리산 계곡물이 괴산을 외돌아 굽이쳐 내려오다가 팔봉산의 여러 봉우리를 만나면서 잠시 머무는 외진 곳이다. 앞으로는 가파르게 앞을 지키고 서 있는 두륭산, 그 앞 가까이에 있는 둔덕, 뒤로 비스듬히 거스르는 동산을 등지고 있는 마을이어서 그 산세나 계곡의 깊이로 미루어 풍요를 수확하기에는 애시당초 틀린 각박한 지형이다.

그런데 내가 이 외진 마을에 정착하는 것에 확신이 서지 않아 망설이고 있을 때, 나에게 결정적이 조언을 해 준 도인 한분이 계시다. 불문학과 동료인 김교수의 친구이기도 한 이 도인은 서울대 언어학과를 나온 재원임에도 불구하고 사계를 멀리 떠나 계룡산과 지리산에 입산하여 수년간 수도를 한 사람이다. 그는 산에 들어 기도만 하는 것이 아니라 수많은 책을 읽고 몸에 옮겨 모든 천리를 깨우친 그야말로 도사의 경지에 오른 사람이다. 그래서 그런지 그는 풍수에도 똑같이 밝았다.

그가 어느 날 싯계 토담집 산방의 툇마루에 앉아서 눈을 지그시 감고 앞을 내다보더니,

"두류산 두 갈래가 여인의 좌식이라 그 한 가운데를 흐르는 계곡 물이 풍요를 만들어 이 거처로 향하고 있고, 바로 앞 둔덕은 밥상 형국이라 수저만 놓으면 되겠습니다. 재물과 지복이 이 집에 준비되어 있는 풍수입니다. 그러나 아쉽게도 이 둘레 산세가 너무 격하여 남자가 곁들여 살기에는 부적합합니다. 강한 것끼리 부딪치면 사람이 상하지요……"

나는 이 말이 좀 찜찜하기는 했어도 내가 터를 잡고 오래 살 것 같지는 않아서, 그리고 고향의 향수를 조금은 달랠 수 있을 것 같은 생각으로 망설임을 훌훌 벗고 이 거처를 정하게 되었다.

그래서 그런지 이곳을 들락거리면서 그 동안 세 자식을 키우고 공부 시키면서 최소한도 밥걱정은 안 한 듯하다. 그런데 10년이 지난 이 싯계에 일찍이 도인이 말한 그 살이 끼었는지 남자들이 하나둘 죽기 시작했다. 내가 아는 황천객만 해도 이 싯계의 정신적 지주나 마찬가지였던 임씨네 할아버지, 그리고 그 아들 임씨가 죽었고 마을 중간에 위치했던 양철집의 신씨, 그리고 언덕 오른쪽 양지바른 허름한 집에 살았던 신씨 동생, 그 집 앞 가게 주인아저씨, 저 아래 갯가에서 물고기를 잡아 매운탕을 끓여 팔던 전씨, 강 건너에 별채를 지어 놓고 고시생을 받던 이씨, 그리고 외지에서 살다가 흘러들어와 왼쪽 언덕 너머에서

하우스 재배를 하던 고씨가 가 버렸다. 더구나 우리 토방 바로 아래에서 늙으신 어머니를 모시고 살던 소위 노총각도 어느 날 간에 독이 퍼져 이 세상을 등지고 말았다.

그러자 우리 집 안사람이 싯계를 빨리 떠나 분당으로 올라오라고 성화를 한다. 나는 오히려 정년 후에 그곳에 정착하면 어떨까 생각하고 있던 판인데 마을에 남자란 남자는 거의 다 죽고 과부들만 득실거리니 나도 은근히 마음이 켕기는 것이 사실이었다. 더구나 나는 그 동안 국궁 활에 취미를 붙여 분당정 활터에 매일 출근하다시피 하니 자연 싯계에서 마음이 멀어지는 것도 사실이었다. 그래서 나는 자의반 타의반 제2의 고향 같던 싯계 산방을 떠나 콩크리트 냄새가 이미 익숙해진 아파트 숲으로 거처를 옮겼다. 그러나 나는 지금도 마음먹고 글을 쓸 때만은 이 싯계 토담집 산방을 찾는다.

이 싯계는 4월말이면 새하얀 사과 꽃이 온 산을 뒤덮는다. 배꽃이나 복사꽃에 비해 화사하지는 않지만 소담한 꽃이 옹기종기 나뭇가지에 매달려 있어 잘 들여다보면 수줍음을 한껏 머금은 새색시를 보는 것 같다. 이 연약해 보이는 꽃을 해치려는 온갖 병과 해충들을 봄내 방제하면 비로소 새색시 꽃방에 씨받이가 앉아 열매를 맺게 된다. 그 후 뜨거운 여름의 열기와 가을의 서늘한 햇살을 받아 열매의 몸이 불고 영양을 함축하면 실한 과실로 성장한다.

나는 이런 싯계의 사과밭의 사과나무가 봄에 꽃을 피워 가을에 과일이 영글듯이 나의 고향 이야기를 전쟁이라는 고난을 관통하는 인생역정으로 발현시켰다. 이 작은 열매가 따뜻한 햇살을 받아 소담한 결실을 맺게 도와주신 출판사 새미의 정사장님과 편집을 맡아준 박지연 팀장, 그리고 어려운 시간을 내어 작품해설을 해주신 불문학자 진영후 교수, 끝으로 마지막 교정으로 이 책의 품격을 한껏 높여 주신 조세용 선생님에게 깊은 감사를 드린다.

2010년 4월 7일 싯계 토담 산방에서

지은이 신곽균

그 먼 하늘

초판 1쇄 인쇄일 | 2010년 5월 04일
초판 1쇄 발행일 | 2010년 5월 10일

지은이 | 신곽균
펴낸이 | 정진이
총괄 | 박지연
편집 · 디자인 | 이솔잎 채지영 김민주
마케팅 | 정찬용
관리 | 한미애 강정수
인쇄처 | 태광
펴낸곳 | 새미
등록일 2005 13 14 제17-423호
서울시 강동구 성내동 447-11 현영빌딩 2층
Tel 442-4623 Fax 442-4625
www.kookhak.co.kr
kookhak2001@hanmail.net

ISBN | 978-89-5628-544-3 *03800
가격 | 20,000원

* 저자와의 협의하에 인지는 생략합니다.
새미는 국학자료원의 자회사입니다.
잘못된 책은 구입하신 곳에서 교환하여 드립니다.